Edith Wharton:
Die Kinder
Roman

Deutsch von Isabella Nadolny

Deutscher
Taschenbuch
Verlag

dtv

Deutsche Erstausgabe
März 1992
Deutscher Taschenbuch Verlag GmbH & Co. KG,
München
Titel der amerikanischen Originalausgabe:
›The Children‹ (Erstveröffentlichung 1928)

Umschlaggestaltung: Celestino Piatti unter
Verwendung eines Plakats von Léo Marfurt
Satz: IBV Satz- und Datentechnik, Berlin
Druck und Bindung: C. H. Beck'sche Buchdruckerei,
Nördlingen
Printed in Germany · ISBN 3-423-11461-X

Erstes Buch

Das Buch

Der New Yorker Ingenieur Martin Boyne, der sein Leben aus beruflichen Gründen im Ausland verbracht hat, fährt mit dem Schiff von Algier nach Venedig. In den Dolomiten will er eine Frau treffen, die er seit Jahren liebt. Eine illegitime Affäre oder gar eine Scheidung kam für sie nicht in Frage, solange ihr Mann noch lebte. Nun ist sie Witwe geworden, und Martin hofft, daß sie seinen Antrag annehmen wird. Aber auf dem Schiff begegnet er einem jungen Mädchen, fast einem Kind noch, das ihn auf rätselhafte Weise beschäftigt und anzieht. Gerade fünfzehn ist sie und sorgt auf erstaunliche Weise für ihre munteren, selbstbewußten Geschwister. Zu seiner Überraschung stellt Boyne fest, daß ihm die Familie, aus der die Kinder stammen, seit langem bekannt ist. »Ein ergreifendes und eindringliches Buch... eine Autorin unserer Zeit.« (Marilyn French)

Die Autorin

Edith Wharton wurde am 24. Januar 1862 in New York geboren und starb am 11. August 1937 in der Nähe von Paris. Sie stammte aus einer alten New Yorker Familie. 1910 ließ sie sich mit ihrem Mann in Frankreich nieder, 1913 wurde die Ehe geschieden. Ihren ersten Roman, ›The Valley of Decision‹, veröffentlichte sie 1902, den ersten großen Erfolg hatte sie mit ›The House of Mirth‹ 1905. Es folgten zahlreiche weitere Romane und Erzählungen. Für ihren Einsatz während des Ersten Weltkrieges erhielt sie das Kreuz der Ehrenlegion, für ihren Roman ›The Age of Innocence‹ 1920 den Pulitzerpreis, von der Universität Yale als erste Frau den Doktor der Literatur. In deutscher Sprache liegen derzeit vor: ›Das Haus der Freude‹, ›Winter‹, ›Sommer‹, Romane; ›Granatapfelkerne‹, ›Gespenstergeschichten‹, Erzählungen.

I

Das große Dampfschiff in der Bucht von Algier überragte die rundum schwärmenden Schlepper, und Martin Boyne blickte vom Promenadendeck auf die Schar der Erster-Klasse-Passagiere hinunter, welche die Gangway heraufdrängten und ihm dabei unwissentlich die Gesichter zur Prüfung entgegenhoben. »Wie üblich keine Menschenseele, mit der man sich gern unterhalten würde.«

Was doch manche Menschen für ein Glück auf Reisen hatten – unvorstellbar! Sie brauchten nur einen Zug oder ein Schiff zu besteigen, und schon trafen sie einen alten Bekannten oder, noch aufregender, schlossen eine neue Freundschaft. Immer befanden sie sich im gleichen Abteil, in der gleichen Kabine mit einer reisenden Prominenz, dem Inhaber eines großen Hauses, einer berühmten Sammlung, oder einer eigenartigen, amüsanten Persönlichkeit, wobei letzteres natürlich am seltensten, aber auch am lohnendsten war.

Da gab es beispielsweise Martin Boynes Großonkel Edward. Onkel Edwards Reiseabenteuer waren in der Familie berühmt. In seinem amerikanischen Heim, zwischen den pompösen Polstermöbeln seines Bostoner Hauses, war Onkel Edward ein Muster selbstzufriedener Langeweile. Doch wenn er einen Dampfer oder Zug bestieg (oder in seiner längst vergangenen Jugend gar eine Postkutsche), wurde er vom Schicksal zum Helden charmanter Begegnungen ausersehen. Ihm begegnete Rachel auf ihrer unglücklichen Amerika-Tournee, Ruskin auf dem Genfer See, der Dekan von Canterbury, als Onkel Edward mit geziemender Ergriffenheit das Grabmal des Schwarzen Prinzen besichtigte, oder der derzeitige Duke of Devonshire, als Onkel Edward ein höfliche (aber vermutlich sinnlose) Frage an den Hausmeister richtete, der ihn in Chatsworth herumführte. Sogleich erhielt er dann von Rachel eine

Proszeniumsloge für ihre legendäre Premiere in Boston, wurde von Ruskin eingeladen, einen Monat lang bei ihm in Venedig, oder vom Dekan, im Dekanat oder vom Herzog, in Chatsworth zu wohnen. Der Nettoertrag solcher Erfahrungen war dann, daß Onkel Edward auf Befragen mit seinem freundlich-frostigen Lächeln erwiderte: »Ja, Rachel, die hatte Talent, aber schön war sie nicht«, oder: »Niemand konnte schlichter und leutseliger sein als der Herzog«, oder: »Ruskin war in seiner ganzen Erscheinung ein echter Gentleman.« Solcher Art waren die Eindrücke, die Onkel Edward durch seine beispiellosen Erfolge in den grandiosen Milieus empfing, durch die er sich während eines Zeitraums von über sechzig Jahren wohlwollend, aber blind bewegte.

Ganz anders lag der Fall bei seinem Großneffen. Martin Boyne hätte in solchen Situationen keinen gedanklichen oder emotionellen Schauer versäumt: Jedes kleine Detail wäre ihm auf der Zunge zergangen. Doch obwohl er gern reiste und auch viel gereist war, sein Beruf als Hochbauingenieur ihn in interessante, ferne Weltgegenden geführt hatte und er ständig bereit für erfreuliche Begegnungen war, hatte er bei solchen Gelegenheiten niemals welche. Er hätte so gern Abenteuer erlebt, doch Abenteuer, die diese Bezeichnung verdienten, entzogen sich ihm, und wenn sie sich einem Mann entziehen, bis er über vierzig ist, werden sie ihm vermutlich auch später nicht begegnen.

Wahrscheinlich liegt es an der Form meiner Nase, sagte er sich an eben diesem Morgen, als er sich in der geräumigen Kabine auf dem Oberdeck des großen Mittelmeerdampfers rasierte.

Die fragliche Nase hatte zweifellos nichts Abenteuerliches und bohrte sich auch nicht tief in die Angelegenheiten anderer hinein, und die darüberliegenden Augen, tief eingeschnitten und weit auseinanderstehend, die sich verengten, wenn es etwas genauer zu betrachten galt, waren von einem diskreten, unbestimmten Grau, das die Nase in keiner Weise mutiger machte.

nien auf Wheaters »Beteiligungen« gestoßen zu sein. Der Mann selbst war wohl, so hieß es, wenigstens seit seiner Heirat, hauptsächlich an Ritz-Hotels und starken Wagen interessiert. Besaß er nicht auch eine Motorjacht? Jedenfalls hatte er eine Frau. Jetzt fiel Boyne das alles wieder ein, er mußte vor sechzehn, siebzehn, Jahren die gut aussehende Tochter der Mervins aus New York geheiratet haben – Joyce Mervin –, mit der Boyne kurz nach Harvard auch einen fernen Winter lang getanzt und geflirtet hatte. Joyce hatte ihm ihre Verlobung in einem Brief mitgeteilt und ein kleines Foto von sich mit daraufgekritzeltem »Adieu, Martin!« beigelegt. Ob sie ein bißchen in mich verliebt gewesen ist, fragte sich Boyne. Er war zu arm gewesen, um das herauszufinden. Und nun sollten er und sie Nachbarn auf dem Promenadendeck werden, vierzehn Tage lang auf dem Zaubermeer zwischen Algier und Venedig! Er dachte an das Gesicht, das er heute morgen im Rasierspiegel betrachtet hatte, und dachte: Vermutlich hat sie sich überhaupt nicht verändert, elegante Frauen halten sich so fabelhaft, aber mich wird sie wohl nicht erkennen. Diese Vorstellung war teils deprimierend, teils beruhigend. Schließlich würde ihm das ermöglichen, seine Beobachtungen zu machen und im Fall einer Enttäuschung mit seinem Liegestuhl umzuziehen.

Das Schiff hatte den Insektenschwarm der Schlepper von seinen vibrierenden Flanken abgeschüttelt, nun breitete sich die große, blaue Weite vor ihm aus, und es steuerte hinaus in den Morgen. Boyne holte sich ein Buch, zog den Hut tief in die Stirn, streckte sich in seinen Liegestuhl und wartete auf Mrs. Wheater...

»So geht es, ja, ich glaube, so geht es«, sagte eine melodische Stimme, eine Mädchenstimme, neben ihm. Boyne wandte den Kopf und sah wenige Schritte entfernt das schlanke Mädchen, das das schwere Kind die Gangway hinaufgetragen hatte.

Das Mädchen blieb stehen, blickte die Stuhlreihe entlang in seine Richtung, nickte dem Decksteward zu und verschwand in der Tür zu einer Luxussuite weiter vorn. Einen Augenblick lang erspähte Boyne flüchtig ein blasses Gesichtchen mit besorgt gerunzelter Stirn, tragischen, weit geschnittenen braunen Augen und sehr roten Lippen, die aussahen, als könnten sie beim geringsten Anlaß Gelächter hervorsprudeln lassen. Er fragte sich jetzt nicht, ob dieses Gesicht hübsch sei oder nicht, dafür ging zu vieles darin vor.

Beim Betreten der Kabine hörte er sie mit fester Stimme rasch zu jemand drinnen sagen: »Nanny, hat Chip seine Flasche gekriegt? Wer hat denn die Kabine mit Terry?«

Was für eine Mutter! dachte Boyne und überlegte immer noch, ob es nicht viel zu früh dafür sei, daß diese junge Stirn sich so mütterlich besorgt verschattete.

»Entschuldigung, Sir, in Ihre Kabine kommt noch ein Passagier.« Der Steward kam mit einigen teuren Koffern und einer Plaidrolle vorüber.

»Verdammt, na ja, es mußte so kommen.« Boyne erhob sich ächzend und folgte dem Steward. »Wer ist es denn, wissen Sie es?«

»Leider nein, Sir. Der Name ist Wheater, ja, Wheater.«

Wahrhaftig, das war wirklich ein Zufall! Mrs. Cliffe Wheaters Liegestuhl stand neben dem seinen, und sein alter Klassenkamerad aus Harvard sollte mit ihm die Kabine teilen. Boyne war, wenn auch nicht ausschließlich angenehm berührt, doch etwas aufgeregt und interessiert ob dieses unerwarteten Zusammentreffens von Umständen. Er drehte sich um und sah einen kleinen Jungen in der Kabinentür stehen, der ihn mit sachlichem Blick musterte.

»Gut, in Ordnung«, sagte der Junge ruhig. Er sprach mit etwas hoher Stimme, weder quengelig noch weibisch, sondern einfach nur dünn und müde, wie die schlanke kleine Gestalt selbst. Boyne schätzte ihn auf ungefähr elf Jahre und für zu hoch aufgeschossen und zu vernünftig für sein Alter – ein weiterer Beweis körperlicher Zartheit, die sich schon in seiner Stimme verriet. Er trug eine korrekte englische Schüleruniform, sah aber nicht englisch aus, sondern kosmopolitisch, als sei er durch den Kontakt mit zu vielen verschiedenen Zivilisationen verschliffen und verbraucht, oder auch vielleicht nur durch zu viele verschiedene Hotels.

Er betrachtete Boyne weiterhin kritisch, aber freundschaftlich, dann äußerte er: »Ich wohne auch hier drin, wissen Sie.«

»Tatsächlich. Und ich dachte, es wäre dein Vater.«

»Ach ja? Das ist komisch. Kennen Sie meinen Vater?«

»Ja, von früher. Ich glaube, wir waren zusammen in Harvard.«

Der junge Wheater nahm das nur schwach interessiert zur Kenntnis. »Würden Sie mir Ihren Namen sagen«, bat er, wie in Anerkennung einer gesellschaftlichen Konvention.

»Ich heiße Boyne, Martin Boyne. Aber es ist so lange her, daß dein Vater und ich zusammen waren, daß er wahrscheinlich nie von mir gesprochen hat.«

Mr. Wheaters Sohn überlegte. »Falls er es getan hat, war ich wahrscheinlich nicht dabei. Wir sind selten mit Vater zusammen«, fügte er hinzu, sichtlich um Exaktheit bemüht.

Ein Mädchen seines Alters und seiner Größe, dessen hellblondes Haar aber ein wärmeres Leuchten hatte, war ein paar Schritte in die Kabine vorgedrungen und hängte sich jetzt an seinen Arm.

»Ich habe dich überall gesucht«, sagte sie. »Judith schickt mich.«

»Aber hier bin ich doch: bei diesem Herrn.«

Das kleine Mädchen hob die langbewimperten Lider und richtete den vollen Blick zweier großer, wunderschöner grauer Augen auf Boyne. Dann schürzte sie die mohnroten Lippen und sah ihren Bruder an. »Volle vierzehn Tage, Terry. Wirst du das aushalten?«

Der Junge errötete und zog seinen Arm zurück. »Halt den Mund!« wies er sie zurecht.

»Ich will doch lieber Judith fragen, ob sie nicht dem Steward ein Trinkgeld…«

Er fuhr sie ärgerlich an. »Ich hab' gesagt, du sollst den Mund halten. Dieser Herr ist ein Freund von Vater.«

»Oh«, murmelte das kleine Mädchen und nach einem weiteren blitzschnellen Blick ihrer langbewimperten Augen: »Er sieht nicht so aus!«

»Blanca – würdest du bitte verschwinden?«

Sie zögerte, ihre leuchtendroten Lippen zitterten, dann machte sie verwirrt kehrt und lief das Deck entlang. »Sie hat von nichts eine Ahnung. Sie ist nur mein Zwilling«, sagte Terry Wheater entschuldigend.

Er sah sich noch einmal prüfend in der Kabine um, dann blickte er etwas abwesend auf Boyne und schlenderte hinter der Delinquentin her.

Boyne kehrte mit seinem Buch aufs Deck zurück, doch obwohl er es interessant fand, hinderte ihn das nicht, den leeren Stuhl mit Mrs. Wheaters Namen im Auge zu behalten. Seine Neugier war seit der Begegnung mit ihrem Sohn und ihrer Tochter gewaltig angewachsen, weil er in der letzteren, nun, da ihm die Vergangenheit deutlicher wurde, eine zugleich schwache und starke Ähnlichkeit entdeckte. Joyce Mervin, ja, auch sie hatte solche mohnroten Lippen gehabt in einem Gesicht von durchscheinender Blässe und die träge, raffinierte Art, die großen Augen taktisch richtig einzusetzen. Ihre Tochter schien aus feinerem, zarterem Stoff gemacht, als sei ein gut Teil von Mrs. Wheaters Substanz bei ihr weggelassen und durch einen Tropfen einer kostbareren Essenz ersetzt worden.

Vielleicht liegt es daran, daß dieses Kind nur eine halbe Person ist, von ihrer Mutter gab es irgendwie immer zu viel, dachte Boyne, der sich an Joyce Mervin als an jemand ungehemmt Ausufernden erinnerte. In diesem Fall genügt es vermutlich, ein Zwilling zu sein, beschloß er.

Aber wie verwirrend war das alles! Terry glich weit weniger Cliffe Wheater als sein Zwilling der Mutter. Auch hier – im Fall des Jungen beinahe noch stärker – schien Qualität die Quantität ersetzt zu haben. Boyne hatte, ohne recht zu wissen, warum, das Gefühl, daß unter Blancas anspruchsvollem Auftreten etwas Auffallendes, fast Gewöhnliches lauern könnte, ihr Bruder aber nie etwas anderes sein würde als distinguiert. Wie schade, daß der charmante kleine Kerl so krank aussah!

Plötzlich trat die junge Dame mit dem Kleinkind aus der weiter vorne gelegenen Suite. Sie führte das verschlafene Engelchen mütterlich sorgsam an der Hand das Deck entlang. Sie sank in den Liegestuhl neben Boyne, zog das Kind auf ihre Knie und bedeutete dem Steward, ihr eine Decke über die Füße zu legen. Dann lehnte sie sich mit einem zufriedenen Seufzer zurück.

»So ist es fein, was, Chip?« sagte sie mit ihrer fröhlichen, melodischen Stimme.

Chip lachte ein herzliches, sattes Lachen und befingerte prüfend ihre Hutkrempe. Es war deutlich zu sehen, daß die beiden eine hohe Meinung von einander hatten.

2

Es war nicht Boynes Aufgabe, seiner neuen Nachbarin mitzuteilen, daß der von ihr gewählte Liegestuhl für Mrs. Cliffe Wheater reserviert war. Dies um so weniger, als sie vielleicht (so beschloß er nach genauerer Überlegung) als Erzieherin oder dergleichen bei der Dame angestellt war. Doch für diese Rolle (das nach einem weiteren Blick) war sie zu jung, auch wenn sie sie gespielt und entsprechend ausgesehen hätte, was sie nicht tat. Der Ton, in dem sie mit ihren Reisegefährten sprach, war befehlend, nicht servil, die waren Nurse und Gouvernante, nicht sie. Vermutlich hatte sie Mrs. Wheaters Stuhl gewählt, weil er einer der wenigen leeren war, und wußte ganz genau, daß man sie bald bitten würde, ihn freizumachen. Genau das hätte Boyne ihr gern erspart; Joyce Wheater – die Joyce, die er gekannt hatte – würde ihren Platz nicht kampflos aufgeben.

»Entschuldigen Sie, falls jemand diesen Stuhl beansprucht, könnte ich Ihnen einen anderen suchen, ehe die ganze vordere Reihe besetzt ist.«

Der Satz klang zu lang und ungeschickt, war ihm aber entfahren, ehe er Zeit fand, ihn zu glätten. Er mußte unbedingt ihre Stimme noch einmal hören und sie dazu bringen, ihm die Augen zuzuwenden. Das tat sie jetzt, völlig gelassen. Offenbar war sie nicht überrascht, daß er sie ansprach, nur darüber, was er sagte.

»Ist das denn nicht mein Stuhl?« Sie griff nach dem Schildchen und las es. »Doch, ich dachte es mir.«

»Oh, entschuldigen Sie –«

»Schon gut. Sie werden ja wirklich schnell besetzt, nicht?«

Ihre braunen Augen mit ebenso langen Wimpern wie Blancas Augen ruhten auf ihm, dankbar für seinen guten Willen, aber er war zu verblüfft, um anderes zu sehen als ein klares Leuchten.

Dieses Kind also war Mrs. Cliffe Wheater! Nun, warum auch nicht? *Seine* Mrs. Cliffe Wheater konnte sie ja sichtlich nicht sein, aber in der heutigen Zeit mit ihren flüchtigen Partnerschaften konnte man das auch nicht erwarten. Die Wheaters, die er kannte, mußten fast zwanzig Jahre verheiratet gewesen sein, und Cliffe Wheater hatte inzwischen genügend Geld verdient, um sich ein halbes Dutzend Scheidungen und Wiederverheiratungen samt den damit verbundenen Ausgaben zu leisten. Es bedeutet ihm nicht mehr, als ein Haus zu renovieren, und sehr viel weniger, als eine Motorjacht zu steuern, dachte Boyne beinahe neidisch.

Ja, seine Nachbarin war ersichtlich eine neue – die neueste – Mrs. Wheater, vermutlich zwei oder drei Ehefrauen weiter als die arme Joyce. Doch warum sollte er an sie als an die arme Joyce denken – wenn sie aller Wahrscheinlichkeit nach auf dem Eheschachbrett die gleichen hastigen Züge getan hatte wie ihr erster Mann… Wenn dies also die neue Mrs. Cliffe Wheater war, konnte Boyne sich als alter Freund ihres Mannes in ihren Gesichtskreis drängen. Unter Passagieren auf einem Vergnügungsdampfer, fand er, war das Vorwand genug. Und doch zögerte er, weil er sich daran erinnerte, wie kühl Terry die Erwähnung seines Vaters aufgenommen hatte. Dieser moderne Ehe-Wirrwarr war für einen Fremden voller Fußangeln…

Die Frage wurde durch das Erscheinen von Blanca beantwortet, die auf sie zugetänzelt kam wie ein Schmetterling über ein Blumenbeet.

Als sie sich näherte, sagte die junge Dame neben Boyne streng: »Kind, wieso hast du keinen Mantel an? Geh sofort zu Scopy und bitte sie darum. Der Wind ist kalt.«

Blanca drückte sich schmeichelnd an sie. »Ist gut.« Doch statt zu gehen, schielte sie wieder zu Boyne hinüber. »Er sagt, er kennt Vater von früher«, verkündete sie.

Die junge Dame wandte ebenfalls den Kopf, und Boyne fühlte das rätselhafte Gewicht ihres Blicks auf seinem Gesicht. »Wie merkwürdig«, sagte sie nur. Es schien jeden in diesem Clan gleichermaßen zu erstaunen, daß Martin Boyne mit ihrem Anführer bekannt war. »Wahrscheinlich nicht elegant genug, keine Koffer aus der Bond Street«, murrte er insgeheim und dachte an die Ladung teures Schweinsleder, die seiner Nachbarin die Gangway hinauf gefolgt war.

Deren Aufmerkamkeit hatte sich bereits von ihm abgewandt. »Blanca! Ich hab' dir gesagt, geh und zieh deinen Mantel an. Und sorge dafür, daß Terry es auch tut... Lehn dich nicht so auf mich, Kind, siehst du nicht, daß Chip eingeschlafen ist?«

Es klang müde, fast gereizt, dachte Boyne, als sie sich jedoch über das Kind neigte, wurde ihr kleines Profil sanft und schmolz zu etwas Kindlichem, Sympathischem. »Psst!« mahnte sie, und Blanca schlich gehorsam auf Zehenspitzen davon.

Daraufhin beschwor Boyne Onkel Edward, den Schutzpatron der Verwegenen, und riskierte eine scherzhafte Bemerkung: »Sie haben sie wunderbar im Griff.«

Sie lächelte. »Ach, es sind ganz brave Kinder, bis auf... Zinnie!« schrie sie auf, und Boyne, der ihrem entsetzten Blick folgte, sah eine splitternackte kleine Gestalt mit karottenrotem Haarschopf und einer Bernsteinkette auf sie zuhüpfen, zum erstaunten Entzücken der Doppelreihe von Zuschauern in den Liegestühlen.

Die junge Dame war blitzschnell aufgesprungen und drückte Boyne ein nach Seife riechendes Bündel an die Brust. »Halten Sie mal Chip«, kommandierte sie. »Oh, dieser kleine Satan!« Sie jagte das Deck entlang, packte den Rotschopf und schüttelte ihn derb. »Du wirst dir eine Erkältung holen, du Unglückswurm«, schalt sie, als sei das das Wesentliche an der Ungehörigkeit des Kindes und stieß die Missetäterin in die Arme der nachfolgenden Nurse. Dann kehrte sie auf ihren Platz zurück.

»Sie haben ihn sehr schön gehalten, er schläft noch.« Sie nahm ihm das warme, noch immer friedliche, schlafduftende Kind wieder ab, und die Augen, die sie Boyne jetzt zuwandte, waren voll freundlicher Vertrautheit und, wie er fand, viel jünger als die von Blanca.

»Haben Sie schon viel mit kleinen Kindern zu tun gehabt?« fragte sie.

»Ja, aber sie waren nicht so brav – und auch nicht so schwer.«

Sie strahlte vor Stolz. »Ja, nicht wahr, er ist ein ganz schöner Brocken. Fast zwei Pfund schwerer als die meisten Zweijährigen. Als Beechy so alt war wie er, wog sie nur...«

»Beechy?« unterbrach Boyne. »Ich dachte, Sie hätten sie Zinnie genannt?«

»Zinnie? Oh, das ist jemand anderes.« Sie lachte wie ein Kind, das sich über die törichten Erwachsenen amüsiert. »Beechy ist ein ›Stief‹. Bun und Beechy sind Stiefs, sie gehören uns nur halb, wie auch Zinnie. Alle drei sind Stiefkinder. Aber wir haben sie genau so lieb wie unsere, außer Bun, wenn er ungezogen ist. Bun ist mein einziges ungezogenes Kind – ach bitte, halten Sie Chip noch mal!« rief sie aus, und wieder wurde Boyne zum Verwahrer des rosigen Schlummerbündels.

»Das da, das ist Bun – man kann ihn einfach keinen Moment alleinlassen. Man kann es nicht«, jammerte sie, als das stämmige braune Kerlchen in rotem Pullover auf allen vieren auf sie zugekrochen kam, wobei er sonderbare tierische Bell- und Krähtöne ausstieß. »Jetzt macht er gleich wieder seine Zirkustricks. Ach du meine Zeit – das geht doch nicht, wo das Schiff so stampft. Seine Mutter war Löwenbändigerin. Aber er wird sich weh tun, ich kenn ihn doch – ah, da ist Scopy! Ja, nehmen Sie ihn...«

Eine magere, schmalbrüstige Dame mit einem Gesicht, das zu freundlicher Entschlossenheit erstarrt war, einen ausgeblichenen Strohhut schief auf dem windzerzausten grauen Haar, war in Buns Kielwasser aufgetaucht und stellte ihn so energisch auf die Beine, wie das schwankende Deck es zuließ. Sein vor Zorn verfinstertes Gesicht zeigte Bereitschaft, in ein Gebrüll auszubrechen, doch in diesem

Augenblick kam ein winziges braunes Mädchen mit großen, achatfarbenen Augen und dicken, dunklen Locken aus der Einzelkabine gestürzt und lief mit ausgestreckten Armen auf ihn zu. Sofort verwandelte sich der Zorn des Missetäters in Weinen, und die beiden kleinen Geschöpfe sanken einander dramatisch an die Brust, während die Gouvernante, ungerührt von diesem Gefühlsausbruch, sie energisch in ihre Quartiere zurückbugsierte.

Die junge Dame neben Boyne lehnte sich lachend zurück. »Ist Scopy nicht ulkig! Sie kann es nicht aushalten, wenn Bun Beechy so um den Hals fällt. Sie nennt es ausländisch und unmännlich. Schließlich sind es ja auch Ausländer, es sind Italiener – aber ich bin riesig dankbar, daß Beechy einen solchen Einfluß auf Bun hat. Ohne sie hätten wir mit ihm alle Hände voll zu tun.« Sie drückte den schlaftrunkenen Chip an sich.

»Sie müssen ohnehin schon alle Hände voll zu tun haben – ich meine, auch ohne Bun?« erlaubte sich Boyne zu bemerken, erfüllt von dem Wunsch, tieferen Einblick in dieses Kinderstubenchaos zu tun und dessen diverse Fäden zu dem jungen Wesen neben sich zurückzuverfolgen. »So mit ihnen allein zu reisen – und das ohne Wheaters Hilfe«, drängte er.

Sie zuckte geringschätzig die Achseln. »Ach, der ist keine große Hilfe, er haßt es, mit uns zu reisen«, sagte sie leichthin, aber nicht unfreundlich. Boyne kam der Gedanke, daß ihre distanzierte Ansicht von menschlichen Schwächen vielleicht das Auffallendste an ihr war.

»Aber Terry ist mir eine Hilfe, eine ganz wundervolle«, setzte sie hinzu, und ein Lächeln mütterlicher Zärtlichkeit erleuchtete ihr schmales, veränderliches Gesicht, in dem ständig so viel vor sich ging, daß Boyne noch nicht Zeit gefunden hatte festzustellen, ob es eigentlich hübsch oder nur seltsam liebenswert war.

»Mein Kabinengenosse«, sagte Boyne lächelnd. »Ja, so ein großer Junge ist gewiß eine Stütze.« Er wagte nicht zu sagen, »ein so großer Sohn«, denn er mochte nicht glauben, daß dieses Mädchen neben ihm Mutter eines großen Burschen in Terrys Alter sein könnte. Und doch hatte sie ihn deutlich nicht unter die »Stiefs« eingereiht. Vorsichtig meinte er: »Ein Bursche dieses Alters ist immer stolz auf seine Mutter.« Sie schien zu überlegen. »Ich weiß nicht recht, ob Terry besonders stolz auf Joyce ist, aber er bewundert sie natürlich, wie wir alle. Sie ist so wunderschön. Ich glaube, daß sogar Blanca nie an sie heranreichen wird.«

Joyce! Boyne griff nach dem bekannten Namen wie nach einem Rettungsring. Offenbar befand sich seine alte Freundin Joyce immer noch irgendwo in diesem Labyrinth von Wheaters. Aber wo? Und wer war dieses junge Ding, das sie mit solcher Unbekümmertheit beim Vornamen nannte? Was ihm zunächst erhellend erschienen war, verwirrte ihn jetzt noch mehr.

»Wissen Sie, daß Joyce, wie Sie sie nennen, vor Jahren gut befreundet mit mir war?« Die Frage konnte schon einmal nichts schaden.

»Ach, wirklich? Wie lustig. Sie sagt, sie hätte damals genau wie Blanca ausgesehen. Stimmt das? Jetzt ist sie natürlich etwas dicker, aber nicht entfernt so dick, wie sie glaubt. Sie grämt sich deswegen. Es ist ihre größte Sorge.«

Boyne lachte. »Meinen Sie damit, daß sie keine größeren Sorgen hat?«

»Nein, nein. Jetzt nicht mehr. Die beiden waren nach Chip noch mal auf der Hochzeitsreise... nicht wahr, mein kleiner Chippo?«

Die beiden? Hochzeitsreise? *Nach* Chip? Dann gehörte das schlafende Baby gar nicht dem Mädchen, sondern Joyce Mervin... Joyce Wheater... Joyce Soundso. Wie gern hätte er jetzt gefragt: »Joyce wie?«

Mit diesem letzten Schritt vorwärts schien er wirklich ins Zentrum des Labyrinths geraten zu sein. Das Problem war jetzt, wieder herauszufinden.

Doch die vertraulichen Mitteilungen der jungen Dame schienen seine eigenen herauszufordern. Oder lag es daran, daß sie die moderne leichte Art hatte, mit Menschen umzugehen? Sehr wahrscheinlich. Trotzdem war es verzeihlich, daß ein verknöcherter alter Kerl frisch aus der Wildnis es für mehr hielt – für ein Zeichen der Sympathie, fast für eine Aufforderung, auf ihre Andeutungen hin weitere Fragen zu stellen.

»Ja, wir waren befreundet, einen Winter lang wirklich gut befreundet...«

(»Für Joyce ist das eine lange Zeit«, warf seine Nachbarin beiläufig ein.)

»...so gut befreundet, daß ich mich Ihnen vorstellen möchte. Ich heiße Martin Boyne, und ich wüßte gern, wie Sie...«

»Oh, oh...«, rief sie so gellend und hastig, daß sie ihm das letzte Wort entzweischnitt. Anfangs konnte er den Grund der neuerlichen Aufregung nicht erkennen, sah aber Sekunden später den kleinen Bun, der barfuß mit katzengleicher Geschicklichkeit über die Lehnen der äußersten Reihe Liegestühle turnte, während deren Inhaber sich vor ihm duckten und seine Geschicklichkeit mit Lachen quittierten.

»Seiltänzerin war sie auch noch, seine Mutter«, warf das Mädchen über die Schulter, während sie in Buns Richtung stürzte. Als sie ihn aufgefangen und ihm einen Klaps gegeben hatte und dann noch einen als Antwort auf sein wütendes Protestgeschrei, zerrte sie ihn zu der strengen, aufgelösten Dame, die schon das vorige Mal mit ihm fertiggeworden war. Als sie zu ihrem Stuhl zurückkehrte, blaß und etwas außer Atem, sah sie aus, als lasteten ihre häuslichen Pflichten manchmal zu schwer auf ihr. Seufzend ließ sie sich neben Boyne fallen.

»Wenn Sie jemals heiraten«, belehrte sie ihn (»woher weiß sie, daß ich nie verheiratet war?« überlegte er), »bekommen Sie bloß keine Kinder, kann ich Ihnen nur sagen. Wundert es Sie, daß Mutter und Vater keinen Wert darauf legen, mit uns allen zu reisen?«

3

Das Zeichen zum Lunch unterbrach dieses Gespräch. Boyne blieb allein zurück, um sich alles zu deuten, wie er wollte.

Beim ersten Ton des Gongs war seine Nachbarin auf den Beinen und achtete kaum auf seinen Vorschlag, falls sie nicht schon einen Platz gewählt habe, mit ihm einen Zweiertisch im Restaurant zu nehmen.

»Vielen Dank, aber ich muß natürlich mit meinen Kindern essen.« Dabei fiel ihm zu seinem Bedauern ein, daß dieser schwimmende Palast einen eigenen Speisesaal für jugendliche Passagiere hatte.

»Zum Kuckuck, ich hätte ganz gern mal ein paar Minuten in Ruhe mit ihr gesprochen.«

Statt dessen schlenderte er wieder zu seinem üblichen Platz an einem Tisch mit Überzähligen gleich ihm: einer ernsthaften Dame mit Brille, die sich »auf Sizilien vorbereitete«, einem älteren Mann, der jeden Morgen verkündete: »Ich sag' ja immer, solchen Frühstücksspeck wie auf diesem Luxusdampfer kriege ich daheim nicht«, und einem blassen Geistlichen, den seine Pfarrkinder auf Erholungsreise geschickt hatten und der nur zu einem fest entschlossen war, den Besuch der Katakomben zu verweigern. »Nur ein einziges Mal möchte ich als Heide leben«, gestand er Boyne mit einem asketischen Lächeln, das zwischen quälenden Hustenanfällen seine abgewetzten Zähne und sein blasses Zahnfleisch zeigte.

Nach dem Lunch eilte Boyne zurück in seine Ecke und hoffte, seinen Nachbarstuhl bereits besetzt zu finden. Doch er war leer und blieb es auch, während der lange blaue Tag sich unmerklich dem Abend zuneigte.

»Vater und Mutter legen keinen Wert drauf, mit uns allen zu verreisen«, hatte das Mädchen gesagt. »Vater und Mutter«, damit konnte, soweit Boyne verstanden hatte, nur der alte Cliffe Wheater aus der gemeinsamen Studienzeit vor den Examen gemeint sein. In dem Fall war das magere eifrige Mädchen neben ihm die älteste Tochter, vermutlich kurz nach der Schließung seiner Ehe geboren, aus der dreizehn oder vierzehn Jahre später der stämmige, robuste Chip hervorgegangen war.

»Das alles ist sehr ungewöhnlich.« Es vermittelte Boyne eine günstigere Vorstellung vom Ehestand, als er sie vor kurzem noch gehegt hatte und ließ ihn leichteren Herzens an die Begegnung mit der Dame denken, die ihn in den Dolomiten erwartete und die er seit fünf Jahren nicht mehr gesehen hatte. Es mußte hübsch sein, ein so starkes, solides Baby wie Chip zum Kind zu haben...

Doch kaum glaubte er das Verwirrspiel der Cliffe Wheaters gelöst zu haben, als der Gedanke an das geheimnisvolle Trio Zinnie, Bun und Beechy seine korrekte Gleichung schon wieder durcheinanderbrachte. Die »Stiefs«, wer um alles in der Welt waren die Stiefs und wie und wo gehörten sie in die Familiengruppe, die mit Judith (hatten sie sie nicht so genannt?) an dem einen und Chip an dem anderen Ende einen geschlossenen Kreis zu bilden schien? Miss Wheater hatte ihm, soweit er sich erinnerte, einige Einzelheiten über die zwei braunen Kinder Bun und Beechy hingeworfen. »Ausländer... Italiener...« Dann gehörten sie also weder Cliffe Wheater noch seiner Frau. Seiner Frau schon ganz bestimmt nicht, denn Judith hatte, als sie von Bun sprach, erwähnt: »Seine Mutter war Löwenbändigerin«, nicht als ob sie diesen Ausdruck bildlich meinte, sondern schlicht als Berufsbezeichnung.

Was nun Zinnie betraf, das rote Teufelchen, so war sie überhaupt nicht einzuordnen, und nichts an ihrem schlauen, frechen Gesichtchen mit den Sommersprossen und der Stupsnase unter dem brandroten Haarschopf ließ auf eine Blutsverwandtschaft mit den kleinen Italienern schließen. Zinnie wirkte betont amerikanisch, so amerikanisch, wie Beechy und Bun italienisch, und weit mehr als die drei älteren Wheaters, die von kosmopolitischen Kontakten abgeschliffen waren. Die »Stiefs« hatten das fest Bestimmbare, das Biologen artspezifisch nennen, während Judith, Blanca und Terry exquisiten Züchtungen glichen. Je mehr sich Boyne auf das Problem konzentrierte, desto undurchsichtiger wurde es.

Selbst die ereignislosesten Seereisen erweisen sich als günstig, um einander näherzukommen. Im Lauf des Nachmittags erschien die grauhaarige Dame, von den jungen Wheaters als »Scopy« bezeichnet, an Deck, diesmal allein und offenbar auf der Suche nach einem Sitzplatz. Boyne machte sie sofort auf den neben sich aufmerksam, und die Dame äußerte mit kargem Lächeln: »Ich glaube, unserer ist auf der anderen Seite, aber ich kann ja diesen nehmen, solange Judith sich ausruht«, und ließ sich mit ekkiger Präzision neben ihm nieder.

Dabei warf sie ihm einen Blick schüchternen Wohlwollens zu und äußerte: »Wie ich von Judith höre, sind Sie ein Freund der Familie?«

Boyne bejahte eifrig, und sie sprach weiter: was für eine Beruhigung es doch sei, auf einem der langen Trecks mit den Kindern jemanden zu treffen, der ein Freund der Eltern war und im Notfall um Hilfe gebeten werden könne. »Dazu besteht zwar im Moment kein Anlaß, doch ist es eine schwere Verantwortung für Judith, die ganze Horde von Biskra nach Venedig zu schaffen, und wir sind auch immer recht beunruhigt wegen Terry. Selbst nach vier Monaten Biskra hat er sich nicht so erholt, wie wir hofften... Immer noch ein bißchen Temperatur abends...« Sie seufzte und wandte ihr kantiges, wettergegerbtes Gesicht ab, das aussah wie eine Klippe, auf der ganz oben ein Eremit sein unsicheres Asyl gebaut hatte – ihren Hut.

»Sie haben Angst um Terry? Er sieht ein bißchen elend aus.« Boyne hoffte, sie durch den vertraulichen Ton des alten Familienfreundes zu weiteren Mitteilungen anzuregen.

»Angst? Ich bin gegen diesen Ausdruck. Judith würde ihn auch nicht zulassen. Aber wir behalten ihn immer im

Auge, den lieben Jungen – und im Herzen.« Sie seufzte wieder, er sah, daß sie den Kopf abwandte, weil es ihr naß in die Augen stieg.

»Wie Sie ganz richtig sagen, ist es eine gewaltige Verantwortung für Miss Wheater.« Er stockte und fuhr dann fort. »Ich kann mir ihr Alter einigermaßen ausrechnen, denn ich war vor der Heirat ihrer Eltern oft mit ihnen zusammen.«

Es stärkte seine Selbstachtung, daß die als Scopy bezeichnete Dame das weniger gleichgültig aufnahm als ihre jungen Schutzbefohlenen. Es schien sie eindeutig zu interessieren, ja sogar zu beruhigen, daß Boyne irgendwann im Leben der Freund der Cliffe Wheaters gewesen war. »Ich wünschte nur, Sie wären auch seitdem manchmal mit ihnen zusammengekommen«, sagte sie und seufzte wieder.

»Unsere Wege haben sich getrennt, ziemlich weit sogar, so sehr, daß ich anfangs nicht wußte, ob... nun bis ich Chip sah...«

»Ach, der arme kleine Chipstone, der ist unsere Hoffnung und unser Trost.« Sie sah zu Boden, und ein ziegelfarbenes Erröten überzog ihr Gesicht, wie der Sonnenuntergang den Granit. »Verstehen Sie – wo doch Terry so zart ist – Zwillinge sind das ja oft –, hat sich Mr. Wheater immer noch einen Jungen gewünscht.«

»Nun, Chip sieht aus wie eine recht solide Basis für Zukunftshoffnungen.«

Sie lächelte etwas freudlos und murmelte. »Er hat uns nie auch nur den geringsten Ärger gemacht.«

All das war für den Hörer höchst interessant, doch ließ es die drei »Stiefs« noch immer unerklärt, von denen Judith gesagt hatte, sie seien ihnen ebenso lieb, als seien sie »ganz und gar unsere«.

»Nicht den geringsten Ärger, ich wollte, ich könnte das auch von den anderen sagen«, fuhr seine Nachbarin fort und nahm, wie er gehofft hatte, die seltene Gelegenheit wahr, über ihre Kümmernisse zu sprechen.

»Den anderen? Sie meinen –«

»Ja, die fremden Kinder mit ihren Szenen, ihrem Geschrei und Theater. Ich werde mich nie an sie gewöhnen – nie!«

»Aber Zinnie, Zinnie ist doch bestimmt nicht fremd«, lockte Boyne sie weiter.

»Fremd für unseren Geschmack, o doch, eigentlich fremder als die beiden anderen, die wenigstens vom Vater her...« Sie senkte die Stimme und sah sich sichernd um, ehe sie weitersprach: »Sie haben doch von Zinnia Lacrosse, dem Filmstar, gehört, nehme ich an?«

Boyne zermarterte sich das Hirn, das mit Filmstars schlecht bestückt war, und glaubte schließlich, von ihr gehört zu haben. »Hat sie nicht kürzlich einen Rennstallbesitzer geheiratet, einen Lord soundso?«

»Ich weiß nicht, was ihre letzte Ungeheuerlichkeit gewesen ist. Jemand dieses Namens hat jedenfalls Mr. Wheater geheiratet und Zinnie bekommen.«

Wheater geheiratet? Zinnia Lacrosse hatte Cliffe Wheater geheiratet? Wer um Himmelswillen war denn dann Chipstones Mutter? Boyne hätte am liebsten ausgerufen: »Ach bitte nicht noch mehr Verwirrspiele. Lassen Sie mir Zeit, lassen Sie mir Zeit!« Doch seine Nachbarin war nun mit ihren Eröffnungen schon so in Fahrt, daß sie weiterredete und ihm kaum mehr Beachtung schenkte, als wäre sein Gesicht ein engmaschiges Sieb, durch das sie ihre Kümmernisse goß. »Es ist unfaßbar und doch ist es so. Mr. Wheater hat Zinnia Lacrosse geheiratet. Und Zinnie ist ihr Kind. In Wahrheit ist es nicht allein seine Schuld. Ich habe Mr. Wheater stets verteidigt. Wo er doch so bedrückt war, nachdem Mrs. Wheater ihn verlassen hatte, und sich doch so schrecklich noch einen Jungen wünschte, der einmal die vielen Millionen erbt...«

Boyne streckte die Hand in die Höhe wie ein Ertrinkender. Mrs. Wheater hatte Wheater verlassen? Ja aber wann denn, wo denn, wie denn? Er beschwor die erbarmungslose Berichterstatterin, ihm nur jeweils eine Sache zu erzählen, nur eine, das plötzliche Auftauchen von immer neuen Menschen und neuen Kindern sei zu verwirrend für jemand, der viele Jahre in der Wüste gelebt hatte.

»In der Wüste? Die wahre Wüste ist die Welt, in der wir leben, alle paar Wochen unsere Zelte abbrechen und weiterziehen. Und die Ehen sind genau wie die Zelte: sie werden zusammengeklappt und weggeworfen, wenn man sie nicht mehr braucht.«

Doch sie sah wenigstens ein, daß sie seine Teilnahme nur erwarten durfte, wenn sie ihm alles begreiflich machte, und nach einem nochmaligen behutsamen Blick das Deck hinauf und hinunter ging sie daran, das Rätsel zu lösen und die Lücken zu füllen. Sie habe natürlich angenommen, da Judith ihr gesagt hatte, daß er – wie war doch noch der Name? Boyne? Danke. Sie heiße Miss Scope, Horatia Scope (sie wußte, daß die Kinder sie hinter ihrem Rücken Horror Scope nannten, aber das machte ihr nichts aus) – da nun Judith ihr gesagt habe, Mr. Boyne sei ein Freund der Eltern, habe Miss Scope angenommen, daß er mit der Reihenfolge der Episoden in der bewegten Geschichte des Ehepaares vertraut sei. Nun sie jedoch sehe, daß er nichts davon wußte, wolle sie sich Mühe geben, ihm alles klar zu machen, wenn man das Wort »klar« in einer so verworrenen Geschichte anwenden dürfe. Da gebe es viel zu erklären, wie er gleich sehen werde, aber wenn jemand in der Lage sei, ihn aufzuklären, dann sie, denn sie sei als Judiths Gouvernante zu den Wheaters gekommen, ehe Blanca und Terry geboren wurden, vor dem ersten, nein, dem zweiten ernsthaften Ehekrach, setzte sie hinzu, als spräche sie von der Invasion der Hethiter.

Kräche hatte es seitdem offenbar viele gegeben, sie hatte sie nicht mehr gezählt, wie sie gestand, doch der ganz schlimme, der verhängnisvolle, war erst gewesen, als Mrs. Wheater ihrem Märchenprinzen begegnet war, dem verruchten Buondelmonte, dem Vater von Bunny und Beechy, die eigentlich Astorre und Beatrice Buondelmonte hießen.

Hier mußte Boyne, der zu ertrinken drohte, wieder die

Hand heben. Wenn aber Zinnie Wheaters Kind war, warf er ein, warum waren dann Bun und Beechy Mrs. Wheaters Kinder? Und wessen Kind um Himmelswillen war Chipstone? Tja, sagte Miss Scope, sie verstehe sein Erstaunen, seine Verblüffung, es spreche für ihn, verkündete sie, daß er zu hochherzig sei, um die ganze schmerzliche Wahrheit auf den ersten Blick zu erfassen. Nein, Bun und Beechy seien Gott sei dank nicht Mrs. Wheaters Kinder, sie seien Sprößlinge des skrupellosen Prinzen Buondelmonte und einer üblen Person, einer Zirkusartistin, wie sie glaube, die er geheiratet und verlassen hatte, ehe sich Mrs. Wheater in ihn vernarrte. (Vernarrt sei ein schlimmes Wort, sie wußte es, aber Mrs. Wheater benutze es selber, wenn sie von dieser unseligen Zeit spreche).

Mrs. Wheater in ihrem Wahn hatte darauf bestanden, ihren Ehemann zu verlassen und den Prinzen Buondelmonte zu heiraten. Mr. Wheater war trotz ihrer skandalösen Aufführung äußerst ritterlich und »nahm die Schuld auf sich« (Boyne freute sich über diese Floskel), um seiner Frau die Scheidung zu ermöglichen, bestand jedoch auf seinem Recht, Terry zu behalten und auf einem viermonatigen Besuch von Judith und Blanca einmal im Jahr. Und da sie einen erbitterten Krieg um die Alimente führten, mußte Mrs. Wheater in bezug auf die Kinder nachgeben – und damit begann Judiths großer Kummer. Schon als kleines Ding, erklärte Miss Scope, habe Judith es nicht ertragen, wenn ihre Eltern stritten. Daran hatte sie sich zwar leider gewöhnen müssen, woran sie sich aber nicht gewöhnte, war, nach der Scheidung und den beiden Wiederverheiratungen von Terry getrennt zu sein und jedes Jahr von Pontius zu Pilatus verfrachtet zu werden, erst in das eine Palasthotel und dann in ein anderes, wo immer der eine oder andere Elternteil zufällig residierte. Das sei der Grund, meinte Miss Scope, weshalb ihre Augen schon so erwachsen dreinschauten.

Zum Glück war Mrs. Wheaters Verblendung nicht von Dauer, dafür sorgte der Prinz. Sie waren noch kein Jahr verheiratet, da zeigte er ihr sein wahres Gesicht. Die arme Judith, die in diesen letzten fürchterlichen Monaten mit ihrer Mutter allein war, hatte einiges davon mitbekommen. Doch Miss Scope merkte, daß sie nicht abschweifen durfte, sondern sich an die Grundzüge ihres Berichts halten mußte, damit sie für Mr. Boyne etwas klarer wurden...

Nun, als Mrs. Wheater die Augen aufgingen und sie sich endgültig von dem Prinzen trennte, taten ihr Beatrice und Astorre so leid – es gab ja kaum jemand, der liebevoller war als Mrs. Wheater –, daß sie die armen Kleinen bei sich behielt und seither immer bei sich behalten hatte. Deren Vater war natürlich nur zu froh, sie los zu sein, und ihre elende Mutter ebenso. Hier machte Miss Scope eine Atempause und hoffte, daß Mr. Boyne mittlerweile anfing zu begreifen...

»Das schon, ja, – aber Chipstone?« beharrte er geduldig.

»Ach, Chip, unser lieber Chip ist ein echter Wheater. Er ist seinem Vater wie aus dem Gesicht geschnitten, finden Sie nicht? Ich merke schon, ich habe Ihnen noch nicht alle Fäden entwirrt. Es sind eben zu viele. Wo war ich stehengeblieben? Ja, bei Mrs. Wheaters Trennung von ihrem Mann. Sie wissen ja, in Italien gibt es keine Scheidung, und sie dachte schon, sie wäre lebenslang an den Prinzen gebunden. Doch zum Glück entdeckten ihre Anwälte, daß er bereits rechtmäßig verheiratet war, in irgendeinem italienischen Konsulat am anderen Ende der Welt – mit der Mutter von Bun und Beechy, und da die Frau noch lebte, war die Ehe des Prinzen mit Mrs. Wheater Bigamie und wurde sofort annulliert, und sie wurde wieder Mrs. Wheater...«

»Und dann?«

»Dann war sie todunglücklich über das alles, und Mr. Wheater auch, weil er mittlerweile festgestellt hatte, mit was für einem Monstrum er verheiratet war, und schon die Scheidung eingereicht hatte. Und Judith, die damals dreizehn war und so vernünftig und erwachsen, wie sie es heute ist, bettelte und beschwor ihre Eltern, sich zu treffen und über alles miteinander zu reden und sich zu überlegen, ob sie nicht wieder zusammenfinden könnten, damit man die Kinder nie mehr trennen und hierhin und dorthin schicken mußte wie Postpakete –«

»Das hat sie getan, dieses Kind?«

»Judith war nie ein Kind, dazu war nie Zeit. So brachte sie denn Mr. und Mrs. Wheater wieder zusammen, und beide waren sehr unglücklich über ihre begangenen Fehler, und es wurde ihnen klar, was für einen Unsinn sie angerichtet hatten – und schließlich beschlossen sie, es noch einmal mit einander zu versuchen und haben vor drei Jahren wieder geheiratet, und dann wurde Chip geboren, und das hat natürlich alles in Ordnung gebracht – vorläufig.«

»Vorläufig?« Boyne stockte der Atem, und die Gouvernante strich sich ihr windzerzaustes Haar zurück und wandte ihm ihr verhärmtes, rechtschaffenes Gesicht zu.

»Wenn ich ehrlich bin, kann ich doch nicht mehr sagen als ›vorläufig‹? Aber ich tue es wirklich nur aus Angst, aus Angst, daß die Parzen mithören... Alles läuft so glatt wie möglich, und wir sollten alle vollkommen zufrieden sein, wäre nicht der arme Terry, dessen Gesundheitszustand nie so recht befriedigt... Mr. und Mrs. Wheater vergöttern Chip und haben die anderen Kinder sehr lieb. Judith ist beinahe sicher, daß es diesmal hält.«

Miss Scope wandte den Blick. Ihr »beinahe« tat Boyne in der Seele weh, und er hätte gern die Hand ausgestreckt und den großen grauen Baumwollhandschuh ergriffen, der sich auf ihrem Knie ballte. Statt dessen sagte er nur: »Wenn überhaupt jemand dafür sorgen kann, daß es dauert, dann Sie und Judith«, und die Gouvernante antwortete: »O nein, es ist ganz allein Judith. Alle Kinder stehen hinter ihr und sagen, sie wollen nie wieder getrennt werden. Selbst die Kleinen. Sie hängen weit inniger an einander, als man annehmen möchte, wenn man sie so zanken und streiten hört. Außerdem vergöttern sie Judith. Auch die beiden Fremden.«

4

Anfangs waren die Kinder einstimmig und entschlossen dagegen gewesen, nach Monreale zu fahren.

Lange ehe das Schiff Palermo ansteuerte, wurde diese Frage eingehend unter ihnen debattiert. Judith, die noch nie in Sizilien gewesen war, hatte Boyne darüber befragt, wie man den einzigen dafür vorgesehenen Tag am lohnendsten verwenden sollte. Boyne, der zunächst zu Segesta geraten hatte, schlug ihnen, als er erfuhr, daß alle einschließlich Chip mitmachen sollten, Monreale als eher erreichbar vor.

»Und es ist wirklich wunderschön, ja?« Judith sah ihn aus erlebnishungrigen Augen an.

»Es gehört zum Schönsten auf der Welt. Allein die Mosaiken...«

Sie faltete schwärmerisch die Hände. »Da müssen wir hin. Ich habe noch so wenig gesehen.«

»Und ich dachte, Sie kennen Europa von einem Ende bis zum anderen?«

»Auf solchen Reisen sieht man nichts außer Schlafwagen und Palasthotels, wissen Sie. Mutter und Vater haben nie einen Reiseführer, sie fragen den Hotelportier, wohin man so geht. Und dann kommt jedesmal etwas dazwischen, und sie fahren nicht. Sie müssen mir alles zeigen – alles!«

»Fangen wir also mit Monreale an.«

Doch die Kinder waren anderer Ansicht. Miss Scope hatte unglücklicherweise auf dem Schiff einen alten Baedeker gefunden, ihre undeutlichen Erinnerungen an von früheren Schülern Übernommenes aufgefrischt und den Namen jenes herrlichen herzoglichen Gartens wiedergefunden, der größtenteils voller Orangenbäume in Blüte *und* Frucht gewesen war. Ihre einstigen Schutzbefohlenen hatten ihn besucht, das wußte sie noch, und die Gärtner hatten ihnen erlaubt, sich so viele Orangen vom Boden aufzulesen, wie sie mitnehmen konnten.

Daraufhin stimmten die Kinder, eine einige autonome Gruppe, wie ein Mann für den Giardino Aumale. Boyne hatte bereits festgestellt, daß es trotz Judiths starkem Einfluß Momente gab, in denen sie hilflos war gegen ihre geschlossene Opposition. Im vorliegenden Fall richteten weder Widerspruch noch Überredung das Geringste aus. Schließlich beschloß Terry, der als der einzige Mann der Schar offenbar ein Beispiel von Vernunft geben wollte, Judith, die so viele Mühe damit hatte, auf sie alle aufzupassen, dürfe fahren, wohin sie wolle. Daraufhin riß Bun, im Begriff, in Geheul auszubrechen, den Mund zu einem Rechteck auf, und Blanca bemerkte spitz, man könne also durchsetzen, was man wolle, man mußte nur so tun, als gäbe man nach. »Gut, dann versuch das doch mal«, gab Terry streng zurück, und seiner Schwester stieg das Blut in die zarte Haut, als habe er sie geschlagen.

»Terry, du bist wirklich ein Biest. Ich hab' doch nur –« Beechy war inzwischen angesichts von Buns Kummer in Tränen ausgebrochen, drückte seinen zerzausten Kopf an ihre Brust und murmelte: »Zitto, zitto, carissimo! Cuore mio!« und starrte Judith und Terry böse an.

»Ich will dahin, wo man Oranschen essen kann«, sagte Zinnie mit ihrer metallischen amerikanischen Stimme, mit der sie die genannten Früchte beinahe hätte schälen können, »– und wenn nicht, will ich noch was viel, viel Besseres, und das will ich dann wirklich.«

Boyne lachte, und Judith meinte resignierend: »Dann wollen wir lieber zu diesem Orangengarten fahren.«

»Nun hört mal alle her«, schaltete Terry sich ein, »die Kleinen sind versessen darauf, die Geschichte aus den uralten Zeiten zu Ende zu hören, die von den zwei Kindern, die noch nie einen Motor gesehen hatten. Sie haben Flugzeuge und Maschinen und Röntgenstrahlen und Rundfunk so satt, und du weißt doch, daß du versprochen hast, sie eines Tages fertig zu erzählen. Warum fahren wir nicht zu dem Ort, den du sehen willst, und du gelobst und schwörst, die Geschichte dort zu Ende zu erzählen, und wir kriegen alle Schokoladenkuchen zum Tee?«

»Ich liefere die Orangen«, warf Boyne ein. »Neben dem Kloster ist ein entzückender Garten, und ich überrede den Pförtner, daß er uns hineinläßt, und dort picknicken wir.«

»Mit massenhaft Oranschen«, verlangte Zinnie mit schlauer Miene, während Beechy erneut Buns Tränen mit ihrem zerknitterten Schürzchen trocknete, und Bun verließ sie herzlos, um Handstandüberschläge auf dem Deck zu machen, und schrie dabei: »Noranschen, Noranschen, Noranschen!«

»Na schön, ich hab's ja gewußt«, murmelte Blanca und warf Boyne einen ihrer grauen Blicke zu. Judith nahm Chip auf den Arm und verkündete triumphierend: »Er sagt, er will nach Monreale.«

»Dann ist es natürlich entschieden«, sagte Blanca und ließ ergeben die Lider sinken.

Zwischen Zinnie, Beechy und Bun hatte sich wortreicher Disput erhoben, ob das Obst, nach dem sie lautstark verlangten, Oranschen oder Noranschen hieß, und Judith und Miss Scope nutzten die Ablenkung, um die Einzelheiten der Expedition mit Boyne zu besprechen. Am nächsten Morgen, als der Dampfer vor Palermo beidrehte, befand sich die kleine Schar ausgerüstet und bereit an der Spitze der Passagiere, die auf den Schlepper warteten.

Boyne lag der Länge nach auf einer Steinbank in der Sonne und lauschte mit halbgeschlossenen Augen Judiths eifriger, durchdringender Stimme. Er hatte den Kustoden, der auf seiner warmen Terrasse oberhalb des Orangengartens döste, bestochen, sie aus dem Kreuzgang in den lavendelduftenden Garten der Kathedrale einzulassen. Weit draußen jenseits der Ebene fielen die Berge in immer schwächer werdendem, abgestuftem Blau zum dunkleren Blau des Meeres ab, an dem die Stadt mit ihren Kuppeln und Türmen verschwommen schimmerte. Und hier, ganz in der

Nähe, saß Judith Wheater in der Sonne, die Kinder um ihre Knie. Scopy und die Kinderfrau blieben in diskreter Entfernung, strickten und bewachten den Picknickkorb. Judiths Stimme fuhr fort: »Aber als Polycarp und Lullaby in der Kutsche mit dem weißen Pferd davor zum Schloß ihrer Mamma heimfuhren, da merkten sie, daß das Fußabstreifer-Zebra aufgestanden war und alle Blumen aus den Salonvasen fraß, und die großen gelben Vögel auf der Tapete flogen herum und machten eine fürchterliche Unordnung, weil sie in allen Zimmern Körnchen verstreuten. Aber das Allermerkwürdigste war: auch der Kuckuck von der Kinderzimmeruhr war weggeflogen, so daß die Kinderfrauen nicht wußten, wie spät es war und wann die Kinder ins Bett mußten und wann wieder aufstehen...«

»Wie schön, wie schön«, jubelte Bun, und Beechy sekundierte »wie schön, wie wunderschön...«

»Gar nicht schön«, sagte Judith streng. »Es war das Schlimmste, was ihnen bis jetzt passiert war, denn die Köchin wußte auch nicht mehr, wie spät es war, und keiner im Haus konnte es ihr sagen, und deswegen war kein Frühstück hergerichtet, und die Köchin ging einfach weg und machte einen Ritt auf dem Zebra, weil sie keine eigene Kutsche hatte, und meinte, sie hätte ja sonst nichts zu tun.«

»Warum haben sie's nicht ihren Eltern gesagt?« erkundigte sich Zinnie sachlich.

»Weil sie neue Eltern gekriegt hatten, die das mit dem Kuckuck auch nicht wußten, denk ich mir«, sagte Bun mit Nachdruck.

»Warum sind die Kinder denn nicht mit ihren vorigen Eltern mit?« warf Zinnie ein.

»Weil die Freundin ihrer früheren Mutter Ali Mende nicht groß genug war. Nicht groß genug... groß genug..., um sie alle mitzunehmen...« Bun brach ab, sichtlich unsicher, was nun kommen sollte.

»Groß genug, um sie alle auf ihren Rücken zu laden und wegzutragen. Aber ich glaube, der neue Vater und die neue Mutter wären schon recht gewesen«, fuhr Judith fort,

»wenn die Kinder nur Geduld gehabt hätten und gewußt hätten, wie man sie behandelt; aber zu Anfang wußten sie es eben nicht und außerdem, um die Zeit, von der ich euch erzähle, waren sie zufällig auf Reisen –«

»Warum haben dann die Kinder nicht angerufen und gesagt, sie sollen wiederkommen?«

»Weil es damals noch keine Telefone gab.«

»Keine Telefone? Steht das im Geschichtenbuch?« fragte Zinnie skeptisch.

»Aber ja, Dummchen. Als zum Beispiel Scopy klein war«, erläuterte Terry, »hat sie auch in einem Haus gewohnt, wo es kein Telefon gab.«

Die zartbesaitete Beechy machte Anstalten, wegen Scopys Entbehrungen in Tränen auszubrechen, aber Scopy schaltete sich ein mit einem strengen: »Beatrice, bitte, keine Szene!« und die Erzählerin fuhr fort: »Also konnten sie gar kein Frühstück bestellen und da –«

»Oh, ich weiß, ich weiß. Sie sind verhungert, poverini«, jammerte Beechy, die für ihren Kummer ein neues Objekt gefunden hatte, und streckte ihre braunen Ärmchen in gequältem Mitgefühl gen Himmel.

»Noch nicht. Denn am Waldrand trafen sie –«

»Was für 'n Wald? Vorher gab's keinen Wald«, sagte Zinnie scharf.

»Nein. Aber jetzt gab es einen, denn alle Bäume und Blumen waren von der Tapete herunter in den Garten hinausgegangen, um dort zu wachsen, damit die großen Vögel einen Wald hatten, in dem sie ihre Nester bauen konnten, und die Zebras –«

»Zebras? Vorher gab es nur eines.« Das kam ironisch von der erwachsen blickenden, gleichgültigen Blanca.

»Du Dumme du, es war schon mal verheiratet gewesen und hatte eine Menge süßer Waisenkinder und drei süße kleine Stiefkinder, solche wie wir, und Mrs. Zebra hatte auch schon eine große Familie, nöö, zwei große Familien«, verkündete Zinnie und zählte die einzelnen Gruppen an ihren Grübchenfingern her.

»Oh, wie schön für das Zebra. Und dann blieben alle kleinen Zebras für immer zusammen, für immer und ewig. Sag, daß es so war, Judith, sag doch«, schrie Beechy.

»Natürlich, so war es. (Zinnie, du darfst nicht ›Du Dumme‹ zu Blanca sagen) Aber die ganze Zeit hatten Polycarp und Lullaby einen schrecklichen Hunger, weil die Uhr stehengeblieben war, und die Köchin auf dem Zebra weggeritten...«

»Und sie sind verhungert – ganz langsam totgehungert...«, sagte Zinnie schadenfroh.

»Nein, denn am Waldrand, wen trafen sie da, da trafen sie einen großen, starken Mann mit einem Aut- nein, ich meine, mit einem Ponywagen...«

»Was is'n ein Pony?«

»Ein kleines Pferd, ungefähr so groß wie Bun.«

»Oh, oh, ich bin ein Pony!« rief Bun, schlug aus und wieherte.

»Und der Ponywagen war voll – randvoll – womit, glaubt ihr?« schloß Judith, und ihre Frage ging unter in einstimmigem Freudengeschrei: »Orangen, Noranschen, Zoranschen!« einer hüpfenden und sich balgenden Gruppe, vor der in diesem dramatischen Augenblick Boyne zuvorkommend seine goldenen Ballen aufgebunden hatte, während Miss Scope und die Kinderfrau murmelten: »Kinder, Kinder, na, na...«

»Das ist unsere Chance«, sagte Boyne, »rasch zur Kathedrale!«

Er schob seinen Arm durch den Judiths und zog sie durch den Kreuzgang in die große, hallende Basilika. Anfangs war nach ihrer langen Sitzung auf der sonnenüberfluteten Terrasse alles wie in undurchdringliches Dämmerlicht gehüllt. Doch nach und nach begannen die gewaltigen Mauern und Gewölbebogen ihren übernatürlichen Glanz auszustrahlen, das geballte Sonnenlicht aus Gold, Ambra und feuerfarbenen Mosaiken, von dem sich die Gestalten der Heiligen, Propheten, Könige und Weisen in bleicher Feierlichkeit abhoben. Boyne führte das Mädchen zu einem Pfeiler des Mittelschiffs, und sie setzten sich auf den vorspringenden Sockel.

»Was Sie von hier aus sehen –«

Doch er merkte bald, daß sie nichts sah. Ihr kleines Profil wandte sich beflissen in die angegebene Richtung, mit zurückgelehntem Kopf und geöffneten Lippen. Die langen Wimpern waren aufwärts gebogen, doch in dem Gesicht, das sonst Schauplatz verschiedenartigster Gefühle war, geschah gar nichts.

So saß sie lange. Er rührte sich nicht und sprach kein weiteres Wort. Schließlich wandte sie sich ihm zu und sagte schüchtern (es war das erstemal, daß er Schüchternheit bei ihr bemerkte): »Ich glaube, ich bin noch viel unwissender, als Sie sich vorstellen können.«

»Wollen Sie damit sagen, daß das alles Sie nicht besonders beeindruckt?«

Sie senkte die Stimme: »Ich glaube, all diese riesigen Menschen da oben machen mir ein bißchen Angst.« Und fügte hinzu: »Ich bin froh, daß ich Chip nicht mitgenommen habe.«

»Sie Kind!« Er ließ seine Hand mit einem kleinen Lachen auf die ihre sinken. Was wurde sie doch für ein Kindskopf, sobald sie von den anderen Kindern getrennt war.

»Aber ich möchte es so gern bewundern, wissen Sie«, fuhr sie ernsthaft fort, »weil Sie es bewundern, und Scopy sagt, Sie wissen so viel über alles.«

»Das ist keine Frage des Wissens –«, begann er, verstummte aber. War es schließlich nicht genau das? Wie viele tausend Assoziationen des Auges und Verstandes, Erinnerungen an Bücher, Bilder, an große Namen und Taten spannen sich zwischen ihm und diesen übermenschlichen Bildnissen und schufen einen Weg von seiner Welt zu der ihren? Ja, es war töricht von ihm gewesen zu erwarten, daß ein Kind von fünfzehn oder sechzehn, in völliger Unkenntnis der Vergangenheit aufgewachsen und mit nicht mehr Verständnis als ein Wilder für den subtilen beziehungsreichen Symbolismus der Kunst, in Monreale anderes empfinden sollte als Bedrückung durch dessen erschreckende Unwirklichkeit.

Und doch war er enttäuscht, weil er bereits, wie alle Männer, drauf und dran war, die Frau des Augenblicks mit den Eigenschaften auszustatten, die für ihn das Leben interessant machten.

»Frau? Sie ist keine Frau. Sie ist ein Kind.« Daß er sie für etwas anderes hielt, war der größte Unsinn bei der ganzen Sache. Vage verärgert über sich und sie stand er auf und kehrte dem goldenen Abgrund der Apsis den Rücken. »Kommen Sie, es ist kalt hier nach unserem Sonnenbad. Gärten sind eben doch das Beste.«

Im Tor hielt sie einen Moment inne und blickte ein wenig wehmütig zurück auf das mächtige Gesamtbild, das sie verließen. »Eines Tages, das weiß ich, würde ich gern wieder herkommen«, sagte sie.

»Dann fahren wir wieder hierher«, antwortete er mechanisch.

Aber draußen im Sonnenschein, als die Kinder um sie herumhüpften und sie mit Freudenschreien zu der Decke mit dem Picknickgeschirr zogen, war sie sofort wieder fraulich – fröhlich, kompetent, gefaßt und ganz Herrin der Situation...

Es war entschieden so, daß Boyne sie immer weniger in Zeit und Raum einordnen konnte, je näher er sie kennenlernte. Er wußte nicht einmal, wie alt sie war, zwischen fünfzehn und siebzehn, nahm er an, ebensowenig war er zu einem Urteil darüber gekommen, ob sie hübsch war. Vorhin in der Kathedrale hatte er sie beinahe für häßlich gehalten, mit den gelangweilt hängenden Mundwinkeln, der blassen Haut, die tot wirkte, wenn keine Heiterkeit sie erleuchtete, ihrem dichten braunen Haar, das einfach nur dicht und braun war, ohne den gewissen Zauber, der das Haar mancher Frauen so lebendig macht wie ihre Lippen, und ihrer charakterlosen kleinen Nase, die weder perfekt gezeichnet war wie die von Blanca, noch drollig frech wie die von Zinnie. Wenn man sie so beschrieb, würdigte man sie zu einem Bündel Negativa herab, aber hier draußen in der Sonne, als ihr der Hut vom zerzausten Haar geglitten war, die Kinder auf ihr herumturnten, wurde ihr Mund zur Flamme, ihre Augen lachbereit, ihr magerer, zerbrechlicher Körper zu flimmerndem Licht – er wußte nicht, wie er es anders hätte ausdrücken sollen. Was auch immer sie war, sie war es nur zeitweilig, als sei ihr Körper ein bloßes Vehikel ihrer wechselnden Stimmungen, die Projektion aneinandergereihter Ängste, Hoffnungen, Sehnsüchte, fast ohne eigene Substanz. Sonderbar, dachte er, daß ein so unwägbares, undefinierbares Geschöpf der Sprößling zweier so handfester Tatsachenmenschen sein sollte, als die er die Cliffe Wheaters in Erinnerung hatte. Wer sich die Joyce Mervin, energisch und vital, wie er sie gekannt hatte, ins Gedächtnis rufen wollte, mußte sich an Blanca halten, nicht an Judith. Hätte Blanca nicht einen Teil von sich für Terrys Entstehung abzweigen müssen, sie wäre das Abbild ihrer Mutter gewesen. Judith aber war ein Gedanke, eine Vision, eine ehrgeizige Vorstellung, alles, worauf Mrs. Cliffe Wheater nie hätte Anspruch erheben können. Als die müde, schläfrige Gesellschaft wieder ins Motorboot verfrachtet war, wußte Boyne noch immer nicht, wie Judith aussah, und noch weniger, ob er sie überhaupt für hübsch hielt.

Abends schlief er darüber ein, einen Brief an die Dame in den Dolomiten zu entwerfen. »...was würdest du sagen? Ein seltsames Geschöpfchen, das sich von einer Stunde auf die andere verändert, das kaum eine eigene Individualität zu haben scheint, außer wenn sie ihre Herde bemuttert. Dann ist sie etwas Außergewöhnliches: Gespielin, Mutter und Erzieherin in einem und auf ihre Art von allem das jeweils Beste. Wenn sie nicht mit ihnen zusammen ist, sucht man bei ihr eine Identität und findet ein Instrument, auf dem der Wind spielt, einen Spiegel, der die Wolken reflektiert, eine sonderbare kleine lichtempfindliche Platte, sehr klein und sehr empfindlich...« Und mit einem letzten Aufflackern von Vorsicht, als eben der Schlaf ihn übermannte, fügte er noch hinzu: »– und dabei leider nicht im mindesten hübsch.«

5

»Deine anschauliche Beschreibung der kleinen Mädchenmutter, die ihre heterogene Familie durch Europa dirigiert, während die Eltern sich in Venedig amüsieren, hat mich sehr interessiert. Ein typisches Beispiel für moderne Manieren, nein, nicht Manieren, die gibt es nicht mehr, für die modernen Sitten. Ich bin überzeugt, wenn ich die Kleine sähe, würde ich mich in sie verlieben, wie du es ersichtlich tust. Zum Glück werdet ihr euch bald trennen, sonst würde ich darauf warten, dich mit dieser Mädchenbraut aus einem Film und ihrem Anhang von sechs (oder sind es sieben) adoptierten Kindern hier auftauchen zu sehen. Bilde dir aber nicht ein, daß ich in diesem Fall den Posten der Gouvernante akzeptiere.« Und in der Nachschrift: »Natürlich ist sie wunderhübsch, sonst würdest du dir nicht solche Mühe geben, mir zu versichern, sie sei es nicht.«

Einer von Rose Sellars' heiteren Briefen: klug, verständnisinnig und humorvoll. Wieso spürte Boyne darin plötzlich etwas Schales, leicht Affektiertes, Selbstgefälliges, Gekünsteltes? Ja, wenn Mrs. Sellars in einer Kunst perfekt war, dann in der Kunst der Vorbereitung. Sie führte an die Dinge – die einfachsten Dinge – so heran, wie ein guter Reiter sein Pferd an den Fünferbarren. Ihr ganzes Leben war eine Reihe von Anpassungen, Arrangements, wechselnden Beleuchtungen, herabsinkenden Schleiern, zugezogenen Abschirmungen und Vorhängen gewesen. Keiner konnte ein Zimmer auch nur halb so gut einrichten wie sie, und ihr Leben hatte sie mit dem gleichen Geschick eingerichtet. Das Material, mit dem sie sich begnügen mußte, war recht kümmerlich, in jeder Hinsicht ihrer unwürdig. Doch wie ihre geschickten Hände einen Schal in einen Diwanüberwurf, ein Stück Papier in einen Lampenschirm verwandeln konnten, war es ihr auch gelungen, aus zweitklassigen Verhältnissen, einem zweitklassigen Ehemann, einem häßlichen Haus in New York und einem langweiligen Bekanntenkreis etwas Distinguiertes, Persönliches, beinahe Aufregendes zu machen, so daß die Leute in ihrer kleinen Welt den Namen Rose Sellars als Synonym für Klugheit und Originalität zu nennen pflegten.

Ja, sie hatte das Geschick dafür besessen und es still und unauffällig erreicht, durch einen Handgriff hier, einen Hinweis dort, ohne je ihren häuslichen und gesellschaftlichen Rahmen zu überschreiten. Heutzutage lag ihre Originalität in eben dieser Unbeirrbarkeit und Stetigkeit. Gerade das hatte Boyne zur Zeit seiner großen Reisen an ihr fasziniert, wenn er von einem anstrengenden Ingenieursjob in Rumänien oder Brasilien oder Australien heimkam und in seinem ständig sich wandelnden New York den einen festen Punkt fand: Mrs. Sellars Haustür, immer die gleiche Haustür, die gleiche Hausnummer in der gleichen Straße, und an den Wänden des Salons die gleichen Radierungen von Whistler und die Aquarelle von Sargent, und den gleichen ruhigen Willkomm am gleichen Kamin.

In seinen heimatlosen Jahren hatte gerade dieses Gefühl der Unveränderlichkeit ihn besonders angesprochen, die Art, wie sie jedesmal, wenn er wiederkam, ein wenig mehr an sich entwickelt hatte, wie eine Rose, die ein weiteres Blütenblatt entfaltet. Eine Rose in der prallen Sonne wäre schneller erblüht, es war Mrs. Sellars Schicksal, daß sie, wie Heine es ausdrückte, einem Kanarienvogel glich, der am nördlichen Fenster hing. Nicht genau nördlich, ein paar Striche nordnordwest, so daß sie zwar nicht die ersten Strahlen der Sonne mitbekam, aber ihren majestätischen Untergang. Er konnte sie sich nie wirklich jung vorstellen wie dieses Mädchen, über das sie jetzt humorvolle Briefe wechselten, das aber in gewissen Dingen eine frühreife Erfahrung hatte, die weit über die von Mrs. Sellars hinausging. Die Frage des Alters war jedoch fast nebensächlich bei einer Frau. Wenn ein Mann sie liebte, war sie immer so alt, wie er sie wollte, und wenn er aufhörte, sie zu lieben, war sie entweder zu alt für Zauberei oder zu jung für Kunstkniffe.

»Fünf Jahre sind eine zu lange Zeit«, faßte er nochmals zusammen, wieder mit der leichten Besorgnis, die jedesmal einsetzte, wenn er an seine nächste Begegnung mit Mrs. Sellars dachte. In eben diesen fünf Jahren hatte die Situation sich gewandelt und möglicherweise auch deren Heldin. Es war eine neue Rose Sellars, die er wiedersehen sollte. Als sie sich trennten, war sie noch Ehefrau gewesen, resigniert, aber untadelig, trotz aller seiner Beschwörungen treu. Jetzt war sie Witwe. In dem Wort schwangen viele beunruhigende Untertöne mit, und Boyne hatte schon angefangen, sich zu fragen, wie viel von ihrem Reiz an der Tatsache gelegen hatte, daß sie nicht frei war. Es war gut und schön, zu behaupten, er gehöre nicht zu »der Sorte Männer«, die eine Frau satt bekamen, sobald sie erreichbar war. Das waren alles nur Worte. In Fragen von Sex und Gefühl war ein Mann, das wußte er, je nach Lage des Falles ein anderer. Nur indem er in die Dolomiten reiste und sie wiedersah, konnte er wirklich herausfinden, was ihm Rose Sellars so unvergeßlich gemacht hatte. Und so fuhr er denn.

»Mr. Boyne, könnten wir uns mal ruhig unterhalten?«

Boyne, vom Deck vertrieben durch Hitze und blendendes Licht und die Betriebsamkeit der anderen Passagiere, lag auf seinem Bett, ein Buch in der Hand, im Zustand der Verdauungsapathie. Sein kleiner Besucher lehnte in der Tür, schmal und graugekleidet: Terry Wheater, mit dem schwachen Rot auf den Wangenknochen, dem Glanz seiner langbewimperten Augen, die sein offenes Knabengesicht manchmal so schmerzlich verschönten.

»Natürlich, mein Alter, komm rein. Hier drin bist du besser aufgehoben als auf Deck, ehe es nicht kühler geworden ist.«

Terry warf seine Mütze beiseite und ließ sich in einen Stuhl neben dem Bett fallen. Sie hatten seit fast vierzehn

Tagen eine Kabine geteilt und die Intimität erreicht, die solche Nähe hervorruft, wenn sie nicht zum Haß wird, aber Boyne hatte sehr wenig Gelegenheit gehabt, mit dem Jungen zu sprechen. Terry schlief fast immer schon, wenn er zu Bett ging, und Boyne wiederum war schon lange auf und davon, ehe Terry, den die wachsame Miss Scope lange im Bett hielt, seine gemächliche Morgentoilette begann. Boyne hatte sich mittlerweile ein einigermaßen klares Bild von den charakteristischen Eigenschaften der diversen jungen Wheaters gemacht. Terry war vielleicht derjenige, mit dem er die wenigste Zeit zusammen gewesen war. Der sehr feierliche Ton des Jungen und seine Ausdrucksweise ließen ihn sein Buch mit einer leichten Anwandlung von Neugier weglegen.

»Was kann ich für dich tun, Terry?«

»Ihnen zureden, daß ich einen Hauslehrer kriege.«

»Ihnen?«

»Ich meine den Wheaters. Vater und Mutter«, verbesserte sich Terry. Die Kinder, soviel wußte Boyne, nannten ihre Eltern des öfteren mit dem Familiennamen. Diese Gewohnheit, hatte Miss Scope ihm auseinandergesetzt, war aus der Tatsache entstanden, daß die Bezeichnung »Vater und Mutter« von den meisten Spielkameraden ihres Wanderlebens nacheinander oder gleichzeitig für so viele verschiedene Personen angewendet werden mußte. Ein erstaunliches kleines Mädchen mit schwarzen Locken und großen Perlohrringen, das sie voriges Jahr in Biarritz kennenlernten, pflegte sogar jedem neuen Spielkameraden eine getippte Tabelle mit den verschiedenen Ehen ihrer Eltern und ihrer eigenen erfolgten Adoptionen zu überreichen. »Das machen jetzt alle, nämlich von ihren verschiedenen Eltern mit dem Nachnamen zu sprechen. Und meine Kinder haben diese Gewohnheit von den anderen übernommen, obwohl sie es glücklicherweise nicht mehr nötig haben, seit ihr Papa und ihre Mama wieder zusammen sind.«

»Ich meine Vater und Mutter«, wiederholte Terry.

»Machen Sie ihnen begreiflich, daß ich etwas lernen muß. Es ist keine Zeit zu verlieren. Und Sie könnten das!« Seine Augen waren fieberhaft – ach, zu fieberhaft – auf Boyne gerichtet, und sein Gesicht hatte den gleichen Ausdruck altkluger Besorgnis, der manchmal Judith so verblüffend gereift aussehen ließ.

»Mein lieber Junge, ich tue natürlich gern alles, was ich kann. Aber ich glaube nicht, daß ich die Deinen diesmal sehen werde. Wenn wir in Venedig angekommen sind, sause ich gleich zu meinem Zug.«

Der Junge zog ein langes Gesicht. »Ach so. Tut mir leid. Und Judy wird ganz schön enttäuscht sein.«

»Das ist sehr nett von ihr – und von dir. Aber verstehst du –«

»Ach, ich verstehe schon, daß geschlagene zwei Wochen mit uns allen für jeden ein bißchen reichlich sind«, sagte Terry ergeben. »Trotzdem haben Judy und ich gehofft, Sie würden noch ein paar Tage in Venedig bleiben. Wissen Sie, wir dachten, Sie könnten noch so viel für uns tun.«

Boyne betrachtete ihn weiter nachdenklich. »Ich wäre sehr froh, wenn ich das könnte. Aber ich fürchte, ihr überschätzt meinen Einfluß. Ich habe deine Eltern seit Jahren nicht gesehen. Sie werden sich kaum an mich erinnern.«

»Aber das ist es ja gerade: Sie wären was Neues«, sagte Terry scharfsinnig.

»Na, wenn das ein Anreiz ist... Also jedenfalls: Du kannst dich darauf verlassen, daß ich tun werde, was ich nur kann, und wenn ich feststelle, daß ich meine Reisepläne ändern kann...«

»Ach, wenn Sie das doch täten. Wissen Sie, ich habe eigentlich nie jemand gehabt, der für mich eintritt. Scopy hat bei den Eltern nichts zu melden, und sie finden natürlich, daß Judy zu jung ist, um etwas von Schulbildung zu verstehen, wo sie doch selber nie eine gehabt hat. Sie kann nicht einmal orthographisch richtig schreiben, wissen Sie! Sie schreibt Dampfer ohne p. Mich haben sie immer so weiterwursteln lassen, nur mit Kinderfrauen und Kleinkindergouvernanten (denn mehr ist Scopy ja nicht), als ob ich nicht älter wäre als Bun, und dabei bin ich in einem Alter, in dem die meisten anderen Jungen bereits mit der Vorschule fertig sind.« Sein Gesicht rötete sich bei diesem leidenschaftlichen Appell, und diese Röte blieb in zwei scharf abgezirkelten Flecken auf seinen Wangen stehen.

»Judy«, fuhr er fort, »sagt natürlich, das wäre ungerecht gegen sie, und warum ich nicht daran dächte, wieviel Geld sie für meine Ärzte und gesundes Klima und alles das ausgeben mußten. Und einmal haben sie mich ja auch in die Schule geschickt, nur mußten sie mich wieder herausnehmen wegen meiner blöden Temperatur, das weiß ich alles. Aber es war eine echte Pleite, als ich von der Schule abging, und einfach wieder zu Scopy und Nanny zurück mußte, und keiner da, den man mal was fragen kann oder der mir einen Tip gibt im Hinblick auf das, was andere Jungen lernen. Vorigen Sommer in St. Moritz hab ich einen Jungen kennengelernt, der war nicht viel älter als ich und auch ziemlich zart, und der hatte gerade einen neuen Vater gekriegt, der toll viel las und der ihm eine Riesenhilfe war und ihm einen Hauslehrer angestellt hatte. Und er hatte gerade mit Cäsar angefangen und die griechischen Verben gebüffelt und hatte auch jeden Abend Temperatur. Und ich sagte zu Judy: Schau dir das an! Und sie hat gesagt, ja, es wäre fabelhaft, wenn ich einen Hauslehrer kriegte. Und zwei Wochen lang hat der Vater von diesem anderen Jungen mich ein bißchen mit ihm arbeiten lassen. Aber dann mußten wir wieder weg. Das ist eins von unseren Problemen«, hier unterbrach sich Terry, »daß wir immer wieder weg müssen. Aber ich denke mir, so ist es bei Kindern, oder? Mit all den verschiedenen Eltern, die einen unter sich aufteilen, und all den Eltern, die an verschiedenen Orten wohnen und immer darüber streiten, wann die Kinder zu wem sollen, und den Anwälten, die alles immer wieder ändern, wenn man meint, nun ist es abgemacht. Natürlich muß ein Junge damit rechnen, daß er viel herumkommt, solange er klein ist. Aber Scopy sagt, daß sich

Eltern später immer irgendwo fest niederlassen.« Dieser Nachsatz kam in fragendem Ton, und Boyne hatte das Gefühl, es werde eine Antwort von ihm erwartet und erklärte überzeugt: »Aber ja doch, das tun sie, zum Donnerwetter, das tun sie.«

Innerlich aber rief er sich den warmen Kokon aus Gewohntem ins Gedächtnis, in den seine eigene Kindheit und erste Schulzeit gehüllt gewesen war und der ihm Zeit gelassen hatte, bis sich ein Schutzschirm vertrauter Szenen und Gesichter um ihn bilden konnte, ehe man ihn auf die Welt losließ. Das war ihm als erstes an der kleinen Schar aufgefallen, die man generell als »die Wheaters« bezeichnete: Sie war so exponiert, so dem scharfen Wind ausgesetzt, als hätte sie ein Stadium geheimen Wachstums versäumt, für das Palasthotels und Reisen an die Riviera keinen ausreichenden Rahmen boten. Er konnte das bohrende Fragen im Blick des Jungen nicht länger ertragen und verstand, warum Miss Scope immer wegschaute, wenn sie von Terry sprach.

»Aber ja, alle Leute werden natürlich seßhafter, wenn sie älter werden. Siehst du das denn nicht schon an deinen Eltern? Ihr seid doch sozusagen alle wieder zusammen.« Innerlich litt Boyne unter seinem übertriebenen Optimismus. Es war immer heikel, in solchen Fällen den richtigen Ton zu treffen.

»Ja«, meinte Terry zustimmend. »Man sollte es meinen. Aber ich kenne Kinder, die auch so was geglaubt haben und furchtbar reingefallen sind. Man weiß ja nie genau, wann Eltern anfangen, sich alt zu fühlen. Besonders bei den vielen modernen Methoden der Ärzte, um sie wieder jung zu machen. Aber trotzdem«, fuhr er hoffnungsvoller fort, »wenn Sie ein Wort darüber anbringen könnten, wäre das bestimmt viel wert. Judy glaubt es auch.«

»Dann tue ich es natürlich. Ich bleibe ein, zwei Tage und tue, was ich kann«, versicherte ihm Boyne und schlug Pläne und Daten in den Wind.

Er war nicht sicher, ob nicht diese Bitte eine geheime

Sehnsucht bei ihm vorweggenommen hatte. Nicht so sehr die Sehnsucht, seine Ankunft in Cortina hinauszuzögern (das hätte er sich gestanden), als vielmehr den Abschied von seinen neuen Freunden, insbesondere von Judith. Das Picknick von Monreale war an verschiedenen anderen klassischen Stätten erfolgreich wiederholt worden, und während der fröhlichen, lärmenden Landausflüge und der langen blauen Tage an Deck hatte ihn nach und nach die warme, animalische Lebendigkeit angesteckt, die von einer Schar fröhlicher, gesunder Kinder ausgeht. Alles an den kleinen Wheaters und ihren »Stiefs« erregte sein Interesse und sein Mitgefühl, nicht zuletzt die Brüchigkeit des Bandes, das sie zusammenhielt, und ihre Entschlossenheit, es nicht zerreißen zu lassen. Gerade in dieser Entschlossenheit lag für Boyne etwas Tragisches – sie zeigte eine Erfahrungsbreite und Vorstellungskraft, die weit über die natürliche Phantasie eines Kindes hinausging. Für ein Durchschnittskind, sagten Boyne seine Erfahrungen, bedeutete Trennung etwas zu Vages, um sich schon Sorgen darum zu machen. Wenn sie kam, war sie angenehm gemildert durch den Reiz der Neuheit, die Freude über die Entlassung aus dem gewohnten Trott, so daß sie nichts anderes war als ein hübsches Abenteuer. Boyne erinnerte sich nicht, je ungern von zu Hause weggeschickt worden zu sein (ans Meer, in ein Ferienlager oder zu einer Tante, wenn ein neues Baby erwartet wurde), solange er sein mechanisches Spielzeug mitnehmen durfte. Jeder Ort mit einem Fußboden, auf dem man Kräne, Brücken und Eisenbahnen bauen konnte, war ihm recht gewesen, und wenn es einen Strand gab mit Sand, in dem man Gräben und Tunnel graben, und Wasser, das man aufstauen konnte, war es himmlisch, auch wenn der Haferbrei nicht so gut schmeckte wie zu Hause und wenn es keine Mutter gab, die einem nach dem Abendessen Geschichten vorlas.

Er konnte nur mutmaßen, daß für die jungen Wheaters Dauer bedeutet hätte, was ihm Veränderung hieß, und daß bei ihnen Veränderung etwas so Radikales, Herzzerreißendes war, wie es für Boyne die Zerstörung seines mechanischen Spielzeugs oder das Verhungernlassen seiner weißen Mäuse gewesen wäre. Daß eine Veränderung die bleibende Trennung von dem warmen Menschengrüppchen, den Tieren, allem, was man Zuhause nannte, bedeuten konnte, wäre dem Kind Boyne so wenig vorstellbar gewesen, wie Dauerhaftigkeit den Kindern Wheater.

Judith hatte erklärt, daß fast alle ihre kleinen Freunde, gewöhnlich in der Welt der Palasthotels geschlossene Bekanntschaften, in der gleichen Lage waren wie sie. Wie Terry sich ausgedrückt hatte: Man mußte damit rechnen, viel herumgeschoben zu werden, solange man jung war. Als Judith ihm dann einige der Gründe genannt hatte, weshalb sich ihre Schar gegen eine Wiederholung solchen Herumgeschobenwerdens verbündete, hatte er die gleiche Übelkeit empfunden, mit der ein machtloser Zuschauer sieht, wie ein Tier gequält wird. Da war zum Beispiel die arme Dolly Westway, kaum ein Jahr älter als Judith, mit der sie einen Sommer lang in Deauville gespielt hatten und die nun...

Ja, das alles war eine verdammt schlimme Geschichte, wirklich. Und Judiths Vorsatz, »ihre« Kinder nie wieder solchen Risiken ausgesetzt zu sehen, entzückte Boyne wie die Tat einer Jungfrau von Orleans. Als er nun den Charakter jedes einzelnen Kindes deutlicher erkannte, als er den Abstand zwischen Blancas kühler Selbstbezogenheit, die durch das krankhafte Verlangen nach Anerkennung seitens ihres Zwillingsbruders gemildert wurde, und der verschwenderischen Hingabe von Beechy ermessen konnte, als er die gleichmütig-patzige Zinnie mit dem geschmeidigen, egozentrischen Bun verglich und die Wechselwirkung all dieser jungen Wesen beobachtete, wunderte es ihn, daß die Bindung durch Judith Wheaters Liebe stärker sein sollte als die Summe dieser vielen Erbanlagen. Und doch war es so. Er hatte miterlebt, wie sie sich gegen die Schwester zusammentaten, wenn eine kindische Laune sie verband, und konnte sich jetzt vorstellen, was für eine undurchdringliche Front sie unter deren Führung bildeten. Natürlich würden die Cliffe Wheaters zusammen bleiben, wenn die Kinder es so beschlossen, natürlich würden sie Terry einen Hauslehrer geben, wenn er sich das wünschte. Wie konnte überhaupt jemand Terry ansehen und ihm nicht jeden Wunsch erfüllen? Er jedenfalls gedachte, die ganze Gesellschaft nach Venedig zu begleiten und an dem Treffen teilzunehmen. Ganz nebenbei fing er an, auf die Eltern Wheater neugierig zu werden.

6

Kein Zweifel, die Wheaters begrüßten ihn freudig. Als Boyne die große Halle ihres Hotels am Canale Grande betrat, erkannte er in der barocken Gestalt, die den halbleeren, hallenden Raum mit ihrem eigenen Überschwang zu füllen schien, sofort Cliffe Wheater. Schon in Harvard hatte er so ausgesehen, nur daß nun sowohl er als auch seine Zigarre dicker geworden waren. Er erkannte Boyne sofort.

»Hallo!« rief er, und die Halle vibrierte bei dieser Begrüßung. Die überschlanke Dame im quäkergrauen Kleid mit den vielen Perlenketten, mit der er sich unterhalten hatte, wandte sich dem Neuankömmling mit hochmütig geschürzten Lippen zu. Daran änderte sich nichts, als ihr Blick Boyne erfaßte, doch er merkte sofort, daß es nicht gegen ihn persönlich gerichtet war. Sie hatte ein glattes, ovales Gesicht von der gleichen leeren Lieblichkeit wie der hölzerne Perückenstock seiner Großmutter, die gleichen karmesinroten Lippen und blaugraue Augen mit so langen, gebogenen Wimpern, als seien sie, genau wie bei dem Perückenstock, auf die Lider gemalt. Boyne hatte das Gefühl, daß ihre gedämpfte Sprechweise der Angst entsprang, die Harmonie dieses Gesichts zu stören.

»Ach, der liebe Martin«, hauchte sie gleich darauf mit kühler, leiser Stimme und reichte ihm eine von Ringen schwere Hand. Boyne begriff, daß er sich der einst überbordenden Joyce Wheater gegenübersah und daß sie sich auf ihre neue Art ebenso wie früher freute ihn zu sehen.

»Ich bin so alt geworden, daß du mich nicht erkannt hast, aber dich hätte ich unter Tausenden erkannt«, tadelte sie ihn mit der gleichen glatten, silberhellen Stimme.

»Alt? Du?« Er ertappte sich dabei, daß er stotterte, aber ihr Mann unterbrach die Schmeicheleien, die sie offenbar erwartete.

»Ihn erkannt? Das will ich meinen. Nicht ein Gramm mehr Fleisch am Leibe nach all den Jahren! Wie schaffst du das, frage ich mich! Wir haben uns doch fabelhaft amüsiert damals in den heiligen Hainen des John Harvard, was, Martin, altes Haus? Weißt du noch, dieses Cambridge-Mädel, der du immer Gedichte vorgelesen hast? Gedichte! Sie hat auch noch prima ausgesehen. ›O komm in den Garten, Maud...‹ Damals nannte man so was Garten! Und jetzt bist du, wie ich höre, ein Kumpel meines Sohnes? Nein, nein, ich meine nicht von Chipstone«, er lächelte breit, »von dem armen Kerl, dem Terry... Hallo, hallo, da kommt ja die ganze Karawane! Joyce, hör mal, hast du ihnen gesagt, daß sie in der Pension Grimani geparkt sind? Das heißt, alle außer Chip. Von Chip können wir uns doch nicht trennen, was? Da kommen sie ja, Judy wie gewöhnlich vorneweg. Hallo, Judy, mein Mädchen! Chippo, mein Alter, wie geht's denn so? Gib mal ein Pfötchen, mein Sohn.« Er riß seinen Jüngsten aus Judiths Armen, und die anderen mußten warten, etwas geknickt, jedoch sichtlich ergeben, bis der stolze Vater sich an der Schönheit seines letzten Werkes satt gesehen hatte. »Was sagst du dazu, Joyce! Schau dir unseren guten Chippo an. Er muß seit dem letztenmal fünf Pfund zugenommen haben, das könnte ich beschwören. Fühl bloß mal seine Waden! Hart wie ein Tennisball, was? Judy, der macht dir wirklich alle Ehre! Da, bringt ihn ins Zimmer neben dem seiner Mutter. Terry, mein Junge, ich wollte, du würdest auch solche Waden entwickeln...«

»Meine Waden mußt du dir auch ansehen. Die kann ich dir verkehrtrum zeigen«, rief Bun, die väterlichen Liebesworte unvermutet durch einen Handstand unterbrechend, während Blanca schweigend, mit großen Augen, ihren abwesenden Blick auf den goldenen, kompliziert frisierten Kopf ihrer Mutter richtete und Joyce die Kinder der Reihe nach an ihre Perlen drückte.

Terry einen Hauslehrer geben? Die Idee stamme wohl von

Terry einen Hauslehrer geben? Die Idee stamme wohl von dem Jungen selber, was? Ein gutes Kerlchen, stöbere immer in irgendwelchen Büchern. Wheater habe gedacht, Terry wisse inzwischen genügend, um seinen eigenen Hauslehrer zu spielen. Komisch, so was, bei einem *seiner* Söhne! Wie geschaffen zum Doktor der Theologie oder womöglich zum Rektor einer Universität. Ewig das Gerede über Vererbung, und dabei hatten Joyce und er ein solches Phänomen produziert? Hoffentlich wurde Chipstone nicht auch Doktor der Theologie! Selbstverständlich sollte Terry einen Hauslehrer haben – nicht wahr, Joyce? Der Junge hatte völlig recht, er konnte nicht länger bei all den Frauenzimmern herumhängen. Ob Boyne wohl zufällig einen Hauslehrer wisse? Mit so was habe Wheater sich bisher nie abgeben müssen. Über Schulen wisse er natürlich Bescheid, habe immer vorgehabt, Terry nach Groton zu schicken, aber wegen dieser elenden Temperatur habe sich das zerschlagen, so daß jetzt...

Sie saßen zu dritt auf dem Balkon des Wheaterschen Apartements und blickten auf den Canale Grande hinaus, dessen Wasser, voll von Gondeln, von Lichtern gesprenkelt, von Motorflitzern durchfurcht, in weiten Ringen und gläsernen Spiralen unter ihnen vorüberglitt. In Venedig, hatte Wheater verkündet, sei in dieser Vorsaison rein gar nichts los, es sei so tot wie ein Grab. Einfach nur ein günstig gelegener Ort, um sich mit den Kindern zu treffen und sie sich mal wieder anzusehen, ehe man sie ins Engadin oder nach Leysin verfrachtete. Außerdem waren die Wheaters gekommen, um ihre neue Motorjacht abzuholen, die »Fancy Girl«, ein wahres Prachtstück. Sie wollten mit ihr eine kurze Kreuzfahrt machen, und Venedig war der richtige Ort, um sie auszuprobieren, bevor sie nach Cowes reisten. Nachher wollten sie, wenn Boyne Lust hatte, über die Piazza bummeln, im Café Florian ein Eis essen und eine Runde auf dem Canale drehen, nichts Aufregendes, aber etwas Besseres wußte Wheater nach Lage der Dinge nicht vorzuschlagen. Doch Boyne sagte: Warum bleiben wir nicht, wo wir sind? Und Joyce bemerkte mit einem Achselzucken, das den jettbesetzten Träger auf ihrer weißen Schulter kaum verschob, daß Cliffe ja nie bleiben könne, wo er war, daß aber niemand etwas dagegen habe, wenn er in Venedig mal das Unterste zu oberst kehre.

»Wie denn in dieser Jahreszeit? Ist ja keiner da außer Kerlen mit Reiseführern und alten Jungfern, die sich beim Taubenfüttern fotografieren lassen. Die Hotels sind rappelvoll davon. Also, was ist mit diesem Hauslehrer? Du bist auf deinen vielen Reisen nicht zufällig jemand begegnet, der sich eignen würde, Martin? Jemandem von der Uni oder wo?«

Martin glaubte nein, aber Mrs. Wheater hob ihren weißen Arm, streifte ihre Zigarettenasche in den Canale Grande und sagte: »Aber ich kenne einen.«

»Donnerwetter, du?« Ihr Ehemann lachte ungläubig. »Noch eine Zigarre, mein Alter? Diese Coronas sind nicht schlecht, werden extra für mich angefertigt.« Er löste die goldene Bauchbinde von einer Zigarre und hielt sie an sein Feuerzeug.

»Ich kenne einen Hauslehrer«, wiederholte Mrs. Wheater, »genau den richtigen, wenn wir ihn dazu bringen können, die Stellung anzunehmen.«

»Der Teufel soll mich holen, wo hast du denn den ausgegraben?«

Sie schwieg einen Moment, dann sagte sie: »Ich war mit ihm in den Bildergalerien. Dabei habe ich Venedig zum erstenmal wirklich gesehen. Fanny Tradeschi hat ihn aus England kommen lassen, um ihre Jungen zu unterrichten, dann hat sie sich gelangweilt, ist wieder nach Paris gebraust und hat ihn hier sitzenlassen. Er heißt Ormerod – Gerald Ormerod. Es wäre ein Glücksfall für Terry, wenn man ihn überreden könnte, den Posten anzunehmen.«

»Ach was, den krieg ich schon rum. Ich glaube nicht, daß Fanny daran gedacht hat, vor ihrer Abreise mit ihm abzurechnen!«

»Nein, das hat sie nicht. Aber er ist furchtbar stolz. Diesen Ton schlägst du bei ihm besser nicht an, Cliffe.«

»Wieso, welchen Ton? Ich frage ihn doch nur, was er verlangt.«

»Du brüllst, als ob jeder, der weniger reich ist als du, taub wäre«, sagte seine Frau mit leicht metallischer Schärfe in ihrer silberhellen Stimme.

»Hallooo, also darum dreht sich's! Na ja, dann mach du mit ihm aus, was und wie du willst. Ich geh jetzt mal auf einen Stadtbummel. Kommst du mit, Martin? Nein, dann also bis gleich. Ich kann nicht um die Welt begreifen, warum du in der muffigen Pension bei den Kindern hängengeblieben bist. Ich hätte doch den Hotelmanager bestechen können, dir hier ein Zimmer zu geben. Aber natürlich, mach es ganz, wie du willst. Und du und Joyce, ihr könntet euch für morgen eine Tour ausdenken, nur bitte für mich keine Bildergalerien. Hör zu, meinst du, ich störe Chipstone Wheater Esquire, wenn ich auf dem Weg hinaus eben mal bei ihm hineinschaue. Erlaube mal, meine Schuhe knarren kein bißchen... ist mir egal... ich tu's trotzdem...«

Von der Joyce Mervin aus Boynes Jugend und der jungen Joyce Wheater während der ersten Ehejahre war offenbar nichts mehr übrig an der schlanken Gestalt, die sich neben Boyne über das Balkongeländer beugte. Damals war sie groß, fest und rosig gewesen, mit einem Kern ungekünstelter Empfindsamkeit, jetzt schien sie einen Entmaterialisierungsprozeß durchlaufen zu haben (zweifellos gab es auch hierfür Spezialisten), der einen durchsichtigen und unbestimmbaren Körper um einen harten kleinen Seelenkern hinterlassen hatte.

»Man bringt Cliffe nicht dazu, *Nuancen* zu empfinden«, murmelte sie ihrer Zigarette zu, als Wheater gegangen war, und wandte sich dann an Boyne: »Aber jetzt können wir uns mal aussprechen, wie in alten Zeiten, nicht wahr?«

Sie machte es sich in ihrem Sessel bequem und vertauschte ihre gemessene Einsilbigkeit mit einer Art metallischer Zungenfertigkeit, die Boyne um den Kopf klirrte wie ein Konfettihagel. Sie sei ja so furchtbar froh, ihn zu sehen, wirklich, verkündete sie, das müsse er ihr glauben. Er sei immer ein so wunderbarer Freund gewesen, in den törichten alten Zeiten, als sie fast noch ein dummes Baby gewesen sei, an Erfahrungen um Jahre jünger als Judy jetzt. Was Martin übrigens von Judith halte? Sei er sich bewußt, was für ein Wunder dieses Kind sei? Wirklich, älter und weiser als alle anderen und das einzige Wesen, das irgendeinen Einfluß auf Cliffe hatte...

Je nun, Cliffe... Es sei furchtbar lieb und nett von Martin, wie sehr er sich freue, daß Cliffe und sie sich wieder zusammengetan hätten, und sie freue sich auch und sei sehr stolz auf Chip und wisse wirklich die guten Seiten des armen Cliffe zu schätzen, das habe sie immer getan, auch als es am allerschlimmsten stand... Doch Martin etwas vorzumachen sei sinnlos, sei es immer schon gewesen, und es sei nicht zu leugnen, daß Cliffe in entsetzlich schlechte Hände geraten sei, als sie ihn verließ. Vollständig demoralisiert und unter dem Pantoffel dieser gräßlichen Person, der Lacrosse... und das Geld sei davongeflossen wie Wasser... Sie, Joyce, habe es für ihre Pflicht gehalten, ihn wieder aufzunehmen, daher habe sie es getan. Denn sie glaube immer noch an die Heiligkeit der Ehe trotz allem. Das tue Martin doch hoffentlich auch? Denn wenn man das nicht mehr täte, was bliebe dann, um die Gesellschaft zusammenzuhalten? Und doch, wenn man durch das Leben mit einem Mann, und wenn es der eigene Ehemann ist, sein Ideal verrate, sei das doch auch schrecklich, oder? Ob Martin es nicht auch schrecklich finde?

Martin meinte, es sei wahrscheinlich schrecklich, fand aber, daß ein Haufen fröhlicher Kinder ein recht guter Ersatz für jedes Ideal wäre, das ihm je begegnet sei. Mrs. Wheater lachte, es klang wieder ein wenig mehr wie früher, und sagte, das finde sie auch, und das sei auch Judys Argument, nein, Martin würde nie begreifen, *wie* wundervoll Judy gewesen sei, in den schrecklichen Zeiten, als Buondelmonte sie, Joyce, durch den Morast zerrte, buchstäblich durch den Morast. »Da sind Dinge vorgekommen, die ich nicht einmal dir erzählen könnte, Martin –«

Martin fühlte, wie sich ihm der Magen umdrehte. »Dinge, von denen man Judith hoffentlich nichts erzählt hat, oder?«

Mrs. Wheater ließ in gleichgültigem Achselzucken den leichten Träger von der Schulter gleiten. »Du meine Güte, diesen modernen Kindern braucht man nichts mehr zu erzählen. Die scheinen von Geburt an alles zu wissen. Hast du das nicht inzwischen auch gemerkt, mein lieber alter Rip van Winkle? Judy ist wie eine Mutter zu mir, das kann ich dir versichern.«

»Sie hat eine recht zahlreiche Familie zu bemuttern, was?« erwiderte Boyne, und Mrs. Wheater seufzte zufrieden. »Aber das tut sie doch nur zu gern, verstehst du. Es ist ihr Hobby. Sie hat sogar versucht, Zinnia Lacrosse zu bemuttern. Stell dir das bloß vor: ein Kind in Judys Alter und will über die Tugend eines Filmstars wachen! Sogar Buondelmonte hat sie gute Ratschläge gegeben... Aber dieser Alptraum ist ja jetzt vorbei, wir sind alle wieder vereint und haben nur einen Kummer, den armen, lieben Terry. Ich mache mir nämlich wirklich Sorgen um ihn, Martin. Ist es nicht lieb von ihm, daß er gebildet werden will? Für Cliffe heißt Bildung ja immer nur College-Sport und Rennmotoren. Das ist einer der Gründe, warum ich so vieles entbehren mußte... Aber ich bin entschlossen: Terry soll alle Chancen bekommen, die mir gefehlt haben. Dieser Hauslehrer, von dem ich sprach, Gerald Ormerod – würdest du den für mich aufsuchen, Martin? Es hat keinen Sinn, Cliffe darum zu bitten, er würde nur brüllen und aufschneiden und alles verderben. Gerald – ich mußte ihn Gerald nennen, weil Fanny Tradeschi es auch immer getan hat – stammt aus sehr guter Familie, verstehst du, und ist fast überempfindsam, fast zu sehr Idealist... Ich kann dir gar nicht beschreiben, was es mir bedeutet hat, diese letzte

Woche Venedig mit den Augen von jemand zu sehen, der für Schönheit wirklich ein Gespür hat... Du mußt mit ihm über Terry sprechen, lieber Martin. Ich bin überzeugt, Cliffe würde ihm jedes Gehalt zahlen, das du für angemessen hältst – und es wäre die Rettung für unseren armen Terry, mit einem empfindsamen und kultivierten Menschen zusammen zu sein... und auch für Bun. Er könnte Bun ein bißchen Vernunft beibringen, der fängt nämlich an, Scopy über den Kopf zu wachsen... Und Martin, vergiß nicht: du darfst das Gehalt so hoch ansetzen, wie du willst.«

7

Zwei Tage später saß Boyne mit Judith Wheater an einem wackeligen Eisentisch im modrigen Garten der Pension Grimani und trank seinen Morgenkaffee. Er hatte das Dienstmädchen bestochen, das Frühstück im Freien zu servieren, damit sie beide dem stickigen hohen Eßzimmer entrannen, das erfüllt war von den Essensgerüchen vom Vortag, von Trupps verschämter alter Jungfern, kichernder Mädchen und dem alles übertönenden Lärm an dem Ecktisch, um den Scopy und Nanny ihre Herde versammelt hatten. Es war Boynes letzter Tag in Venedig, und davon wollte er eine volle Stunde mit Judith verbringen. Schon bald würde die Familie heranbranden wie eine Springflut und jeder – angefangen von Mr. und Mrs. Wheater, deren »Fanny Girl« müßig vor San Giorgio lag, samt einer Kette unbenutzter Motorboote in Fusina, bis zu Beechy und Zinnie, die sich über ihre neuen Halsketten aus der Merceria stritten, und Miss Scope mit einem ganzen Packen Probleme für den Sommer – würde Boynes Rat oder Mitgefühl oder Trost verlangen oder zumindest seine passive Anwesenheit bei ihren Diskussionen. Das alles war ziemlich lästig, und die lebhafte Nähe der kleinen Wheaters machte ein Alleinsein unmöglich. Und doch war Boyne mehr denn je froh, daß er dem Zureden der Eltern widerstanden und sein Gepäck in die Pension Grimani statt ins Palasthotel geschafft hatte. Das bloße Vorhandensein von Palasthotels war ihm ein Greuel. Nicht daß er für die dort gebotenen materiellen Vorteile des Komforts nicht empfänglich gewesen wäre. Niemand wußte heiße Bäder, weiße Kacheln, Nachttischlampen und prompte Bedienung mehr zu schätzen als er, den das Schicksal üblicherweise an Orte verschlug, wo es das alles nicht gab. Er liebte Palasthotels; was er nicht ausstehen konnte, war der bloße Gedanke an die Menschen, die dort abstiegen.

Judy war, wie er feststellte, der gleichen Ansicht. Boyne hatte sich ein bißchen darüber geärgert, daß nur der jüngste Wheater den Luxus des Palasthotels teilen sollte. Er fand es ziemlich gemein, alle anderen in einem muffigen Logis gleich um die Ecke unterzubringen. In dem Augenblick war er Judiths Blick ausgewichen, aus Sorge, darin den gleichen Gedanken reflektiert zu sehen. Ein Großteil von Judiths Gefühlen begann in ihm ein Echo zu finden. Nun aber, in dem ersten ruhigen Gespräch seit der Ankunft, entdeckte er, daß kein solches Ressentiment das Wiedersehen der kleinen Wheaters mit ihren Eltern getrübt hatte.

Blanca, gab Judith zu, hatte es vermutlich ein bißchen übelgenommen, aber nur ganz zu Anfang. Die dumme Blanca war ja immer etwas eifersüchtig wegen des Theaters, das Joyce und Vater mit Chip machten. Außerdem liebte sie alles Elegante, schnappte gern neue Ideen für Kleider von schicken Frauen in Hotelrestaurants auf und wurde sehr gern mit Joyce gesehen, die selbst so elegant war, um andere elegante Damen sagen zu hören: »Ist das Ihr liebes Töchterchen? An der Ähnlichkeit hätten wir sie überall erkannt!«

Aber eben wegen Blanca ging Judith nicht gern in Palasthotels. »Seit sie sich in Biarritz mit dem Liftboy verlobt hat...«

»Verlobt?« Boyne rang nach Luft. »Aber Judy, Blanca ist gerade elf Jahre!«

»Oh, ich war in Blancas Alter auch verlobt – mit einem Pagen von der Eisbahn.« Bei diesem Bekenntnis bekam Judiths kleines Gesicht einen wehmütigen Ausdruck, wie bei einem Erwachsenen, der an die süßen Torheiten der Jugend zurückdenkt. »Aber das war etwas anderes. Er war ein sehr netter kleiner Schweizer, und ich hab' ihm nur eine von meinen Haarschleifen geschenkt und er mir einen Knopf von seiner Livree, und als er in den Ferien zu Hause war, hat er mir ein getrocknetes Edelweiß geschickt und auf Karton geklebte Vergißmeinnicht. Aber diese modernen Kinder sind nicht so. Blancas Junge wollte einen Ring mit einem echten Stein haben und war ein langer Lulatsch mit dicker Nase, die hin- und herwackelte. Terry und ich konnten es fast nicht aushalten. Und als Scopy es herausbekam, machte sie fürchterlichen Krach und drohte, es Mutter zu schreiben... Also sind wir hier eigentlich besser dran. Übrigens habe ich selber Vater geschrieben, uns lieber an einem Platz wie dem hier unterzubringen, wo die Kinder herumrennen und Krach machen können und es niemand stört. Ich finde es hier ganz lustig. Du nicht, Martin?«

Sie hatte ihn, als sei das selbstverständlich, seit dem zweiten Ausflug nach der Abfahrt aus Algier »Martin« und »du« genannt, und er konnte ihre helle, junge Stimme nie ohne ein kleines Behagen seinen Namen aussprechen hören.

Er sagte, er fände die Pension Grimani sehr, sehr lustig und sei froh, daß sie ihnen allen zusagte wie ihm. Dann fragte sie, ob das mit Terrys Hauslehrer nun perfekt sei und was er von dem jungen Mann hielte. Darauf zu antworten war schwieriger. Boyne wußte noch nicht, was er von ihm hielt. Er hatte am Vortage ein Einstellungsgespräch mit Mr. Ormerod gehabt, das von seiner Seite verlegen und stokkend, von seiten des jungen Lehrers entschlossen und selbstsicher geführt worden war. Mr. Ormerod war ein gut aussehender, von seiner Universität geprägter junger Engländer, hatte hellblondes, ziemlich langes, ungekämmtes Haar, ironische graue Augen und einen mißvergnügten Mund. Er sah klug, launisch und labil aus, war aber kultiviert und intelligent, und es schien sicher, daß Terry unter seiner Aufsicht mehr lernen und nützlicher beschäftigt sein würde als bei Miss Scope. Boynes Verlegenheit entsprang nicht nur dem Gefühl seiner Unfähigkeit, für irgend jemanden einen Hauslehrer zu engagieren, sondern der Absurdität, es tun zu müssen, obwohl die Eltern des Schülers da waren. Mr. Ormerod jedoch schien es weder zu überraschen noch zu stören. Er hatte Terry kennengelernt, war überzeugt, der sei ein ausgezeichneter kleiner Bursche. Unschlüssig war er nur hinsichtlich des Gehalts. Boyne, der es nach bestem Wissen festgesetzt hatte, sah sofort, daß es, obwohl es das Übliche überstieg, unter Mr. Ormerods Vorstellungen lag. Der junge Mann erklärte, daß die Prinzessin Tradeschi ihn recht übel im Stich gelassen habe, was äußerst ärgerlich sei, daß er aber in punkto Besoldung wirklich nicht nachgeben könne. Boyne dachte an Mrs. Wheaters letzte Bemerkung und schlug, um alle Schwierigkeiten zu beseitigen, Bun als Dreingabe vor. »Da ist noch der kleine Buondelmonte, eine Art Stiefsohn, er macht seiner Gouvernante ganz schön zu schaffen, vielleicht könnten Sie ihn zeitweise übernehmen. In diesem Fall –«

Damit war die Übereinkunft zu Mr. Ormerods Vorteil getroffen, und Boyne konnte den Wheaters berichten, daß der Unterricht ihres ältesten Sohns am nächsten Tag beginnen würde. Jetzt aber mußte er Judiths Frage beantworten.

»Er macht einen gescheiten Eindruck, aber ich weiß nicht, wie streng er Terry zum Arbeiten anhalten wird.«

»Ach, eher wird wohl Terry ihn zum Arbeiten anhalten. Und weil Joyce es will, ist es zum Glück abgemacht. Sonst hätte Vater möglicherweise wegen der Kosten Krach geschlagen. Er ist uns gegenüber zwar riesig nobel, aber er kann nicht verstehen, warum Menschen sich bilden wollen, wenn sie nicht müssen. Was haben sie davon? fragt er immer.« Sie runzelte nachdenklich die Stirn. »Ich weiß es nicht, weißt du es? Ich kann es nicht erklären. Aber wenn Terry es doch möchte, ist es bestimmt richtig. Du selbst hast viel gelesen, nicht wahr? Ich glaube, aus dem Lesen werde ich mir nie viel machen... Aber es ist ja müßig, darüber nachzudenken, wo ich sowieso nie eine Minute Zeit dafür hätte, ob ich mir nun was draus mache oder nicht.«

Er erinnerte sie daran, daß sie vielleicht später einmal Zeit haben würde, und fügte hinzu, da ihre Eltern im Moment so für Bildung seien, solle sie das doch nutzen und sich in ein gutes Internat schicken lassen, und sei es nur, um mit Terry mitzuhalten. Darüber lächelte sie etwas wehmütig, es war das gleiche scheue, zweifelnde Lächeln, mit dem sie sich im Dom von Monreale umgesehen hatte bei dem Versuch zu begreifen, was er daran fand. Doch dann runzelte sie wieder nachdenklich die Stirn. »In ein Internat? Ich? Ich möchte wissen, wann? Ein paar Kinder werden doch immer übrig sein, um die man sich kümmern muß. Ich werde für jede Schule zu alt sein, ehe Chip auch nur annähernd in Terrys Alter ist. Außerdem verlasse ich die Kinder nie, niemals.« Sie betonte das Wort mit dem schrillen Nachdruck, den er bereits von ihr gehört hatte, wenn ihre Herde beschützt oder ermahnt werden mußte. »Das haben wir alle geschworen«, setzte sie hinzu. »Wir haben einmal in Biskra einen fürchterlichen Eid geleistet, daß wir uns nie wieder trennen lassen, egal was geschieht. Sogar Chip mußte das Fäustchen heben und sagen: Ich schwöre. Wir haben auf Scopys Buch ›Enzyklopädie der in der Kinderstube verwendeten Hausmittel‹ geschworen. Und wenn wieder etwas schief läuft und ich bin irgendwo in einem Internat, wer paßt dann auf, daß der Schwur gehalten wird?«

»Aber jetzt sind doch alle Kinder in Sicherheit und bei deiner Familie; könntest du nicht den Schwur vergessen und ein bißchen daran denken, was für *dich* das Beste ist?«

Sie blickte so erstaunt auf, daß sie ebenso jung aussah wie Zinnie. »Möchtest du denn, daß ich zur Schule gehe?«

Er erwiderte den Blick mit dem gleichen Ernst. »Ja, riesig gern.«

Sie errötete leicht. »Dann möchte ich es auch.«

»Nun, dann –«

Sie schüttelte den Kopf, und ihr Erröten schwand. »Ich glaube nicht, daß du das je verstehen wirst – du nicht und auch sonst keiner. Wie könnte ich die Kinder jetzt verlassen? In vierzehn Tagen muß ich sie in die Schweiz bringen, das hier ist kein Ort für Terry. Angenommen, Mr. Ormerod will nicht mitkommen –«

»Nicht mitkommen? Aber genau dafür ist er doch engagiert?«

Mit dem ungeduldigen Achselzucken ihrer Mutter wandte sie Boyne ein kleines angespanntes Gesicht zu. »Und wenn nun Mutter nicht will, daß er mitfährt?«

»Deine Mutter? Aber Kind, sie war es doch, die ihn entdeckt hat. Sie weiß alles über ihn, sie –«

»Sie sieht sich liebend gern Venedig mit ihm an«, vollendete Judy den Satz mit häßlicher Schlagfertigkeit. Jetzt war es an Boyne, zu erröten. Mit einer abrupten Drehung des Kopfes, wie Mrs. Scope es immer tat, wandte er den Blick von ihr ab und schob seinen Stuhl zurück, als wolle er aufstehen. Judy lehnte sich über den Tisch und berührte schüchtern seinen Ärmel.

»Hab ich etwas gesagt, was dir nicht gefällt, Martin?«

»Du hast etwas sehr Albernes gesagt, etwas, was ich gar nicht gern hören würde, wenn du erwachsen wärst. Aber in deinem Alter ist es nur albern und daher unwichtig.«

Mit einem Sprung war sie auf den Füßen, zitternd vor Zorn. »In meinem Alter, in meinem Alter. Was weißt du von meinem Alter? Ich bin so alt wie deine Großmutter, ich bin so alt wie die Berge. Vermutlich findest du, ich sollte so etwas nicht über Mutter sagen? Aber was soll ich machen, wenn es stimmt und ich es keinem außer dir sagen kann?«

Wenn sie diesen Ton anschlug, wußte er nie so recht, ob es ihn rührte oder eher kränkte. Es gab Augenblicke, wo er Angst vor ihr bekam, wo er alles in der Welt darum gegeben hätte zu glauben, daß sie entweder fünf Jahre älter war, als sie gesagt hatte, oder aber fünf Jahre jünger und die Bedeutung der von ihr gebrauchten Ausdrücke nicht kannte. In solchen Augenblicken sah er immer Rose Sellars vor sich, wie er ihr atemlos dieses seltsame Kind schilderte mit dem Gefühl, kein anderer würde begreifen, was ihm so klar war, am wenigsten Mrs. Sellars. Da kann man nichts machen, dachte er verzweifelt. Laut aber sagte er ungeduldig: »Du bist sehr töricht, daß du nicht in ein Internat willst.«

Darauf gab sie keine Antwort, sagte nur wieder mit

dem nachdenklichen Blick: »Wenn du hier bliebest, könntest du mir vielleicht ein paar Bücher leihen.«

»Aber ich bleibe nicht hier. Morgen früh reise ich ab«, erwiderte er ärgerlich, noch immer zur Seite blickend mit dem irritierenden Gefühl, er würde, wenn er ihren Augen begegnete, Tränen darin sehen.

Ihr Zorn war verflogen – das wußte er, ohne sie anzusehen, er fühlte, daß sie sehr klein und blaß neben ihm stand. »Ach, Martin, wenn du doch hierbleiben könntest. So vieles ist unentschieden geblieben. Vater und Mutter können sich nicht klar darüber werden, wohin sie als nächstes reisen, und immer wenn sie nichts Besonderes vorhaben, streiten sie. Sie finden niemand, den sie auf die Jacht einladen können, erst wieder in Cowes. Und wenn sie die Kreuzfahrt ganz ausfallen lassen müssen, will Vater nach Paris und Mutter eine Autotour durch die Bergstädte Italiens machen – wo liegen die, weißt du es? Und dann kabbeln sie sich wieder, und was um Himmels willen soll aus uns Kindern werden?«

Da wandte er sich um und legte ihr die Hand auf den Arm. Es gab da eine alte Bank, so wackelig wie der Tisch, unter einer Art Orchestermuschel aus Oleanderbüschen. »Setz dich, liebes Kind.« Er setzte sich neben sie, lächelte und zündete sich zum Zeichen seiner Gemütsruhe und Unparteilichkeit eine Zigarette an. »Du nimmst das alles viel zu tragisch, weißt du. Du hast zuviel am Hals und bist übermüdet, das ist alles. Ich war jetzt zwei Tage mit deinen Eltern zusammen und sehe keinerlei Anzeichen dafür, daß irgend etwas zwischen ihnen nicht stimmt. Sie haben nur einen Fehler: Sie sind zu reich. Das macht sie gereizt: Das ist wie beim Zahnen – jedesmal wenn dein Vater erfährt, daß er wieder eine Million verdient hat, ist es, als wenn er wieder einen Zahn bekommt. So was tut weh beim Zubeißen, wenn man so viele hat. Aber er findet bestimmt bald Leute, die mit ihm eine Kreuzfahrt machen wollen, und dann wird er Beschlüsse für euren Sommer fassen müssen.

Deine Leute müssen einsehen, daß das Klima hier nicht gesund genug für Terry ist, und sie werden wollen, daß er irgendwo in den Bergen zur Ruhe kommt und so bald wie möglich mit dem Unterricht anfängt.«

Sein Ton schien sie zu beruhigen, wenn er auch argwöhnte, sie sei zu aufgeregt, um ihm ganz zu folgen.

»Welche Leute?« stieß sie dann kläglich hervor.

»Wie – welche Leute?«

»Die mitfahren sollen auf der Jacht? Da ist nämlich noch was. Wenn Mutter von Vater weg ist und ich bei ihr bin, dann ist es irgendwie leichter – außer daß ich mir dann um die anderen Kinder Sorgen mache. Wenn Joyce und Vater zusammen sind, machen sie allerlei verrückte Sachen, nur aus Opposition, lesen gräßliche Leute auf, ich meine, solche, die trinken und raufen. Und dann kabbeln sie sich wieder wie damals, als Buondelmonte Vater die Rechnung für seinen Rolls-Royce geschickt hat...«

»Buondelmonte?«

»Ja, aber Joyce hat gesagt, darüber dürften wir niemals sprechen – sie hat es uns allen verboten.«

»Da hatte sie ganz recht.«

»Ja. Aber es stimmt. Und dann fangen sie an zu streiten und bekommen Schwierigkeiten wegen der Leute, die sie aufgelesen haben –«

In diesem Augenblick hörte Boyne den Kies knirschen, drehte sich um und sah das Dienstmädchen mit einer Karte kommen. Es warf einen zweifelnden Blick auf das Paar und reichte die Karte schließlich Boyne als demjenigen, der in der wildbewegten Gesellschaft, zu der er offenbar gehörte, noch am ehesten Ruhe und Ordnung repräsentierte. Es war eine übergroße Besuchskarte mit dem Namen *Marchioness of Wrench.* Darunter stand in ausladender, ungeschickter Schrift: »Will meine Tochter Zinnie Wheater besuchen«, das »meine« war durchgestrichen und statt dessen »ihre« hingekritzelt.

Der verblüffte Boyne reichte die Karte schließlich Judith weiter, die mit einem Ruf des Erstaunens aufsprang.

»Nein, so etwas! Das muß Zinnia Lacrosse sein! Sie hat also wieder geheiratet. Dann stimmt es doch, was Blanca in den Zeitungen gelesen hat...« Sie sah Boyne fragend an: »Ob sie wirklich hier ist?«

»Klar bin ich hier«, rief eine schrille, fröhliche Stimme von der Tür her und durch die verwilderten Büsche kam eine von Jugendlichkeit, Schmuck und Schminke strotzende Gestalt in einer Parfumwolke auf sie zugesegelt.

»Hallo, Judy, ach, du bist es!« Dabei sah die Fremde Judith gar nicht an. Sie blieb stehen und musterte Boyne mit großen Augen, die wie Juwelen aus einem Strahlenkranz steifgetuschter Wimpern leuchteten. Sie hatte ein gleichmäßiges, ovales Gesicht, einen kleinen, feingeschnittenen Mund und eine solche Aura unschuldiger Verderbtheit, daß Boyne ein leichtes Ekelgefühl empfand, als sie sich nun zu Judy wandte und sie umarmte.

»Menschenskind, Judy, wie ich mich freue, dich wiederzusehen. Wer ist denn dein Freund da?« fragte sie und warf unter halbgesenkten Lidern einen Blick auf Boyne. All ihre Bewegungen hatten etwas Glattes, Automatenhaftes und waren ein bißchen übertrieben.

»Das ist Mr. Boyne. Ein Freund von Vater. Martin, das ist Zinnia Lacrosse.«

»Nein, ist es nicht. Es ist die Marchioness of Wrench. Aber man nennt mich einfach Lady Wrench, außer auf Visitenkarten, und wenn ich in die Zeitung komme oder mit den Dienstboten spreche. Und du kannst mich natürlich weiter Zinnia nennen, Judy. *How do you do, Mr. Boyne«*, murmelte der Star mit betonter Eleganz und träge ausgestreckter Hand. Doch sie hatte Boyne bereits genügend inspiziert und sah bei der Begrüßung über seine Schulter. »Eigentlich bin ich wegen Zinnie hier, wissen Sie.« Sie lächelte. »Wrenny wartet in der Gondel, Wrenny ist mein Mann, und ich hab' versprochen, sie mitzubringen und sie ihm zu zeigen.«

Sie sah Judith schmeichelnd an, die den Blick ruhig erwiderte und Boyne plötzlich groß und respekteinflößend schien; so sah sie aus, wenn es um einen Kinderzimmerstreit ging.

»Hören Sie, Zinnia«, begann sie mit der durchdringenden Stimme, die Boyne immer Unbehagen bereitete, »Sie wissen ganz genau –«

»Was weiß ich?«

»Sie wissen ganz genau, was abgesprochen ist, und Sie wissen auch, daß Scopy und ich nichts hören wollen, was...«

»Blödsinn, Kind. Weswegen, glaubst du, übertrete ich die Absprache? Nicht daß ich mir aus Cliffes Alimenten so furchtbar viel mache, mußt du wissen, die reichen kaum für meine Seidenstrümpfe. Wenn ich Zinnie entführen wolle, würde mich das keine Sekunde abhalten. Nein, ich will Wrenny zeigen, daß ich sehr wohl ein Kind haben kann, wenn ich will. Männer sind komisch in solchen Sachen, er glaubt mir nicht, daß ich je eins gehabt habe. Und ich sehe natürlich ein, daß er sich einen Erben wünscht. Hör zu, Judy, war ich nicht immer anständig zu dir? Komm, laß sie mich gleich jetzt sehen, ja? Ich hab' ein wunderschönes Geschenk für sie mitgebracht und auch eins für dich. Was Tolles, sag' ich dir. Kannst du dich denn nicht in die Gefühle einer Mutter reindenken?«

Judy blieb bei ihrer ehernen Haltung. Ihre fest zusammengepreßten blassen Lippen öffneten sich kaum, als sie der Filmdiva antwortete, deren letzten Vorstoß sie nicht zu bemerken schien.

»Selbstverständlich können Sie Zinnie sehen. Sie brauchen sich deswegen nicht zu ereifern. Aber Sie werden sie hier sehen, in Gegenwart von mir und Mr. Boyne. Ihr Mann braucht nur aus der Gondel zu steigen und herzukommen.«

»Wenn man dich wie eine Dame erzogen hätte, Judy, würdest du ihn Lord Wrench nennen.«

Judith brach in Lachen aus. »Du liebe Zeit! Dann nennen Sie mich wohl besser Miss Wheater. Aber wenn Sie Zinnie sehen wollen, haben Sie nicht viel Zeit, weil in ein paar Minuten Vater nach den Kindern schicken wird, um sie mit auf seine Jacht zu nehmen.«

»Oh, Judy! Aber er kann mich doch nicht hindern, Zinnie zu sehen!«

»Niemand wird Sie hindern, wenn Sie tun, was ich sage.«

Die Marchioness of Wrench überdachte dieses Ultimatum kurz und starrte auf ihre hochglanzpolierten ovalen Fingernägel. Dann sagte sie schmollend: »Ich werd's versuchen, aber ich glaube nicht, daß er aus der Gondel aussteigt. Er ist stinkfaul. Und wir wollten Zinnie doch auf eine Gondelfahrt mitnehmen.« Judith antwortete nicht, und Lady Wrench ging schließlich zögernd auf die Tür der Hotelhalle zu.

»Ich geh und hole Zinnie«, sagte Judith zu Boyne und wandte sich auf einem anderen Gartenweg dem Hause zu. In diesem Moment kam ein kleines Figürchen, aufgeputzt und mit Glasperlen geschmückt, quer durch den Garten in ihre Arme gestürzt.

»Judy! Das war Zinnia, nicht? Ich hab sie aus dem Fenster gesehen. Nanny hat gesagt, sie wär's nicht, aber ich weiß, sie war es doch. Sie ist doch nicht weggegangen, ohne ihre kleine Zinnie zu sehen, was? Das verzeih ich dir nie, wenn sie weg ist. Hat sie mir was mitgebracht? Das tut sie immer. Blanca will unbedingt runterkommen und sehen, wie sie angezogen ist, aber Scopy läßt sie nicht. Sie hat sie eingesperrt.«

Judith zuckte wieder einmal geringschätzig die Achseln. »Das hätte Scopy nicht zu tun brauchen. Es schadet Blanca nichts, wenn sie deine Mutter sieht. Hör auf, mich zu kneifen, Zinnie, und reg dich nicht auf. Deine Mutter kommt wieder. Sie holt nur ihren Mann, um ihn dir vorzustellen.«

»Ihren neuen Mann? Wie heißt er denn? Keiner hat mir erzählt, daß sie einen neuen Mann hat! Immer heißt es: Du bist noch zu klein, das verstehst du nicht. Und dabei bin ich doch Zinnias kleine Tochter. Judy, was meinst du, ob sie mir was mitgebracht hat? Wenn es nur Schokolade ist, teil ich sie natürlich mit den anderen. Aber wenn's was zum Umhängen ist, muß ich nicht oder muß ich?« Zinnies rötliche Locken kräuselten sich, ihr Gesicht flammte vor Begierde und Eifer. Mit einer blitzschnellen Bewegung ihrer Grübchenfäuste riß sie sich die neue Perlenkette aus der Merceria vom Hals und steckte sie in die Kleidertasche. »Braucht sie nicht sehen, daß ich schon was geschenkt gekriegt habe. Du bist doch nicht böse, Martin, oder?« fragte sie mit einem Blick über die Schulter auf Boyne, der ihr an diesem Morgen die Kette geschenkt hatte. Er fing an zu lachen, aber Judith packte die kleine Sünderin bei der Schulter, ehe er intervenieren konnte, und schüttelte sie zornig. »Du falsches, undankbares kleines Biest du –«

»Huh-huh-huh«, jaulte Zinnie, krümmte die Schultern und brach in Schluchzen aus.

»Nun sieh dir das an, Wrenny, da hast du's! Wenn ich nur meine Anwälte hier hätte! So behandeln diese Wheaters –«

Im Gartentor stand Lady Wrench und zeigte anklagend auf die weinende Kleine. Hinter ihr erschienen das helle Haar und die erstaunten Augen eines sehr langen jungen Mannes von kränklichem Aussehen, mit großem, schlaffem Mund und einer Stirnglatze. »Ach herrjeh, Liebling«, sagte er.

Lady Wrench hatte ihre Tochter ergriffen, hochgehoben und stand nun in erprobter Filmhaltung, Zinnies feuchte Wange an die ihre gepreßt. Des Kindes orangefarbene Locken mischten sich mit ihren rotgoldenen. »Was hat die böse Hexe Mamas Liebling getan?« wollte sie wissen und sah Judith über Zinnies Kopf grimmig an. »Dich geschlagen, weil du die eigene Mutter sehen willst, wie? Erzähl Mama mal, was es war und dann wird sie...«

Doch Zinnies Gesicht hatte sich aufgehellt, sie war sichtlich viel zu sehr mit der Erscheinung der Mutter beschäftigt, um diese uninteressanten Fragen zu beachten. Sie ließ die Perlenwasserfälle auf dem Busen der Mutter durch die molligen Fingerchen gleiten und sagte: »Ui, Zinnia, sind die echt? Blanca sagt, die können gar nicht echt sein, sie weiß es, weil sie doppelt so groß sind wie die von Joyce.«

»Blanca? Ach! Ist Blanca hier? Wo ist sie denn?«

»Scopy hat sie eingesperrt, damit sie nicht runterkommt und dich anstarrt, aber sie hat Martins Fernrohr in seinem Zimmer gefunden, und da schaut sie jetzt durch, und sie sagt, das Ding ist so stark, daß sie die Perlen zählen kann, und bitte, Zinnia, darf sie nicht runterkommen? Sie möchte nämlich so gern sehen, ob du das gleiche Kleid von Callot anhast, das sich Joyce gerade bestellt hat, weil nämlich Joyce dann ganz furchtbar wütend wird und es zurückschickt, so schnell sie kann und statt dessen ein anderes bestellt. Bitte, Zinnia!«

Lady Wrenchs Stirn hatte sich ebenso rasch geglättet wie die ihrer Tochter. Sie lachte und drückte ihre Lippen auf Zinnies Wange. »Na, Wrenny, wie findest du sie? Ist sie nicht ganz und gar meine Tochter?«

In ihrem Kielwasser war Lord Wrench langsam herangeschlendert, schlaksig und unentschlossen stand er da in seinem hellen, losen Flanellanzug, den verblichenen Homburg aus dem verlegenen Gesicht geschoben, und blickte aus seiner übergroßen Höhe, die ihm seine langen Beine und sein endlos langer Hals verliehen, auf die Gruppe nieder.

»Das kann man wohl sagen«, erwiderte er mit einer Stimme, die von irgendwo oberhalb seines Hutes herabzukommen schien, und stieß ein gackerndes Gelächter aus, das noch höher emporstieg als seine Sprechstimme und zu den Dächern hinaufklirrte.

Das Lachen seiner Frau mischte sich mit dem seinen und stieg noch höher. Sie ließ sich auf die Bank fallen, Zinnie noch immer an sich pressend. »Judy hat gedacht, wir wollten sie *stehlen*, Wrenny, denk doch bloß! Oh, ich vergaß, daß ihr euch nicht kennt – Lord Wrench, Judy Wheater und das ist Mr. Boyne, ein Freund von Cliffe – Sie sind doch ein Freund von Cliffe, Mr. Boyne? – Mein jetziger Mann, der Marquis, nein, das ist falsch, ich weiß – also bloß mein Mann. Und wo ist Blanca, Judy? Laß sie doch herunterkommen und Terry auch, das wäre schön. Schließlich bin ich doch ihre Stiefmutter, nicht wahr? Oder war es jedenfalls... Ist Blanca noch immer so schön, Mr. Boyne? Wenn das Mädchen mehr Schwung hätte, könnte ich vielleicht was für sie tun beim Film. Also Judy zum Beispiel, die könnten wir nun gar nicht brauchen, nicht wahr, Wrenny? Zu sehr Dame, hab ich ihr schon immer gesagt...«

»Halt den Mund, da kommt sie«, unterbrach Lord Wrench. Eben erschien Judith mit ihrer jüngeren Schwester. Blanca riß beim Anblick ihrer einstigen Stiefmutter die Augen weit auf, obwohl ihr gerader Rücken und ihr gemessener Schritt nicht verrieten, wie neugierig sie auf Lady Wrenchs Kleid und Schmuck war. Hinter ihnen schritt Miss Scope, behelmt wie zum Gefecht, die Hände in grauer Baumwolle gepanzert, den Schirm umklammernd wie eine Lanze.

»Ja, Blanca, wie geht es dir denn? Du bist aber gewachsen! Und wie schön du werden wirst. Du bist nur so schrecklich vornehm. War sie immer schon, was, Judy? Bist ja selber eine Dame, aber nicht eine *solche* Dame. Alsdann, Blanca, gib mir die Hand, ich will dich meinem neuen Mann vorstellen. Wrenny, das ist Blanca, die früher mit Terry und Judy bei mir lebte, als Cliffe und ich verheiratet waren. Wo ist denn Terry, Blanca? Warum ist er nicht auch heruntergekommen? Ich würde ihn so gern sehen.«

»Terry ist gerade bei seinem Hauslehrer«, sagte Blanca distanziert, obwohl sie kein Auge von Lady Wrenchs strahlender Erscheinung ließ.

»Aber er hat gesagt, er käm' sowieso nicht runter, auch wenn er nicht beim Hauslehrer wäre«, schaltete Zinnie sich ein und warf einen boshaften Blick hinauf zum Gesicht ihrer Mutter. »Er sagt, er ist nicht so neugi'ig wie Blanca und er läßt sich nicht jedesmal stören, wenn jemand vorbeikommt und die Stiefs besuchen will.«

Lord Wrench stimmte daraufhin in Boynes Gelächter mit ein, aber seine Gattin sah entschieden ungehalten aus.

»Na, ich sehe deutlich, Manieren hat der Hauslehrer Terry jedenfalls nicht beigebracht«, sagte sie schroff, während Miss Scope ihre jüngste Pflegebefohlene ermahnte: »Neu-gie*rig*, Zinnie, du bist jetzt alt genug, um ordentlich zu sprechen.«

»Nö, bin ich nicht, Bun und Beechy tun's auch nicht«, widersprach Zinnie.

»Beatrice und Astorre sind Ausländer«, entgegnete Miss Scope.

»Bist du auch, du alter Flamingo. Du bist keine richtige Merrikanerin wie wir.«

»Zinnie!« rief Blanca und verteidigte in ihrer würdevollsten Haltung den Bruder. »So was hat Terry nie gesagt.« Doch Zinnie, im Schutz der Mutterarme, lachte verächtlich über all diese Rüffel, bis Judith äußerte: »Es tut mir leid, aber ungezogene Kinder werden heute auf die Jacht nicht mitgenommen. Vater hat mir extra aufgetragen, daß ich euch das sagen soll. Zinnie, wenn du dich nicht sofort bei Miss Scope entschuldigst, wirst du leider heute allein bei Nanny bleiben müssen.«

»O nein, das wird sie nicht, meine liebe kleine Zinnie! Sie wird Gondel fahren mit ihrer Mama und ihrem neuen Vater«, erklärte Lady Wrench triumphierend. Doch Zinnies ausdrucksvolle Züge hatten sich urplötzlich verändert. Sie löste sich aus der mütterlichen Umarmung, glitt zu Boden, schlüpfte hinüber zu Miss Scope und ergriff schmeichelnd ihren grauen Baumwollhandschuh. »Scopy, ich bin doch nicht die ungezogene Zinnie, sag, daß ich das nicht bin, ich will nämlich gar nicht mit der blöden Gondel fahren, ich will mit auf Vaters Motorjacht.«

Neue Beifallsquiekser von Lord Wrench quittierten diesen hastigen Rückzieher. »Donnerwetter, dieses Gör hat recht. Kein Zweifel, daß es deins ist, Zinnia«, verkündete er, und die Dame warf gespielt gleichmütig dazwischen: »Als ob ich mir nicht eine eigene Jacht leisten könnte, die diesen Pott von Cliffe in Grund und Boden segelt. Und die werde ich auch bekommen, Ihr werdet sehen«, ergänzte sie mit einem Blick in die Runde.

»Gut, dann komm, wir suchen uns eine aus«, schlug ihr Mann mit liebenswürdiger Ironie vor.

»Ja, vielleicht tue ich das auch«, drohte sie und richtete sich mit einer Bewegung auf, als gelte es eine hermelinbesetzte Schleppe zurückzuwerfen. Aber Blanca war nähergekommen und sah scheu zu ihr auf. »Dein Kleid ist einfach wunderbar, Zinnia. Ich glaub', es ist das schönste, in dem ich dich je gesehen habe. Ist es aus dem russischen Geschäft, über das Mutter redet, wo sie keine neuen Kunden annehmen wollen?«

Die Diva schenkte ihr ein besänftigtes Lächeln. »Du kluges Kind. Nun ja, das stimmt. Aber auch wenn deine Mutter die Leute überreden könnte, sie anzunehmen, dieses Modell würde sie nicht kriegen, weil der Großfürst Anastas es speziell für mich entworfen hat, und ich hab ein Papier mit Unterschrift, daß sie nie wieder so eins machen werden. Siehst du, wie es um die Schultern herum geschnitten ist?«

Blanca prüfte dieses Detail mit innigstem Verständnis, und Lady Wrench nahm ihre Nerzstola auf und blickte triumphierend um sich. »Ich glaube, eine Motorjacht kaufen kann jeder, aber man kann an einer Hand, der zwei Finger fehlen, die Frauen herzählen, für die Anastas sich die Mühe machen würde, ein Kleid zu entwerfen.«

»Nun komm endlich, altes Mädchen«, protestierte ihr Mann und verlagerte sein Gewicht müde von einem langen Bein auf das andere. Lady Wrench wandte sich, um ihm zu folgen.

»Also dann adieu, Zinnie, mein Kind. Nächstesmal komme ich dich auf meinem Zweitausendtonner besuchen. Ach, Augenblick. Hast du meine Handtasche gesehen, Wrenny? Ich glaub', ich hab' dem Kind Bonbons mitgebracht...« Sie kehrte um und begann in einer juwelenbesetzten Handtasche zu wühlen, während die beiden kleinen Mädchen bei der Erwähnung von Bonbons lange Gesichter zogen. Doch dann tauchte aus einem Wirrwarr von Zigaretten und Geldscheinen eine Goldkette mit aufgereihten kleinen, aber stark glänzenden Perlen auf. »Da, Zinnie, die hängst du dir um und bittest Blanca, die Perlen unter dem Mikroskop zu prüfen und dir zu sagen, ob sie so falsch sind wie die von deiner Mama.«

Bei dieser Anspielung wurde Blanca blaß. »Oh, Zinnia, ich hab nie gesagt, daß deine falsch sind. Hat das kleine Biest dir das erzählt? Ich hab nur gesagt, ich wäre auf diese Entfernung nicht sicher –«

Lady Wrench lachte großmütig. »Ich glaube, du warst überzeugt, daß sie falsch sind, weil du an die deiner Mutter gewöhnt bist. Aber Filmstars brauchen keine falschen Perlen zu tragen, meine Süße, sie können die echten nämlich immer ersetzen, wenn sie ihnen gestohlen werden. Das kannst du Mrs. Cliffe Wheater Nummer drei sagen. Du brauchst nicht so erschrocken zu schauen, ich bin ihr nicht böse.« Sie zog ein Päckchen aus der Tasche. »Schau mal, ich hab dir einen Ring mitgebracht, der hält auch jeder Prüfung stand.« Sie warf Blanca das Kästchen zu.

Blanca, ganz blaß vor Aufregung, ließ den Deckel hochschnellen, und ihrem rasch abschätzenden Blick enthüllte sich ein kleiner, in Brillanten gefaßter Rubin. Mit einem begeisterten »Oh, Zinnia«, nahm sie ihn heraus und steckte ihn an den Finger. Das Kästchen stopfte sie rasch in eine Falte ihres Pullovers.

»Wenn ich jemand etwas schenke, geh ich dazu nicht zu Woolworth«, bemerkte Lady Wrench und winkte zum Abschied. »Alsdann, ihr alle. Ich würde mich nicht wundern, wenn wir uns bald wieder treffen, an den Wogen des wilden Meeres. Wrenny und ich verbringen unsere Flitterwochen draußen am Lido – vielleicht kommt ihr alle mal zum Baden rüber? Es wird ebenso amüsant sein wie im August. Alle schicken Leute schnappen sich bereits Badezelte. Das vom Herzog von Mendip ist gleich neben uns. Er ist Wrennys bester Freund, wißt ihr. Bye-bye, Judith! Mr. Boyne, ich hoffe, Sie kommen mal abends und essen mit uns im Lido Palace, um den Herzog kennenzulernen. Fragen Sie nach der Marchioness of Wrench – denken Sie daran.«

Sie verschwand in einem wahren Feuerwerk von Perlen und Gelächter und ließ Blanca und Zinnie in hingebungsvoller Betrachtung ihrer Schmuckstücke zurück, bis Miss Scope die beiden ins Haus trieb, um sie für die Ankunft der »Fancy Girl« anzuziehen.

Als die Kinder fort waren, blieb Judy noch einen Augenblick mit Boyne im Garten. Ihre Miene, die während des Besuchs der Filmdiva so straff und erwachsen gewirkt hatte, war wieder zum runden Gesicht eines schmollenden Kindes geworden.

»So, das wäre vorbei«, sagte Boyne und schnippte seine Zigarette weg, als symbolisiere die Geste einen Hinauswurf der Wrenchs.

»Ja. Eigentlich zählt Zinnia gar nicht, weißt du«, setzte sie hinzu, als bemerke sie seine Verwunderung. »Sie schreit viel herum, aber es bedeutet nichts.«

»Ich dächte, du könntest froh darüber sein, denn wenn es etwas bedeutete, wäre das sicher unerträglich.«

Judith hob ihre Brauen mit einem leichten Lächeln. »Wir sind hier weit mehr Wirbel gewöhnt als du. Wo es sieben Kinder und eine Menge Eltern gibt, ist immer einer dabei, der um etwas kämpft. Aber Zinnie ist bei weitem nicht so schlimm, wie sie aussieht.« Sie hielt kurz inne und stieß dann, als befreie sie damit ihr Herz von einer unerträglichen Last, hervor: »Aber Blanca hat mein Geschenk gekriegt. Hast du das gesehen? Ich hab's doch gewußt. Deswegen ist sie heruntergekommen, um es Zinnia abzuluchsen. So zu tun, als glaube sie, das alte Callot-Modell sei von Anastas. Für Blanca ist nichts zu niederträchtig.«

Dicke Kindertränen standen in ihren Augen, und eine davon rollte über ihre Wange herab, ehe sie Zeit fand, den Kopf zurückzulegen und stolz hinzuzufügen: »Natürlich ist es mir total piepegal. Ich bin schon zu groß, um mir aus solchem Quatsch noch was zu machen. Aber ich weiß, Blanca muß mein Monogramm auf dem Kästchen gesehen haben. Hast du nicht gemerkt, wie schnell sie es versteckt hat?«

Zweites Buch

9

Am nächsten Tag, während der Fahrt durch das heiße Veneto und hinauf in die Berge, waren die Wheaterkinder und deren Probleme Boyne noch immer so gegenwärtig, daß er sich kaum bewußt wurde, wohin er fuhr oder warum.

Die letzten Stunden mit den Freunden waren in einer Atmosphäre der Zufriedenheit und Geborgenheit zu Ende gegangen. Die neue Jacht, angefüllt und belebt von den unbezähmbaren Kindern, bei denen es Miss Scopes ganzer Energie und Allgegenwart bedurfte, damit keines über Bord fiel oder den Mast erklomm, schien plötzlich Daseinsberechtigung bekommen zu haben. Cliffe Wheater, in makelloser Seglermütze und blauem Serge, bewegte sich inmitten seiner Familie wie ein wohlwollender Riese, und Mrs. Wheater, die in weißem Seglerrock, Pullover und mit windzerzaustem goldenem Schopf jünger aussah als je, verfiel in die hübschesten Mutterposen, als ihre eigene Brut und auch die Stiefs im Zug eines von Boyne und dem jungen Hauslehrer organisierten wilden Spiels auf ihr herumrangelten.

Der Ausflug hatte nicht sehr verheißungsvoll begonnen. Vor dem Aufbruch in der Pension war es Bun und Beechy, die während der Heimsuchung durch Lady Wrench oben eingesperrt gewesen waren, gelungen, Zinnie angemessen dafür zu bestrafen, daß sie sie nicht mit Blanca heruntergeholt und sie dadurch um einen aufregenden Besuch und mutmaßlich auch um Geschenke gebracht hatte. Terrys Gleichmut in dieser Sache machte den jähzornigen Italienern keinerlei Eindruck. Und da Zinnie im Zorn zum Raufbold wurde und jetzt eine Goldkette mit echten Perlen zu verteidigen hatte, bedurfte es Judiths ganzen Einflusses und zusätzlich einiger Klapse, um das Trio zur Ordnung zu rufen. Anschließend mußte Boyne dafür eintreten, daß sie nicht um den Ausflug gebracht wurden. Aber an Bord der »Fancy Girl« waren dann alle Streitigkeiten vergessen. Es war ein Tag von Wind und Glanz, und das Wasser der Lagune war so von Wellen aufgewühlt, daß man meinen konnte, die Jacht bewege sich tatsächlich vorwärts. Nachdem Beechy ihr neues Kleid mit Freudentränen darüber getränkt hatte, wieder mit Chipstone vereint zu sein, und Blanca und Zinnie jedem, vom Kapitän bis zum Küchenjungen, ihre Geschenke von Lady Wrench gezeigt hatten, herrschte unter den jungen Wheaters wieder Harmonie.

Mr. Ormerod, mit dem Terry schon ganz vertraut war, überwand bald die Reserviertheit der übrigen. Er erwies sich als unerwartet begabt für Spiele, bei denen man herumtollen, sich verstecken und übereinander herfallen mußte, besonders wenn Joyce und Judith daran teilnahmen und man sie fangen und mit ihnen ringen konnte. Cliffe Wheater paradierte auf Deck mit Chip, dem er eine Miniaturseglermütze mit dem Aufdruck »Fancy Girl« aufgesetzt hatte und war das Urbild eines glücklichen Vaters. Er redete Boyne zu, alle anderen Verabredungen abzusagen und mitzukommen, die Adria hinunter bis Korfu und Athen. Boyne, der es sich in der klaren Luft wohl sein ließ, umringt von Kinderlachen, Judith auf einer Seitenlehne seines Liegestuhls, fragte sich, warum eigentlich nicht und was das Leben denn Besseres zu bieten hätte. Onkel Edward hätte bestimmt zugesagt, dachte er, während sein Gastgeber sich auf dem Tischchen einen weiteren Cocktail eingoß und überredend fortfuhr: »Wir kriegen bestimmt eine lustige Gesellschaft zusammen, du wirst sehen. Bestimmt taucht jemand auf, der mit beiden Händen zugreift. Judy, können wir ihm nicht schnell ein Mädchen herbeizaubern?«

»Ich brauche kein anderes Mädchen als dieses hier«, lachte Boyne und legte seine Hand auf die Judiths, und ein freudiges Erröten überzog ihr Gesicht. »Oh, Martin – wenn du doch – ich meine, könntest du nicht doch...«

Aber er hatte standgehalten, selbst als das freudige Erröten wieder verebbte, weil er den Kopf schüttelte. Die Entschlossenheit des Wanderers, bei einmal gefaßten Entschlüssen zu bleiben, war zu stark. Zu viele Eingebungen hatten ihn in zu viele Länder geführt. Gerade weil er es trotz lebhafter Phantasie fertiggebracht hatte, ihnen zu widerstehen, hatte er Karriere machen können und sah nun – so hoffte er – geruhsameren Zeiten und dem sicheren Hafen entgegen, den er brauchte.

Er hatte sich um ein Abschiedsgeschenk für Judith bemüht, um eine Kleinigkeit, hochwertig, aber nicht kostbar, als Ausgleich für die Enttäuschung, das Mitbringsel von Lady Wrench nicht bekommen zu haben. Judiths aufrichtiges Bekenntnis dieser Enttäuschung hatte ihn schokkiert, doch er dachte wieder daran, was für ein Kind sie noch war, und schalt sich pedantisch, weil er von ihr andere Maßstäbe erwartete als die Welt sie hatte, in der sie lebte.

Er hatte dann doch keine Zeit gehabt, etwas Ausgefallenes zu suchen, und konnte ihr nur im letzten Moment etwas Alltägliches aus der Merceria in die Hand drücken. Ihre kindliche Freude darüber, und daß sie zeigte, sie wisse es doppelt zu schätzen, weil es von ihm kam, machte ihm den Abschied von ihr schwer. Und jetzt, allein in dem staubigen Eisenbahnwagen, fragte er sich, warum er eigentlich nicht in Venedig geblieben war.

Unter anderem hatte es den altmodischen Grund, daß er schon vor Monaten versprochen hatte, sich mit Mrs. Sellars in den Dolomiten zu treffen. In einer Welt ohne Uhren und Rücksichten war Boyne immer noch pünktlich und rücksichtsvoll. In diesem besonderen Fall hatte er sich eingeredet, es sei sein größter Wunsch, Rose Sellars wiederzusehen. Tief innerlich wußte er, daß das nicht so war, oder doch nicht mit Bestimmtheit. Das Leben hatte ihm seitdem anderes vor Augen geführt, das er ebenso sehr wünschte, wenn nicht noch mehr. Sein Widerstreben, Venedig und die neuen Freunde zu verlassen, zeigte, daß seine Neigungen geteilt waren. Doch er gehörte zu einer Generation, die unmöglich zugeben konnte, daß nichts beständiger ist als die Unbeständigkeit. Er brauchte als moralische Stütze die Überzeugung, die Frau, die einmal genau die Richtige für ihn gewesen war, müsse es immer noch sein. Gehörte sie doch zu einer Welt, die ihm weit näher lag als die der Wheaters und ihrer Kinderschar, so daß er sich nicht vorstellen konnte, zwischen beiden zu schwanken. Rose Sellars Welt war stets der Polarstern seines kreisenden Firmaments gewesen, der Fixpunkt, auf dem sein Streben nach Dauer basierte. Jetzt konnte er daraus nur schließen, daß der Wunsch des Wandernden nach Seßhaftigkeit gepaart war mit der Furcht des Wandernden vor Unbeweglichkeit. »Zum Henker, beides kann man eben nicht haben«, mahnte er sich. Insgeheim aber wußte er, daß das Menschenherz genau das haben wollte...

Hatte sich das alles erst vor achtundvierzig Stunden abgespielt? Jetzt, da er auf dem Balkon des Chalets saß, gegenüber den mächtigen rotsilbernen Flanken der Cristallo-Gruppe, schien die Episode in unendliche Ferne gerückt, und Boyne sah seine Probleme von sich forttreiben wie einen letzten Nebelfetzen, den jenseits der Gipfel das Blau aufsaugte.

War es nur die Luftveränderung, überlegte er, der plötzliche Aufstieg in diesen puren Äther, der dem Ton silberner Trompeten glich? Vielleicht teilweise, aber auch alles, was dazugekommen war bei dieser wundervollen Auferstehung von etwas, das er insgeheim für tot gehalten hatte.

»Bethesda sollte man es nennen«, murmelte er vor sich hin. Es war so echt Rose Sellars, die lebendige Rose Sellars, die bereits an die Stelle der von ihm behutsam einbalsamierten Mumie getreten war, dieses Chalet am Hang oberhalb eines großen Hotels zu finden. Es lag so abseits, so versteckt, daß er und sie mit sich und den Bergen allein waren. Wie hatte er nur das Gespür der alten Freundin für die Wunder dieser Landschaft und ihren Einfluß derart unterschätzen und annehmen können, sie würde sich auch nur für zwei, drei Wochen zur Nummer an einem läuferbelegten Korridor machen lassen, um mit anderen Nummern in brüllender Jazzmusik und blendendem Licht zu essen? Das Chalet war nur eben groß genug für sie und ihr Dienstmädchen und die Köchin, die ihre ländlichen Mahlzeiten kochte. Hätte es ein Eckchen für Boyne gegeben, er hätte es bekommen, versicherte sie ihm. Aber vielleicht machte es das Geheimnis und den Zauber noch größer, daß er aus dem öden Hotelleben zur reinen grünen Einsamkeit aufsteigen mußte, die durchpulst war von verborgenen Wassern unter Almgräsern und bewacht von den gewaltigen Schwingen der Berge.

»Gefällt es dir wirklich?« hatte sie gefragt, als sie am ersten Abend auf dem nach Tannenholz riechenden Balkon saßen und zusahen, wie die flammenden Felswände jenseits des Tales langsam Aschenfarbe annahmen.

»Es gefällt mir vor allem, weil es dir so ähnlich ist«, antwortete er.

Sie lachte und wandte ihm ein spöttisches, amüsiertes Gesicht zu, das mehr denn je den weichen Bleistiftzeichnungen glich, an die sie ihn immer erinnert hatte. »Mir ähnlich? Was denn – das Chalet oder die Cristallo-Gruppe?«

»Beides, das ist ja das Sonderbare.«

»Ich muß doch hier wirken wie ein kleiner Punkt auf einer Zeichnung.«

»Nein, erst weit weg und hoch oben, und dann wieder klein, sonnig und nah.«

Sie seufzte leise, dann lächelte sie. »Nun, mir ist der letztere Teil des Bildes lieber. Ich möchte viel lieber ein sonniger Balkon sein als ein ferner Schneegipfel. Aber ich schaue gern zu ihm hinüber.«

»Siehst du, das habe ich gemeint. Es ist *deine* Perspektive, die ich in all den Jahren so vermißt habe.«

Sie nahm es mit einem durch ein kleines Lachen gemilderten Schweigen entgegen. Das Schweigen schien auszusagen: »Danke, das genügt für unseren ersten gemeinsamen Abend«, und das Lachen: »Aber es gefällt mir.«

Laut äußerte sie: »Ich freue mich, daß du nach Venedig und den Millionären hier heraufgekommen bist. Es spricht für die Berge und auch für mich.«

Damit endete ihr erstes vertraulicheres Gespräch, sie glitten nun ab in Erinnerungen, Fragen, Anspielungen, es war ein Wiederaufnehmen von Fäden, eine allmähliche gemächliche Rekonstruktion der fünf Jahre, in denen sie getrennt gewesen waren.

Jetzt, am zweiten Abend, hatte er das Gefühl, sie wieder in sein Leben integriert und sich in dem ihren etabliert zu haben. Bis jetzt hatte er nicht auf sein unerfülltes Verlangen angespielt. Auch seinerzeit hatte sich auf ihren Wunsch und nach ihrem strengen Willen ihre Beziehung strikt in den Grenzen von Freundschaft gehalten, und im Augenblick fand er es leichter und natürlicher, es dabei zu belassen. Was ihn zurückhielt, waren weder Zweifel noch Stolz noch Unsicherheit hinsichtlich ihrer Gefühle, nur ein gewisses Wohlgefühl beim gegenwärtigen Stand der Dinge. Im Lauf seines Lebens war er oft der leicht zugänglichen Liebe begegnet, war der Nächte ohne ein Morgen so müde, daß er eine Frau auf der Welt wissen mußte, der seine Liebe zu erklären er sich beinahe fürchtete. Rose Sellars hatte beschlossen, daß er in ihr nur die treue Freundin sehen sollte, und er wollte nicht gleich anfangs diese sorgsam aufgebaute Vorstellung zerstören. Hätte er einen rivalisierenden Einfluß fürchten müssen, er hätte keinen Aufschub geduldet. Als sie nun gemeinsam ihre Vergangenheit durchwanderten, wurde er sich mehr und mehr sicher, daß sie sich in den kalten, leeren Jahren ihrer Ehe gerade für ihn aufgespart hatte. Wie Männer nun einmal sind, beruhigte ihn das eher, als daß es ihn anspornte, obwohl er den Gedanken empört zurückgewiesen hätte, sie sei weniger begehrenswert, weil sie zu haben war. Tatsächlich fand er sie hübscher und jünger als zum Zeitpunkt ihrer Trennung. Sie hatte sich in allem zu ihrem Vorteil verändert und er mußte sofort seine gefühlsseligen Erinnerungen – dicke Locken braunes Haar, bis auf die Knöchel fallende Gewänder –, ausrangieren zugunsten der neuen Frau mit eng anliegend frisiertem Haar und kurzem Rock, zu der sie geworden war. Die Freiheit des Geistes und des Körpers hatte sie geheimnisvoll verjüngt, und er fand sie weit intelligenter und aufgeschlossener, als er angenommen hatte damals, als ihre Beziehung noch von seiner Begierde und ihrem Widerstand getrübt gewesen war. Jetzt gab es keinen Widerstand mehr, und seine Begierde hatte die Flügel zusammengefaltet. Es war ideal.

Sie machten täglich Ausflüge. Manchmal mieteten sie ein Auto, ließen es irgendwo stehen und erklommen einen Berg. Doch keiner von beiden konnte sich solche Extravaganzen oft leisten, ihnen lag auch nicht viel daran. Gewöhnlich zogen sie zu Fuß los, mit Stock und Rucksack, und kamen erst heim, wenn die Felswände letzten Glanz über dem Tal verbreiteten. Mrs. Sellars war ein unermüdlicher Wanderer und stolz auf ihren leichten Fuß und ihre festen Muskeln. Sie liebte die vielen zarten Kleinigkeiten, die sich nur dem Fußgänger offenbaren: wie die Herbstzeitlosen und die Orchideen durch den Nadelboden brechen, das Murmeln der Bäche, die sich entrollenden duftenden Blätter, das Flügelschwirren auf den Wegen und das gewisse unaufhörliche Pochen von Wasser, Wind und Gräsern, das der Herzschlag des Waldes ist. Boyne, an sich sehr empfänglich für großartige Landschaft, war bis jetzt zu beschäftigt, zu abgelenkt gewesen, um Einzelheiten wahrzunehmen. Es war Jahre her, seit er durchs Gebirge gewandert war, ohne es mit dem Blick des Ingenieurs zu mustern und seine Beziehung zur geplanten Eisenbahntrasse oder einem Aquädukt zu berechnen, und diese Wanderungen öffneten ihm die Augen für unbeachtete Schönheiten. Es war, als führte man ihn durch die blumenverzierte Randleiste eines illuminierten Meßbuchs, in dem er bisher nur die Hauptbilder bemerkt hatte.

Noch schöner waren die Abende. Bei seiner Ankunft

hielt der Vollmond sie noch bis spät in die Nacht auf dem Balkon, wo sie lauschten und träumten, bis Boyne schwindlig von all der Schönheit durch die schwarzen Schatten der Tannenwälder wieder in sein Hotel hinuntergging. Als der Mond dann abnahm und die Nächte frisch und bewölkt waren, saßen sie am Kamin und redeten endlos oder blätterten in neu erschienenen Büchern und Zeitschriften. Boyne, bis in die Knochen übersättigt von anstrengenden Reisen und unzähligen Eindrücken, hätte gern eine Ewigkeit solcher Abende vor sich gesehen, in genauso einem stillen Zimmer bei Lampenschein, mit einem flackernden Feuer, überall Zeitungen und Zeitschriften und dem schweigenden, braunen Kopf mit dem enggeflochtenen Zopf darum, der sich auf der anderen Seite des Kamins über ein Buch beugte. Rose Sellars Art, sich schweigend zu beschäftigen, ohne versunken zu wirken, war äußerst erholsam. Und dann ihre Bücher! Irgendwie gelang es ihr, immer diejenigen zu haben, für die er sich interessierte – für einen heimatlosen Wanderer war das nicht der geringste ihrer Reize. Einmal fiel Boyne, als er einen Band zur Hand nahm, von dem sie gesprochen hatten, Judith Wheaters sehnsüchtiges: »Du könntest mir vielleicht Bücher leihen?« ein. Aus welcher Spalte seines Gedächtnisses tauchte die Frage, ja sogar der Klang der Mädchenstimme wieder auf? Jäh wurde er daran gemahnt, daß es lange her war, seit er zuletzt an die kleinen Wheaters gedacht hatte.

So viele Jahre waren zu rekapitulieren gewesen, daß er noch gar nicht bis zu seiner Begegnung mit ihnen vorgedrungen war. Mrs. Sellars schien die Schilderungen der kleinen Horde, die sie in seinen Briefen so amüsant gefunden hatte, vergessen zu haben. Jetzt wurde er sich fast schmerzlich des Kontrastes bewußt zwischen Mrs. Sellars' geordnetem und harmonischem Leben (das ihn immer an Miltons »Wie reizend ist die göttliche Philosophie« erinnerte), und den chaotischen Erfahrungen des armen kleinen Mädchens, das für einen Moment ihr Bild verdrängt hatte. Unfaßbar vulgär, grell und sinnlos schien ihm unter all dem Flitter und Lärm jenes andere Leben und die es führten. Boyne hätte die Vision geringschätzig von sich gewiesen, hätte nicht eine Stimme daraus ihn wie aus einem Nebel angerufen. Mit einem Seufzer legte er das aufgeschlagene Buch wieder hin. Mrs. Sellars, die am Tisch schrieb, sah auf und ihre Blicke trafen sich. »Woran denkst du?«

Zum erstenmal, seit er mit ihr zusammen war, überkam ihn jäher Zweifel. Würde sie begreifen, was er ihr erklären wollte, und wenn, würde sie Mitgefühl dafür aufbringen? Es schien ihm zu riskant, und er wich aus. »Wenn ich dich so fleißig arbeiten sehe, fallen mir die vielen Briefe ein, die ich hätte schreiben sollen, seit ich hier bin.«

Sie hob fragend die Brauen und er war überzeugt, daß sie dachte: »Warum sagt er mir nicht, daß er an niemanden schreiben muß, solange er bei mir ist?« Laut aber sagte sie: »Du weißt ja, daß ich mit einer Vielzahl wohlmeinender Verwandter geschlagen bin, die zerfressen sind vor Neugier, wie ich meinen ersten Urlaub verbringe.«

»Du schreibst wundervolle Briefe.«

Als wittere sie Ironie, gab sie zurück: »Du aber auch.«

»Seit ich hier bin, hab ich keine geschrieben.«

»Dann komm her und benutz mein Tintenfaß.« Sie machte eine Bewegung, wie um es ihm hinzuschieben, aber er schüttelte den Kopf und stand auf. »Die Nacht ist zu schön dafür. Zieh den Mantel an und komm auf den Balkon.«

Den Federhalter unschlüssig in der Hand, folgte sie ihm mit den Augen. »Auf den Balkon? Aber der Mond scheint doch gar nicht –«

»Eben weil er nicht scheint«, beharrte er lächelnd.

Daraufhin lächelte auch sie und folgte ihm hinaus.

10

»Liebster Martin,
hier ist es wunderschön und sehr warm. Wir haben am Lido gebadet und waren auch wieder auf der Jacht. Buondelmontes Frau, die Löwenbändigerin, ist tot und er hat eine reiche amerikanische Ährbin geheiratet und Beechy und Bun sind gantz auffgeregt, sie glauben, sie werden massenhaft Geschenke kriegen, wie Zinnie von ihrer Mutter gekriekt hat und ich kriegen sollte und Blanca mir weggenommen hat, aber deines ist mir hundertmal lieber, liebster Martin, weil du es mir gegeben hast und außerdem isses viel orrikineller. Ich hab Kummer weil veleicht der Buondelmonte Bun jetzt wiederhaben will, wo er reich is und es brechte Beechy glatt um, wenn Bun weggeht aber ich hab ihn wieder auf Scopys Buch schwören lassen, daß er nicht weggeht, egal was kommt.

Mutter und Vater haben ganz groß Krach, weil Mutter Zinnia und Lord Rench auf die Jachd einladen wollte und Vater hat gesagt, er will nicht, die sind ihm zu mies und sie hat gesagt, wieso er so böse ist, wenn die es doch nicht is. Sie will den Herzog von Mendip kennenlernen, der bei denen ist und Zinnia lädt Gerald jeden Tag zum Mittag- und Abendessen ein und das macht Joyce ganz willd. Du wirst jetzt sagen, liebster Martin, ich hätte dir das nicht erzählen solln, aber was soll ich machen, wenn Krach zwischen ihnen ist wegen Gerald. Dann verliert Terry seinen Haußlehrer und das ist gans Schlimm, deswegen will ich weg mit den Kindern so schnell wir können.

Terry sagt, er muß das sehen, eh ich es dir schick, weil ich so schlecht bin in Ottograffie, aber ich laß ihn nicht, sonst läst er michs nicht abschicken.

Bitte, lieber Martin, ich flähe dich an, schreib und sag

Vater, er soll uns ganz schnell wegschicken. Terrys Tempratur is gestiegen und ich mach mir um alles so Sorgen. Ich wollte du wärst hier, dann täten sie, was du sagst.

Deine Judith, die dich sehr vermist.

P. S. Bitte nicht den Wheaters sagen, das ich geschrieben hab.«

Als Boyne den Brief weglegte, war sein erster Gedanke: Wie gut, daß er erst nach alledem gekommen ist, was gestern auf dem Balkon geschah. Es war nichts anderes geschehen, als daß die Barrieren der langen, gewohnheitsmäßigen Zurückhaltung gefallen waren und er Rose Sellars in die Arme genommen hatte. Es war eine schweigende Umarmung, die ruhige Oberfläche von etwas Stillem und Tiefem. Sie hatte nichts gesagt, und dafür dankte er den Göttern. Fast jedes Wort hätte den Augenblick verdorben, ihm ein Etikett angeheftet und mit anderen Augenblicken in ein verstaubtes Schubfach der Erinnerung eingeordnet. Sie hatte es verstanden, anders zu sein, und das war köstlich. Ihre stille Gemeinschaft erblühte schweigend, und sie hatte es dabei belassen. Es war weder Hast noch Widerstreben in ihr, sondern ein so vollständiges Einverständnis, daß das Tiefste in ihnen sich durch Hände und Lippen vereint hatte.

»Jetzt wird es viel leichter sein, sie um Rat zu bitten – sie wird es viel besser verstehen.«

Er wußte nicht genau, warum er so empfand. Vielleicht weil das Ineinanderfließen ihrer beider Wesen auch alle Ansprüche umfaßte, die Fremde an einen von ihnen haben konnten. Noch gestern abend waren ihm Zweifel darüber gekommen, wie Mrs. Sellars das Wheater-Problem auffassen würde, was sie auch nur mit einem einzigen Wheater oder deren Welt gemeinsam haben könnte, doch nun genügte es, daß sie etwas mit *ihm* gemeinsam hatte und die Last teilen mußte, weil es seine Last war.

Langsam las er Judiths Brief noch einmal und stellte sich dabei vor, wie Mrs. Sellars' schöne Augen sich verdunkeln würden, wenn sie ihn las. Allein die Orthographie würde ihr Herz rühren. Morgen würde er ihr den Brief bringen... Aber es war ja schon morgen. Er stieß die Fenster auf und beugte sich hinaus. In der kalten, farblosen Luft verblichen langsam ein paar Sterne, während über der Schwärze der Berge ihm gegenüber die Blässe zwischen den Sternen unmerklich zu morgendlichem Gold wurde. Auch sein Glück, dachte er, verwandelte sich aus etwas Farblosem in leuchtendes Gold. Es war Freude genug, hier zu lehnen und diese Verwandlung zu beobachten. War es das Anzeichen reiferen Alters, fragte er sich, Seligkeit so beschaulich zu nehmen? Nun denn, auch Rose war trotz ihres Schwunges schon in reiferem Alter. Dann erinnerte er sich an ihren Kuß, und er lachte über den Ausdruck »reiferes Alter«, während die Sonne über die Berge emporstürmte.

Den ganzen Tag über war zu viel zu tun und zu sagen, es waren zu viele Pläne zu schmieden, zu viele Erinnerungen aufzufrischen. Boyne vergaß Judith Wheaters Brief zwar nicht, und ihr Problem stand wie etwas vage Bedrückendes im Hintergrund seines Denkens, doch er fand keine Möglichkeit, es in sein neues Lebenskonzept einzupassen. Noch nicht –

Es wurde beschlossen, daß er und Mrs. Sellars noch einen weiteren Monat im Gebirge bleiben sollten – einen Monat voll von ausgedehnten Wanderungen, langen Stunden in der Sommersonne und Nächten, die der zunehmende Mond beleuchtete. Danach, so lautete Boynes Vorschlag, würden sie sofort bis nach Paris vorstoßen und dort, so rasch die gesetzlichen Formalitäten es zuließen, heiraten. Beim Hinweis auf eine unmittelbar bevorstehende Heirat bemerkte er zum erstenmal an Mrs. Sellars das Widerstreben einer ordentlichen, besonnenen Frau, deren Leben für jede Hast zu leer, für jede Ungeduld zu hoffnungsarm gewesen war. Theoretisch, sagte sie ihm lächelnd, hasse sie Aufschübe und unnötiges Theater ebenso wie er – er zweifle doch wohl nicht an ihrer Bereitschaft, ihr neues Leben zu beginnen –, aber praktisch gäbe es doch noch Schwierigkeiten, möglicherweise sogar Hindernisse. Keine echten, lachte sie und betonte mit glücklichem Erröten, sie sei mündig und ihr eigener Herr – (»Ja, aber warum dann –«, warf er ein.) Nun, es gab da Menschen, auf die man Rücksicht nehmen mußte und die eine zu große Eile kränken würde – die Familie ihres Mannes beispielsweise. Wie Boyne wußte, hatte sie sich nie besonders gut mit ihr gestanden, doch gerade das sei der Grund, beharrte sie, ihnen keinen Anlaß zu geben... (»Anlaß wozu?«) Nun ja, unfreundlich über sie zu reden. Vor Ablauf des Trauerjahres um ihren Mann könne sie unmöglich wieder heiraten, ohne sie ernsthaft zu kränken. Neuerdings, sie müsse es zugeben, seien sie sehr anständig gewesen, besonders beim Auseinanderdividieren von Charles' Testament, das nach Ansicht von Mr. Dobree nicht leicht zu deuten gewesen sei.

»Mr. Dobree?«

»Er war mir bei alledem ein wirklicher Freund, weißt du«, erinnerte sie ihn beinahe vorwurfsvoll, und ihm fiel ein, daß Mr. Dobree der Anwalt aus New York war, der das Testament von Charles Sellars bestmöglich zu ihren Gunsten entwirrt hatte – das Testament eines brüskierten Heimlichtuers, dessen einziger Racheakt posthum gewesen war. Mr. Dobree war in letzter Zeit in Mrs. Sellars' Briefen recht oft vorgekommen, und sie hatte Boyne zu verstehen gegeben, daß er es gewesen sei, der die Familie Sellars hinsichtlich des Testaments zur Annahme der darin enthaltenen Bedingungen gebracht hatte. Boyne erinnerte sich undeutlich an ihn: ein verklemmter, wichtigtuerischer Mann im dunkelgrauen Anzug, der immer zu neu und zu gut geschnitten war – die Sorte Mann, dessen Vornamen man nie erfuhr, aber im ›Who's Who‹ nachschlagen konnte, wobei man amüsiert feststellte, daß er entweder Jason oder Junius hieß, um es sofort wieder zu vergessen, so daß Mr. Dobree unausweichlich nur immer Mr. Dobree blieb. Kurzum jemand, der in dem New York aus Boynes

Jugend als Durchschnittsmensch bezeichnet worden wäre, jetzt aber als »Gentleman der alten Schule« galt, und sich in Habitus und Kleidung gewissenhaft nach dieser Rolle richtete. Boyne argwöhnte, daß er in Mrs. Sellars verliebt war und daß Mrs. Sellars, auch wenn sie diese Gefühle nicht erwidern konnte, es doch nicht unerfreulich fand, sie ausgelöst zu haben. Doch Boynes Gedanken verweilten nur eben lange genug bei Mr. Dobree, um ihn als abgewiesenen Verehrer zu belächeln, dann kehrte er zu seinen privaten Anliegen zurück.

»Du erwartest doch nicht etwa von mir, daß ich ab jetzt noch ein Jahr warte?«

Wieder lachte sie. »Du Dummer, nur ein Jahr von Charles' Tod an. Es ist doch erst sieben Monate her.«

»Und wenn schon. Du warst notorisch unglücklich.«

»Na, weißt du – notorisch...«

Er tat ihren Protest mit einem Lächeln ab. »Ich gebe zu, der Ausdruck ist unpassend. Aber ich glaube nicht, daß jemand annimmt, deine Ehe sei durchweg glücklich gewesen.«

»Aber verstehst du nicht, Liebster. Gerade das ist der Grund...«

»Zum Teufel mit Gründen – besonders wenn sie unvernünftig sind! Warum mußt du unbedingt jetzt unglücklich sein, nur weil du es damals warst?«

»Ich bin jetzt nicht unglücklich. Ich glaube, ich werde es nie mehr sein, selbst wenn ich mir Mühe gebe.«

»Liebes!« gab er zurück. Sie verstand es, hübsche Dinge zu sagen (und wußte es auch), aber es war, als wolle sie einen Hungernden mit Häppchen abspeisen. »Es ist furchtbar lieb von dir«, fuhr er fort, »aber du machst *mich* unglücklich, wenn du unbedingt noch fünf Monate so weitermachen willst. Erstens bin ich natürlich begierig, heimzukommen und meine Sachen in Ordnung zu bringen. Ich möchte so bald als möglich einen Job annehmen, und außerdem will ich *dich*«, schloß er und zog sie in die Arme.

Offensichtlich fiel ihr an diesem Appell als erstes sein

Hinweis auf, daß er zunächst seine Angelegenheiten ordnen und dann erst sie wollte. Er wußte, daß all ihre leeren Ehejahre davon erfüllt gewesen waren, zu ordnen, zu regeln, anzupassen, Sachverhalte zu verschleiern. Sie sei ganz seiner Meinung, pflichtete sie sogleich bei, wünsche genau wie er ein Datum festzulegen. Aber warum nicht etwas später? Da gebe es schließlich noch ihre Tanten, die so nett zu ihr gewesen waren. Insbesondere Tante Julia wäre genau so entsetzt wie die Sellars, wenn sie vor Ablauf des Trauerjahrs heiratete, und gerade auf Tante Julia mußte man Rücksicht nehmen.

»Warum willst du gerade auf Tante Julia Rücksicht nehmen? Ich glaube mich zu erinnern, daß sie eine besonders starrsinnige alte Dame ist.«

»Ja, Liebster«, bestätigte sie, »aber gerade weil sie besonders starrsinnig ist –«

»Wenn du das für einen zwingenden Grund hältst, heiraten wir nie. In einer so großen Familie wie der deinen wird es immer jemand Starrsinniges geben, auf den man Rücksicht nehmen muß.«

»Danke für deine Wertschätzung meiner Familie! Aber es ist nicht der einzige Grund.« Ihre Farbe vertiefte sich ein wenig. »Verstehst du, ich bin voraussichtlich Tante Julias Erbin. Ich habe es erfahren, weil zufällig Mr. Dobree ihr Testament aufgesetzt hat, und die Ärzte sagen, daß sie bei ihren Gichtanfällen eines Tages ganz plötzlich –«

»Ach so –«

Er konnte die Enttäuschung in seinem Ton nicht verbergen. Die Erklärung wirkte auf ihn wie eine kalte Dusche. Dabei hätte sie ihn vernünftigerweise mit angenehmer Wärme durchrieseln sollen, denn er wußte, daß trotz Mr. Dobrees Bemühungen Mrs. Sellars mit unerwartet geringen Mitteln zurückgeblieben war und daß der Verdienst aus seinen zwanzig Jahren harter Arbeit in ungünstigen Klimata durch glücklose Spekulationen zum Teil verloren war. Der Posten, um den er sich in New York bemühen wollte – als beratender Ingenieur bei einer großen Hochbaufirma –, würde vermutlich nicht so viel einbringen wie seine vergangenen großen Aufgaben. Das Auftauchen einer gichtbrüchigen Tante mit wohlwollenden testamentarischen Absichten hätte ungemischte Befriedigung auslösen sollen. Aber sich nach den Launen reicher Verwandter zu richten, war nie sein Fall gewesen, vielleicht weil er nie reiche Verwandte gehabt hatte. Jedenfalls hatte er keine Lust, nach der Pfeife der Verwandten seiner Frau zu tanzen, und als er ihr das sagte, kam er sich männlich vor.

»Wenn du natürlich zwischen Tante Julia und mir zu wählen hättest –«, begann er streng.

Sie zog die Brauen hoch mit dem sanften Spott, den er so sehr genoß, wenn er sich nicht gegen ihn richtete. »In diesem Fall, Liebster, würde ich fast sicher dich wählen.«

»Also gut, dann pack deine Sachen, und wir fahren sofort nach Paris und heiraten.«

»Martin, du mußt das doch verstehen. Ich kann nicht vor Ende des Trauerjahres heiraten. Um meinetwillen kann ich es nicht, und auch um deinetwillen nicht.«

»Um meinetwillen einmal bestimmt nicht.«

»Gut, ich habe persönliche Gründe, an die ich mich halten muß, auch wenn ich dich nicht überzeugen kann.« Ihre Augen füllten sich mit Tränen, sie sah unglaublich jung und kummervoll aus. »Ich glaube, das darf ich auch gar nicht von dir verlangen«, setzte sie hinzu.

»Aber das solltest du von mir verlangen: alles zu verstehen, was auch nur entfernt vernünftig ist.«

»Ich hatte es gehofft...«

»Zum Kuckuck«, begann er und brach ab. Mit heimlicher Bestürzung merkte er, daß ihr Liebesdialog sich zum erstenmal zu einer Art häuslichem Zank auswuchs, wenn man überhaupt Roses charmante Art, ihren Kopf durchzusetzen, so ungraziös bezeichnen konnte. War es immer so in der Ehe? War der Hafen, in den Boyne endlich eingelaufen war, nur ein stehendes totes Wasser, wie bei anderen Leuten? Oder kränkte ihn, der so lange heimatlos umhergeirrt war, die geringste Einschränkung? Machten auf gesellschaftliche Rücksichten gegründete Argumente ihn wütend? Gerade er durfte Mrs. Sellars nicht vorwerfen, daß sie ihr Vermögen vergrößern wollte. Die Diskussion endete damit, daß er ihre Hand an die Lippen zog und sagte: »Ich will bestimmt nur, was du willst.« Der Rückzug eines Feiglings – dessen war er sich bewußt. Doch da er die Substanz seiner Unabhängigkeit verloren hatte, warum sich dann an die Form klammern? Er spürte, daß sie seinen inneren Kampf genau verfolgte, und wußte, daß ihr süßes Lächeln aus der Befriedigung über seine Niederlage kam. Verdammt, dachte er, was macht doch die Eheschließung für Kannibalen aus den Menschen! Ihm war plötzlich, als seien sie bereits verheiratet und das seit langem...

Während der ersten zwei Wochen hatte keine Wolke ihre Kameradschaft verdunkelt, jetzt jedoch, da Liebe und Heirat ins Spiel kamen, war die Wolke da, nicht größer als eines Mannes Hand, wie es in der Bibel hieß, und doch ebenso drohend. Rose war liebenswürdiger denn je, weil sie ihren Kopf durchgesetzt hatte. Doch war es nicht sein Fehler, daß er schon so bald damit anfing, zwischen ihren verschiedenen Eigenschaften zu unterscheiden, als gehörten sie zu verschiedenen Altersstufen, und darüber nachzudenken, ob sich nicht ihre Freundschaft als köstlicher erweisen könnte als je ihre Liebe? Er war bereit, die Schuld dafür bei sich zu suchen, denn die Freude, sie zu umarmen, in ihren verzauberten Augen der eigenen Verzauberung zu begegnen, war noch immer stärker als alle Enttäuschung. Wenn Liebe nicht auch Freundschaft sein konnte, wie er es sich oft erträumt hatte, gab es nur eines: das Beste aus dem zu machen, was sie war...

Judith Wheaters Brief steckte schon über eine Woche in Boynes Tasche, als er ihn, zerknittert und nach Tabak riechend, herauszog.

Er und Mrs. Sellars rasteten behaglich auf einem roten Felsensims mit Blick hinunter in tannengefüllte Abgründe, in Weiden und Wälder bis in die grenzenlose

Ferne der blauen Dolomiten. Die Luft schwirrte von Licht, der Duft zerdrückter Kräuter erhob sich weihrauchgleich. Die Herzen der Liebenden erfreuten sich an Sonne und Wind, dem heißen langen Aufstieg, gefolgt von einem Imbiß, wie ihn nur ein Rucksack liefern kann.

»Und jetzt eine Pfeife«, sagte Boyne schläfrig-selig und streckte sich neben Mrs. Sellars auf den begrasten Boden. Er tastete nach dem Tabaksbeutel und zog mit ihm den vergessenen Brief heraus.

»Ach du lieber Himmel.«

»Was denn?«

»Das arme kleine Ding! Ich hab's vergessen. Ich wollte dir das schon vor Tagen zeigen.«

»Wer ist das arme kleine Ding?«

Sekundenlang war er unschlüssig. Seine alte Angst, sie könne mißverstehen, kehrte wieder, und er glaubte nicht ertragen zu können, daß sie diesen Brief mißverstand. Welchen Zweck hatte es überhaupt, ihn ihr zu zeigen? Aber sie streckte die Hand danach aus, und es gab keine andere Wahl. Sie stützte sich auf einen Ellbogen und neigte den schimmernden Kopf über das Blatt. Von dort, wo er lag, sah er ihr Profil und die zarte Linie vom Ohr zur Kehle. Wie hübsch sie noch immer ist, dachte er.

Sie las aufmerksam, runzelte die Stirn in dem Versuch, Judiths Orthographie zu entziffern, und ihr Mund verzog sich amüsiert oder mitleidig. Dann reichte sie ihm den Brief zurück.

»Ich nehme an, er ist von dem kleinen Wheater-Mädchen, von dem du geschrieben hast? Wirklich ein armes Ding! Es ist einfach schrecklich. Ich wußte nicht, daß es solche Leute tatsächlich gibt. Aber wer sind diese Wheaters, von denen sie in der Nachschrift schreibt, denen man es nicht sagen darf?«

Boyne erwiderte, das seien ihre Eltern.

»Ihre Eltern? Warum spricht sie dann so von ihnen?«

Er erklärte, daß es in den Wheaterschen Kreisen bei den Kindern üblich sei, weil der Wirrwarr an Scheidungen ihnen so vielerlei Elternteile beschert habe, daß es bequemer sei, sie beim Nachnamen zu nennen.

»Oh, Martin, das ist ja entsetzlich! Im Ernst? Hat das arme Kind dir das wirklich gesagt?«

»Nein, die Gouvernante, als sei es selbstverständlich.«

Sie verzog das Gesicht. »Was das für Gouvernanten sein müssen in einer Welt, in der Eltern so sind?«

»Aber gerade diese ist eine echte Säule des Puritanismus. Sie und Judith halten den ganzen Zirkus zusammen.« Und er erzählte ihr von dem Kinderschwur auf Scopys ›Enzyklopädie der Kinderheilkunde‹.

»Die Anfangsgründe der Orthographie scheint sie ihren Schülern aber nicht beigebracht zu haben«, bemerkte Mrs. Sellars, doch ihre Augen blickten sanft, sie nahm den Brief wieder auf und las ihn noch einmal.

»Vieles verstehe ich überhaupt nicht. Wer sind diese Leute, die Mrs. Wheater auf die Jacht einladen will, weil sie einen Herzog kennen, und Mr. Wheater nicht, weil sie ihm zu ordinär sind?«

»Das sind Lord und Lady Wrench. Vor ein, zwei Monaten waren die Zeitungen voll davon, daß Lord Wrench eine Filmdiva geheiratet hat. Er hat einen Rennstall und ist sehr reich. Sie hieß Zinnia Lacrosse.«

»Der Name paßt ja. Aber warum werden in der Welt der Wheaters Filmstars als ordinär angesehen? Zu ordinär wofür – oder besser für wen?« Sie preßte verächtlich die Lippen zusammen.

»Dieser Filmstar war zufällig einmal Wheaters Ehefrau – eine Weile wenigstens.«

»Seine Ehefrau?«

»Aber nicht lange. Sie sind schon viel länger geschieden, als ihre ganze Ehe gedauert hat. Daher nehme ich an, daß Wheater es für sinnlos hält, nachträglich großen Wirbel darum zu machen.«

»Die Frau denkt praktisch! Und wer ist dieser Gerald, um den sie und die andere Dame sich streiten?«

»Ach der? Der ist der Hauslehrer des Jungen, Terrys Erzieher. Oder sollte es jedenfalls werden. Ich fürchte, der ist auch ein faules Ei. Aber Terry, der arme Kerl, ist das Netteste, was du dir vorstellen kannst. Ich möchte wetten, daß er und Judith und Scopy das Schiff auf Kurs halten, ganz gleich, was geschieht. Wenn nur Terrys Gesundheit mitmacht!«

»Und man ihm einen anderen Erzieher engagiert.«

»Wie die Dinge liegen, hat er Glück, überhaupt einen zu haben.«

Wieder preßten Staunen und Geringschätzung Mrs. Sellars einen Seufzer ab, und sie ließ den Brief fallen. Lange saß sie regungslos, das Kinn in die Hand gestützt und blickte hinaus auf die gewaltig sich türmende Landschaft, die zu ihren Füßen dahinwogte, wie von einem unsichtbaren Sturm getrieben. Als sie sich Boyne zuwandte, waren ihre Augen erfüllt von Staunen und Trauer. »Machen sich denn diese Wheaters überhaupt nichts aus ihren Kindern?«

In früheren Zeiten, in melancholischen, ergebnislosen Gesprächen hatte sie oft beklagt, kinderlos zu sein, und er hörte in ihrer Stimme die Entrüstung der Alleingebliebenen darüber, daß Unwürdigen geschenkt wurde, was ihr vorenthalten blieb. »Lieben sie sie denn nicht?« wiederholte sie.

»Ich glaube doch, sonderbarerweise. Ich fürchte, genau da liegen unsere Probleme. Warum sollten sie denn das alles unternehmen, wenn sie ihnen gleichgültig wären? Solange sie mit ihnen zusammen sind, haben sie Kinder offenbar sehr gern. Aber Kinder haben ist eines und wissen, wie man sie wahrnimmt, das andere. Ich habe den Eindruck, daß sie schon vor langer Zeit festgestellt haben, wie unfähig sie dazu sind, und deshalb das ganze Problem auf Judy abladen.«

»Vor langer Zeit? Ja, wie alt ist diese Judy denn? Das hier ist die Handschrift einer Zehnjährigen.«

»Sie hat keine Zeit gehabt, eine andere zu entwickeln bei sechs Kindern, für die sie sorgen muß. Aber ich glaube, sie ist fünfzehn oder sechzehn.«

»Fünfzehn oder sechzehn?« Mrs. Sellars seufzte leise. »Jung genug, um meine Tochter zu sein.«

Es lag ihm auf der Zunge zu sagen: »Ich wollte, sie wäre es.« Das hätte vielleicht sonderbar geklungen, deshalb streckte er statt dessen die Hand aus und nahm den Brief wieder an sich. Diese Geste schien ihr die praktische Seite der Frage wieder vor Augen zu führen. »Was wirst du unternehmen, Liebster?«

»Das sollst du mir sagen.«

Wie er vorausgesehen hatte, motivierte sie das. Er war froh, sie um Rat gefragt zu haben: Sie war voller Mitgefühl. Wie dumm von ihm, ihr so etwas nicht zuzutrauen!

»Du mußt selbstverständlich an ihren Vater schreiben.«

»Ja, vielleicht. Aber das bringt uns nicht viel weiter.«

»Auch nicht, wenn du an ihn appellierst, ihm klar machst, daß die Kinder nicht länger in Venedig bleiben dürfen? Hast du nicht gesagt, er *weiß*, daß das Klima für den Jungen ungünstig ist?«

»Ja, und Wheater wird auch sofort reagieren, aber nur mit Worten. Er wird sagen ›Verdammt noch mal, Joyce, Boyne hat ganz recht. Was machen die Kinder hier? Wir schicken sie morgen ins Engadin!‹ Und dann wird er meinen Brief in die Tasche stopfen, und niemand wird ihn je wieder sehen, außer dem Hausdiener, wenn er ihm das Jackett ausbürstet.«

»Aber die Mutter, Joyce oder wie sie heißt? Wenn er *ihr* sagt –«

»Genau da liegt der Haken.«

»Welcher Haken?«

»Angenommen, sie will die Kinder in Venedig behalten – wegen Gerald?«

»Gerald? Ach so, der Erzieher. Ach, Martin«, sie schauderte angewidert. »Und du wagst mir zu sagen, sie hätte ihre Kinder lieb!«

»Hat sie auch, sehr lieb. Aber an ihr rauscht alles vorbei. Für solche Leute ist das Leben wie ein endloser Film. Man kann nicht im Zuschauerraum von seinem Sitz aufstehen und den Lauf des Films ändern.«

»Was also könntest du tun?«

Er legte sich zurück ins Gras und sah stirnrunzelnd zum Himmel auf. »Mir fällt nichts ein. Außer wir fahren schnell mal für ein, zwei Tage nach Venedig und versuchen mit ihnen zu reden.« Überrascht stellte er fest, daß diese Vorstellung ihm nicht unangenehm war. »An solche Leute zu schreiben nützt wenig«, schloß er.

Mrs. Sellars saß aufrecht neben ihm und blickte zu ihm herunter. Ihre Augen hatten sich leicht verdunkelt, ihre sanftgeschwungenen Lippen wurden schmal, wie bei der Frage, was es wohl in der Wheaterschen Welt gäbe, wofür ein Filmstar zu ordinär sei.

»Zurück nach Venedig?« Er hörte Widerspruch heraus. »Ich sehe nicht ein, was das bringen soll. Es ist viel verlangt, daß du diese stickige Fahrt noch einmal machst. Und wenn du schon nicht weißt, was du schreiben sollst, weißt du sicher auch nicht, was du sagen sollst?«

»Das stimmt womöglich. Aber in jedem Fall könnte ich mich vorsichtig herantasten. Und Judith ein bißchen trösten.«

»Armes Kind. Ich wollte, das könntest du.« Sie war wieder ganz Liebenswürdigkeit. »Aber ich würde es doch erst einmal mit dem Schreiben versuchen, glaubst du nicht? Natürlich auch an sie. Was auch immer du beschließt, du mußt mit dem vorsichtigen Herantasten anfangen. Es ist immer peinlich, sich in Familienangelegenheiten zu mischen. Wenn du unvermutet wieder auftauchst, könnten die Wheaters das irgendwie sonderbar finden.«

Er hätte ihr gern gesagt, daß die Wheaters nichts so sonderbar finden würden wie die Dinge, die *ihr* unvermeidlich und folgerichtig vorkamen. Doch das ganze Thema reizte und ermüdete ihn jetzt. »Sicher hast du recht«, pflichtete er bei, schob die Pfeife in die Tasche und stand auf. Es gehörte nicht zu seinen Vorstellungen von einem Urlaubstag, daß er mit den Sorgen anderer belastet wurde, und er steckte Judiths Brief mit einer ungeduldigen Bewegung wieder ein. Was ging es ihn schließlich an? Er würde dem Kind einen netten Brief schreiben, klar, aber Rose hatte recht, der Gedanke an eine Venedigreise war absurd. Außerdem war Judiths Brief mehr als eine Woche alt, und es stand zehn zu eins, daß sich die ganze Gesellschaft inzwischen schon zerstreut hatte, und die Kinder irgendwo im Gebirge gut untergebracht waren. »Armes Ding, sie ist immer ein bißchen überängstlich, sicher hat sie aus einer momentanen Panik heraus geschrieben, zum Henker, ich wünschte, sie hätte es nicht getan«, schloß er voller Erleichterung, ein fernliegendes Objekt für seine Gereiztheit gefunden zu haben.

Arm in Arm wanderten er und seine Liebste talwärts.

11

»Natürlich habe ich ihr geschrieben, noch gestern abend«, versicherte Boyne am nächsten Tag. Er empfand vages Unbehagen, in dieser Sache Rechenschaft ablegen zu sollen – als könne er nicht ohne solche Ermahnungen seine Korrespondenz erledigen! Aber Mrs. Sellars nächstes Wort entwaffnete ihn. »Das freut mich, Liebster. Es wäre mir ein schrecklicher Gedanke, daß wir hier so glücklich sind und du darüber deine kleine Freundin vernachlässigst.«

Das war großzügig, dachte er, das sah ihr ähnlich. Wenn sie so etwas sagte, verehrte er sie tief. Es bewies, daß sie trotz ihres sittsamen Gehabes im Grunde menschlich und verständnisvoll war. An diesem Abend hatte er sie überredet, zum Spaß und zur Abwechslung nach ihrer monatelangen Isolation mit ihm essen zu gehen, im Tal, nicht in seinem bescheidenen Hotel, sondern im pompösen Palace zwischen den Pinien unterhalb des Chalets, weil er dachte, die vielen Menschen und der Betrieb im großen Restaurant würden sie amüsieren und durch den Kontrast ihre Abende im Chalet noch köstlicher machen.

Sie hatten ihr Essen beendet und saßen mit ihrem Kaffee in einer Ecke der großen holzgetäfelten Halle, in die die anderen Gäste langsam zurückkehrten. Boyne, der zum erstenmal seit seiner Ankunft Mrs. Sellars neben ebenso anmutigen und gutangezogenen Frauen sah, bemerkte mit Befriedigung, daß keine von ihnen ganz an sie heranreichte. Doch es war amüsant, die Gruppen um die anderen Tische zu beobachten und Vermutungen über sie anzustellen. Er hörte sich ihre knappen, leicht ironischen Kommentare mit großem Genuß an, den das Aroma einer ausgezeichneten, vom Ober gereichten Zigarre noch steigerte.

»Das Mädchen da drüben bei der Säule, die in dem Pfirsichfarbenen, ist die nicht wunderschön? Aber man hat sie schon tausendmal gesehen, in allen Nummern von ›Vogue‹ und ›Tatler‹. Ach, Martin, wird es nicht schrecklich werden, wenn schließlich auch die Schönheit genormt ist?«

Boyne fand eigentlich, daß sie das in der neuen Generation bereits sei, und dachte insgeheim, daß Mrs. Sellars' größter Reiz darin lag, zu einer Zeit zu gehören, in der jede Frau noch ihren individuellen Reiz zur Schau trug.

»Bestimmt würde ich, gehörte eine dieser modernen Schönheiten zu mir, sie nicht immer aus der Menge herausfinden«, bestätigte er.

Sie lachte zufrieden und sagte dann nach einem Blick in die Runde: »Doch, die da…«

»Eine neue Schöne? Wo denn?«

»Schön nicht. Kaum hübsch – aber anders. Das Mädchen, das gerade hereingekommen ist. Wo ist sie denn hin? Aha, sie spricht mit dem Portier. Jetzt schaut sie her – aber du kannst sie von deinem Platz aus nicht sehen. Sie ist kaum mehr als ein Kind, hat aber ein interessantes Gesicht.«

Die letzten Worte verstand er nicht mehr, denn der Portier war an den Tisch getreten.« Eine junge Dame fragt nach Ihnen, Sir.« Boyne erhob sich und blickte starr in die gezeigte Richtung. Es war kein Irrtum. Es war Judith Wheater, die dort stand, zart und kerzengerade in ihrem knappen Reisekleid, den Hut tief in die ängstlichen Augen gezogen, so winzig, so mausgrau neben all diesen nacktarmigen, aufgetakelten Frauen, daß sie kaum zu sehen war. Und doch hatte Mrs. Sellars sie sofort herausgepickt! Ja, etwas an ihr war unleugbar »anders«, wie auch an Mrs. Sellars. Doch war dies nicht der Moment für solche Überlegungen. Wo in aller Welt kam das Kind her, und was in aller Welt wollte es hier?

»Bitte entschuldige mich einen Moment. Eine Bekannte.« Er folgte dem Portier zwischen den Tischen hindurch dorthin, wo Judith im Schatten der Treppe stand.

»Kind, wo kommst du denn so plötzlich her?«

»Ach, Martin, Martin! Ich hatte schon solche Angst, du wärst weg.«

Er ergriff ihre Hände, und sie hob ein verzerrtes Gesichtchen zu ihm auf. Tja, warum nicht. Er hatte ihr in Venedig einen Abschiedskuß gegeben, jetzt drückte er seine Lippen auf ihre Wange. »Judy, wie um Himmels willen bist du denn hergekommen? Sind die Clan-Häuptlinge auch hier?«

»Ach, Martin, Martin.« Sie hielt sich an ihm fest, er spürte, daß sie zitterte. Sie beachtete die Frage nicht, sondern sah sich um. »Gibt es hier nicht ein Schreibzimmer, wohin wir gehen können? Nach dem Essen ist dort nie jemand.«

Er führte sie, die sich noch immer an ihn klammerte, in einen der schön ausgestatteten Räume, die an dem Gang hinter der Halle lagen. Wie sie vorausgesagt hatte, waren die Schreibtische verlassen, die Sofas leer. Sie ließ sich neben Boyne nieder und warf ihm die Arme um den Hals.

»Sag, daß du dich freust, Martin. Ich muß hören, daß du es sagst.«

»Freuen? Kind, natürlich freue ich mich.« Er machte sich behutsam los. »Aber du siehst ganz abgekämpft aus, Judy. Was ist denn los? Ist etwas schiefgegangen? Sind deine Leute hier?«

Sie wich ein wenig zurück und wandte ihm ihr mutigstes Gesicht zu. »Wenn du Vater und Mutter meinst, die sind in Venedig. Sie wissen gar nicht, daß wir hier sind. Du darfst nicht böse sein, Martin. Wir sind davongelaufen.«

»Davongelaufen? Wer ist davongelaufen?«

»Wir alle, mit Scopy und Nanny. Ich hab ja immer gesagt, daß wir es irgendwann müssen. Scopy und Terry und ich haben es eingefädelt. Wir wohnen in der Pension Rosenglüh weiter unten am Berg. Vater und Mutter kommen nie darauf, daß wir hier sind. Sie glauben, wir sind nach Amerika gefahren auf dem Cunard-Liner, der gestern Venedig angelaufen hat. Ich hab einen Brief hinterlassen, in dem steht, wir hätten ihn genommen. Terry war fabelhaft, er hat alles geplant. Wir haben in Padua Taxis gemietet, um herzukommen. Ich fürchte nur, er ist völlig erledigt. Aber die Luft hier wird ihm wieder aufhelfen, nicht wahr?« Sie stieß das alles eifrig und unbefangen hervor, als sei kein Detail verblüffender oder wichtiger als das andere, mit Ausnahme natürlich von Terrys Gesundheit. »Die Luft hier ist doch wundervoll, nicht, Martin?« bettelte sie, und er erwiderte überzeugt: »Einfach unvergleichlich.«

Sofort entspannte sich ihr Gesicht. »Ich wußte, es war richtig herzukommen«, seufzte sie müde, als sei sie wirklich ein überfordertes Kind und könne im nächsten Moment an seiner Schulter einschlafen.

»Judy, du bist ja selber völlig erledigt und hast bestimmt fürchterlichen Hunger. Es ist schon nach zehn. Hast du seit deiner Ankunft irgend etwas gegessen?«

»Ich glaube nicht. Es war keine Zeit dazu. Erst mußte ich dafür sorgen, daß die Kinder zur Ruhe kommen und dann nachsehen, ob du da bist.«

»Natürlich bin ich da. Aber ehe wir weiterreden, mußt du erst einmal etwas essen.«

»Ja, irgendein Happen wäre schon schön«, gestand sie mit der gewohnten Zutraulichkeit.

»Warte hier, ich geh auf Futtersuche.« Boyne ging den Korridor entlang zurück in die Halle, in der die Gäste anfingen, sich um die Bridgetische zu gruppieren. Erst hier wurde ihm bewußt, daß er Mrs. Sellars mit seiner leeren Kaffeetasse alleingelassen hatte. Bis zu diesem Augenblick hatte er ihre Existenz vergessen. Er kehrte in ihre Ecke zurück, doch die war leer. Im sogenannten Salon, vor dem Hintergrund falscher Gobelins und vergoldeter Armleuchten gruppierten sich zwar ebenfalls Menschen um Bridgetische, aber auch hier keine Spur von Mrs. Sellars.

Sie wird sich gelangweilt haben und ist heimgegangen, dachte er ein wenig ärgerlich. Es wäre doch netter und freundlicher gewesen, auf ihn zu warten, aber das gehörte eben zu ihrer Förmlichkeit. Vermutlich hatte sie es für taktvoller gehalten zu verschwinden. Zum Teufel mit dem

Takt! Mehr fiel ihm nicht dazu ein. Das Wichtigste war jetzt, Judy etwas zu essen zu besorgen und sie in ihre Pension zurückzubringen. Danach würde er hinauflaufen ins Chalet und alles erklären.

Er fand einen Kellner, erfuhr, daß es zu spät war, um noch ein Abendessen nachservieren zu lassen, und bestellte sofort Schinkenbrote und Cocktails ins Schreibzimmer. Im Grunde vereinfachte es die Sache, dachte er, daß Mrs. Sellars aus dem Weg war. Vielleicht hatte Takt auch seine positiven Seiten.

Der erste Schluck ließ Judiths Augen und Lippen wieder leuchten, der zweite machte sie außergewöhnlich munter und lebhaft. Sie müsse essen, wies er sie an, und zwar sofort, ehe sie anfing, zu erzählen. Er schob sein Sandwich noch auf ihren Teller und sah zu, wie sie es verschlang und erst ihr und dann sein Glas leerte. Sie sah ihn über den Rand des Glases hinweg mit funkelnden Augen an, aber sie schwieg. Dann bat sie um eine Zigarette und lehnte sich wohlig in die Kissen.

»Und jetzt sind wir alle hier«, verkündete sie befriedigt.

»Chip etwa auch?« fragte er ungläubig.

»Chip? Aber ja doch! Glaubst du, ich hätte mich ohne Chip auch nur von der Stelle gerührt?«

»Aber warum bloß das Ganze, Kind? Seid ihr alle verrückt geworden?«

»Nur die Eltern. Die schon, weißt du. Ich habe Vater gewarnt: Wenn es noch einmal passiert, würden wir alle weglaufen.«

»Wenn was passiert?«

»Na, was ich gesagt habe. Aber ich glaube, du hast meinen Brief nie gekriegt? Du hättest doch bestimmt geantwortet.« Sie blickte ihn mit so unerschütterlichem Vertrauen an, daß er verlegen stotterte: »Nun erzähl' mal der Reihe nach.«

»Also ist eben alles in die Brüche gegangen. Ich hab's ja gewußt. Sie haben sich wieder angebrüllt – wegen Detektiven und Anwälten und Mutters Alimenten. Du weißt doch, das meinen die Kinder, wenn sie über Mutters alte Freundin Ali Mende reden. Von der haben sie gehört, seit sie denken können. Sie glaubten, Mutter schickt nach ihr, wenn etwas verkehrt läuft...«

»Und es ist total verkehrt gelaufen?«

»Noch schlimmer. Sie haben uns bereits zwischen sich aufgeteilt. Bun und Beechy zurück zu den Buondelmontes, weil er mit einer reichen Amerikanerin verheiratet ist. Zinnia ist bereit, Zinnie zu nehmen. Lord Wrench findet sie furchtbar ulkig. Und Vater wollte natürlich Chip haben, und wir drei Älteren würden wieder hin- und hergeschickt, wie früher, wie die schäbigen alten Bücher, die Scopy sich in Biarritz in der Leihbibliothek geholt hat. Die blöden durfte man behalten, so lang man wollte, aber die lustigen nur eine Woche.« Sie wandte ihm ihr gerötetes Gesicht zu. »Sag selbst, Martin, hab ich sie nicht alle wegbringen *müssen*?«

Essen und Wein hatten sie so aufgeheizt, daß er sich allmählich fragte, ob sie Fieber habe oder ob es die Hitze der Erschöpfung sei. Er griff nach ihrer Hand, sie war so brennend heiß wie ihr Gesicht.

»Kind, du bist übermüdet. Alles übrige kann bis morgen warten. Jetzt setz deinen Hut auf, ich bring dich hinunter in deine Pension.«

»Aber Martin, du mußt versprechen und schwören, daß du uns beistehst.«

»Bei allem, mein Kind. Ich schwöre es auf Scopys Buch. Und jetzt komm, sonst schläfst du noch unterwegs ein.«

In Wahrheit hatte er sie noch nie so hellwach erlebt, aber sie fügte sich schweigend, als er sie in den Mantel packte und ihr den Hut aufsetzte. Sie schob ihren Arm in seinen, als sie sich durch die Bridgespieler drängten, hinaus in die große Leere der Nacht. Der Mond hing niedrig über den westlichen Gipfeln, und die Kirchturmuhr des Dorfes drunten im Tal schlug ein Viertel vor zwölf, als sie den Weg zwischen den bleichen Feldern und schlafenden Häusern hinuntergingen. Am Rand des Dorfes flimmerten noch ein paar Lichter, aber die Pension Rosenglüh, sittsam zurückgezogen hinter ihrem Staketenzaun, zeigte dem Mond eine Front mit heruntergelassenen Läden. Boyne öffnete das Gartentor und wollte vor Judith die Stufe zur Haustür hinauf. »Du brauchst nicht zu klingeln, Martin. Davon würden nur alle wach. Ich glaube nicht, daß die Tür verschlossen ist. Ich habe Scopy gebeten, sie soll dafür sorgen, daß man mich nicht aussperrt.« Sie probierte die Klinke, die gastfrei nachgab, wandte sich dann um und umarmte ihren Begleiter.

»Liebster Martin, ich glaube, ich hätte mich nie getraut, hätte ich nicht gewußt, daß du uns hilfst«, erklärte sie mit einem schallenden Kuß.

»Du hättest den Deubel getan«, murmelte er, schob sie aber dabei behutsam hinein und dachte: Den zweiten Cocktail hätte ich ihr nicht mehr geben dürfen. Und auf der Schwelle flüsterte er noch: »Geh nach oben, so leise du kannst. Ich komm morgen herunter und sehe nach, wie es euch allen geht.« Dann schloß er hinter ihr die Tür und stahl sich aus dem Gartentor.

Von der Dorfkirche schlug es Mitternacht. Was würde seine Freundin sagen, wenn er um diese Zeit im Chalet auftauchte? Auf halbem Weg zum Hotel verließ er die Straße und nahm die Abkürzung auf einem Waldweg, den er kannte. Aber im Chalet war nirgends mehr Licht.

12

Ehe Boyne am nächsten Morgen zu Mrs. Sellars bergan stieg, ging er zur Pension Rosenglüh hinunter, um so viele Einzelheiten wie möglich über die seltsame Flucht der kleinen Wheaters zu erfahren.

An der Gartentür der Pension kam ihm Miss Scope entgegen, noch hagerer und zerfurchter als sonst, doch so strahlend entschlossen wie ihre Mitverschworenen. Ihr grauer Baumwollhandschuh umschloß Boynes Hand mit unnachgiebigem Druck, und sogleich rief sie aus, was es doch für eine Fügung sei, ihn noch in Cortina angetroffen zu haben. Sie fügte hinzu, sie habe ihn suchen wollen, da sowohl Judith als auch Terry noch schliefen und er doch auch sicher der Meinung sei, man solle sie lieber nicht wekken nach allem, was sie durchgemacht hätten, besonders da Terry immer noch fiebere. Die anderen Kinder, erfuhr er, hatten bereits gefrühstückt und waren von der Nanny und dem Kindermädchen auf die Grashänge über dem Tal geführt worden. Inzwischen könne doch Mr. Boyne mit ihr hereinkommen und ein bißchen plaudern.

Das Wort plaudern wirkte recht schwach für die gewichtigen Neuigkeiten, auf die er gefaßt war, doch er argwöhnte, daß Miss Scope ähnlich der Hexe des Atlas gewöhnt war, auf den Winden dahinzufahren und lachend die Feuerbälle hinter sich brausen zu hören. Ihre robuste Gemütsruhe gab ihm wenigstens seine eigene wieder, und er war froh über die Gelegenheit, noch vor dem nächsten Zusammentreffen mit Judith ihre Lesart des Abenteuers zu hören.

Miss Scope war gefaßt, wie sie es – er sollte es bald erfahren – in kritischen Situationen immer war. Sie hatte schon so viele durchgemacht, daß sie ihr natürlich und unvermeidlich, wenn auch ebenso lästig wie Masern oder Gewitter, vorkamen. Sie unterschätzte den Ernst der Lage nicht, das hätte für sie, so vermutete er, möglicherweise dem Geschehen seinen Reiz genommen. Schon früher hatte es Katastrophen gegeben, Zeiten, in denen Judy gedroht hatte, mit sämtlichen Kindern auf- und davonzugehen, aber bis jetzt hatte sie nie auch nur den Versuch unternommen, ihre Drohung wahrzumachen. »Aber jetzt hat sie es meisterhaft durchgeführt«, verkündete Miss Scope grimmig triumphierend.

Doch wohin sollte es führen? Das war die Frage, die Boyne nicht umhin konnte zu stellen. Auch er sei überzeugt, Judith habe es meisterhaft gemacht, aber was nun? Hatte denn keiner von ihnen darüber nachgedacht? fragte er.

Miss Scope mußte zugeben, daß ihre Abreise zu überstürzt erfolgt war, um über irgend etwas nachzudenken. Die Devise war, jetzt oder nie, das habe sie ebenso klar erkannt wie Judy und Terry. Die Tatsache, daß Terry mitmachte, zeigte, wie verzweifelt die Situation war –

»Verzweifelt? Wirklich verzweifelt?«

»Oh, Mr. Boyne! Wenn Sie es schon zweimal durchgemacht hätten wie meine armen Kinder...«

Beim Anhören ihres Berichts mußte er zugeben, daß es wirklich furchtbar gewesen war, und erklärte anschließend, er zweifle Judiths Beweggründe nicht an, doch da nun der erste Schritt der Meuterei getan war, wie stelle Miss Scope sich vor, daß es weitergehen solle? Kurz gesagt, was sie denn planten, wenn man sie aufspürte?

»Ich glaube, daß Judith fest mit Ihrer Vermittlung rechnet. Das ist auch der Grund, warum ihr soviel daran lag, Sie noch hier vorzufinden. Natürlich hoffte sie, daß noch Zeit ist – Zeit zum Überlegen, Zeit, sich eine Handlungsweise zurechtzulegen. Sie meint, es würde ein paar Tage dauern, ehe wir aufgespürt werden, wie Sie sich ausdrükken. Sie wird Ihnen ja gesagt haben, daß sie einen Brief hinterlassen hat. Mr. Boyne«, sagte Miss Scope und unterbrach sich in ihrem strengen Ton, »Sie denken doch hoffentlich nicht, daß ich unter normalen Umständen auch nur das geringste Täuschungsmanöver guthieße? Die Kinder werden Ihnen bestätigen, daß ich in diesem Punkt unerbittlich bin. Aber das sind keine normalen Umstände.« Sie räusperte sich und sprach es aus: »Judith hat in ihrem Brief behauptet, wir führen per Schiff nach Amerika. Sie glaubt, ihr Vater wird eilig dorthin nachreisen um sie zu finden, und dadurch gewännen wir ein wenig Zeit, denn das Schiff, auf dem sie angeblich reisen, kommt erst in zehn Tagen in New York an.«

Der Plan schien kindisch, selbst für einen so unreifen Verstand wie Judiths, aber darauf ging Boyne nicht ein. Er sagte nur: »Na, hoffentlich. Aber wovon wollen Sie alle bis dahin leben? Es kostet doch einiges, eine solche Armee zu verköstigen.«

Miss Scopes Gesicht wechselte von bläßlich zu kreideweiß. Sie wandte den Blick ab, als ob sie von Terry spräche, und stotterte zögernd: »Judith verfügt, wie ich annehme, über einige Mittel...«

Arme Frau, dachte Boyne. Ich glaube, sie hat ihre gesamten Ersparnisse geopfert. »Ich verstehe«, sagte er dann. Er empfand plötzlich Abscheu vor dem verschwenderischen Luxus, der Eitelkeit, Selbstsucht und Gier, aus denen diese klägliche, blasse Flamme des Erbarmens aufgeflackert war. »Ich verstehe«, wiederholte er. Er stand auf und reichte ihr die Hand. »Sie sind die wahre Mutter dieser Kinder. Wenn ich etwas tun kann – innerhalb meiner begrenzten Möglichkeiten –« Über Miss Scopes abgewandte Wange lief eine Träne. Er merkte es am hastigen Tupfen ihrer Baumwollhand. »Das weiß ich, das weiß ich. Ach, Mr. Boyne – es ist eine Fügung, daß wir Ihnen begegnet sind.«

Er drückte ihre nasse behandschuhte Hand und versicherte ihr, sie könne auf ihn zählen. Jetzt wolle er gehen, um weiter über das Problem nachzudenken, und später wiederkommen, wenn Judy und Terry wach waren.

Es war nach elf, als er das Chalet erreichte, aber zum Glück war für diesen Vormittag kein längerer Ausflug geplant. Mrs. Sellars hatte ihm am vorigen Abend gesagt, sie habe Briefe zu schreiben und erwarte ihn nicht früh. Als er sich dem Häuschen auf der smaragdgrünen Lichtung näherte, sah er sie auf dem Balkon, ihre Schreibutensilien auf einem Tisch daneben. Doch sie lehnte am Geländer und blickte den Weg hinunter, auf dem er immer kam. Er winkte ihr zu, und sie erwiderte es mit einer grüßenden Geste. »Komm herauf, ich stecke hier in lauter Papieren«, rief sie vergnügt.

»Ich war gestern abend da, aber bei dir war alles dunkel, und ich hatte Angst vor der Köchin«, sagte er lachend und schloß sie in die Arme, als sie ihm entgegenkam. Der Tag war warm, sie hatte ein dünnes weißes Kleid angezogen, das ihr etwas Frühlingshaftes gab. Auch ihr Teint hatte eine gewisse Morgenfrische, in die bei seinem Kuß eine leichte Röte stieg.« Aber doch keine vor mir?« fragte sie.

»Vor dir? Na, weißt du! Du hast mich schnöde im Stich gelassen, du solltest Angst vor mir haben. Ich bin gekommen, um dir eine Szene zu machen, weißt du!«

»Du solltest mir danken für meinen Takt. Ich sah dich zufällig alte Freunde treffen und zog mich diskret zurück.«

»Ich traf eine junge Freundin – Judith Wheater. Als ich wiederkam und es dir erzählen wollte, warst du weg.«

Ihre Augen leuchteten auf vor Neugier und Anteilnahme. »Deine berühmte kleine Judith? Im Ernst? Hör mal, du sprichst von ihr immer wie von einem Kind – ich hätte nie gedacht...«

»Du hast selber gestern abend gesagt, wie jung sie aussieht –«

»Ja, schrecklich jung, aber immerhin erwachsen.«

»Erwachsen ist sie bestimmt nicht. Sie ist ein Kind, ein Kind, mit dem man tiefstes Mitleid haben muß. Ich möchte dir alles erzählen. Ich brauche deine Hilfe und deinen Rat. Du ahnst ja nicht, in welcher Klemme ich bin.«

Sie war zu ihrem Sitzplatz auf dem Balkon zurückgekehrt, und er ließ sich neben ihr in einen Stuhl fallen. Während er sprach, errötete sie erneut und lächelte etwas beklommen. »Einer Klemme wegen diesem Kind?« Das Lächeln erlosch und mit ihm das Erröten. »Martin, du willst doch damit nicht sagen... du kannst doch unmöglich...«

Er starrte sie verblüfft an und fing dann schallend an zu lachen. »Du meinst, ich sei der kleinen Judith wegen in der Klemme. Du liebe Zeit, was für eine Idee! Sie ist doch kaum aus der Kinderstube heraus.« Wieder lachte er, teilweise, um seine Überraschung und ihre Befangenheit zu überspielen. Es war doch unglaublich – zu was für abwegigen Schlüssen selbst die vernünftigsten Frauen kamen in einem Moment, in dem man hoffen durfte, sie würden eine Frage angehen wie ein Mann. »Die Sache liegt völlig anders«, fuhr er fort, »hat mit Gefühlen überhaupt nichts zu tun, ist nur jämmerlich. Die Wheatersche Ehe ist mal wieder in die Brüche gegangen und Judy mit allen Kindern geflüchtet. Sie will verhindern, daß sie wieder auseinandergerissen werden, wie jedesmal, wenn ›Neuregelungen‹ bevorstehen.«

Mrs. Sellars sah ihn mit weit aufgerissenen Augen und offenem Mund an. Die Situation war sichtlich zu neu, um ihr sofort verständlich zu sein, und sie wiederholte ausdruckslos: »Geflüchtet? Vor wem geflüchtet?«

»Vor Joyce und Wheater. Einfach auf und davon. Ohne Vorwarnung.«

Wieder verstummte sie und betrachtete gewissermaßen starr diese Aussage, die sie einem Verstehen nicht näherzubringen schien.

»Aber mit wem durchgebrannt? Sie können doch nicht ganz allein durchgebrannt sein?«

»Ihre Gouvernante ist dabei und zwei Kinderfrauen. In einer Krise wie dieser halten alle zu Judith. Ich habe eben mit der Gouvernante gesprochen. Sie billigt es vollkommen. Verstehst du, die haben so etwas schon mehrfach durchgemacht.«

»Wie? Das Flüchten?«

»Nein, das, was dazu führt. Beim vorigen Mal hat Judith

offenbar ihren Eltern gesagt, wenn sie sich wieder scheiden ließen, würde sie mit allen Kindern fortfahren, ehe sie wieder trennen zu lassen, wie beim letzten Mal. Versteh doch: die Kinder wurden nach jedem Ehekrach zwischen den Ex-Eltern aufgeteilt, und einige von denen sind ziemlich übel, könnte ich mir denken – ein erpresserischer italienischer Prinz, eine recht berüchtigte Filmdiva und Gott weiß, wer noch alles. Ganz zu schweigen von den neu hinzukommenden Elementen, falls Joyce und Wheater wieder heiraten, wie sie es zweifellos sofort tun werden.«

Mrs. Sellars hörte sich alles an, das Kinn auf die Hand gestützt, in einem deutlich aus Erstaunen und Abscheu gemischten Schweigen. Noch eine volle Minute, nachdem Boyne geendet hatte, bewegte sie sich nicht und blickte nicht auf. Endlich sagte sie leise: »Es ist einfach zu abscheulich. Kaum zu glauben.«

»Genau. Und dabei völlig wahr.«

»Wieviel Schreckliches diese Kinder schon wissen –«

»Eben um sie vor weiterem Schrecklichen zu schützen, hat Judith sie entführt.«

»Ich verstehe, ich verstehe. Armes Kind.« Ihr Gesicht schmolz in Mitleid. »Anfangs war alles für mich zu neu. Jetzt fange ich an zu begreifen. Sie ist vermutlich hergekommen in der Hoffnung, daß du ihr hilfst?«

»Sie wird nicht viel Zeit gehabt haben, zu überlegen oder zu wählen, aber sie erinnerte sich undeutlich, daß ich hier bin, wie ihr Brief zeigt.«

»Aber das Geld? Wo in der Welt haben sie sich das Geld verschafft? Man kann doch keine Stube voller Kinder von einem Ort zum anderen transportieren, ohne dafür zu bezahlen?«

Sekundenlang zögerte Boyne, doch dann fand er, er dürfe Miss Scope nicht verraten, und antwortete nur, über all das habe er noch nicht genauer mit ihr sprechen können, nehme aber an, daß in einem derartig luxuriösen, extravaganten Haushalt wie dem der Wheaters immer Geldmittel vorhanden seien – zumal bereits alle Anstalten getroffen worden waren, die Kinder ins Gebirge zu verfrachten.

»Es ist alles scheußlich und rührend und total verdreht. Wo sind denn die armen kleinen Dinger? In deinem Hotel?« Mrs. Sellars war hineingegangen, nahm ihren Hut und Sonnenschirm. »Ich möchte, daß du mich sofort zu ihnen hinunterbringst.«

Boyne war gerührt über diesen Vorschlag, insgeheim aber beunruhigt bei dem Gedanken, daß Mrs. Sellars unvorbereitet dem gleichzeitigen Angriff aller kleinen Wheaters ausgesetzt werden sollte. Er erklärte, Judith habe ihre Herde in eine billige Pension im Dorf gebracht, und die kleineren Kinder seien schon auf den Hängen gewesen, als er sie dort besuchte und Judith und Terry ihre Aufregungen ausschliefen. Ob er wieder hinuntergehen und Judith allein ins Chalet bringen solle, fragte er. »Es ist besser, du siehst sie erst einmal ohne die anderen. Alle sieben wären vielleicht doch etwas reichlich.«

Sieben? Mrs. Sellars gestand, sie habe nicht begriffen, daß es ja tatsächlich sieben seien. Sie räumte ein, es sei vielleicht besser, Judith erst einmal ohne ihre Geschwister zu sehen, und schlug vor, Boyne solle sie einladen, zum Mittagessen mit ihm ins Chalet zu kommen. »Wenn du meinst, daß sie sich nicht vor einer fremden alten Dame zu sehr fürchtet.« Der Gedanke, Judith könne sich vor etwas oder jemand fürchten, erheiterte Boyne, aber er fand es reizend von Mrs. Sellars, es zu unterstellen, und war froh, daß sie da war, um ihn zu unterstützen und zu beraten. Wenn sie sich erst einmal ruhig mit Judith unterhalten hatte, würde sie bestimmt auf seiten der Kinder sein, dachte er, ja, mit ihrer praktischen Art, die Dinge zu sehen, würde sie bei der Frage, was nun mit ihnen zu geschehen hätte, vielleicht weiterkommen als er.

Wenn nur, dachte er bei sich, Judith nicht gleich zu Anfang etwas sagt, was sie schockiert, und erwog, Mrs. Sellars vorzuwarnen, bei seiner kleinen Freundin mit größter Naivität zu rechnen. Dann aber überlegte er, daß er sie durch eine solche Vorwarnung unbewußt gegen das Mädchen einnehmen könne. Er beschloß, es sei wohl gescheiter, auf Judiths angeborenen Charme zu vertrauen, mit dem sie ihre sonderbaren Reden überspielen würde. Wenn es wirklich eines Winks bedurfte, wäre es weniger riskant, ihn Judith selbst zu geben.

Doch als er sie erblickte, schien ihm der Nutzen eines Winks nach dieser Seite hin ebenso zweifelhaft. Erfrischt und strahlend von ihrer Nachtruhe, ungewöhnlich hübsch in ihrem leichten Leinenkleid und einem großrandigen Hut mit rosa Futter, empfing ihn Judith am Gartentor der Pension mit einer Umarmung, die ihren Hut in die Johannisbeerbüsche segeln ließ und ihren zerzausten Kopf und ihre lachenden Augen einer genaueren Prüfung preisgab. »Heute morgen siehst du aus wie ein Stiefmütterchen«, sagte er, erstaunt über die Ähnlichkeit ihres spitzen Gesichts und ihrer samtbraunen Augen mit dem neugierigen Gesicht dieser Blume. Doch Judith war keine Gärtnerin und wies den Vergleich mit einer Grimasse zurück. »Wie gräßlich du bist! Scheußliche, drahtumwickelte Dinger in Kränzen bei Beerdigungen. Ich fühle mich kein bißchen wie auf einer Beerdigung. Ich finde es so lustig hier, und daß ich dich gefunden habe. Du bist doch gekommen, weil du mit uns Mittag essen willst, oder? Die Kinder freuen sich schon wie verrückt. Daß sie überhaupt mitgekommen sind, war zum Teil deswegen, weil ich versprochen habe, daß wir dich finden. Blanca und Zinnie waren anfangs unsicher, sie fürchten immer, was Aufregendes zu verpassen, wenn es Krach mit Mutter gibt. Aber da hab' ich ihnen gesagt, mit dir würde es noch aufregender.« Sie hängte sich an seinen Arm und zog ihn den Weg hinauf dem Hause zu.

»Ich muß nur der Pensionswirtin sagen, daß du zum Mittagessen kommst. Scopy ist oben bei Terry, sie hat gesagt, ich soll es ja nicht vergessen, damit die Köchin uns was Besonderes macht.« Sie waren mittlerweile im kleinen Wohnzimmer, wo es nach Firnis und getrocknetem Edelweiß roch und über dem Ofen ein ausgestopfter Adler schwebte. Judith setzte sich auf das abschüssige Sofa und zog Boyne neben sich. »Und als erstes soll ich dich fragen, was für einen Nachtisch du gern hättest.«

»Du meine Güte, irgendeinen. Aber wegen des Mittagessens –«

Sie richtete sich auf und lächelte ihn schelmisch an. »Du bist vielleicht inkognito hier, mit einer Dame, und würdest lieber nicht kommen? Ich habe schon zu Scopy gesagt, es würde mich nicht wundern –«

»Unsinn, Judith, das ist doch albern –«

»Wieso albern? Warum solltest du nicht mit einer Dame hier sein? Vous êtes encore très bien, mon cher –« Sie ließ die schweren Lider halb über die Augen sinken und warf ihm einen schrägen, schmeichelnden Blick zu.

»Rede nicht daher wie eine Maniküre, Kind. Im übrigen wohnt hier eine alte Freundin, die dich sehr gern sehen will und die freundlicherweise vorgeschlagen hat –«

»Eine alte Freundin?«

»Ja.«

»So alt wie Scopy?«

»Nein, vermutlich nicht einmal so alt wie deine Mutter. Ich wollte nur sagen –«

»Aber wenn sie jünger ist als Mutter, wie kannst du dann sagen, daß sie alt ist? Ist sie auch noch hübscher?« unterbrach ihn Judith forschend.

»Das weiß ich wirklich nicht. Ich habe nicht darüber nachgedacht –«

»Nun, ich glaube nicht, daß sie ebenso gut angezogen ist. Außer du findest vielleicht, daß Joyces Kleider manchmal ein bißchen zu –«

»Auch darüber habe ich nicht nachgedacht. Mit ›alt‹ meine ich, daß ich mit Mrs. Sellars seit Jahren befreundet bin. Sie wohnt in einem Chalet am Berghang oberhalb der Hotels, und sie möchte, daß ich dich heute zum Mittagessen mitbringe.«

»Mich? Nur mich?« fragte Judith sichtlich überrascht.

Boyne lächelte. »Nun, liebes Kind, sie hätte euch sicher

gern alle einschließlich Chip eingeladen, aber ihr Haus ist winzig klein und könnte unmöglich die ganze Gesellschaft aufnehmen. Um nun keinerlei Neid zu erregen – komm selber und mach ihre Bekanntschaft. Ich möchte riesig gern, daß du sie kennenlernst, denn niemand kann dich besser beraten als sie.«

Judy richtete sich steif auf, und ihr Gesicht wurde verständnislos. »Ich will von niemand einen Rat außer von dir, Martin. Aber ich komm natürlich mit, wenn du es wünschst.«

»Es geht nicht darum, was ich wünsche. Aber du darfst sicher sein, wenn mein Rat etwas taugt, dann nur deshalb, weil ich Mrs. Sellars konsultiert habe. Zwei sind nicht zuviel, um dich aus dieser Zwangslage zu befreien. Manchmal glaube ich, du machst dir gar nicht klar, was ihr alle für einen fürchterlichen Krach kriegen werdet.«

»Wenn sie nicht einmal so alt ist wie Mutter und du nie gemerkt hast, wie sie angezogen ist, mußt du verliebt in sie sein«, fuhr Judith fort, als hätten seine letzten Worte nicht den geringsten Eindruck auf sie gemacht.

»Ich sehe nicht ein, was es ausmacht, ob ich es bin oder nicht«, gab er zurück. Er fing an ärgerlich zu werden. »Der springende Punkt ist, daß sie zufällig eine der liebenswürdigsten und gescheitesten Frauen ist, die ich kenne –«

»Das glauben die Männer immer«, meinte Judith gedankenvoll. Sie wich etwas zurück, um ihn nochmals aus halbgeschlossenen Augen zu mustern. »Verliebt zu sein ist etwas Wundervolles«, murmelte sie und fuhr dann mit aufreizendem Lächeln fort: »Blanca ist sehr viel schlauer als ich. Sie hat gesagt: Warum hat Martin es so furchtbar eilig, von Venedig wegzukommen, wenn er sich nicht klammheimlich zu einer Freundin schleichen will. Ich glaube«, hier brach ihre Stimme, und sie ließ die Mundwinkel entsprechend hängen, »es war furchtbar dumm von mir, dich einfach zu überfallen, und du zerbrichst dir den Kopf, wie du uns alle los werden und um den Krach mit Vater und Mutter herumkommen kannst!«

Boyne, teils gereizt, teils gerührt, wie so oft in seinen Gesprächen mit ihr und besonders, wenn er wußte, daß sie ihn verletzen wollte, legte seine Hand vorwurfsvoll auf die ihre. »Hör mal, Judith, wenn du solchen Unsinn redest, möchte ich dich am liebsten durchschütteln. Das einzige, worüber ich mir den Kopf zerbreche, ist, wie ich euch helfen kann zu erreichen, was ihr möchtet: daß ihr alle zusammenbleiben könnt, wie ihr es jetzt seid, aber so, daß deine Eltern nicht glauben, daß ich bei der Durchführung beteiligt war. Du hast ganz recht, ich möchte weiter gut mit ihnen stehen, denn dann gelingt es mir vielleicht, sie zu überzeugen, daß sie – ganz gleich, was geschieht – kein Recht haben, euch Kinder wieder zu trennen. Wenn ich das tue, habe ich das Beste für euch getan, was ich kann. Aber noch sehe ich keine Möglichkeit dazu, und deswegen möchte ich, daß du mitkommst und dich mit Mrs. Sellars anfreundest.«

Zu seinem Erstaunen hörte sie ihm aufmerksam schweigend zu, und hob, als er geendet hatte, ihr Gesicht zu ihm empor wie ein folgsames Kind.

»Natürlich tue ich, was du willst, Martin. Aber meinst du nicht, deine Freundin begreift alles besser, wenn ich Nanny bitte, nach dem Lunch Chip zu ihr hinaufzubringen?«

»Aber gewiß, natürlich.« Er war begeistert. Daraufhin schlug sie vor, er solle vor ihrem Aufbruch hinaufgehen und Terry besuchen.

13

Terry zu besuchen war, wie Boyne zugeben mußte, das sicherste Mittel, jemanden dazu zu bringen, sich mit Leib und Seele der Sache der kleinen Wheaters zu verschreiben. Was auch immer Mrs. Sellars von Judith halten würde – die Frage blieb naturgemäß offen –, wie sie über Terry denken würde, stand fest.

Es hatte im Lauf des Vormittags Augenblicke gegeben, in denen Boyne glaubte, kein noch so guter Wille von beiden Seiten könne den Abgrund zwischen Mrs. Sellars' Lebensauffassung und Judiths Erfahrungen überbrücken. Doch zwischen Mrs. Sellars und Terry war nichts zu erklären oder zu überbrücken. Sie würden sich schon beim ersten Blick einig sein. Nach dem Lunch hole ich sie und bringe sie zu ihm herunter, beschloß Boyne.

Es war nicht zu hoffen, daß Terry an diesem Tag schon aufstehen konnte. Die Aufregungen der Flucht, die Hitze und Anstrengung der Reise hatten seinen kleinen Kräftevorrat aufgezehrt. Er konnte nur daliegen, Boyne ungeduldig entgegenblicken und ihm versichern, die Luft von Cortina werde ihn bald wieder herstellen. Scopy habe bereits den Arzt kommen lassen und gebe ihm geeignete Medikamente. Die Temperatur des Patienten war schon beinahe wieder normal.

»Wenn die Eltern uns nur hierbleiben ließen, diesmal kriegten die mich bestimmt wieder hin. Du bleibst doch auch noch ein bißchen, nicht wahr, Martin, und schaust nach den Kindern?«

Boyne sagte, er werde so lange wie möglich bleiben und auf keinen Fall abreisen, ehe sich nicht bei den Schwierigkeiten der jungen Wheaters eine Regelung abzeichne. Er deutete an, daß zweifellos noch Verhandlungen nötig seien, und Terry erwiderte prompt: »Genau deswegen haben Judy und ich beschlossen, herzukommen. Wir wußten, wenn wir dich noch erwischten, würdest du uns den Rücken stärken und uns helfen, mit den Eltern irgendwie zu einer Einigung zu kommen.« Seine Augen waren in leidenschaftlichem Flehen auf den Freund gerichtet. »Versteh doch, Martin, es geht nicht, daß man uns wieder trennt, es geht wirklich nicht. So werden wir doch nie irgendwie gebildet. Und die Manieren! Seit Zinnias Besuch sind die Kinder vollkommen demoralisiert. Jetzt haben sie gehört, daß Buondelmonte geheiratet hat, und jetzt sind auch die Stiefs auf ganz falschem Wege. Und was Blanca angeht, die denkt an nichts anderes mehr, als wie man sich anzieht und flirtet... Sobald es zwischen den Eltern schief läuft, scheinen die Kinder es zu wittern, noch ehe die wirkliche Streiterei beginnt, und sind nicht mehr zu bändigen. Zinnie hat Bun neulich ein blaues Auge geschlagen, weil er wieder ein Prinz wird und im Palast seines Vaters in Rom leben und seinen eigenen Rolls Royce fahren wird... Ein Kind, das kaum lesen kann!« schloß Terry mit einer verächtlichen Handbewegung.

»Ich weiß, mein Alter. Es ist ganz verkehrt«, pflichtete Boyne bei, »es muß etwas geschehen, und zwar bald. Das werde ich versuchen, deinen Eltern zu erklären. Bis dahin mußt du aus dieser Atempause das Beste machen und dich mal richtig ausruhen. Ich verspreche es dir: wenn es soweit ist, werde ich tun, was ich kann.«

»Ach, zu versprechen brauchst du nichts«, sagte Terry und ließ den Kopf zufrieden in die Kissen sinken.

Beim Aufstieg mit Judith erfuhr Boyne noch einige Einzelheiten, die zu berichten sie gestern abend zu müde und zu aufgeregt gewesen war. Miss Scopes vertrauliche Mitteilungen glichen eher düsteren Verallgemeinerungen. Bei Einzelheiten verschanzte sie sich hinter ihrem Berufsgeheimnis, und Boyne hatte ihre Abwehr nicht gewaltsam überrennen wollen. Er wußte, daß Judith nicht von derlei Skrupeln geplagt sein würde. Sie sah ja das ganze Leben nur in Einzelheiten. Wie sich herausstellte, enthielt dann

Judiths Geschichte keine Überraschungen. Es war wieder einmal, wie sie es ausdrückte, der gewohnte Krach gewesen. Kaum hatte Zinnia Lacrosse ein begehrliches Auge auf Gerald Ormerod geworfen, da fand Joyce, sie könne ohne ihn nicht leben. Die Vorstellung, daß er jeden Abend bei den Wrenchs und dem Herzog von Mendip im Lido dinierte, während sie und Wheater an Deck der »Fancy Girl« sich mit den zweitrangigen Gästen begnügen mußten, die sie hatten auftreiben können, war für eine temperamentvolle Frau zuviel. Joyce hatte plötzlich von ihrem Mann verlangt, den Hauslehrer zu entlassen. Wheater hatte überrascht gekontert, Terry habe ihn sehr gern (das stimmte auch, wie Judith unbefangen zugab, er sei sehr lustig und ein guter Lehrer), woraufhin Joyce erklärt hatte, wenn Ormerod nicht sofort weggeschickt würde, wolle sie sich von Wheater scheiden lassen und ihn heiraten. Wheater war natürlich wütend geworden, und es hatte, wie Judith es nannte, einen Riesenzirkus gegeben, noch dadurch kompliziert, daß Gerald in Wirklichkeit *sie* heiraten wolle –

»Was? Was? Dich heiraten? Ja, seid ihr denn alle verrückt geworden?« hörte Boyne sich empört äußern.

Judith lächelte. »Ich bin nicht verrückt. Und ich bin beinahe sechzehn. Und ich glaube, ich bin eine reiche Ährbin (sie sprach das Wort so, wie sie es schrieb). Aber du kannst dir doch denken, daß ich die Kinder nicht verlasse, nicht wahr? Außerdem sagt Terry, es wäre lächerlich zu heiraten, solange ich nicht richtig schreiben kann.«

»Bei Gott, das will ich meinen!« rief Boyne wütend. Was in aller Welt sollte werden, fragte er sich, wenn sie ihr Gespräch mit Mrs. Sellars in dieser Tonart begann. »Judith, hör zu –«

»Eigentlich weiß ich nicht so recht«, fuhr sie nachdenklich fort. »Gerald sagt, ein paar berühmte Leute haben auch nie fehlerfrei geschrieben. Napoleon zum Beispiel und Madame de Sevigné, und Shakespeare hat jedesmal anders unterschrieben.«

»Ich merke schon, du hast seit meiner Abreise Geschichtsunterricht genommen«, spottete Boyne, und sie entgegnete schlicht: »Das nicht, er hat mir das nur gesagt, als ich eines Tages weinte, weil ich so schrecklich schlecht schreibe.«

»Du hast ganz recht, wenn du über deine Orthographie weinst. Und Terry hat auch recht, wenn er sagt, daß ihr als allerwichtigstes irgendeine Schulbildung braucht, alle miteinander.«

»Dann wäre es vielleicht doch besser gewesen, ich hätte Gerald geheiratet«, erwiderte sie, wobei ihre nachtwandlerische Unbefangenheit zurückkehrte. »Doch nein«, unterbrach sie sich, »dann hätte ich ja die Kinder nicht bei mir behalten können, nicht wahr, also was hätte es für einen Zweck gehabt?«

»So, da sind wir«, unterbrach Boyne nervös.

»Ach, Sie armes Kind, wie jung Sie noch sind!« rief Mrs. Sellars und beugte sich vor, um einen impulsiven Kuß auf Judiths Wange zu drücken. Boynes erster Gedanke war, daß sie selber noch sehr jung aussah in ihrem dünnen, schwarzen Kleid, wie sie so den kastanienbraunen Kopf wie eine große Schwester zu Judith hinabbeugte, und sein zweiter Gedanke, wie viel zu jung Judith noch sei, um von einer derartigen Begrüßung versöhnlich gestimmt zu werden.

Judith lächelte ihre Gastgeberin an. »Jung verglichen womit?« fragte sie mit unheilvoller Direktheit.

»Nun, für die viele Verantwortung«, erwiderte Mrs. Sellars, in ihrer wohlüberlegten Ungezwungenheit gebremst.

Judith lächelte immer noch, ein stilles kleines Lächeln, das dem aufmerksamen Boyne nichts Gutes verhieß.

»Ich sollte sicherlich geschmeichelt sein«, sagte sie. »Ich weiß, in Ihrem und Mutters Alter gilt es als sehr schmeichelhaft, jung genannt zu werden. Aber wissen Sie, ich bin noch nicht sechzehn, darum ist es für mich nichts Ungewöhnliches.«

»Eben weil Sie so jung sind, ist es sehr freundlich von Ihnen, eine alte Dame wie mich zu besuchen«, gab Mrs. Sellars lächelnd zurück, sich nervös in Platitüden flüchtend.

Judith musterte sie aus ruhigen Samtaugen. »Ach, ich bin gern gekommen. Martin sagt, Sie würden mir eine Freundin sein, und Freunde brauchen wir dringend.«

Sofort wurde Mrs. Sellars Blick milde. »Da hat Martin ganz recht. Ich werde eine so gute Freundin sein, wie Sie es zulassen. Ich freue mich sehr, daß Sie meinen Picknick-Lunch teilen wollen. Martin wird Ihnen ja gesagt haben, wie leid es mir tut, daß ich in meinem winzigen Haus nicht Platz für die ganze Gesellschaft habe.«

»Na ja«, sagte Judith, »er hat gemeint, wir wären wohl ein bißchen zu viel für Sie«, aber Mrs. Sellars lachte darüber wie über eine ungerechtfertigte Impertinenz ihres alten Freundes.

Alles in allem ließen sich die Dinge besser an, als dieser alte Freund erwartet hatte. Er hoffte nur, Rose nähme es nicht übel, daß Judith ihren Hut auf das Wohnzimmersofa warf und sich vor dem Spiegel über dem Kamin mit den Fingern durch die zerzausten Haare fuhr. Bei Tisch lenkte Mrs. Sellars dann das Gespräch auf die Wheater-Kinder, deren Namen sie sich klugerweise gemerkt hatte, und die sie, wie sie sagte, möglichst bald kennenlernen wollte, einschließlich der »Stiefs«. »Ich versichere Ihnen«, setzte sie hinzu, »ich bin nicht so leicht ins Bockshorn zu jagen, wie Martin zu glauben scheint.«

Judith war immer dann am besten, wenn sie über die Kinder sprach, besonders über Terry, den Mrs. Sellars mit einer Teilnahme genannt hatte, die Judith die Röte ins Gesicht trieb. »Ach, Terry ist bei weitem der Beste von uns. Er wird Ihnen riesig gefallen. Wenn er doch ein bißchen mehr Glück hätte! Ich meine nicht seine Gesundheit, für die haben die Eltern wirklich getan, was sie konnten. Aber er hat nie richtigen Unterricht bekommen, und um die Schule zu besuchen, ist er nicht kräftig genug.«

Sie sprach weiter, vergaß sich und ihre übliche distanzierte Haltung in dem begeisterten Wunsch, Terry möglichst positiv darzustellen vor dieser Freundin von Martin, die genau wie Terry selber ein Mensch von Niveau und Prinzipien zu sein schien. Es sei, fuhr sie fort, wieder mal Terrys Pech: Da habe er nun solange gebettelt, die Eltern möchten ihm einen guten Hauslehrer verschaffen, wie andere Jungen seines Alters ihn hätten, die nicht gesund genug waren, die Schule zu besuchen, und als sie es endlich begriffen hatten und beschlossen, ihn nicht länger Scopy und der Nanny zu überlassen und schließlich ein Hauslehrer gefunden war und alles sich so gut anließ, setzte Joyce sich in den Kopf, den zu heiraten. Ob nicht Mrs. Sellars auch meine, das sei ein gottverdammtes Pech?

Ja, Mrs. Sellars meinte es auch. Nur Boyne sah an ihren zusammengepreßten Lippen, daß »gottverdammtes Pech« nicht unbedingt der Ausdruck war, den sie gebraucht haben würde.

»Aber es ist doch gewiß nur eine vorübergehende Laune von – von Ihrer Mutter. Wenn es soweit ist, wird sie bestimmt nicht alles zerstören, um diesen jungen Mann zu heiraten.«

Judith machte große Augen. »Ja, aber was kann Mutter denn machen – wenn sie in ihn verliebt ist?«

Mrs. Sellars ließ die Lider leicht sinken, als seien ihre Augen erloschen. »Nun, sie könnte – sie könnte – ja an euch alle denken, liebes Kind.«

»Oh, das wird sie schon«, erwiderte Judith, »sie denkt schon jetzt an uns. Sie und Vater streiten sich eben jetzt um uns. Deswegen sind wir ja auf und davon. Hat Martin es Ihnen nicht erzählt?«

»Ich glaube, Martin wollte lieber, daß Sie es mir selbst erzählen, das heißt, wenn Sie möchten«, sagte Mrs. Sellars taktvoll ausweichend.

Judith überlegte und runzelte nachdenklich die Stirn. »Ich glaube, mehr ist da nicht zu erzählen. Ich hab die Kinder weggebracht, damit sie nicht wieder getrennt werden. Wenn sich die Kinder nicht um einander kümmern, wer tut es dann? Man kann es ja von den Eltern nicht erwarten, wenn sie nicht mal auf sich selber aufpassen können.«

»Ach, liebes Kind«, flüsterte Mrs. Sellars und legte mit einer impulsiven Geste ihre Hand auf die Judiths. »Sagen Sie das doch Ihrer Mutter so, wie Sie es mir gesagt haben, dann wird sie Sie nie für jemand anders aufgeben.«

Judiths Stirn glättete sich, sie hob erstaunt die Brauen. »Sie hat das schon einmal getan, wissen Sie. Was soll man machen, wenn man sich verliebt? Also das tu' ich ganz bestimmt nie«, verkündete sie entschieden. »Außerdem, wissen Sie«, fuhr sie fort, »gewöhnt man sich so an Kinder. Sie haben wohl nie welche gehabt, oder?« Mrs. Sellars machte eine schwach verneinende Geste. »Na ja«, fuhr Judith ermutigend fort, »es ist ja sicherlich noch nicht zu spät. Aber wenn Sie uns alle auf dem Hals hätten und dazu noch die drei Stiefs, dann wüßten Sie auch nicht mehr, was Sie an uns haben. Nicht daß Mutter uns nicht gern hat – aber sie bekommt eben manchmal solche Gefühlsstürme. So hat die arme Doll Westway es immer genannt. Und die wußte Bescheid.«

Mrs. Sellars legte den Löffel weg, mit dem sie zerstreut in ihrem Kaffee rührte. »Doll Westway –?«

Judiths Gesicht hellte sich auf. »Haben Sie sie gekannt?«

»Nein«, sagte Mrs. Sellars in dem ablehnenden Ton, der Boyne nur zu vertraut war, den das Mädchen jedoch nicht bemerkte.

»Sie war meine allerbeste Freundin«, fuhr Judith fort. »Niemand war so hübsch anzusehen wie sie. In einem blaßrosa Badeanzug...«

»Meine Liebe«, unterbrach Mrs. Sellars, »finden Sie es nicht schade, bei so schönem Wetter im Haus zu sitzen? Wenn Sie Ihren Kaffee ausgetrunken haben, gehen wir doch auf den Balkon, ja? Martin, bitte auch die Zigaretten.« Ihre Freundlichkeit überzog alles wie ein silbriger Zuckerguß. Judith war sichtlich verwirrt, erhob sich, um ihr zu folgen, und Boyne verteilte wild-energisch Zigaretten. Verdammt noch mal, was war denn nun schon wieder danebengegangen?

Was auch danebengegangen war, es wurde jedenfalls für den Augenblick geradegerückt, weil unterhalb des Balkons eine Nurse mit blauer Haube einen rosigen kleinen Jungen den Hang hinaufführte. »Hallo! Hierher! Hier bin ich!« rief Judith ihnen freudig zu, und Mrs. Sellars neigte sich über das Geländer und äußerte: »Da kommt jemand so Wunderschönes, daß es sicher der berühmte Chip ist.«

Ja, es war klug von Judith gewesen, dafür zu sorgen, daß Chipstone gerade jetzt auftauchte. Für eine kinderlose Frau mußte der Anblick dieses Bündels aus Gesundheit und Gutgelauntheit zugleich schmerzlich und wohltuend sein. Mrs. Sellars' Blick traf sich mit dem von Boyne, lächelnd, zitternd, und er signalisierte zurück: »Zum Teufel mit Tante Julia!« Schon hatte Chipstone die Atmosphäre mit seiner unerschütterlichen Heiterkeit erfüllt. Sie waren ins Wohnzimmer zurückgekehrt, um ihn zu begrüßen, und er ließ sich wie ein Buddha auf Mrs. Sellars' Schoß nieder und lachte zufrieden beim Anblick von Judy, Martin und Nanny, die einen bewundernden Kreis um ihn bildeten. Was auch Chip begegnete, schien sich in etwas so Frisches zu verwandeln wie eben gemolkene, schäumende Milch.

»Ach, Chip ist ein netter Kerl«, sagte Judith liebevoll geringschätzig. »Aber warten Sie, bis Sie Terry kennengelernt haben...«

»Terry konnte nicht kommen, aber wir alle schon«, verkündete ein schrilles Stimmchen von der Tür her.

»Du lieber Himmel! Wenn das nicht Zinnie ist!« Judith sprang empört auf. Aber bevor sie zur Tür gelangen konnte, erschien darin die selbstbewußte Gestalt ihrer kleinen Stiefschwester, hinter deren feuerrotem Schopf die dunklen, wippenden Köpfe von Bun und Beechy auftauchten.

»Das ist wirklich nicht meine Schuld! Susan hat mir geschworen, sie würde sie nicht aus den Augen lassen, solange wir fort sind«, stieß Nanny hervor, die blaß geworden war unter Judiths zornigem Blick.

»Das hat sie auch nicht getan«, sagte Zinnie gefaßt. »Sie hatte uns die ganze Zeit im Auge. Aber wir konnten schneller laufen als sie, weil ihre Schuh' ihr weh tun, un' dann hat sie's schließlich aufgegeben, uns hinterherzulaufen. Stimmt's?« Sie drehte sich wirbelnd herum zu den »Stiefs« um Bestätigung.

Aber ein meisterhafter Salto hatte Bun bereits an die vorderste Front gebracht, wo er verblieb, den Kopf nach unten, die nackten Beine mit Sandalen an den Füßen in der Luft; und Beechy stürzte sich auf Mrs. Sellars und warf ihre Arme leidenschaftlich um Chipstone. »Ach, mein Chippo, wir dachten schon, wir hätten dich verloren, und du wärst tot«, jaulte sie freudig; und Chip nahm ihre Huldigung mit einem rosigen Lächeln entgegen.

»Ja, aber Judy hätt' sich nich davon schleichen sollen un' uns alle so zurücklassen un' nich sagen, daß sie hierherkommt un' nur Chip kommen lassen un' Sie besuchen, wo er doch der Jüngste ist – oder?« appellierte Zinnie empört an Mrs. Sellars, die antwortete, das sei offensichtlich nicht fair gewesen, aber die Schuld liege bei ihr, denn sie wohne leider in einem so kleinen Haus, daß es ihr nicht möglich sei, sie alle zum Mittagessen einzuladen, weil sie nicht ins Eßzimmer paßten. »Und ich nehme an«, schloß sie diplomatisch, »daß Chip auserwählt wurde, euch zu vertreten, weil er den wenigsten Platz einnimmt.«

»Nein, tut er auch nicht; ich tue das!« brüllte Bun, stellte sich rasch auf und trat Mrs. Sellars in herausfordernder Haltung entgegen. »Ich kann durch ein Krockettor kriechen, und ich kann –«

»Du kannst deinen Mund nicht halten, und Chip kann das. Deswegen habe ich ihn hergebracht und euch andere nicht«, rief Judith, während sie Bun einen Schubs verpaßte und Nanny sich Beechy griff, um ihr beginnendes Sympathiegeheul zu unterdrücken.

»Oh, diese gräßlichen Kinder –« Eine andere Stimme

klang von der Türe her, diesmal so zurückhaltend im Tonfall und so voll von liebenswürdiger Mißbilligung, daß Mrs. Sellars sich unwillkürlich erhob, um einen Besucher zu begrüßen, der ebensowenig an lärmende Gesellschaft gewöhnt war wie sie.

»Ich bedaure *so* sehr –« Jetzt stand Blanca im Zimmer, schlank, weißgekleidet, mit einer Ausstrahlung mondäner Reife, die Judy wie ihre jüngere Schwester wirken ließ.

»Die arme Susan sagte mir, daß sie ihr davongelaufen sind, als sie herausfanden, daß Nanny mit Chip hierherkommt, und ich rannte hinterher, aber ich konnte sie nicht einholen. Es tut mir leid, aber es war nicht meine Schuld.« Ziemlich atemlos entschuldigte sie sich bei Judith, aber ihre langbewimperten Augen waren damit beschäftigt, Mrs. Sellars und Boyne in ihr Netz zu ziehen. »Liebster Martin!« Sie wandte sich ihm zu im gesuchtesten Tonfall ihrer Mutter. »Ich bin Terrys Zwillingsschwester«, erklärte sie Mrs. Sellars.

Letztere, erleichtert, hier Manieren zu begegnen, die ihren eigenen glichen, antwortete mit einem Lächeln, sie wisse es zu schätzen, daß Terry eine so liebenswürdige Abgesandte schicke, wenn er schon selbst nicht kommen könne. Judith schnitt eine Grimasse in Boynes Richtung, aber Blanca erklärte in einem plötzlichen Anfall von Ehrlichkeit: »Aber wenn Sie erst Terry kennengelernt haben, wird Sie der Rest von uns nicht mehr interessieren.«

»Doch, wird sie; sie wird sich für Beechy und mich interessieren, weil wir römische Prinzen sind!« schrie Bun und drohte einen weiteren Salto zu machen, was Judith mit einer Handbewegung unterband.

Zinnie drängte die anderen beiseite und pflanzte sich fest vor der Gastgeberin auf. »Meine Mutter könnt' sie ja alle auszahlen, wenn sie wollt', weil sie ein Filmstar ist«, versicherte sie mit ihrer dünnen durchdringenden Stimme. »Aber das würd' ich sie nie lassen, weil wir uns nämlich alle sehr lieb haben, und Judy hat uns auf Scopys Buch schwören lassen, daß wir beinander bleiben, bis wir heiraten. Ich heirate wahrscheinlich Bun.«

Bei dieser Eröffnung waren Anzeichen vom Angstschweiß der Verzweiflung auf Beechys Gesicht zu erkennen. Bun jedoch kümmerte sich nicht um die von ihm ausgelösten Gefühle und schaltete sich ein mit einem »Meine richtige Mutter war Löwenbändigerin, aber das macht nichts, sie ist nämlich tot«.

Überraschend beflügelt hatte sich Mrs. Sellars als der Situation gewachsen erwiesen: rasch wurden Spiele, Tee und nochmals Spiele improvisiert mit der Gewandtheit und dem Geschick, die sie bei gesellschaftlichen Engpässen immer schon ausgezeichnet hatten, und der Nachmittag war schon fast vorüber, als eine Bande überfütterter und schläfriger Kinder sich auf den Heimweg in die Pension Rosenglüh begab. Auf der Schwelle des Chalets blieb Zinnie stehen und rief zum Balkon hinauf: »Nicht wahr, wenn Sie gewußt hätten, daß wir kommen, hätten Sie auch Geschenke für uns gehabt –«, aber ein Rippenstoß von Judith unterbrach diesen Wink, und die Herde wurde rasch bergab getrieben, doch nicht rasch genug, um nicht Mrs. Sellars' Antwort aufzufangen: »Komm morgen wieder, dann werden wir ja sehen!«

Doch Mrs. Sellars wartete mit ihrem Gegenbesuch bei den kleinen Wheaters nicht bis zum nächsten Tag. Kurz nach deren Abschied suchte sie einen Arm voll Bücher zusammen, die geeignet waren, Terry besondere Freude zu machen, und ging mit Boyne zur Pension hinunter. Die kleineren Kinder waren um diese Zeit beim Abendessen, doch die Besucherin wurde Miss Scope vorgestellt und an Terrys Bett geführt. Weder Judith noch Boyne begleiteten sie. Der Arzt wünschte nicht, daß mehrere Besucher gleichzeitig kamen, bevor sich der Patient etwas von seiner Erschöpfung erholt hatte. Daher blieb auch Mrs. Sellars nur wenige Minuten. Als sie zu Boyne zurückkehrte, der am Gartentor auf sie wartete, sagte sie nur: »Ich bin froh, daß ich gekommen bin.« Es gefiel Boyne, daß sie wußte, er könne sich den Rest zusammenreimen. Hinsichtlich dieser Begegnung hatte er nie Zweifel gehegt.

Im Hotel fand er dann das Telegramm vor, das er seit dem Morgen erwartet hatte. »Drahtet um Gotteswillen sofort, ob Kinder bei dir und Chipstone okay, in verzweifelter Sorge, verstehe die ganze Wahnsinnstat nicht, Polizei hat Spur bis Padua verfolgt, wo Wagen nach Bozen gemietet, bitte expediere ganze Gesellschaft sofort nach hier, Auslagen werden telegraphisch angewiesen. Wheater.«

»Verflucht, ich werde wohl selber mit ihm reden müssen«, murmelte Boyne, zerknüllte das Papier und stopfte es in die Tasche. Die Nachricht hatte sein Traumparadies des heutigen Tages zerstört. Jetzt würde er die Geschichte im Interesse aller so bald als möglich hinter sich bringen müssen. Doch er beschloß mit einer gewissen Befriedigung nach einem Blick auf die Uhr: »Um heute noch zu telegrafieren, ist es sowieso zu spät.«

»Hier, schau mal, wie soll ich denn das beantworten?« verlangte Boyne von Mrs. Sellars zu wissen und schob ihr das Telegramm über den Eßtisch zu, wo sie noch immer bei Walderdbeeren und Sahne saßen.

Sie hatte sich nach dem Fortgehen der Wheaterkinder charmant über sie geäußert, anerkennend über Judith – dies mit einem Hauch Reserviertheit –, scharfsichtig und zärtlich über Terry und mütterlich warm über die anderen. Die ganze Sache sei herzzerreißend ... und so rührend, wie sie sich alle um Hilfe an Martin wandten ... in ihm offenbar ihren einzigen Freund sahen (wie gut habe sie das verstanden!). Aber was um Himmels willen werde er jetzt unternehmen? Sähe er denn irgendeinen Ausweg?

Während des ganzen Essens hatte sie sich diese Frage vorgelegt, bis Boyne in dem Gefühl, dank Terry sei eine dauerhafte Sympathie entstanden, das Wheatersche Telegramm aus der Tasche zog. Mrs. Sellars überflog es nachdenklich.

»Wann ist das denn gekommen?«

»Eben jetzt. Ich fand es, als ich ins Hotel zurückkam.«

Sie seufzte. »Die Wheaters haben natürlich binnen vierundzwanzig Stunden herausbekommen, wohin sie gefahren sind. Arme kleine Verschwörer! Ich wünschte, wir hätten sie ein, zwei Tage länger dabehalten können ... besonders da dieser Junge so übermüdet ist ...«

»Das können wir vielleicht.«

Ihre Brauen drückten die Frage »Wie?« aus, doch statt darauf einzugehen, sagte er: »Du hast mir noch nicht gesagt, was ich antworten soll.«

In ihrer lebhaften Miene deutete sich schon eine weitere Frage an.

»Was *könntest* du denn antworten? Wenn du sie nicht wegexpedierst, kommt der Vater und holt sie.«

»Also das tue ich bestimmt nicht.«

»Nicht? Was dann?« Ihre Augen verdunkelten sich, sie nahm das Telegramm nochmals zur Hand und las es aufmerksam, dann lächelte sie Boyne etwas spöttisch an. »Ich muß gestehen, ich bin gespannt auf deine Alternative!«

Er überlegte stirnrunzelnd. »Warum muß ich denn überhaupt antworten?«

»Wenn du es nicht tust, braucht Wheater nur dein Hotel anzurufen, um festzustellen, ob du noch da bist und ob man dich mit einem Teil der Kinder gesehen hat.«

»Ich werde nicht da sein. Ich werde sofort packen und verschwinden, nach Pieve di Cadore oder irgendwohin.«

»Und die Kinder?«

»Die nehme ich mit.«

»Ist das dein Ernst?«

»Absolut.«

Sie nahm es mit einem seidigen kleinen Lachen entgegen. »Dann bist du selber ein Kind, Lieber. Wie lange, glaubst du, wird es dauern, bis man euch eingeholt hat? Du wirst es nur schlimmer machen, für die Kinder – und für dich.«

»Ob für mich, ist mir egal, aber sie –« Wieder überlegte er stirnrunzelnd. »Ja, verdammt, vielleicht hast du recht. Aber was hast du vorzuschlagen?«

»Natürlich, daß du Judith davon überzeugst, daß sie sie auf kürzestem Wege wieder heimbringen muß. Sie tun mir alle furchtbar leid – und ganz besonders Terry. Aber so wie ich es sehe, ist nichts anderes zu machen.«

»Und ich mache das nicht.« Er stand auf und begann auf- und abzuwandern.

Sie lehnte die weißen Arme auf den Tisch und folgte seinen ungeduldigen Schritten mit einem Lächeln. »Und was dann?«

»Ich weiß es nicht. Noch nicht. Jedenfalls bleibt mir noch die Nacht zum Überlegen.«

»Und wenn du noch so sehr überlegst, es wird dich nicht weiterbringen.«

Er erwiderte ihr Lächeln mit einem nahezu feindseligen Grinsen. »Ich bin in meinem Leben schon aus schlimmeren Engpässen herausgekommen.«

»Daran zweifle ich nicht«, erwiderte sie im Ton leicht humorvoller Bewunderung.

An diesem Punkt hatten sie die Diskussion abgebrochen, beide zu erfahren in Streitgesprächen, um nicht zu wissen, daß sie sinnlos war. Und am nächsten Morgen wußte Boyne ohne Hilfe von anderer Seite, was er plante. Als erstes, beschloß er, würde er Judith aufsuchen. Er war schon in der Pension, ehe an ihrem Zimmer die Fensterläden geöffnet wurden. Miss Scope wurde ins Wohnzimmer zitiert, und ihr sagte er, daß Judith sofort herunterkommen müsse.

»Oh, Mr. Boyne, doch hoffentlich keine schlechten Nachrichten?«

»Sie werden doch nicht im Ernst geglaubt haben, daß Wheater sie nicht binnen kurzem aufspüren würde, nicht wahr?«

Miss Scope wurde blaß. »Ist die Polizei hinter uns her?«

»Die Polizei?« Er brach in Gelächter aus. »Um Sie wegen Entführung zu verhaften? Nur über meine Leiche!«

Sie schickte sich an zu gehen, blieb auf der Schwelle stehen und drehte sich zu ihm um. »Was auch immer Judith getan hat, sie hat es mit meinem Wissen und Einverständnis getan. Einverständnis, sage ich, nicht Billigung«, flüsterte sie eindringlich.

»Gewiß, gewiß. Aber jetzt schicken Sie sie bitte gleich herunter.«

Einen Augenblick später war Judith da, in einen knappen, mohnroten Morgenrock gehüllt, und das dichte Haar fiel ihr in die verschlafenen Augen. »Was ist denn, Martin? Die Polizei?«

Wieder lachte er, diesmal ungeduldiger. »Sei nicht albern, Kind. Du bist ebenso schlimm wie Scopy. Du glaubst doch nicht im Ernst, daß dein Vater dich verhaften lassen würde?«

Sie stellte eine Gegenfrage: »Aber was wird er dann tun?«

Boyne reichte ihr das Telegramm, und sie reagierte sofort: »Hast du schon geantwortet?«

»Noch nicht.«

»Ich meine, dann müssen wir sofort weg.«

Boyne starrte sie an, so wenig vorbereitet auf diesen prompten Rückzug, daß er sich zunächst nur flau fühlte. Er war hergekommen, bereit zu kämpfen, wacker, wenn auch nicht einfallsreich – und nun das –

»Könnten wir nicht in Triest ein Schiff nehmen?« fuhr sie fort, offenbar einer inneren Gedankenkette folgend. Die unerwartete Frage ließ ihn mit einem Ruck aus seiner Untätigkeit auffahren.

»Triest? Wieso Triest?« Er sah sie verblüfft an. »Wohin denn?«

»Irgendwohin, wo sie uns nicht so schnell finden.« Sie fing an zu grübeln und schien seine Anwesenheit gar nicht mehr wahrzunehmen. »Am Ende wäre es doch besser, nach Amerika zu fahren, weißt du. Meinst du nicht auch? Dort ist Oma Mervin, Joyces Mutter. Zu ihr könnten wir ziehen. Und einstweilen könntest du die Wheaters glauben machen, daß wir noch hier sind, damit sie sich nicht sorgen und damit wir Zeit haben zu verschwinden.«

Trotz allem war Boynes erste Reaktion Erleichterung darüber, daß sie weiterzukämpfen gedachte. Das sah ihr ähnlicher, und er war jetzt so weit, daß er wünschte, sie möge ganz sie selbst sein, um jeden Preis. Doch er hatte noch Besonnenheit genug, um mit sarkastischem Unterton zu erwidern: »Vielen Dank für die mir zugedachte Rolle. Mein armes Kind, selbst wenn du bis Amerika kämst, ohne daß deine Eltern etwas merken, eine derartige Reise kostet Geld, und ich glaube nicht, daß –«

»Ach, Geld habe ich massenhaft,« erwiderte sie mit erschreckender Gelassenheit.

»Was nennst du massenhaft? Scopys Ersparnisse?« spottete er.

Judith wurde rot. »Hat sie es dir erzählt?«

»Sie hat mir gar nichts erzählt. Ich habe es erraten.«

Sie ließ kurz den Kopf hängen, dann blickte sie mit zuversichtlichem Lächeln wieder auf. »Aber das gebe ich ihr natürlich alles wieder. Das weiß sie. Sie weiß, ich bin eine reiche Ährbin.«

»Eine wahrlich heldenhafte Frau! Aber wie weit, glaubst du, wirst du mit ihrem Beitrag kommen?«

Auch das nahm Judith gelassen hin. »Nicht sehr weit – arme, liebe Scopy. Aber weißt du, ich habe noch einen Haufen anderes Geld.«

»Einen Haufen Geld?«

Sie lehnte den zerzausten Kopf gegen die harte Sofalehne, sichtlich entschlossen, seine Verblüffung noch einen Augenblick länger zu genießen, ehe sie ihn aufklärte. »Sind fünftausend Dollar nicht ein Haufen Geld?« fragte sie.

Boyne tat einen erstaunten Pfiff, und sie nickte bestätigend.

»Du hast fünftausend Dollar – eigenes Geld?«

»Das nicht. Aber ich wußte, wo Vater sie hatte.«

Boyne sprang auf und starrte ungläubig auf sie herab. »Du wußtest –«

»Schau mich nicht so an, Martin. Wenn du es so nennen willst, habe ich das Geld gestohlen. Er hat immer viel bei sich, weil es ihn langweilt, Schecks auszufüllen.«

»Und da hast du dich bedient – mit dem, was du wolltest?«

»Es war furchtbar leicht. Ich wußte doch, wo der Schlüssel war.« Sie schien dafür nicht unverdient gelobt werden zu wollen. »Und überhaupt, ich wußte, ein Teil davon war für unsere Ausgaben im Sommer im Engadin bestimmt. Also war es nicht richtig stehlen, oder?«

Boyne setzte sich wieder, diesmal auf einen Stuhl am anderen Ende des Zimmers. Es schien etwas Unheilvolles von dem roten Figürchen mit dem ungekämmten Haar und den schlafverhangenen Augen auszugehen, das sich trotzig in die Sofaecke schmiegte. »Ich nehme an, du hast das deinem Vater gesagt in dem Brief, den du ihm hinterlassen hast?«

»Ihm gesagt, daß ich das Geld genommen habe?« Sie lachte. »Dann hätte es doch überhaupt keinen Sinn gehabt, es zu nehmen, nicht wahr?«

Er stöhnte und blieb schweigend sitzen, die Augen auf die sauber gescheuerten Dielenbretter gerichtet. Kurze Zeit konzentrierte er seine ganze Aufmerksamkeit auf eines der Astlöcher darin, dann erhob er sich mit bleischweren Gliedern. »Also ich will nichts mehr mit euch zu tun haben. Mit euch allen nicht.«

Judith stand ebenfalls auf und trat rasch zu ihm. »Martin,« sagte sie erschrocken, »was hast du vor?«

»Vor? Nichts. Das Telegramm beantwortest du besser selbst,« erwiderte er rauh und schüttelte ihre Hand ab. Er ging durchs Zimmer, sah sich wie blind nach Hut und Stock um, die er auf den Tisch geworfen hatte, und wandte sich dann zur Tür, ohne daran zu denken, sie mitzunehmen. Auf der Schwelle hielt Judith ihn mit heftigem Griff am Arm zurück. Ihr Gesichtchen war naß und ängstlich. »Martin, warum sagst du nicht, daß du mich für eine Diebin hältst, und bringst es hinter dich?«

Er fuhr herum. »Ich finde dich unfaßbar töricht. Ich glaube, der durchschnittliche Südseeinsulaner entwickelt mehr moralisches Bewußtsein als du.«

»Ich kenne keine Südseeinsulaner. Aber Doll Westway hat immer –«

»Was hat sie immer?«

»Sie ist schon immer an den Schreibtisch ihrer Mutter gegangen. Es gab keine andere Möglichkeit. Alle Eltern hassen die Mühe, Rechnungen zu bezahlen.« Sie klammerte sich an ihn, ihre Lippen zitterten noch immer.

»Ich nehme an, daß Miss Scope davon weiß?«

Sie nickte. »Ich hab sie überredet. Sie fand es fürchterlich, aber sie hat eingesehen, daß es nicht anders ging. Sie selbst hat nur so wenig gespart – weil sie einen Bruder hat, der trinkt...«

»Und Terry? Weiß es Terry?«

»Ach, Martin, wo denkst du hin? Aber das würdest du nicht... nicht wahr. Das hast du nur gesagt, um mich zu erschrecken. Oh, Martin, du wirst es doch Terry nicht sagen, oder? Es bringt mich um, wenn du das tust. Bei allen anderen ist es egal.«

Er duldete schweigend ihre verzweifelt bittende Umklammerung, als sei der Arm, den sie umfaßt hielt, taub geworden und als brenne doch jeder Nerv darin. Und der gleiche Zwiespalt herrschte auch in seinem Inneren, während er zuhörte. Er verstummte in einem Gefühl der Ohnmacht. Alle Kräfte des Mitleids und etwas der Seele noch Näheres als Mitleid stritten in ihm für sie. Dem widersetzte sich die alte Gewohnheit harter, bedingungsloser Rechtschaffenheit, der Glaube des arbeitenden Menschen, daß ein moralischer Standard aufrechterhalten, ja anderen aufgezwungen werden muß, ganz gleich, wie viel Leiden es für den Einzelnen bedeutet. Der Gedanke »Ich kann es ihr nicht durchgehen lassen« kam dem noch am nächsten.

»Martin, sag, was ich tun soll«, flüsterte sie mit zitternden Lippen. Sein Mund wurde schmal.

»Setz dich an den Tisch und schreib deinem Vater, daß du das Geld genommen und warum du es genommen hast.«

Sie überlegte gequält, dann platzte sie heraus: »Wenn ich es nicht tue, sagst du es dann Terry?«

Er warf ihr einen entrüsteten Blick zu. »Natürlich nicht.«

»Gut. Dann tue ich es.«

Der plötzliche Sieg und vor allem dessen Anlaß trieb Boyne das Blut ins Gesicht. »So ist es brav, Judy.«

Auch sie errötete, wie überrascht, doch ihr Gesicht blieb verzerrt und freudlos. »Aber wenn ich es tue, ist das Spiel aus, nicht wahr?«

»Das Spiel ist so oder so aus, meine Liebe.«

Sie wurde blaß. »Du meinst, du wirst uns wirklich verraten?«

Er zögerte und sagte dann entschlossen: »Ich fahre sofort nach Venedig und suche deinen Vater auf.«

»Um ihm zu sagen, daß wir hier sind?«

»Selbstverständlich.«

Ihre Hand sank von seinem Arm, und sie stand bedrückt vor ihm. Alle Jugend war aus ihrem Gesicht verschwunden. Er erschrak über die Wirkung seiner Worte. Ihre grenzenlose Leidensfähigkeit schien ihm das sonderbarste Element ihres tragischen Dilemmas.

»Dann gibst du uns also ganz auf? Dann kümmert es dich nicht länger, was aus uns wird?«

Er wartete einen Augenblick, wandte sich dann zurück ins Zimmer und ergriff ihre beiden kalten Hände.

»Judith, schau mich an.« Sie gehorchte.

»Kannst du nicht begreifen, daß mir im Moment nur eines wichtig ist? Daß du dir darüber klar wirst, was du getan hast –«

»Das mit dem Geld?« flüsterte sie.

»Selbstverständlich das mit dem Geld.«

»Findest du das wirklich wichtiger als alles andere?«

Die unerwartete Frage nahm ihm plötzlich den Wind aus den Segeln. Sie schien aus einer anderen Erfahrungsebene zu stammen, aus Tiefen des Schmerzes und der Enttäuschung zu entspringen, die er noch nicht im entferntesten ausgelotet hatte.

»Begreif doch«, drängte sie, hastig ihre Chance ergreifend, »wenn wir zu Großmama Mervin kämen, würde sie uns behalten, glaube ich. Jedenfalls würde sie Mutter überreden, daß wir nicht getrennt werden dürfen. Ich weiß, das würde sie, sie nennt uns in ihren Briefen an Mutter immer nur ›diese armen Kinder‹. Sie ist schrecklich altmodisch, Großmama Mervin ... Und wegen dem Geld, Martin. Vater kriegt in Ewigkeit nicht heraus, daß es fehlt. Wo ich es weggenommen hab, lag noch so viel. Er hat immer haufenweise Geld bei sich und weiß nie, wieviel er ausgegeben hat. Wir hatten mal einen Diener, der hat viel gestohlen, und er hat es erst nach Monaten gemerkt. Und ohne das Geld kommen wir doch unmöglich nach Amerika…«

Mühsam riß sich Boyne zusammen und wandte den Blick von dieser gefährlichen Fata Morgana. »Und du verläßt dich darauf, ebensolches Glück zu haben wie der andere Dieb?« Da, nun hatte er es ausgesprochen und sein Gewissen erleichtert und konnte milder fortfahren: »Siehst du denn nicht ein, Kind, daß die Sache mit dem Geld alles verdirbt? Du mußt es mir wiedergeben, und ich bringe es deinem Vater. Und dann kämpfe ich für euch alle, so gut ich nur kann.«

Hiervon schien sie nur die letzten Worte gehört zu haben. »Willst du das wirklich, ach, Martin, lieber Martin.« Sofort warf sie ihm die Arme um den Hals und preßte ihr nasses Gesicht an seine Lippen. (»Na, na«, brummte er.) »Ich hab's gewußt, Martin. Innerlich hab ich immer gewußt, daß du uns nicht im Stich läßt«, jubelte sie in verzückter Erleichterung. Es war, als würde sie von Wellen emporgetragen. »Martin, ich weiß, du sagst ihnen genau das richtige«, jauchzte sie.

»Jetzt geh hinauf, Judith, und hol das Geld«, mahnte er sie streng.

Sie wandte sich um und verließ das Zimmer. Als sie fort war, stellte er sich ans Fenster und schaute hinaus. Von dieser Welt des Lichts, der Freiheit, mit ihren weiten Berghängen, den Granitgipfeln, die sich in einen Himmel voller Wolkentürme erhoben, den sich jagenden riesigen blauen Schatten über den Tälern sah er nur eines: das schmale Eisenbahngleis, das nach Venedig und zu den Wheaters führte. Noch mußte er Judith dazu bringen, den Brief an ihren Vater zu schreiben. Noch mußte er dieses Kind, das ihm vertraute, gebunden und hilflos in die Hand des Feindes überantworten.

15

»Ach, verdammt, verdammt noch mal!« schien das einzige Wort zu sein, das Cliffe Wheater zur Verfügung stand, und Boyne fand, er hätte es nun so oft gebraucht, daß es ausgeleiert war wie ein altes Gummiband und seine zerfahrenen Ideen nicht mehr zusammenhielt.

Er sank in einen Sessel der Halle im Lido Palace – die Wheaters waren an den Lido gezogen – und saß umschlossen von gewaltigen Lederpolstern; sein gutmütiger Mund war ärgerlich gerötet, die Adern an seinen blonden Schläfen traten in hilflosem Zorn hervor. »Verdammt!« stieß er nochmals aus.

Die Halle war leer. Es war die Zeit des nachmittäglichen Sonnenbades am Sandstrand unterhalb des Hotels, und niemand teilte mit ihnen das kühle Zwielicht der Halle außer einem Pulk Knaben in weißen Jacken, die am Aufzug herumlümmelten, und einem goldbetreßten Portier, der hinter dem Empfangspult döste.

Boyne saß Wheater gegenüber in einem ebenso riesigen, glatten Sessel, in dem er nur durch ständige Muskelanspannung seine magere Gestalt im Gleichgewicht halten konnte. Er beobachtete Cliffe Wheater mit der gleichen verkniffenen Aufmerksamkeit, die er etwa im letzten Stadium der Verhandlungen über ein großes Bauvorhaben einem eingeborenen Potentaten gewidmet hätte, dessen Hoheitsgebiete für diesen Zweck durchquert werden mußten.

Doch bei einem Potentaten wäre es nur um die Frage entsprechender Vergütungen gegangen, nur um das Problem, ihn von den gebotenen materiellen Vorteilen zu überzeugen. Bei derlei Verhandlungen sprach man, auch wenn ein Dolmetscher dabei war, gewöhnlich dieselbe Sprache. Aber bei dieser Unterhaltung mit Wheater hatte Boyne das Gefühl, ein Idiom zu benutzen, für das es in der

Sprache des anderen keinerlei Entsprechung gab. Oberflächlich gesehen war ihr Wortschatz der gleiche, doch unter der Oberfläche verlor er für den anderen jeden Sinn. Wheater dümpelte weiterhin voller Unbehagen auf einem Meer des Nichtverstehens.

»Was zum Teufel kann ich denn daran ändern?« wollte er wissen.

Ihm war nahezu unbegreiflich, daß ihm etwas passierte, gegen das Reichtum und Gesundheit nichts ausrichten konnten. Sein erster Gedanke schien zu sein, daß alles ein Mißverständnis oder irgend jemand verflucht nachlässig gewesen sei. Es war, als habe man vergessen, die Alarmanlage anzuschalten oder sich das Motorboot zu sichern oder die Feuerversicherung zu bezahlen oder jemandem, der ihn am Telefon anödete, das Wort abzuschneiden, oder als seien durch einen unsichtbaren Riß im festen Panzer seines Wohlbefindens plötzlich Anfechtungen eingedrungen. Wenn er den Schuldigen nur erwischen könnte, ach, wenn er es nur könnte. Doch das war ja das Schlimmste an dem ganzen Elend, daß er das offenbar nicht konnte –

»Nicht, daß ich dem Kind einen Vorwurf mache«, sagte er unvermittelt und betrachtete fragend seine schweren blondbehaarten Hände mit den glänzenden Nägeln und dem breiten Goldring mit dem ungeschliffenen Saphir. Er sah auf und musterte Boyne prüfend, der sofort sein Gesicht behutsam ordnete.

»Die Sache mit dem Geld, verstehst du, Judith hat nicht im geringsten erfaßt –«, begann Boyne.

»Zum Teufel mit dem Geld.« Wheater wischte die Frage mit einer Handbewegung beiseite. Boyne hatte beobachtet, daß er dem armseligen kleinen, Judith abgepreßten Geständnisbrief kaum einen flüchtigen Blick geschenkt und die Banknoten so achtlos in die Tasche geschoben hatte wie einen Spielgewinn. Die Wertvorstellungen des Lido Palace waren ersichtlich andere. Es war die widerwärtige Unbequemlichkeit von alldem, die Wheater zusetzte und außerdem – um ihm gegenüber fair zu sein –

eine vage, unbestimmte Sorge um seine Kinder. »Ich wußte ja gar nicht, daß die armen Kerlchen so aneinander hängen«, war der einzige Gefühlsausbruch, zu dem er sich hinreißen ließ, und der war, wie Boyne fühlte, vollkommen aufrichtig.

»Ja, sie hängen schrecklich aneinander – und auch an dir und Joyce. Was sie vor allem brauchen, ist ein Heim, geführt von euch beiden.«

»Ach, verdammt«, stöhnte Wheater wieder. Es war, als habe Boyne ihm nahegelegt, den Thron von England zu besteigen. Welchen Sinn hatte es, Unmögliches in Erwägung zu ziehen? Es gab eben Dinge, die selbst sein Geld nicht kaufen konnte, und nahm man ihm das Gefühl von dessen Allmacht, wand er sich wie eine Schnecke ohne ihr Haus.

»Warum soll man nicht manchmal Krach miteinander haben?« begann er von neuem, unter dem Druck seiner Hilflosigkeit schwitzend.

»Es gäbe keinen Krach, wenn du und Joyce euch nur einigen könntet.«

Der betrogene Ehemann begegnete dem mit Spott: »Sich mit Joyce einigen!«

»Nun, sie hat doch ihre Kinder sehr gern und du auch. Und die Kinder lieben euch beide bedingungslos. Warum könnt ihr eure Differenzen nicht beilegen und euer Leben so einrichten, daß ihr die Kinder beieinander laßt und ihnen etwas gebt, was so aussieht wie ein Zuhause, während ihr beide – na ja, tut was ihr wollt – aber heimlich –« Boyne spürte, wie ihm beim Formulieren dieses dürren Vorschlags die Lippen trocken wurden.

Wheater stützte die Ellbogen auf die Knie und stellte sich das bildlich vor. »Joyce tut nicht gern heimlich, was sie tun will«, erwiderte er ohne Ironie.

»Aber ich bin sicher, daß sie sich nicht von den Kindern trennen möchte.«

»Nein, so wenig wie ich. Außerdem tu ich's auch nicht!« Er hieb mit der geballten Faust auf die lederne Protuberanz an seinem Ellbogen. Sie gab teigig nach, als sei der Sessel im Lido das Symbol für Joyces mürrische Opposition. »Ich kann bei Gott meine Bedingungen stellen«, fuhr Wheater hochtönend, aber ohne Überzeugung fort.

Boyne erhob sich müde. Seine Knochen waren so steif, als habe er versucht, sich an einer Felszacke über einen Abgrund zu hangeln, und sein Gemüt teilte ihre Schmerzen.

»Hör zu, Cliffe, Drohungen sind sinnlos. Natürlich habt ihr alle Macht. Joyce und du, ihr könnt das Leben der Kinder mühelos zugrunde richten...«

»Erlaube mal!« protestierte Wheater.

»Jawohl, zugrunde richten. Sieh dir doch die arme Doll Westway an, die man von Pontius zu Pilatus geschoben hat – Judith hat mir ihre klägliche Lebensgeschichte erzählt...«

»Ich sehe da keine Ähnlichkeit. Außerdem lehne ich es strikt ab, mit jemand so heruntergekommenem wie diesem Charlie Westway auf eine Stufe gestellt zu werden. Mann Gottes, kein Gericht der Welt würde diesem Lumpen das Sorgerecht für seine Kinder übertragen haben, wohingegen meine bei mir immer vollkommen sicher wären, und das weiß Joyce so gut wie ihre Anwälte.«

»Allerdings. Das Schlimme ist nur, daß die Kinder Joyce mindestens so nötig haben wie dich. Und sie brauchen etwas, was weder du noch sie alleine ihnen geben können. Sie brauchen dich und Joyce gemeinsam – daraus nämlich besteht ein Zuhause, aus Gemeinsamkeit... dieser geheimnisvollen Atmosphäre –« Boyne brach ab und verschluckte nervös die eigene Beredsamkeit.

Wheater warf ihm einen ratlosen Blick zu. »Einen Drink?« schlug er vor. Er wandte sich in die Richtung der weiß uniformierten Liftboys. Weit in den fernen Hintergründen der Halle erschien ein Kellner mit Serviette und Tablett – Segel und Floß auf einem wüsten Meer. »Heda«, rief Wheater fieberhaft. Boyne wunderte sich, daß er nicht ein Taschentuch am Ende eines Stocks schwenkte. Die beiden Männer tranken in verzweifeltem Schweigen.

Joyces Interesse zu fesseln war weniger leicht. Ja, es war schwer, auch nur ihre Anwesenheit zu erzwingen. Nicht daß sie ihren Mann gemieden hätte – im Gegenteil, was sie an Zeit erübrigen konnte, verbrachte sie damit, mit ihm über künftige Regelungen zu diskutieren. Anfangs hatte sie sich in qualvoller Angst um die Kinder förmlich auf Boyne gestürzt. Als sie aber erst beruhigt sein konnte, daß ihnen nichts passiert war, äußerte sie, daß diese Flucht Cliffe ganz recht geschähe und ihm hoffentlich eine Lehre sein würde. Anschließend war sie rasch zu einer wichtigen Verabredung am Strand aufgebrochen und hatte Boyne zugesagt, mit ihm zu reden, sobald sie heraufkäme, um sich zum Dinner umzuziehen – irgendwann zwischen acht und neun. Bis dahin würde sich ja hoffentlich Cliffe um ihn kümmern.

Es war eher neun als acht, als Boyne sie endlich im oberen Korridor auf dem Weg in ihre Zimmer abfing. Sie ließ ihn in ihrem Salon warten, während sie sich den Badeanzug auszog, und erschien schließlich in duftende Stoffe gehüllt mit leuchtenden Augen und einer jugendlichen Mähne wie Judith, mit jenem vitalen Schwung, der ein neues Liebesverhältnis verleiht. Boyne fiel Terrys Formulierung ein: »Wo doch die Ärzte jetzt so vielerlei Neues wissen, um Eltern wieder jung zu machen«, und mußte sich gestehen, daß das älteste Mittel immer noch das wirkungsvollste war. Sie warf sich auf den Diwan, verschränkte die Arme hinter dem Kopf und verkündete: »Riesig schlau von Judith, ihrem Vater diesen Schrecken einzujagen. Jetzt kommt er vielleicht zu sich.« Ja, dachte Boyne, sie würde wohl schwerer zu überzeugen sein als Wheater.

»Was meinst du mit ›zu sich‹?«

»Na, daß er einsieht, die Kinder mir zu überlassen, natürlich mir und Gerald.« Bei diesem Namen senkte sie zärtlich die Lider. Boyne erschrak, als ihm Judiths Art einfiel, gewisse Gedanken und Vorstellungen mit den Wimpern zu liebkosen. Bei der Mutter haßte er alles, was er an der Tochter am meisten liebte.

»Das Schlimme ist, Joyce, daß sie nicht dich und … und jemand anders wollen und brauchen, sondern allein dich und Cliffe, ihre Eltern.«

»Ich und Cliffe, ein erbauliches Schauspiel!«

»Ach, damit haben sie schon gerechnet, zumindest Judith und Terry. Sie haben euch eben unsinnig lieb, alle beide. Was die Kleinsten brauchen, ist natürlich nur die gleichmäßige Wärme eines Zuhauses – wie alle Jungtiere.«

Sie versank in den Anblick ihrer glänzenden Nägel, als spiegele sich darin ihre indolente Schönheit.

»Begreif doch«, drängte Boyne, »es sind die wechselnden Temperaturen, die sie umbringen.«

»Was für wechselnde Temperaturen?«

»Jedesmal, wenn jemand Neues dazukommt, ich meine – ein Stief-Elternteil –, entsteht doch unweigerlich eine neue Atmosphäre, nicht wahr? Was junge Wesen brauchen, ist Kontinuität, das immer Gleiche ist ihr Lebenselement.«

An diesem Punkt überraschte Joyce ihn dadurch, daß sie ihm aus vollem Herzen beipflichtete. Nie sei es sie selbst, die sich verändern wolle, versicherte sie ihm. Sei sie nicht freiwillig zu Cliffe zurückgekehrt und habe – einzig und allein um der Kinder willen – es noch einmal mit ihm versucht? Und was sei dabei herausgekommen – für die Kinder? Sie seien gezwungen gewesen, mit inzwischen älteren und erfahreneren Augen die gleichen Szenen und Auftritte (denn die mache Cliffe) mitanzusehen, die bereits ihre früheste Kindheit begleitet hätten. Könne Boyne wirklich dazu raten, solche Zustände als »lebensnotwendig« für ihr Wohlergehen wieder einzuführen? Die armen Lieblinge, es wäre das unheilvollste Experiment, das man mit ihnen anstellen könnte. Wenn sie dagegen energisch erklärten, bei Joyce und nur bei Joyce bleiben zu wollen, würde Cliffe bald vernünftig werden – er würde ja, sobald eine andere Frau ihn in die Finger kriegte, sowieso nicht wissen, was er mit den Kindern anfangen sollte, und wäre nur zu dankbar, sie in guten Händen zu wissen. Und ob Boyne daran gedacht hätte, was es für den lieben Terry für ein Segen wäre, Gerald immer bei sich zu haben, nicht als bezahlten Lehrer, sondern noch besser: als Freund, als Kameraden, als Beschützer – als all das, was sein Vater nicht gewesen war? Boyne müsse doch gesehen haben, wie gut Gerald Terry gefallen hatte. Und Gerald liebe den Jungen. Diese Erwägung, gestand Joyce, habe sie nicht wenig beeinflußt bei ihrem Entschluß, mit Wheater zu brechen.

Joyce war viel beredter als ihr Mann, und so paradox es schien, um eben dies härter im Verhandeln. Sie schob Boynes sämtliche Argumente mit einem Schwall von Sentimentalitäten beiseite und hatte gegenüber Wheater den ungeheuren Vorteil, daß sie glaubte, die Kinder seien bei ihr vollkommen glücklich, wogegen Wheater nur an sein Recht sie zu behalten glaubte, ob es sie nun glücklich machte oder nicht.

Diese Erkenntnis jedoch wurde abrupt von Joyces Ausruf unterbrochen, es sei schon nach neun, und die Wrenchs und der Herzog von Mendip erwarteten sie – der liebe Martin werde doch natürlich mit ihnen essen? Nein, Martin wollte lieber nicht, danke, ja, er hatte eigentlich Cliffe bereits versprochen ...

»Aber Cliffe kommt ja mit. Ach, wußtest du das nicht? Mein Lieber, er ist doch verschossen in Sybil Lullmer. Sie ist in der Absicht hergekommen, sich Mendip einzufangen, und als sie das nicht schaffte, hat sie in aller Stille Cliffe annektiert. Eigentlich komisch, nicht? Aber so eine Frau schreckt natürlich vor nichts zurück. Warum sollte sie auch, bei ihrem Ruf? Und Cliffe hat sich mit Zinnia Wrench aussöhnen müssen, weil es dann am leichtesten war, mit Sybil zusammenzusein ... Also du ißt doch mit uns, Martin, nicht wahr? Und sag mir eins: Ist Chip wirklich rundherum zufrieden? Und glaubst du, Cortina wird Terry gut tun?«

Eine halbe Stunde später saß Boyne, der sich streng ermahnt hatte, hier müsse er mitspielen, am Tisch im überfüllten Restaurant des Lido Palace, das über der sternenglitzernden, flüsternden Adria hing. Sein Platz war zwischen Zinnia Lacrosse und Joyce Wheater, und ihm gegenüber saß ein zierliches, geschmeidiges Geschöpf, das ihn bei seinem Eintritt an Judith erinnert hatte – es hatte die gleichen erstaunten, sehnsüchtigen Augen, den gleichen sanften, verschatteten Blick inmitten der grellen Umgebung. Doch als er sie über den Tisch hinweg ansah, ihr Lächeln sah, ihre Stimme hörte, nahm er sich den Vergleich übel.

»Willst du etwa behaupten, du kennst Syb Lullmer nicht?« flüsterte Joyce ihm zu, fast übertönt von den Saxophonen. »Aber du mußt doch von ihr gehört haben als Mrs. Charlie Westway? Sie schafft es immer, im Scheinwerferlicht zu stehen. Ihre Tochter Doll hat voriges Jahr in Deauville Selbstmord begangen; es war ziemlich gräßlich. Syb selbst ist immer randvoll von Drogen. Man sieht es ihr nicht an, nicht wahr? Sie könnte in Judys Alter sein ... bei dieser Beleuchtung. Was hältst du von ihr?«

»Ich finde sie scheußlich.«

Mrs. Wheater war höchlich erstaunt. »Die Modeschöpfer finden das aber nicht. Sie ziehen sie gratis an. Sieh bloß, wie sie Gerald Augen macht. Cliffe macht das ganz wild«, stellte Cliffes Ehefrau lächelnd fest. Einen Augenblick später setzte sie hinzu: »Eine nette Stiefmutter für meine Kinder! Wundert es dich, daß ich darum kämpfe, sie zu behalten?«

Auf der anderen Seite des Tisches sprach Mrs. Lullmer in leisem, durchdringendem Quengelton. Dabei wurden ihre großen Augen so leer wie bei einem Medium, und ihre Lippen öffneten sich nur eben genügend, um die messerscharfe Stimme durchzulassen. »Ich habe Anastas gesagt, ich rede nie wieder ein Wort mit ihm, betrete nie wieder sein Geschäft, wenn ich ihn je dabei ertappe, daß er einer anständigen Frau eines der für mich entworfenen Kleider verkauft, und da hat er gesagt: Wie denn? Ich habe so jemanden noch nie in meinem Salon gesehen. Sie etwa? Und ich habe gesagt: Jetzt haben Sie mich beleidigt, und ich werde Sie verklagen, wenn Sie nicht 50% von der Rechnung nachlassen. Ich bin nämlich arm, wissen Sie«, schloß Mrs. Lullmer klagend und ließ ihren entwaffnenden Blick um den ganzen Tisch wandern. Der Herzog, Zinnia, Lord Wrench und Cliffe Wheater nahmen die Anekdote mit lautstarkem Beifall auf. Gerald Ormerod blickte zur Decke und Joyce zärtlich auf Gerald. »Fünfundzwanzig Prozent habe ich immerhin bekommen«, quengelte Mrs. Lullmer und umhüllte Boyne mit ihrem schwimmenden Blick.

Rings umher, an anderen Tischen genau wie dem ihren, saßen andere Männer genau wie Lord Wrench und Wheater, der Herzog von Mendip und Gerald Ormerod, andere Frauen genau wie Joyce und Zinnia und Mrs. Lullmer. Boyne fiel Mrs. Sellars' Klage bei der Aussicht auf standardisierte Schönheit ein. Hier war sie bereits Realität, mit all ihren mechanischen Schrecknissen – endlos und inhaltslos wie die Wiederholung eines Alptraums. Jede der Frauen in dem gigantischen, voll besetzten Restaurant schien im gleichen Alter, von den gleichen Schneidern angezogen, vom gleichen Liebhaber geliebt, vom gleichen Juwelier geschmückt und vom gleichen Schönheitsspezialisten massiert und manipuliert. Es gab nur einen Unterschied: die wenigen, deren fortgeschritteneres Alter nicht mehr zu vertuschen war, zeigten kürzere Röcke und mehr Schulterblätter. Eine große Jazzband ertränkte die Unterhaltungen, doch aus den Lippenbewegungen und Begleitgesten schloß Boyne, daß sie auch alle genau die gleichen Dinge sagten wie Joyce und Zinnia und Mrs. Lullmer. Anders zu sein, wäre unschick gewesen, und wieder einmal staunte Boyne über die unbelehrbare Einfalt der Korrumpierten. Selig sind, die reinen Herzens sind, dachte er, denn sie wissen über so viel mehr zu reden...

Vor der Küste zeichneten die Lichter der »Fancy Girl«

unbeachtet ein Sternendreieck, als sie gegen die Dämmerung hoch und nieder schwankte. Eine Brise, die sich bei Einbruch der Dunkelheit erhoben hatte, trug auf einer Vielzahl von kleinen Wellen ihr Spiegelbild dem Ufer zu, doch das Meer interessierte die Speisenden nicht mehr, denn es war nicht die Stunde, in der sie es benutzten.

»Hört mal, gehen wir doch an Bord und rauchen dort unsere Zigarren fertig«, schlug Cliffe Wheater vor, der sich wie immer danach sehnte, daß man sein neues Spielzeug auch wahrnahm. Die Nacht war lau, die Gäste waren der üblichen Runde der Vergnügungen überdrüssig, und so wählte die Gruppe den Weg des geringsten Widerstandes und schlenderte zum Pier, wo die Barkasse der »Fancy Girl« lag, und das Geglitzer ihrer Messingteile sich mit dem Funkeln der Sternenbilder auf den kleinen Wellen mischte.

»Morgen früh, mein Alter«, sagte Wheater, Arm in Arm mit Boyne, »reden wir dann mal richtig über die Kinder...«

16

Boyne wußte, daß »früh« im Sprachgebrauch des Lido auf keinen Fall früher sein würde als die träge Zeit zwischen Cocktails und Lunch oder die noch apathischere Zwischenzeit, die den Verdauungsvorgang vom ersten Nachmittagsbad trennte. Er richtete all seine Kraft darauf, die Wheaters so weit zu bringen, daß sie die eine oder andere dieser Zwischenzeiten festlegten, um die Frage der Zukunft ihrer Kinder zu prüfen, und pries sich glücklich, als sie schließlich einwilligten, ihn in einer ruhigen Ecke der Hotelhalle zu treffen.

Unglücklicherweise konnte man um diese Tageszeit keine Ecke der Halle – oder der angrenzenden Terrassen – als ruhig bezeichnen. Sämtliche Gäste des Palace drängten sich durch die Türen und wollten essen oder trinken. Kaum hatte sich Boyne mit Mr. und Mrs. Wheater in den unergründlichen Armsesseln niedergelassen (seine einzige Hoffnung, sie festzuhalten, lag in der Schwierigkeit, aus diesen Sitzmöbeln hastig aufzustehen), da kam auch schon Lady Wrench vorbeigeweht, summte mit ihrem rauhen Falsett ein Negro Spiritual und polierte sich die Nägel mit einem kleinen Schildpattgerät.

»Du liebe Zeit, was macht ihr Leutchen denn hier? Was schmiedet ihr für Pläne in eurer Ecke? Ihr seht aus, als ob ihr für einen Film probt...« Sie blieb stehen, erstaunt, unverfroren, grundsätzlich uninteressiert an allem, was weniger erfolgreich war als ihr eigener Erfolg.

»Eigentlich weiß ich auch nicht, was wir hier machen«, erwiderte Joyce leicht irritiert. »Martin scheint der Meinung, er müsse uns beibringen, wie wir unsere Kinder erziehen!« Es kam ihr augenscheinlich grotesk vor, daß Zinnia Wrench Lieder summte und Nägel polierte, während jemand anderem so schwere geistige Arbeit abverlangt wurde, jemand, der gestern abend ebenso lange aufgeblieben war und ebenso angestrengt getanzt hatte.

»Wir müssen Entschlüsse fassen«, knurrte Wheater unbestimmt.

»Ach so, na, dann bis nachher«, lächelte Lady Wrench. »Ich muß mir Mendips neues Zelt ansehen gehen, das er gerade von – von wo doch nur – ich glaube Marokko, sagt er, hat kommen lassen. Aber das ist doch eine Ledersorte, oder? Irgendwo in Südafrika jedenfalls. Sie stellen es gerade auf. Es soll ein wahres Wunder sein.«

»Ein neues Zelt?« Joyces Gesicht leuchtete neugierig auf in dem konfusen Wunsch, bei allem, was passierte, dabei zu sein.

»Ja, und total anders als alles, was man je gesehen hat. Das allermodernste. Eine Art schwarzes kubistisches Muster ist drauf, könnte Anastas zu einem Bademantel anregen. Hallo, Gerald, da sind Sie ja. Ich habe Sie überall gesucht, hab schon gedacht, Sie sind ertrunken. Kommen Sie mit und schauen Sie sich Mendips Zelt an.«

Joyce hob die Hand, um ihn zurückzuhalten. »Gerald – Mr. Ormerod! Bitte, ich möchte, daß Sie hierbleiben. Wir sprechen gerade über etwas, zu dem wir möglicherweise Ihren Rat brauchen.«

»Also hör mal, Joyce, wirklich...«, unterbrach ihr Mann.

Seine Frau warf ihm einen Blick gekränkter Würde zu. »Du wirst doch nicht wollen, daß ich keinen Berater habe? Du hast ja Martin.«

Wheater stöhnte. »Soll das vielleicht ein Wettkampf werden oder was?«

»Das weiß ich nicht. Vielleicht. Setzen Sie sich bitte, Gerald.«

Mrs. Wheater wies auf einen Sessel neben dem ihren, und Ormerod vergrub widerstrebend seine langen Glieder darin. »Bei der Hitze –«, murmelte er.

»Alsdann, Wiedersehen!« rief Lady Wrench und entschwand.

»Joyce, Cliffe! Hört mal, habt ihr Mendips neues Zelt gesehen?«

Mrs. Lullmer, exquisit, faltenlos, den knappen Badeanzug ungenügend verhüllt durch einen durchsichtigen orangefarbenen Schal, blieb in der Haltung einer Statue vor dem bedrängten Ehepaar stehen. »Kommt, wir huschen schnell mal hinunter und schauen es uns vor den Cocktails an. Komm schon, Cliffe.«

Mrs. Wheater biß sich auf die Lippen, und in die schweißbedeckten Schläfen ihres Mannes stieg langsam eine rote Welle. »Hör zu, Syb, wir haben Geschäftliches zu besprechen.«

»Geschäftliches?« Sofort bekam Mrs. Lullmers verschwommenes Gesicht die Schärfe einer Kamee, und ihre Augen zogen sich zu Schießscharten zusammen. »Ihr seid auf etwas Lohnendes gestoßen, ja? Ich bin ewig pleite. Um Gottes willen, erzählt mir davon«, bettelte sie.

Wheater lachte. »Nein. Wir versuchen nur etwas zu entscheiden – wegen der Kinder.«

»Wegen der Kinder? Willst du damit sagen, daß ihr immer noch darüber redet? Dabei fällt mir ein – wo ist eigentlich mein Kind? Pixie, Liebling... Ach, da ist sie ja! Schätzchen, lauf schnell mal in mein Zimmer, ja, und hol Mummy einen von den neuen Lippenstiften. Nein, nicht *Baiser défendu*, Süße, sondern *Nouveau péché*, du weißt schon, der in die goldene Handtasche paßt, die mir der Herzog gestern geschenkt hat.«

Ein ätherisches Elfchen mit präraffaelitischem Blondschopf und sonnengebräuntem Körper löste sich aus einem Gerangel mit dem Liftboy und sprang auf Geheiß der Mutter davon.

»Pixie ist ein solcher Schatz, sie tut immer, was ich ihr sage. Wenn meine arme Doll nur auf mich gehört hätte.« Damit wandte sich Mrs. Lullmer an Boyne mit einem retrospektiven Seufzer, als sei das traurige Schicksal ihrer Ältesten die unmittelbare Folge von deren Widerstreben gegen mütterliche Ratschläge.

»Also, wie gesagt – «, begann Boyne nervös von neuem.

Doch ein weiterer Strom von Badenden, verstärkt durch eine Gruppe Neuankömmlinge, die mit dem Dampfer von Venedig zum Lunch an den Lido gekommen waren, schloß sich lautstark um die Wheaters, und im gleichen Augenblick schlug die große Uhr an der Wand eins.

»Hör mal, mein Alter – es ist das nicht der richtige Moment für ein ernsthaftes Gespräch, was? Ich glaube, Joyce hat die Hälfte all dieser Leute zum Lunch eingeladen«, gestand Wheater dem Freund mit verlegenem Gesicht. »Aber danach –«

»Gut. Danach.«

Der Lunch war vorüber, das Zelt des Herzogs besichtigt, und die Menge in Restaurant und Grillroom hatte sich zerstreut, um zu baden oder Bridge zu spielen.

»Warum nicht gleich hier?« schlug Boyne Mrs. Wheater geduldig vor.

»Hier?« Sie blieb unter der hochgezogenen Zeltklappe des majestätischen marokkanischen Zelts stehen, und ihre verblüffend jugendliche Figur zeichnete sich gegen den schimmernden Sand ab.

»Und warum nicht?« beharrte Boyne. »Hier ist es kühl und still, und hier stört uns vermutlich niemand. Warum sollten du und Cliffe die Frage nicht jetzt mit mir durchsprechen?«

Sie zögerte unentschlossen. »Wo ist Cliffe überhaupt? Aha, dort draußen, unter Sybs Sonnenschirm, klar! Ich selbst bin natürlich durchaus bereit –«

»Sehr gut. Ich geh ihn holen.«

Boyne bahnte sich einen Weg durch die am Strand liegenden Gruppen dorthin, wo Mrs. Lullmer lag, im Schatten eines riesigen orangefarbenen Sonnenschirms, Cliffe wie die Reliefkarte eines Gebirges neben sich.

»Cliffe, Joyce erwartet dich im Zelt vom Herzog für unser Gespräch.«

Wheater erhob eine Portion seines großen Körpers auf

einen schlaffen Ellbogen. »Was für ein Gespräch? Ach so, ja, stimmt.« Sein Ton deutete an, daß das im Augenblick ganz und gar nicht das Richtige sei, doch er erhob sich langsam, schüttelte sich, zündete sich eine Zigarette an und schlurfte hinter Boyne her. Am Zelteingang wurden sie eilig von Mrs. Lullmer überholt. »Sie haben doch nichts dagegen«, lächelte sie Joyce zu, und Wheater murmelte, halb zu seiner Frau, halb zu Boyne gewandt: »Sie hat so viel Erfahrung mit Kindern.«

»Ich will nur eines: das Beste für *meine*«, sagte Mrs. Wheater kalt und beim Betreten des Zelts: »Ach, Martin, Gerald ist bestimmt hier irgendwo in der Nähe. Sag ihm doch bitte, er soll kommen.«

Wheater zuckte ärgerlich die Achseln und ließ sich auf einem Stapel gestickter marokkanischer Kissen nieder, die im Zelt verteilt waren. Erst hatte Boyne vor, von einer vorgetäuschten Suche nach Mr. Ormerod unverrichteter Dinge zurückzukehren, doch dann überlegte er sich, daß Joyce diese Gelegenheit als Vorwand für einen weiteren Aufschub ergreifen würde, und kehrte nach einer Weile mit dem Hauslehrer zurück, in dessen Kielwasser Lady Wrench in parfümierter Eleganz einhergesegelt kam. »Hört mal, ihr Lieben, ich glaube, wenn jemand das Recht hat, dabei zu sein, bin ich es«, verkündete sie mit königlicher Herablassung. »Das heißt, wenn ihr vorhabt, Pläne für mein Kind zu machen.«

Dieses Argument schien selbst Boyne unanfechtbar, und Lady Wrench sank mit triumphierendem Lächeln auf ihre Kissen.

»Schade, daß Buondelmonte nicht da ist«, raunte Wheater Boyne zu, und Lady Wrench rief, als sie den Namen hörte, sofort: »Aber Wrenny ist da, ich hab ihn eben an der Bar gelassen und sehe nicht ein, warum ich nicht den Rat meines Mannes einholen soll, wenn es um mein Kind geht.«

Schließlich kam man überein, daß Lord Wrenchs Urteil streng genommen seiner Frau nicht vorenthalten werden dürfe, und da Lord Wrench und der Herzog von Mendip zu unauflöslich verbunden waren, um sich aus so trivialem Anlaß zu trennen, und da die Beratung im Zelt des Herzogs vor sich ging, war niemand, nicht einmal Boyne, überrascht, als die beiden Herren gemeinsam hereingeschlendert kamen und sich auf weiteren Kissenstapeln niederließen.

»Mendip möchte gern wissen, wie so etwas in Amerika gehandhabt wird«, erläuterte Lord Wrench, ehe er sich in einer Haltung lagerte, die verdächtig nach einem Nickerchen aussah, während der kleine, schmallippige Herzog unter seinem kurzen Schnauzbart murmelte: »Kann mal nützlich werden – man weiß ja nie.«

»Also ich weiß wirklich nicht, worüber genau wir eigentlich sprechen sollen«, begann Joyce Wheater. »Ich habe schon hundertmal gesagt, ich will nur das Beste für die Kinder. Jeder weiß, daß ich bereits einmal alles für sie geopfert habe. Und war es nicht ganz überflüssig?«

»Sag ich ja«, pflichtete ihr Lady Wrench in plötzlichem Mitgefühl bei, »man reißt sich in Stücke für so einen Mann, und am nächsten Tag kommen seine Drecksanwälte und nehmen einem das Kind und feilschen um jeden Pfennig Unterhalt. Aber wenn's ums Geld geht, gebe ich gern ebenso viel wie alle anderen –«

»Ach, sei still, Zinnia«, mischte sich ihr Mann leise ein und legte sich wieder zur Ruhe.

»Ich glaube, keiner von Ihnen sollte die Sache vom juristischen Standpunkt aus betrachten«, unterbrach Boyne. »Meine Freunde hier haben ihre Kinder sehr, sehr gern, und wir wissen alle, daß sie nur das Beste für sie wollen. Die Frage ist eben, wie man dieses Beste erreicht. Mir scheint es ganz einfach –«

(»Salomonisch«, sagte der Herzog mit seinem trockenen Lächeln.)

»Nein, genau das Gegenteil. Ich bin hier, um gegen eine Trennung zu kämpfen, nein, nicht zu kämpfen, darum zu bitten.« Boyne wandte sich an Cliffe Wheater:

»Um Gottes willen, mein Alter, laß sie alle zusammenbleiben.«

»Aber sie waren doch zusammen oder wären es gewesen, solange sie bei mir geblieben wären«, polterte Wheater hilflos.

Seine Frau hob mit trotzigem Ruck den Kopf mit der goldenen Mähne. »Du glaubst doch wohl keinen Moment, daß ich meine Kinder einer Zukunft überlasse, wie Cliffe Wheater sie ihnen vermutlich bietet. Gerald und ich sind bereit –«

»Das sind Cliffe und ich auch«, raunte Mrs. Lullmer und warf unter künstlichen Wimpern hervor einen Blick auf den Herzog.

Der Herzog legte den Kopf in den Nacken und studierte angelegentlich die Zeltdecke. »Cliffe und ich auch«, wiederholte Mrs. Lullmer noch nachdrücklicher.

»Und was ist mit mir und Wrenny, möcht' ich wissen«, warf Lady Wrench ein. »Ich denke doch, daß ich mir die besten Anwälte des Landes leisten kann –«

»Bei diesen Kindern geht es nicht um Juristisches, meine ich«, warf Boyne ein. »Was sie brauchen, ist nicht, daß man um sie kämpft, sondern daß man sie in Ruhe läßt. Judith und Terry haben das vollständig begriffen. Sie wissen, daß vermutlich ein weiterer Wechsel im Leben ihrer Eltern bevorsteht, wollen aber zusammen und von dieser Veränderung unbetroffen bleiben. Ich bin nicht hergekommen, um zu theoretisieren oder zu kritisieren – ich bin einfach nur der Wortführer der Kinder. Sie lieben sich innig und wollen beieinander bleiben. Wenn Sie alle mithelfen, kann man das doch irgendwie zuwege bringen, wenigstens für eine Weile.«

»Aber meine Pixie wäre eine wundervolle Kameradin für Terry und Blanca. Sie kennt überall die nettesten Kinder. Das ist einer der großen Vorteile des Hotellebens, habe ich recht? Und schließlich könnte Judith ja bald heiraten, und was wird dann aus den anderen?« Mrs. Lullmer schenkte Boyne ein bedeutungsvolles Lächeln. »Haben Sie nicht schon daran gedacht, daß Judith bald einmal heiraten könnte, Mr. Boyne?«

Boyne erwiderte knapp, das habe er nicht, und Lady Wrench schaltete sich ein: »Ich möchte, daß meine Zinnie ein schönes, einfaches Leben hat, draußen auf unserer Ranch in Kalifornien. Dieses Herumgestoßenwerden in Hotels ist so schrecklich demoralisierend für Kinder.« Sie richtete ihre großen Augen sanft auf Mrs. Lullmer. »Das wissen Sie ja sicherlich am besten, Mrs. Lullmer.«

Mrs. Lullmer erwiderte den Blick ebenso sanft. »Ach nein, meine Kinder waren nie auf einer Ranch in der Nähe von Hollywood«, sagte sie.

»Hollywood! Hollywood!« zischte Lady Wrench und wurde blaß vor Zorn.

Mrs. Lullmer hob fragend die zarten Brauen. »Liegt Hollywood denn nicht in Kalifornien? Wie dumm von mir! Ich war nie im Westen.«

Joyce Wheater stützte sich auf einen Ellbogen. »Ich weiß wirklich nicht, was das alles soll. Vier der Kinder sind meine und Cliffes. Ich habe immer versucht, sie alle glücklich zu machen. Ich habe Zinnie und Buondelmontes Kinder wie meine eigenen behandelt, und das ist nun der Dank! Keiner kann kompetenter sein als Gerald, um Terrys Unterricht zu übernehmen, woran sein Vater zufällig nie gedacht hat. Aber natürlich wollen mich alle hier Anwesenden ins Unrecht setzen!«

Mrs. Lullmer tat milde erstaunt. »Aber nicht doch, so was dürfen Sie nicht sagen, Joyce. Ich habe nur das Gefühl, daß die armen Kleinen möglicherweise nicht genügend geliebt worden sind. Sie nehmen mir diese Andeutung doch nicht übel, oder? Wenn es meine wären, wäre ich wahrscheinlich nicht so furchtbar scharf darauf, sie zu Intellektuellen zu erziehen. Ich würde mir nur wünschen, sie alle so gesund, rosig und glücklich herumtollen zu sehen wie meine kleine Pixie...«

»Mit Liftboys und Barmixern. Ja, ich glaube, das ist die

beste Vorbereitung für ein Leben mit der Schickeria«, sagte Lady Wrench beiläufig.

Mrs. Lullmer lächelte. »Ja, Pixies kleine Freunde gehören alle zu dem Kreis, den Sie als Schickeria bezeichnen. Ich muß gestehen, ich halte das für ein Kind für wichtiger als zu lernen, daß Marokko nicht in Südafrika liegt.«

»Nicht in Südafrika? Ja, wo liegt es denn dann, möchte ich wissen. Wrenny, du hast mir doch gesagt –«

»Also ich«, sagte der Herzog und erhob sich, »geh jetzt schwimmen.«

Diese Ankündigung löste die Versammlung augenblicklich auf. Nichts – wie Boyne bereits Gelegenheit gehabt hatte festzustellen – ließ ihr Interesse an irgend etwas, was sie taten, so rasch erkalten wie die Entdeckung, daß einer der Gruppe davon genug hatte und zum nächsten Programmpunkt des Tages überging. Und niemand konnte ein geselliges Beisammensein so rasch auflösen wie der Herzog von Mendip. Das von allen geteilte Gefühl, da wo er sich befand, sei das Vergnügen am größten, dominierte über alle Divergenzen in den Ansichten seiner Gefährten. Sogar Lord Wrench erhob sich aus seinem Schlummer und sammelte seine langen Glieder zu unmittelbarem Aufbruch. Seine Frau und Mrs. Lullmer folgten seinem Beispiel.

»Du liebe Zeit, wie spät ist es denn? Da ist doch das Tauchmatch von Ella Muncys Floß aus!« rief Lady Wrench. »Ich habe fünfzig Pfund auf den Großherzog gewettet, und gleich anschließend ist eine Modenschau der schicksten Badeanzüge, dafür habe ich selber einen Preis gestiftet.«

Mrs. Lullmer hatte einen Rouge-Stift aus ihrem Netztäschchen genommen und renovierte kritisch ihr nachdenkliches kleines Gesicht. »Kommst du, Cliffe?« fragte sie lässig. »Du bist doch einer der Schiedsrichter beim Tauchmatch, nicht wahr?«

Cliffe Wheater hatte sich schwerfällig erhoben und warf nun erstaunte Blicke um sich. »Ja, zugesagt habe ich es, glaube ich. Verdammt noch mal, ich wußte nicht, daß es schon so spät ist...«

»Hier ist es immer schon so spät. Ich versteh gar nicht, wie wir das aushalten«, meinte Mrs. Lullmer halblaut. »Ich sag ja immer, wir sind die wirkliche arbeitende Klasse.«

Joyce Wheater war lässig zurückgelehnt sitzengeblieben. »Gut, dann ist die Sache wohl geregelt.«

»Geregelt? Geregelt? Wieso? Wie meinst du das?« stotterte Wheater voller Unbehagen vom Eingang des Zeltes her.

»Wir sind, denke ich, zusammengekommen, um über die Kinder zu entscheiden. Ich nehme an, du bist einverstanden, daß ich die meinen behalte.«

»Behalte? Behalte? Ich bin keineswegs damit einverstanden. Hier, Martin kennt meine Bedingungen. Mit anderen habe ich mich nie einverstanden erklärt und werde nie –«

»Ormerod! Ormerod! Wo zum Kuckuck steckt Gerald Ormerod? Er ist als nächster beim Tauchen an der Reihe, und Mrs. Muncy hat eben sagen lassen, daß sie nicht weitermachen können und – ah, da bist du ja, Gerald. Komm schon, um Gottes willen, sonst bin ich wieder schuld...«

Ein bronzefarbener junger Schwimmer, der noch tropfte und Meerwasser spuckte, hatte die Zeltklappe beiseitegerafft, den noch immer in seiner Ecke lagernden Gerald Ormerod ausfindig gemacht und zog ihn in die Höhe. »Mann, wach auf, sonst gibt es einen Riesenkrawall.«

Joyce Wheater wurde mit einem Schlage aktiv. »Gerald, Gerald, natürlich dürfen Sie es nicht versäumen, wenn Sie an der Reihe sind. Cliffe, ist das Boot da, das uns zum Floß hinausfährt? Wie kann ich das nur völlig vergessen haben?« Klagend wandte sie sich an Boyne. »So ist das immer, wenn von den Kindern die Rede ist, vergesse ich alles andere.«

Wie um ihn zu überreden, legte Wheater Boyne die Hand auf die Schulter. »Du siehst selber, wie es ist, Alter. An diesem verdammten Ort ist nie Zeit für irgendwas.

Schau – komm doch mit zu diesem Tauchwettbewerb, ja? Das Meer ist so ruhig, und seit dem Lunch liegt das Boot draußen – wir sind im Umsehen am Floß... Nein? Du willst nicht. Na, tut mir leid... Ist ein hübscher Anblick. Alsdann bis morgen? Ach, du mußt wirklich morgen früh schon weg? Ich versteh nicht, warum du nicht noch ein, zwei Tage bleibst, wo du schon mal da bist. Die Kinder sind doch im Moment bestens aufgehoben dort, wo sie sind, das wissen wir alle. Und wenn du ein, zwei Tage bliebst, könnten wir mal in Ruhe über die ganze Sache sprechen. Nein? Na ja, natürlich, ja, heute abend. Weißt du was, Alter, du und Joyce fahrt nach dem Dinner hinaus auf die ›Fancy Girl‹ und sprecht das Ganze mal allein durch. Einverstanden?«

Drittes Buch

17

Am Nachmittag des vierten Tages stand Boyne wieder im Wohnzimmer des Chalets gegenüber der Cristallo-Gruppe.

An Judith Wheater hatte er telegrafiert »Alles in Ordnung. Keine Sorge«, sich aber bei Mrs. Sellars nicht gemeldet. Er wußte, daß sie mit seiner Reise nicht restlos einverstanden war, obwohl sie keine abfällige Bemerkung darüber gemacht und sich freiwillig erboten hatte, in seiner Abwesenheit ein Auge auf die Pension Rosenglüh zu haben. Rose Sellars hatte es nicht nötig, Einwände zu formulieren, die waren allgegenwärtig in ihrer zarten Erscheinung, in den Bewegungen ihrer schlanken empfindsamen Finger, ihrem behutsamen Wimpernschlag. Doch das Bewußtsein, daß diese Einwände als wachsame Hüter der Schwelle auf der Lauer lagen, machte jedes Zeichen von Zustimmung bei ihr zu etwas Besonderem. Boyne sagte sich, daß sie nicht zu den Verweigerern gehörte, sondern jenes der selteneren Wesen war, die ihre Wahl trafen, und war fast sicher, wie ihre Wahl ausfallen würde, wenn sie erst mit allen Tatsachen vertraut war.

Als er im Chalet eintraf, war sie ausgegangen, und während er dasaß und auf sie wartete, verstärkte sich diese seine Überzeugung. Sie bezog ihre Kraft aus der Atmosphäre des Hauses, seiner selbstgenügsamen Harmonie. »Willkommen, süßer Dämmerschein...« Diese feierliche Anrede galt der majestätischen Landschaft, die ihn überragte, galt dem Gefühl des Friedens, das aus der gewaltigen Einheit von Sonne und Abgeschiedenheit auf ihn einströmte, und womit der niedrige kleine Raum, seine Bücher und Blumen, die angefangene Handarbeit auf dem Sessel und der halb geschriebene Brief auf dem Schreibtisch eine Art demütiger Verwandtschaft an Ruhe und Kontinuität besaßen. Ich hatte vergessen, daß es Dinge von Bedeutung gibt, dachte er bei sich, während er sich vom Zauber des Ortes einspinnen ließ wie von einem lautlosen Netz.

»Martin – du siehst aber müde aus!« Sie stand auf der Schwelle, und ihre Hände und Lippen berührten einander. Er erinnerte sich später an diesen Kuß: sie blieb an ihn gepreßt, die Arme auf seinen Schultern. »Ich wußte nicht einmal, daß du wieder da bist.« Ein leichter Vorwurf lag in ihrer Stimme.

»Ich wußte bis zur letzten Minute nicht, wann ich wegkomme, und bin in den erstbesten Zug gesprungen«, erklärte er. Er merkte selbst, wie erschöpft es klang. Er legte die Hand über die Augen, wie um zu sehen, ob er ihr Bild fortwischen könne, oder ob es noch andere Frauen auf der Welt gäbe, die wie sie aus Licht und Vernunft bestanden. »Liebes!« sagte er, mehr zu sich als zu ihr.

»Du hast nichts ausrichten können?« Ihre Augen drückten reines Mitgefühl aus, und nichts in ihnen gemahnte ihn daran, daß sie den Mißerfolg vorausgesehen hatte.

»Nein«, rief er aus. »Ich habe Erfolg gehabt.«

»Oh –« Er glaubte einen Hauch von Enttäuschung herauszuhören. Er wußte, es gab Gelegenheiten, bei denen gute Nachrichten nicht die besten waren. Doch nein, das war unfair. So war es nicht, es war nur das Echo auf seine Erschöpfung. Denn sie hatte recht, er war müde, war übermüdet...

Mit schwachem Lächeln fuhr sie fort: »Du siehst nicht aus wie einer, der Erfolg gehabt hat.«

»Das glaube ich! Ich fühle mich eher wie einer, den man in einen alten Brunnen hinunterläßt und halb erstickt wieder hochzieht...«

»War es so – erstickend?«

»Einiges ja. Das meiste. Aber ich komme wieder zu mir. Und ich habe erreicht, was ich wollte.« Er erwiderte ihr Lächeln und setzte sich neben sie.

»Wie wundervoll. Willst du damit sagen, daß du die Wheaters miteinander aussöhnen konntest?«

»Das nicht, aber ich konnte sie mit der Idee aussöhnen, ihre Kinder nicht zu trennen – wenigstens nicht im Moment.«

»Aber Martin, das ist ja fabelhaft!« Sie erwärmte sich jetzt für das Thema. Ihr Gesicht strahlte anerkennend. »Das wird Terry mehr helfen als die ganzen Dolomiten.«

»Ja. Und Judith übrigens auch.« Er wollte Judith in seinen Sieg miteinbeziehen.

»Gewiß, aber Judith ist eine junge Dame, die hervorragend imstande ist, ihre Kämpfe selbst auszufechten«, gab Mrs. Sellars gewandt zurück.

»Das müßte sie auch sein – sie hat diejenigen der anderen ausfechten müssen.«

Er legte den Kopf an die Rücklehne des Sessels und fragte sich, was aus dem Überschwang geworden war, mit dem er diesen Raum betreten hatte. Er war bei Mrs. Sellars' kühler Erwähnung von Judith sofort verflogen. Er hatte Erfolg gehabt, das stimmte, es gab keinen Zweifel, er hatte Erfolg gehabt. Schon der Zeitgewinn war neun Zehntel der Schlacht, und das hatte er erreicht. Doch schon begann er sich auch zu fragen, wie er Rose Sellars in dieses Bild des Erfolges einpassen sollte. Seltsam, waren sie getrennt, spürte er nur ihren Mut und ihre Begeisterung, waren sie wieder zusammen, schien sie gebremst durch allerlei kleine Hemmungen und Einschränkungen.

»Du mußt mir unbedingt erzählen, wie alles war«, sagte sie.

»Sie haben in letzter Minute beschlossen, mich inoffiziell zum Betreuer der Kinder zu machen, man könnte sagen zu einer Art Versuchsvormund.«

»Ein Versuchsvormund?«

Ihr Tonfall und ihr Lachen erhoben den Ausdruck zur Absurdität. »Es muß Spaß machen, das zu sein.«

»Da bin ich nicht so sicher.« Boyne wandte sich ihr gereizt zu. »Es ist kein Witz, weißt du.«

»Was es ist, weiß ich erst, wenn du es mir erklärst.«

Erklären. Erklären? Ja, jetzt wußte er, daß es gerade das

Erklären war, vor dem er sich drückte. Judith und Terry gegenüber würden keine Erklärungen nötig sein. Er würde nur sagen müssen: »Es ist alles in Ordnung«, und sie würden ihn jubelnd umarmen. Diese beiden würden nie nach Gründen verlangen – das Leben hatte sie nicht daran gewöhnt, welche zu erwarten. Aber hier saß die liebliche Logik und hatte die langen Hände erwartungsvoll verschränkt.

»Mein Gott«, rief Boyne und schlug mit der Hand erst auf die eine, dann auf die andere Tasche. »Hier ist etwas, das ich dir in Venedig gekauft habe.«

Er zog ein Päckchen heraus, unordentlich und unverschnürt, wie Päckchen es anscheinend immer waren, wenn sie aus seinen Taschen auftauchten, wickelte es aus und drückte auf den Verschluß eines Lederkästchens. Der Deckel sprang auf und enthüllte einen merkwürdigen Anhänger aus Kristall in einem Netzwerk aus Emaille.

»Ach, wie hübsch. Für mich?«

»Nein, o nein, dieses nicht«, stotterte er. Er legte das Schmuckstück mit einem Ruck zurück, wickelte die Schachtel wieder ein und steckte sie in die Tasche in dem verzweifelten Bewußtsein, über seinen Fauxpas wie ein Schuljunge zu erröten.

»Aber Martin –«

Er grub tiefer, zog ein ebenso unordentlich verpacktes Päckchen heraus und ergriff eine der langen Hände, die auf ihrem Knie lagen. »Das hier ist für dich.« Er steckte ihr einen in Diamanten gefaßten Saphir an den vierten Finger. Sie blickte sanft bewundernd darauf nieder. »Das ist doch viel zu schön«, protestierte sie, doch dann flackerte ihr Spott zu ihm auf. »Du hast ihn nur an die falsche Hand gesteckt, ich meine, falls es ein Verlobungsring sein soll.«

»Sieht so aus, was?« neckte er zurück, dachte aber insgeheim: Das ist ja das Dumme, er sieht aus wie ein Verlobungsring, den jeder andere jeder anderen Frau geschenkt hätte. Er hat nicht das Geringste mit ihr oder mir zu tun. Laut sagte er: »Ich hatte keine Zeit, das zu suchen, was ich wirklich wollte –«, und merkte dann, daß das wohl kaum seine Sache verbessern würde. »Ich wollte etwas ganz, ganz anderes für dich«, fuhr er blindlings fort.

»Daß du das wolltest, macht ihn anders – für mich«, sagte sie und schloß etwas lau: »Außerdem ist er wunderschön.« Sie hielt ihm die Linke hin und er streifte den Schmuck an den richtigen Finger. »Es ist nichts Tolles«, murrte er. Der Ring hatte ihn mehr gekostet, als er sich leisten konnte, er hatte ihr nicht gefallen, er sah selbst, daß er etwas völlig Alltägliches war, und auch, daß sie ihm nie verzeihen würde, daß er das zuerst gezeigte Ding wieder eingesteckt hatte, das an sich nichts wert war, aber sofort ihre Phantasie beschäftigt hatte, als sie merkte, es war nicht für sie bestimmt. Sollte er es wieder herausholen und sie bitten, es doch noch anzunehmen? Nein, jetzt war das unmöglich. Judith Wheater wäre, hätte er ihr einen Verlobungsring an den Finger stecken wollen (verrückte Vorstellung!) sofort damit herausgeplatzt, daß sie lieber das andere gehabt hätte. Doch eine solche Taktlosigkeit war bei Mrs. Sellars undenkbar. Nicht um alles in der Welt, das wußte er, würde sie durchblicken lassen, daß sie auch nur einen Gedanken an das andere Schmuckstück verschwendete.

Sie wandte ihre Hand hierhin und dorthin und bewunderte den Ring geflissentlich. »Und jetzt erzähl mir, wie alles war.«

»Na ja, anfangs wurde natürlich erst einmal viel geredet.« Er setzte sich in seinem Sessel zurecht und versuchte, der Reihe nach zu berichten. Doch wo er die dumme Geschichte auch anpackte, sie schien ihm zu entgleiten, als nähme er auch hierbei ständig das falsche Päckchen aus der Tasche. Zunächst einmal war es so schwer, Mrs. Sellars klarzumachen, daß die Wheaters, als sie erst über die Sicherheit und Unversehrtheit ihrer Kinder beruhigt waren, alle weiteren Verhandlungen unsystematisch, sprunghaft, wie nebenbei geführt hatten, zwischen Schwimmen und Sonnenbaden, Cocktails und Foxtrott, Poker und Baccarat – und in der Regel in Anwesenheit der streitenden Parteien.

Mrs. Sellars begreiflich zu machen, daß natürlich Lady Wrench, deren Ehemann und Gerald Ormerod bei den Debatten dabei gewesen waren, stellte an sich schon keine leichte Aufgabe dar; ihr mitzuteilen, daß Mrs. Lullmer, die frühere berüchtigte Mrs. Westway – als Joyces mögliche Nachfolgerin ebenfalls zugezogen worden war, hieß ihre Vorstellungskraft überfordern. Durch ihre exquisite Distanziertheit hatte sie wahrhaftig keine Ahnung von den Kompromissen und Promiskuitäten des modernen Lebens, war den Wertmaßstäben einer untergegangenen Welt verhaftet geblieben, in der man mit in Mißkredit geratenen Personen nicht mehr sprach, Konkurrenten und Feinde nicht mehr ins Vertrauen zog, daher begleitete sie Boynes Bericht immer wieder mit entsetzten oder ungläubigen Lauten.

»In diesen Kreisen«, erklärte ihr Boyne, »bleibt niemand länger als ein paar Minuten der Feind des anderen; keine Frau ist die Rivalin einer anderen. Entweder vergessen sie, daß sie zerstritten sind, oder irgendeine gesellschaftliche Notwendigkeit – üblicherweise eine Party, die zu verpassen keine von ihnen ertragen würde – zwingt sie zusammen und macht es ihnen leichter, ihre Differenzen zu begraben. Ihr Erinnerungsvermögen ist so kurz wie das der Wilden, und Fehden, an die Wilde sich erinnern, sind nicht mehr Mode. Sie erinnern sich nur noch ihrer übrigen primitiven Bedürfnisse, Essen, Schmuck, Tanzen. Ich nehme an, wir fallen wieder zurück in ein unblutiges Heidentum«, schloß Boyne.

Außerdem, fuhr er fort, könnte der Wheatersche Set alle Dinge nur im Kollektiv in Angriff nehmen, einzeln seien sie hilflos, unfähig sich auszudrücken. Sie lebten ununterbrochen im Rampenlicht und brauchten Publikum, ein Publikum, das aus Menschen ihrer Art bestand. Vor einander brüllten sie und nähmen Posen ein – auch wieder wie die Wilden. Der Angelpunkt sei, daß keiner zornig bleiben könne, so sehr er es versuche. Es machte zu viel Mühe, konnte zu vielerlei Unbequemlichkeiten nach sich ziehen, mit zu vielen gesellschaftlichen Anlässen kollidieren. Was sie – schließlich und endlich – verlangten, war einfach, unbelästigt zu bleiben. Und dadurch, daß er diese Karte ausspielte, habe er schließlich seinen Standpunkt durchgesetzt.

»Und dein Standpunkt ist genau –«

Nun da er der Sache näherrückte, war Boyne nicht einmal sicher, ob sich das als Standpunkt definieren ließ. Es war zu unartikuliert, zu unbestimmt, aber er hoffte, es würde eine Zeit lang genügen, und Zeit war alles, besonders für Terry...

»Sie sind einverstanden, die Kinder zusammen und für die nächsten drei, vier Monate hier zu lassen. Am schwersten umzustimmen war Lady Wrench. Ihr Mann hat an Zinnie Gefallen gefunden und ist vom Leben ganz allgemein so tödlich gelangweilt, daß seine Frau sich an alles klammert, was ihn amüsieren könnte. Zum Glück sehen die Scheidungsmodalitäten vor –«

»Welche Scheidung?« warf Mrs. Sellars ein, als sei sie ehrlich begierig, die Übersicht über die Details zu behalten.

»Wheater gegen Zinnia Lacrosse! Wheater hat sich seinerzeit von der jetzigen Lady Wrench scheiden lassen. Juristisch hat er über Zinnie zu bestimmen, und die Mutter mußte nachgeben, hat aber das Recht, ihr Kind in festgesetzten Abständen zu besuchen. Doch meine Entscheidungsschlacht drehte sich naturgemäß um Chipstone. Hätten die Wheaters darauf bestanden, Chipstone bei sich zu behalten, bis ihre Angelegenheiten vor Gericht entschieden sind, wäre die ganze Absprache gescheitert.«

»Und wie ist es dir gelungen, Chipstone zu retten?«

Boyne sank noch tiefer in seinen Sessel und blickte zur niederen Decke. Dann richtete er sich auf und brachte seinen Blick auf die Höhe von Mrs. Sellars. »Indem ich versprach, hierzubleiben und höchstpersönlich ein Auge auf die Kinder zu haben. Quasi als ihr Betreuer.« Er stieß ein kleines Lachen aus, das kein Echo fand.

»Martin!«

Seine Augen blieben herausfordernd auf sie gerichtet. »Ja?«

Sie drehte zögernd den Saphirring an ihrem Finger. »Aber diese Kinder – als du ihnen vor ein paar Wochen an Bord deines Schiffes begegnetest, hattest du nicht einmal von ihnen gehört.«

»Stimmt...«

»Du hast da eine recht große Verantwortung übernommen.«

»Ich habe nichts gegen Verantwortungen.«

Mrs. Sellars blickte noch immer nachdenklich auf ihren neuerdings gefangenen Finger. »Es ist sehr großzügig von dir, diese so rasch zu übernehmen. Schon ohne sich zu bemühen, handelt man sich manchmal mehr ein, als man bewältigen kann. Und erst in diesem Falle... Ich weiß nicht recht...«

»Du weißt nicht recht?«

»Ich glaube, ich habe Terry so verstanden – und auch deine Freundin Judith –, daß eigentlich alle Kinder nach Amerika wollen, zu Mrs. Wheaters Mutter?«

»Stimmt. Ich hoffe, daß sie das mit der Zeit auch durchsetzen. Im Moment wollen die Wheaters nichts davon hören. Ich habe keinen Augenblick angenommen, daß sie freiwillig den Ozean zwischen sich und Chip legen würden. Meine einzige Chance bestand darin, sie zu überzeugen, Terry lieber im Gebirge zu lassen und alle anderen mit ihm, so lange die Hitze andauert. Bei solchen Leuten geht es immer um den Weg des geringsten Widerstandes: hinhalten, hinauszögern. Mein Plan erspart allen ein gewisses Maß an geistiger Anstrengung, und da haben sie schließlich eingewilligt. Doch es ist natürlich nur provisorisch.«

»Zum Glück«, lächelte Mrs. Sellars und setzte hinzu, wie um ihre Bemerkung zu entschärfen: »Du mußt doch einsehen, Liebster, daß du da ein beträchtliches Risiko für die Zukunft auf dich nimmst –«

»Welche Zukunft?«

»Angenommen, es geht während der nächsten paar Monate irgend etwas schief. Du bist verantwortlich für alles, was passieren könnte. Bei sieben Kindern, und eines davon schon erwachsen...«

Boyne runzelte die Stirn und rückte unbehaglich auf seinem Sessel. »Wenn du Judith meinst, sie ist in manchen Dingen genau so ein Kind wie das Jüngste.«

Mrs. Sellars blickte mit vertrauensvollem Lächeln auf ihren Ring. »So denkt vermutlich nur ein Mann. Aber du vergißt, daß ich vier Tage mit ihr allein war... Sie ist eine junge Dame mit ganz fest umrissenen Ansichten.«

»Das hoffe ich doch!«

»Darin stimme ich dir zu, daß es sie interessanter macht – doch wäre es denkbar, daß es zu Komplikationen führen könnte.«

»Was für Komplikationen?«

»Das solltest du besser wissen als ich – nachdem du die frühere Mrs. Westway am Lido häufig gesehen hast. Judith versucht nicht zu verbergen, daß sie einen Sommer lang im Schoße dieser erquicklichen Familie gelebt hat...«

»Sie weiß nicht, daß es da etwas zu verbergen gibt. Das ist ja das Rührende...«

»Und das Erschreckende. Aber ich will hier nicht Besonnenheit predigen, du würdest mir das schrecklich übelnehmen. Und währenddessen warten diese armen Kinder.«

Sie stand auf mit einem ihrer plötzlichen Wechsel in Aussehen und Tonfall, als habe sich eine Wolke geteilt und ließe einen Strahl ihrer verlorenen Jugend auf sie fallen. Jetzt erst bemerkte er, daß sie ganz in Weiß gekleidet war, eine Rose an der Brust und einen breitkrempigen Hut am Arm trug. »Geh jetzt zu ihnen, Liebster. Es wird spät. Ich gehe mit dir bis hinunter ins Tal, dann muß ich umkehren und ein paar Briefe schreiben...« Er lächelte über die vertraute Formel, und sie erwiderte das Lächeln. »Ja, und zwar sehr wichtige – einen davon an Tante Julia«, revanchierte sie sich mit einem Scherz. »Außerdem werden die Kinder dich gerne allein haben wollen.« Großmütig fügte sie hinzu: »Ich muß sagen, sie haben sich, solange du weg warst, tadellos benommen. Sie fanden offenbar, sie müßten dir Ehre machen. Und was Terry angeht – ich wünschte, er gehörte mir. Wenn alles auseinanderbricht, was es natürlich tun wird, warum sollten wir – du und ich – ihn nicht adoptieren?«

Sie setzte den Hut auf und hängte sich für den Weg bergab in Boynes Arm, doch am Waldrand, wo der Weg zur Straße abbog, verließ sie ihn.

»Du kommst doch zum Essen wieder? Auch ich habe ein paar Neuigkeiten für dich«, sagte sie, als er sich dem Dorf zuwandte.

Erinnerungen an den Waffenstillstandstag – und noch ältere an die Nacht der Befreiung vom Mafeking*, die er zufällig in London miterlebt hatte, verblaßten für Boyne im Vergleich zu dem ungeheuren Getöse, das die kleinen Wheaters produzierten, als er ins Eßzimmer ihrer Pension trat und ihnen mitteilte, es sei alles in Ordnung.

Er hatte nicht gewußt, daß sieben so viele sein können. Das Wunder der Brote und Fische war nichts, verglichen mit der plötzlichen Vervielfältigung von Armen, Beinen und Lungen rund um den rustikalen Abendbrottisch. Am einen Ende der Fläche aus grobem Leinen und derbem Geschirr saß Miss Scope steif und bebrillt und verteilte Marmelade an Gerechte und Ungerechte, am anderen schnitt Judith Butterbrote, in gänzlicher Unkenntnis ihres unsterblichen Vorbildes. Zwischen ihnen wogten kleine Köpfe, brünett, rötlich und silbrigblond, hoben und senkten sich um den goldenen Schopf von Chipstone, der in seinem Schiedsrichterstuhl thronte. Einen Augenblick lang beherrschten wie gewöhnlich Bun und Zinnie die Bühne, dann aber riß Terry, noch immer blaß, aber mit neuer Energie in den Augen, seine Mütze vom Ständer und stimmte ein dreimaliges Hoch an, in das die anderen spontan und durchdringend laut einfielen. (»Zum Glück sind wir im Augenblick die einzigen Pensionsgäste«, bemerkte Miss Scope, als Boyne ihr die Hand drückte.)

In dieser wundervollen Welt stellte niemand eine Frage, niemand kümmerte sich um Einzelheiten, alle dachten nur an eines: ihrem Botschafter ihre allergrößte Dankbarkeit zu bezeugen, von Blancas kühlem Kuß bis zu den feuchten, erstickenden Zärtlichkeiten von Beechy. Für Boyne

* Stadt in Südafrika, an der Grenze zu Botswana. 1885 gegründete englische Garnison, die vom 12. Oktober 1899 bis zum 17. Mai 1900 von den Buren belagert wurde.

war es buchstäblich ein Eintauchen in eine unruhige See, deren Wellen ihm in den Augen brannten, ihm Kehle und Ohren zudrückten, ihn aber körperlich und seelisch zu neuen Taten anspornten. »Und jetzt küssen wir ihn alle noch mal, und ich bin zuerst dran«, schlug Zinnie begeistert vor, und während er sich noch einmal dem Spiel der Brecher überließ, hörte er ein dünnes Stimmchen piepsen: »Du hast uns doch was mitgebracht, Martin?«

Das Gesetz, wonach Männer ihre Welt in zunehmendem Maß mit Menschen des eigenen Jahrgangs und Erfahrungsschatzes bevölkern, hatte Boyne dazu geführt, zwischenmenschliche Beziehungen mehr und mehr vernunftbetont anzusehen, doch wann immer er in das Universum der Wheaterschen Kinder eintauchte, in dem alle Perspektiven endeten und Geschenke dringender waren als die Frage, welches Schicksal ihnen von ihren jeweiligen Eltern zugedacht war, fühlte er in sich die Freude, wieder in die Realität einzutauchen.

Die Geschenke waren vorhanden, keiner war vergessen worden, wie das rasche Auspacken eines kleinen Köfferchens bewies – das heißt, keiner außer Judith, die etwas abseits stand und ein betont erwachsenes Amüsement zeigte, während Blanca und die Kleinen sich mit Modeschmuck behängten und Bun über eine elektrische Taschenlampe in Jubel ausbrach. Selbst Miss Scope bekam einen passenden Handarbeitsbeutel, die Nanny ein üppig verziertes Nadelbüchschen, und der Boden des Köfferchens war vollgestopft mit Büchern für Terry.

Die Verteilung dauerte so lange und die anschließenden Streitigkeiten und Gegenansprüche waren so schwer zu regeln, daß sich schon die Dämmerung über das Tal senkte, als Boyne zu Judith sagte: »Komm, wir machen einen Spaziergang, und ich erzähle dir alles.«

Sie gingen den Weg entlang zu einem Steig, der auf einen Hang gegenüber den Hotels führte, und von dort begannen sie langsam dem zurückweichenden Sonnenlicht nachzusteigen. Judith hatte sich unaufgefordert bei Boyne eingehängt und die Nähe ihres leichten, jungen Körpers beflügelte ihn. »Wie schade, daß es schon dunkel wird, ich glaube, ich könnte jetzt zu einem von den roten Gipfeln hinaufklettern«, sagte er und warf aufatmend den Kopf zurück. Sie erwiderte ohne Zögern: »Komm, wir laufen heim und holen uns Buns Taschenlampe, dann können wir es.«

Boyne lachte und meinte mit dem Ausdruck größten Behagens in der Stimme: »Bun würde die Lampe nicht hergeben; jetzt noch nicht. Außerdem ist es hier doch auch schön, und wir werden noch oft Gelegenheit haben...«

»Ach ja? Oh, Martin, glaubst du wirklich, sie lassen uns hierbleiben?« Ihre kräftigen jungen Hände umschlossen leidenschaftlich die seinen.

»Jedenfalls für eine Weile. Ich habe ihnen klargemacht, daß es die beste Chance für Terry ist.«

»Natürlich ist es das. Und Martin – lassen sie uns beisammen? Mit Chip und allen?«

»Ja. Jedenfalls für den Sommer.« Sie waren vor dem farngesäumten Steig stehengeblieben, und er lächelte in ihre glücklich-ungläubigen Augen herab. »Allerdings unter einer Bedingung –« Ihr Blick verdunkelte sich, und er fügte hinzu: »Ihr seid alle mir unterstellt. Ich habe euren Familien versprochen, ein Auge auf euch zu haben.«

»Du meinst, du bleibst hier bei uns?« Ihre Lippen zitterten, sie versuchte die Tränen zurückzuhalten, und er dachte heimlich: Es ist zu viel, das kann kein Kindergesicht ausdrücken – Laut sagte er: »Komm, wir setzen uns und schauen zu, wie die Sonne untergeht. Der Baumstamm da ist ein recht guter Proszeniumsplatz.«

Sie setzten sich, und er begann ihr die Geschichte seiner Verhandlungen ausführlich zu erzählen. Es war zwar kompliziert, aber bei dieser Zuhörerin doch einfacher als bei Mrs. Sellars, nicht nur, weil weniger Aufklärungen nötig waren, sondern weil keines der Details Judith erschreckte oder wunderte. Sein Bericht war für sie eine ganz schlichte Darstellung von Selbstverständlichkeiten, und sie war zu sehr mit den praktischen Ergebnissen beschäftigt, um auch nur einen Gedanken an fernerliegende Zusammenhänge zu verschwenden. Als er geendet hatte, fragte sie lediglich: »Ich nehme an, Vater hat irgendwelche Vorkehrungen getroffen, um unsere Rechnungen zu bezahlen?«

»Dein Vater hat mir ein Konto eingerichtet. Miss Scope und ich werden eure Finanzminister sein.«

Sie nahm das schweigend auf, und zum erstenmal seit seiner Rückkehr spürte er, daß auf den überbrachten Nachrichten für sie noch immer ein Schatten lag. Schließlich fragte sie: »War Vater furchtbar böse... du weißt schon... wegen dem Geld?«

Diese Frage schreckte Boyne auf. Er erkannte, daß er bei dem Versuch, widersprüchliche Interessen miteinander in Einklang zu bringen, die moralische Frage aus den Augen verloren hatte. Sollte er Judith gestehen, daß ihr Vater es kaum zur Kenntnis genommen hatte? Er fand, dies sei der Augenblick für Ausflüchte. »Natürlich war dein Vater böse über die ganze Geschichte – sehr böse sogar. Das wäre jeder gewesen.«

Mit leiser Stimme beharrte sie: »Aber ich meine doch darüber, daß ich das Geld genommen habe?«

»Na, jedenfalls hat er dir das verziehen.«

»Hat er das – echt und wahr?« Ihre Stimme hob sich fröhlich. »Terry war sicher, das würde er nie.«

Boyne wandte sich ihr überrascht zu. »Terry? Hast du es ihm schließlich doch erzählt?«

Sie nickte stumm. »Ich mußte.«

»Das verstehe ich.« Er drückte ihr leicht die Hand. »Ich freue mich, daß du es getan hast.«

»Er hat sich fürchterlich aufgeregt, weißt du. Und war wütend auf mich. Ich hatte schon Angst, ich hätte ihn noch kränker gemacht. Zuerst wollte er mir gar nicht glauben. Er hat gesagt, wenn ich nicht mehr Sinn für Moral entwikkelte, würde ich noch im Gefängnis landen.«

»Oh.« Boyne konnte ein schwaches Lachen nicht unterdrücken.

»Aber das hat mir nicht so viel ausgemacht«, gestand Judith etwas heiterer, »weil ich schon viel mehr im Leben gesehen habe als Terry und schon andere Mädchen kannte, die das gleiche getan haben wie ich, und keine von ihnen ist je ins Gefängnis gekommen.«

Boyne fand das weniger beruhigend als die Sprecherin, doch der Augenblick der Strenge war vorüber, und die vorwurfsvollen Worte erstarben ihm auf den Lippen. Schließlich sagte er: »Das Schlimmste war, Terry zu kränken, nicht wahr?«, und sie nickte.

Eine Weile saßen sie nebeneinander, ohne zu sprechen, bis sie ihn fragte, ob er glaube, die Wheaters hätten bereits ein Scheidungsverfahren eingeleitet. Darauf konnte er nur antworten, es sähe zwar so aus, doch hoffe er immer noch, sie würden sich beruhigen und es sich noch einmal überlegen. Das nahm sie mit einer skeptischen Handbewegung entgegen und meinte nur: »Es hätte vielleicht eine Chance gegeben, wenn sich Syb Lullmer nicht eingemischt hätte.«

»Ich wünschte, du würdest diese Frau nicht beim Vornamen nennen«, unterbrach sie Boyne.

Judith war leicht erstaunt. »Sie hätte nichts dagegen. Alle nennen sie so.« Sie meinte offenbar, er tadele sie für mangelnden Respekt gegenüber Mrs. Lullmer.

»Das meine ich doch nicht. Aber sie ist ein solches Biest.«

»Na ja.« Judiths Achselzucken besagte, daß dieser Kraftausdruck ihr zu geläufig war, um noch viel Herabsetzendes zu haben. »Ich hoffe allerdings, daß sie Vater nicht heiratet.«

»Ich hoffe es zu Gott. Worauf ich setze ist, daß er und deine Mutter solches Heimweh nach euch Kindern bekommen, daß sie um euretwillen alles wieder zusammenflicken.«

Ihr Lächeln blieb ungläubig. »Das tun sie selten, weißt du. Eltern, meine ich.«

»Jedenfalls habt ihr jetzt eine Atempause und müßt das Beste daraus machen.«

»Ich wollte, du sagtest ›wir‹ und nicht ›ihr‹, Martin.«

»Natürlich wir, Liebes, das heißt, solange ihr euch alle ordentlich aufführt.«

Darüber lachten sie beide und verstummten dann, schauten in den Sonnenuntergang und waren jeder auf seine Weise in die überwältigende Pracht dieses Schauspiels vertieft.

Judith, das wußte Boyne, empfand Sonnenuntergänge anders als Rose Sellars – sie riefen andere Assoziationen bei ihr hervor, und es wäre ihr vermutlich schwergefallen, die Eigenschaften dieser Herrlichkeit von denen eines Feuerwerks am Lido oder vom glänzenden Finale eines russischen Balletts zu unterscheiden. Aber etwas von dem himmlischen Glanz schien sie doch zu erreichen, vage und doch sie umhüllend wie ein schützender Flügel. »Wunderschön ist es hier«, flüsterte sie, ihre Hand in der von Boyne.

Ihm fiel ein, wie Rose Sellars in einem ähnlichen Augenblick ein Gedicht von Robert Browning zitiert hatte: »Erhabene Gipfel, doch einer überragt euch alle...«, und er sprach die Worte halblaut.

Judith drückte seine Hand fester: »O Martin, wie schön du alles schilderst. Niemand findet solche Wörter wie du. Terry sagt, du solltest Schriftsteller sein.«

»In diesem Fall hat jemand die Wörter leider schon vor mir gefunden.«

»Oh.« Ihre Begeisterung erlosch. Auf gut Glück fragte sie: »Mrs. Sellars?«

Über ihre Scharfsinnigkeit mußte er ein wenig lachen. »In gewisser Weise ja, aber eigentlich ist Robert Browning uns beiden zuvorgekommen.«

Das schien ihr eine gewisse Genugtuung. »Dann hat sie es nur von ihm geklaut? Ist es auch einer ihrer Freunde?«

»Ja, und eines Tages hoffentlich auch deiner. Er ist schon lange vor deiner Geburt gestorben, und du wirst manches von seinem Besten in einem der Bücher finden, die ich Terry mitgebracht habe.«

»Ach so, du meinst mal wieder einen Schriftsteller«, murmelte sie, als gäbe es diesen Stand gewissermaßen nur posthum. Bei der Erwähnung von Büchern neigte ihre Aufmerksamkeit immer dazu abzuirren, außerdem hatte er das Gefühl, sie war leicht gekränkt, zur Offenbarung einer Bildungslücke verleitet worden zu sein, doch bald erklärte sie mit gewohnter Lebhaftigkeit: »Ich höre lieber dich reden als jemand, der schon tot ist.«

»Schön, ich werde mir angewöhnen, dir nur noch Eigenes vorzutragen«, versprach er und blickte weiter an ihr vorüber ins Licht. Sie saßen schweigend, während das Meer der Nacht leise zu ihnen heraufstieg und sie schließlich mit seinem kühlen Hauch erreichte. Boyne erhob sich widerstrebend. »Komm, Kind, wir müssen hinunter«, sagte er.

»Ach, noch nicht hinunter – hinauf, hinauf, hinauf!« Sie ergriff wieder seine Hand und zog ihn mit all ihrer jugendlichen Kraft den tannenduftenden Hang bergauf bis dorthin, wo der geheimnisvolle Wald ihnen entgegentrat. »Ich würde gern steigen, immer weiter steigen, du nicht? Ich möchte die ganze Nacht aufbleiben, so als kämen wir bei Sonnenaufgang von einem Ball heim. Das da drüben sieht doch aus wie ein riesenhafter Ballsaal, findest du nicht«, rief sie aus und zeigte nach Westen. »Bei dem das Licht aus einer Million von Fenstern strömt.«

Boyne lachte und ließ sich weiterziehen. Die Luft in dieser Höhe war so jugendfrisch, und sie waren eingehüllt in die geheimnisvollen Düfte, die Tau und Dämmerung zum Leben erweckten. Er wußte, er hätte mit Judith heimgehen sollen, doch selbst wenn sie seinen Arm losgelassen hätte, wäre es allmählich zu dunkel gewesen, um auf die Uhr zu sehen. Außerdem fühlte sich der Wanderer, der Mann, der an Gebirge, lange, einsame Märsche, an die Stille und die Geheimnisse im Freien verbrachter Nächte gewöhnt war, wieder verstrickt in den alten Zauber. Es war nicht länger Judith, die ihn vorwärtszog, sondern die Nacht selbst, die ihn zu unbekannten Höhen lockte. Das Kind neben ihm war mit in die Schönheit vorgedrungen, soweit es konnte, jetzt benötigte er nur noch die Wärme seiner Nähe. Seine erhabensten Augenblicke waren immer Augenblicke der Einsamkeit gewesen.

Sie schien zu erraten, daß es nichts mehr zu sagen gab. Schweigend kletterten sie weiter. Je höher sie kamen, desto kälter wurde die Luft, die Lichter verblaßten, und über ihnen wölbte sich ein stahlblauer Himmel, gestirnt mit rötlichen Pünktchen, die mit zunehmender Dunkelheit scharf und weiß wurden. Erst als sie das Unterholz verließen, auf eine offene Felsplatte über dem Tal hinaustraten und die Dorflichter erblickten, die weit unter ihnen die schwarzen Wiesen sprenkelten, kehrte Boyne widerwillig zu dem Gedanken an Zeit und Ort zurück.

»Du lieber Himmel, jetzt gehen wir aber wieder«, rief er und wandte sich seiner Gefährtin zu, um ihr über den Felsen hinunterzuhelfen.

Sie antwortete nicht, kehrte aber um und folgte ihm auf dem absteigenden Pfad. Er spürte, daß sie zu müde und friedfertig war, um zu widersprechen. Sie ging neben ihm her wie ein schläfriges Kind, das ein Schürzchen voller Blumen von einem glücklichen Ferientag heimbringt, und es ängstigte Boyne ein klein wenig, sie so rasch beruhigt zu haben, als habe er dem Schicksal dazwischengepfuscht. Doch es war ausnahmsweise einmal angenehm, den lieben Gott zu spielen, und er ließ sich zu Wunschbildern verleiten von einem fernen Jahrtausend, in dem alle Erwachsenen wußten, was sie wollten, und wenn sie es einmal nicht wußten, die Kinder die Entscheidung trafen.

Als sie bei der Pension ankamen, hatte Judith Boynes Arm losgelassen, er fürchtete sich, auf die Uhr zu sehen, und schob sie mit einem kurzen Gutenacht durch das Gartentor – doch einen Augenblick später rief er in gebieterischem Flüsterton: »Judith!« Sie folgte dem Ruf sofort.

»Hast du wirklich gedacht, ich hätte dir kein Geschenk mitgebracht?«

Sie lachte ein neugieriges kleines Lachen. »N-nein, eigentlich dachte ich, du hättest vielleicht nur –«

»Nur was?«

»Hättest nur für jemand eins vergessen und gedacht, mir macht es vielleicht weniger aus, wenn du meins dafür nimmst, weil ich schon so viel älter bin als die anderen –«

»Ja, das hätte ich mir denken können. Aber hier ist es.« Er holte das Päckchen heraus, das er versehentlich in Mrs. Sellars Wohnzimmer ausgepackt hatte, und Judith ergriff es mit freudigem Aufatmen.

»Oh, Martin!«

»So, und jetzt gib zu, daß du fürchterlich enttäuscht gewesen wärst, wenn ich dich vergessen hätte.«

Feierlich erwiderte sie: »Wenn du mich vergessen hättest, wäre ich daran gestorben.«

»Na, nun lauf aber, wir sind um Stunden zu spät«, mahnte er.

»Darf ich es nicht erst anschauen?«

»Kindskopf, du kannst doch im Dunkeln nichts sehen. Außerdem ist, wie gesagt, keine Zeit mehr.«

»Nicht einmal Zeit, dir dafür einen Kuß zu geben, Martin?«

»Nein«, rief er, schlug das Gartentor zu und begab sich im Laufschritt den Weg hinauf zu seinem Hotel.

Zu Beginn des Spazierganges hatte Boyne nicht entfernt an eine solche Verwendung des Kristallanhängers gedacht, obwohl er ihn für Judith ausgesucht hatte. Da Mrs. Sellars das Ding durch sein Ungeschick gesehen und sich gewünscht hatte, hätte er es als peinlich empfunden, wenn es nun an Judiths Hals auftauchte, und er hatte beschlossen, daß seine kleine Freundin bei der allgemeinen Geschenkeverteilung wieder leer ausgehen müsse. Doch während ihres Spaziergangs in der sinkenden Bergdämmerung, als sie so an seinem Arm hing und sich, um den niedrig hängenden Tannenzweigen auszuweichen, an ihn drückte, mußte er in ihr mehr und mehr das Kind sehen und sie auch als Kind behandeln. Er wußte, wie schmerzlich dieses Kind enttäuscht gewesen sein mußte, als es bei der Verteilung der Geschenke übergangen wurde, und beim Gutenachtsagen trieb es ihn unwiderstehlich, diesen kleinen Schmerz zu lindern. Dazu gab es keine andere Möglichkeit, als den Anhänger aus der Tasche zu holen, den Anhänger, den er für sie bestimmt hatte, der beim venezianischen Antiquar so schwierig aufzutreiben gewesen war, daß keine Zeit mehr geblieben war, an etwas für Mrs. Sellars zu denken, den Anhänger, der rechtmäßig Judith gehörte, weil er war wie sie: merkwürdig, köstlich und unbegreiflich.

Hoffentlich protzt sie nicht oben im Chalet damit, dachte der Feigling in ihm, während er bergauf stieg. Und wußte doch die ganze Zeit, daß sie genau das tun würde.

»Verflixt, schließlich hab ich ihn für sie ausgesucht«, brummte er, als seien sie und er damit entschuldigt.

Im Wohnzimmer des Chalets blickte Mrs. Sellars in ihrem kühlen Abendkleid vom Tisch auf, an dem sie keinen Brief schrieb, vielmehr einen las. Sie legte ihn bei seinem Eintritt nachdenklich beiseite.

»Entschuldige, es ist schrecklich spät, ich hatte keine Zeit mehr, mich im Hotel frisch zu machen, es stört dich hoffentlich nicht«, sagte er, gegen das Lampenlicht blinzelnd, und fuhr sich durch die zerzausten Haare. Als er sich zu ihr beugte, um sie zu küssen, fiel sein Blick auf die mahnenden Zeiger des kleinen Reiseweckers neben ihr. »Was, es ist schon nach neun?«

»Das macht doch nichts. Es ist sogar schon nach halb zehn. Ich hatte nur Angst, es könnte etwas mit den Kindern sein.«

Er warf lachend den Hut beiseite. »Gottlob nein. Alles ist völlig in Ordnung. Aber ich mußte mir den Lido aus den Lungen atmen, und dazu war ein langer Marsch die einzige Möglichkeit.«

Ihr Lächeln gab ihm zu verstehen, wie sehr sie ihn dafür schätzte, daß er den Lido haßte. »Auch ich habe Neuigkeiten. Du weißt doch, ich habe dir gesagt, ich müßte dir etwas erzählen. Mr. Dobree kommt zu Besuch, er trifft nächste Woche hier ein.« Sie verkündete es, als sei es nicht nur wichtig, sondern sogar aufregend.

»Zum Teufel mit Mr. Dobree«, gab Boyne lässig wohlwollend zurück. Die Tür war geöffnet mit Blick auf den kleinen Eßtisch, von Kerzen beleuchtet, mit dem funkelnden Weißwein, dem Duft nach Walderdbeeren und Landbrot. »So mag ich es«, sagte Boyne, als er sich gegenüber Mrs. Sellars mit einem Gefühl des Besitzrechts niederließ, das Mr. Dobrees Tun und Lassen gänzlich unwesentlich machte.

19

Am nächsten Tag geschah mit fataler Pünktlichkeit genau das, was Boyne vorausgesehen hatte. Mrs. Sellars hatte Judith, Terry und Blanca zum Lunch eingeladen, und als sie auftauchten, fiel Mrs. Sellars Blick sofort auf den Kristallanhänger und der Judiths auf den Saphirring. Das beiderseitige Erkennen verlief flüchtig und schweigend, wie wenn sich das Licht von Scheinwerfern am Nachthimmel kreuzt. Judith sagte nichts. Blanca aber, als sich Mrs. Sellars herabbeugte, um sie zu küssen, hob die Hand ihrer Gastgeberin mit dem bewundernden Ausruf hoch: »Ein neuer Ring! Ist der aber schön! Den hab ich noch nicht an Ihnen gesehen.«

Mrs. Sellars lächelte und tätschelte mit der freien Hand Blancas Wange. »Du hast scharfe Augen. Aber da anscheinend jeder etwas aus Venedig mitgebracht bekommen hat, warum nicht auch ich?«

Blanca erwiderte das Lächeln und hob das Handgelenk, um einen Reifen aus rosa Glas zu zeigen. »Ist meins nicht süß? Keiner findet solche Geschenke wie Martin.«

»Das dachte ich auch, als er mir gestern abend das für Judith zeigte.«

Mrs. Sellars wandte sich dem älteren Mädchen zu, ohne es zu küssen. Sie reservierte ihre Zärtlichkeit für die kleineren Kinder und legte nur eine freundliche Hand auf Judiths Schulter. »Ein wundervoller Anhänger, so einen habe ich noch nie gesehen. Entschieden nicht venezianisch, spanisch vielleicht, 17. Jahrhundert. Schwer zu sagen. Sie haben Glück, mein Kind, daß ein solcher Connaisseur Geschenke für Sie aussucht.«

Das war alles, und dann ein heiterer Lunch, einfach, ungezwungen, voller Scherze und Gelächter. Mrs. Sellars, stets die perfekte Wirtin, war in der Gesellschaft von Terry und Blanca in Höchstform. Der Junge rührte und interessierte sie, das Mädchen (das erriet Boyne) schmeichelte ihr durch naive, aber taktvolle Bewunderung. Boyne fragte sich, ob Mrs. Sellars wohl bemerkt hatte, wie Blancas klare, graue Augen sich beim Lobe des Glasanhängers vor Neid verdunkelten. Was war er für ein Narr gewesen, ihn nicht Blanca zu geben und Judith das billige Armband, die es allein darum geschätzt hätte, weil es von ihm kam. Bei seinem Umgang mit Frauen schien er eindeutig dazu verurteilt, Ungeschicklichkeiten zu begehen, selbst wenn es sich nur um kleine Mädchen handelte. Terry erzählte unterdessen Mrs. Sellars von den Büchern, die Boyne ihm mitgebracht hatte und daß er und Judith bereits Boynes Zitat von Browning gefunden hätten. »Sie wissen schon, das schöne, was er Judith gestern aufgesagt hat, das von den erhabenen Gipfeln. Sie ist abends heimgekommen und hat es sich immerzu vorgesagt, aus Angst, sie könnte es vergessen und hat mich geweckt, damit ich es heraussuche, ehe sie ins Bett ging.«

»Es war so herrlich, es da oben auf dem Berg im Dunklen zu hören, während die Sterne herauskamen«, erzählte Judith strahlend weiter, und Blanca fügte unbefangen hinzu: »Es war schon so spät, als Judy heimkam, daß wir alle schliefen, und Scopy mußte runtergehen und sie reinlassen. Hast du Scopy in ihren Lockenwicklern gesehen, Martin, oder warst du schon weg, als sie die Tür aufmachte?«

»Ja, die hereinbrechende Dämmerung in großer Höhe ist etwas Unvergeßliches«, schaltete Mrs. Sellars sich ein, wobei sie ihren Blick gedankenvoll auf Boyne ruhen ließ, ehe sie sich Terry wieder zuwandte. »Aber es gibt bei Browning noch Besseres, weißt du. Bring mir morgen dein Buch, dann zeige ich es dir...«

Alles ging glatt, und als Boyne die Kinder nach dem Lunch auf den Heimweg brachte, fragte er sich, ob Takt nun beruhigend sei wie eine sommerliche Brise oder aber schreckenerregend wie ein Heer mit fliegenden Fahnen.

Er sollte die jungen Wheaters in ihrer Pension absetzen

und sich anschließend mit Mrs. Sellars am Postamt treffen, um eine Bergwanderung in Richtung Misurina zu machen. An der Ecke der Hauptstraße, die nach Cortina hinunterführte, winkte er dem Hotelomnibus, setzte die Zwillinge hinein, und ging mit Judith zu Fuß weiter. Im Augenblick wäre er der ganzen Kompanie ganz gern entkommen, aber Judith hatte erklärt, sie wolle zu Fuß gehen, und er konnte nicht anders als sie begleiten. Sie warteten unter den Bäumen, bis der Autobus mit seiner Ladung Staub und Fahrgästen weitergeschwankt war, und fast sofort sagte Judith: »Ich nehme an, du bist mit Mrs. Sellars verlobt, hab ich recht, Martin?«

Die Plötzlichkeit der Frage traf ihn wie ein Schlag, und ihm wurde zum erstenmal bewußt, daß er mit Rose Sellars nie darüber gesprochen hatte, ob sie ihre Verlobung bekanntgeben sollten. Er hatte sie nicht einmal gefragt, ob sie es ihrer formidablen Tante schon beigebracht hätte oder der Schar entfernterer Verwandter, mit denen sie ständig korrespondierte. Daß sie darauf bestand, ihre Heirat müsse fast ein halbes Jahr aufgeschoben werden, schien die ganze Frage so fern zu rücken, daß keine sofortigen Entschlüsse nötig waren.

Vielleicht hätte ich sie fragen sollen, ob sie möchte, daß wir es bekannt geben, dachte er reuig. Seine lange Zeit im Exil hatte ihn bei gesellschaftlichen Regeln etwas nachlässig gemacht. Gereizt wandte er sich an Judith: »Wie in aller Welt kommst du darauf?«

»Du hast ihr doch einen Ring aus Venedig mitgebracht, und sie hat ihn dort angesteckt, wo man Verlobungsringe trägt«, erwiderte Judith prompt und lächelnd.

»Der Finger macht es also, aha«, sagte Boyne, um Zeit zu gewinnen, und ergriff plötzlich die Flucht nach vorn: »Ja, ich bin mit Mrs. Sellars verlobt. Aber ich glaube, sie möchte nicht, daß schon darüber gesprochen wird.«

Er wandte den Blick ab, hinaus auf den langen weißen Weg, der durch die Bäume schimmerte, unter die Judith und er sich zurückgezogen hatten. In Judiths Gesicht vollzogen sich so plötzliche und überwältigende Dinge, daß er sich dem erst gewachsen fühlte, als er seinen Blick durch ausgedehntes Studium der Landschaft gefestigt hatte. Als er sie wieder ansah, schockierte sie ihn durch lächelnde Lippen und Augen und durch zwei Arme, die sich töchterlich um ihn schlangen.

»Lieber alter Martin, ich bin so froh! Das heißt, wenn du es auch bist, echt und wirklich?«

Ihre Umarmung war fast so erstickend wie die Zinnies und entstammte – er erriet es augenblicklich – der gleichen rückhaltlosen Freimütigkeit. »Blanca hatte doch recht. Wie wundervoll muß es sein, wenn man verliebt ist. Denn ich nehme an, das ist der Grund, warum du heiratest? Ich weiß, du bist schrecklich romantisch, obwohl du manchmal so schroff tust. Ich weiß genau, du würdest nie nur wegen einer Stellung oder wegen Geld oder, um eine alte Liaison in Ordnung zu bringen, heiraten, nicht wahr?«

»Eine alte Liaison?« Boyne lachte, leicht verstimmt. »Was du so alles aufschnappst – und dazu dein Vokabular! Du absurdes Kind – und dabei ist Liaison nicht einmal ein englisches Wort... Und verstehst du nicht, kannst du dir nicht vorstellen, daß es der vordringlichste Wunsch eines Mannes ist, die Frau, die er gern heiraten möchte, zu – zu respektieren?«

Darauf reagierte Judith mit verwundertem Stirnrunzeln. »Oh, das verstehe ich schon. Ich hab es oft gelesen und im Kino gesehen. Aber genau vorstellen kann ich es mir nicht. Ich würde meinen, sie richtig fest in die Arme zu nehmen, wäre wichtiger als alles andere.«

Boyne zuckte ungeduldig die Achseln. Was komisch und harmlos wirkte, wenn sie es zu anderen sagte, schokkierte ihn, wenn sie in der Sprache ihrer Gruppe über seine Privatangelegenheiten urteilte. »Was hat es für Sinn? Du bist noch ein Baby und plapperst nach, was du gehört hast, wie alle Kinder. Mrs. Sellars ist die vollkommenste, die exquisiteste...« Er brach ab. Derlei Versicherungen führten zu nichts. Ablenkend meinte er: »Eines kann ich dir sagen, ich hätte mich nie getraut, die Aufgabe zu übernehmen, auf euch Kinder aufzupassen, wenn sie nicht hier gewesen wäre...«

Judith zog ein langes Gesicht. »Ach, dann bleibt sie also den ganzen Sommer?«

»Das hoffe ich von Herzen. Mit jemand wie ihr zusammenzusein, ist genau das, was...« Auch das schien in eine Art rhetorischer Sackgasse zu führen, so trat er denn wieder herab in den Staub des Alltags. »Komm jetzt, wir dürfen nicht trödeln. Ich werde an der Post erwartet.« Er merkte, daß sich Ärger in ihm festgesetzt hatte, und wußte kaum warum. Wußte es kaum? Zutiefst regte sich bei ihm das Gefühl, daß er möglicherweise von Judiths sofort erfolgten Glückwünschen enttäuscht war. Noch vor einer halben Stunde hätte er behauptet, daß ihre Zustimmung seinem Glück den letzten Glanz gäbe, daß er nichts lieber sähe, als daß sie sich als das Kind zeigte, als das er sie dauernd bezeichnete, als die »Jüngste von allen«. Meinte er womöglich nicht, was er sagte?

Er wurde aus seinen Gedankengängen gerissen, weil Judith seinen Arm drückte. »Wieso bist du böse auf mich, du lieber alter Martin? Ich tu doch wirklich alles, was du willst...«

»Du bist ein gutes Kind, Judy, und daß ich böse bin, ist Unsinn. Aber denk immer daran: es bleibt ein Geheimnis zwischen dir und mir und sonst keiner Menschenseele.«

Schon daß Judith von seiner Verlobung wußte, war eine Erleichterung, suchte er sich einzureden. Es ersparte endlose Ausflüchte und Winkelzüge. Und auf Judiths Diskretion war unbedingt Verlaß, auch ohne ein weiteres Drücken seines Arms und das feierliche »Auf Scopys Buch«, das zum Standardschwur aller kleinen Wheaters geworden war. Gerade Judiths altkluge Diskretion hatte Boyne manchmal geschmerzt, als weiterer Beweis für alles, dem sie ausgesetzt gewesen war, jetzt aber begrüßte er sie als eine Garantie für den Frieden. Vielleicht hat es doch seine Vorteile, Kinder nicht in Watte zu packen, denn ein Kind ist sie doch noch! wiederholte er sich beharrlich.

Noch am gleichen Abend, während er und Mrs. Sellars über die Chance sprachen, für Terry einen Hauslehrer zu finden, fragte sie ganz nebenbei: »Wissen übrigens die Kinder von unserer Verlobung?«

Einander widersprechende Antworten kamen Boyne auf die Lippen, er verschluckte sie und murmelte: »Ich dachte, ich dürfe es niemand sagen...«

»Hat nicht jemand es erraten?«

»Doch. Um ehrlich zu sein, ja. Judith. Heute. Ich kann mir gar nicht denken, wie...«

Mrs. Sellars lächelte. »Mein Ring natürlich. Und bestimmt auch Blanca. Es war töricht von mir, nicht daran zu denken. Aber vielleicht ist es besser so...«

»Viel besser.«

»Wenn es nur sonst niemand weiß – wenigstens im Moment. Aus Rücksicht auf Tante Julia – bis ich von ihr gehört habe.« Boyne erklärte sich in seiner Erleichterung damit vollkommen einverstanden. »Und überhaupt«, fuhr sie fort, »finde ich es schön, daß es unser Geheimnis ist. Du nicht? Wir sagen es nicht einmal Mr. Dobree.«

»Mr. Dobree schon gar nicht«, erwiderte Boyne nachdrücklich.

Zwei Tage später traf Mr. Dobree ein, und Boyne machte die Erfahrung, daß ein Ereignis, das vor seinem Eintreten völlig belanglos erscheint, das ganze Bild füllen kann, wenn es erst einmal Tatsache wird. Die Aussicht auf Mr. Dobrees Eintreffen war nun zur Tatsache von Mr. Dobrees Anwesenheit geworden, und obwohl Mr. Dobree für einen Mann von bald sechzig noch immer sehr schlank und beweglich war (er war nur zu gern bereit, jedem zu erzählen, welchen Sportarten er das verdankte), nahm er doch erstaunlich viel Raum ein. Er glich jemand mit einer Unmenge sperrigem Gepäck. Sein Gepäck bestand sozusagen gerade aus dessen Abwesenheit, aus seinem Taktgefühl, aus seiner Art, in den Hintergrund zurückzutreten, einer allgemeinen schlichten Eleganz und Festigkeit. Wohin auch immer man sich wendete, befand man sich in der Aura von Mr. Dobrees Zurückhaltung, seinem ernsthaften, beharrlichen Ausweichen, und dies erzeugte eine bedrückendere Gegenwart, als ein größeres Körpervolumen es getan hätte. Ein langweiliger, dicker Mann, der den besten Armsessel besetzt hielt, wäre weniger im Wege gewesen als der schlanke, verschwindende Mr. Dobree. Mr. Dobrees Takt kam Boyne vor wie eine Parodie auf denjenigen von Mrs. Sellars, wie eine der monströsen Riesenblüten, in die Züchter zarte Blumen verwandeln. Er war der zur Schau gestellte Takt, ein riesenhafter, einzigartiger, von allem Beiwerk befreiter, unter Glas herangezüchteter Takt, dazu bestimmt, etikettiert, mit Namensschild versehen, ausgestellt und preisgekrönt zu werden und in Blumenkatalogen eine Seite für sich allein zu beanspruchen. Das jedenfalls war Boynes verzerrtes Bild von dem neuen Gast im Chalet.

Mr. Dobree wohnte (wie es einem Mann mit solchem Ballast zustand) nicht im Gasthof von Boyne, sondern im Palace, wo Boyne und Mrs. Sellars einmal diniert hatten. Von dort waren es kurze fünf Minuten ins Chalet, wenn nicht eine dringende Einladung von seiner Seite Mrs. Sellars und Boyne ins große Hotel lockten. Das prompte Erwidern von Einladungen war ein Grundelement von Mr. Dobrees Lebensregeln. Er schien der Ansicht, Gastfreundschaft sei etwas, was ein Gentleman sich borgte, wie Geld, jedoch niemals und unter keinen Umständen als Geschenk behalten durfte. Das verpflichtete Mrs. Sellars, seine wiederholten Einladungen anzunehmen, bis aus dem Taktwettstreit der ihrige siegreich hervorging und sie ihn einsehen lehrte, daß manchmal nehmen seliger ist denn auswärts eingeladen werden. Der Saphir war vor Mr. Dobrees Ankunft von ihrem Finger verschwunden. Diese Vorsichtsmaßnahme, für die Boyne sie segnete, machte ihn in Mr. Dobrees Augen einfach zu einem alten Freund, einem Gast aus Mrs. Sellars' New Yorker Zeit, den wiederzutreffen man sich entsprechend freuen konnte.

Boyne freute sich weniger, Mr. Dobree kennenzulernen. Sein Kommen war ganz natürlich, und auch Mrs. Sellars Freude, ihn zu sehen, brachte er doch nicht nur die neuesten Nachrichten von Tante Julia, sondern auch Papiere, welche die Angelegenheit von Mr. Sellars' Testament befriedigend regelten. Boyne hatte eine Störung liebgewordener Gewohnheiten gefürchtet, stellte aber binnen kurzem fest, daß Mr. Dobrees Anwesenheit ihm weit mehr Freiheit ließ, die Zeit mit seinen jungen Freunden in der Pension Rosenglüh zu verbringen. Das machte ihm klar, daß er während der letzten Wochen einen gewissen Teil dieser Freiheit eingebüßt hatte, und er stellte fest, daß es ihm ein gefährliches Vergnügen machte, sie wiederzuerlangen. Er versicherte Mrs. Sellars, es sähe für Mr. Dobree doch sonderbar aus, wenn ein Dritter bei Besprechungen über Familienangelegenheiten anwesend wäre, die er mit seiner Mandantin führte, und verbrachte, mit diesem Argument gerüstet, seine Zeit nach Belieben.

Seine Befreiung gab den mit den kleinen Wheaters verbrachten Stunden einen neuen Reiz. Was Mr. Dobree betraf (mit dem die Kinder nur eine kurze und beeindrukkende Begegnung gehabt hatten), so kam er sehr gelegen, als neues Thema für die Spiele, die Boyne ständig für sie erfinden mußte. Mr. Dobrees Vornamen herauszufinden (so sagte ihnen Boyne), sei seit langem sein heimlicher Ehrgeiz, doch habe er bisher nicht einmal dessen Anfangsbuchstaben herausbekommen. Ein zufälliger Blick auf Mr. Dobrees Hochglanzkoffer verriet seine Initialen, A. D., und der Buchstabe A würde sie, meinte Boyne, ganz nett in Atem halten. Ja, er fand das Puzzle so fesselnd, daß er eines Tages, als Judith seine ungewöhnliche Zerstreutheit erwähnte, gestehen mußte, er habe gar nicht zugehört, weil all seine Geisteskräfte noch immer mit dem Erraten von Mr. Dobrees Vornamen beschäftigt seien.

»Aber Mrs. Sellars muß ihn doch wissen, warum fragst du sie nicht?«

»Muß ihn wissen? Glaubst du? Ich bezweifle es.«

»Aber sie spricht von ihm als von einem alten Freund, so einem alten wie dir.«

»Selbst das überzeugt mich nicht. Ich bezweifle, daß überhaupt jemand Mr. Dobrees Vornamen kennt. Warum auch? Kannst du dir vorstellen, daß ihn jemand dabei angeredet oder sich getraut hat, ihn danach zu fragen?«

»Aber *sie* könntest du doch fragen«, wiederholte Judith, deren Wesen jede Neigung zu abstrakten Spekulationen fremd war.

»Sie fragen? Nicht um die Welt. Angenommen, sie weiß ihn. Dann wäre doch unser ganzer Spaß vorbei.«

»Natürlich«, rief Terry, begeistert einsteigend. »Wenn sie ihn kennt, dürfen wir sie erst fragen, wenn jede andere Möglichkeit erschöpft ist, nicht wahr, Martin?«

»Richtig! Ich sehe, du hast die Spielregeln begriffen. Und jetzt gehen wir so vor: Wir schalten aus, was nicht in Frage kommt. Abel – Abel ist beim A der erste Name, nicht wahr, Terry?«

»Nein. Da gibt es als erstes den Prinzen Aage von Dänemark oder so was, ich hab ihn im ›Tatler‹ gesehen«, frohlockte Terry.

»Schön, beginnen wir mit Aage. Kann sich einer von euch Mr. Dobree als Aage vorstellen?« Dies wurde allgemein mit skeptischen Ausrufen abgelehnt.

»Dann also Abel Dobree? Nur keine Hast, versucht mal, an die Sache überlegt und unvoreingenommen heranzugehen.«

»Nein, nein, nein – nicht Abel!« rief der Chor der Mitspieler.

»Also, ich mache jetzt ein Nickerchen«, murrte Judith und streckte sich der Länge nach auf der sonnenverbrannten Grasböschung aus, auf der die Gruppe lagerte.

»Laßt sie, sie nützt uns sowieso nicht viel«, neckte Boyne. »Also weiter: Adam?«

»Adam ist ein polnischer Name, nicht? Wer war Adam?« Bei dieser Frage öffnete Judith die Augen.

»Ein Nationalheld, glaube ich«, sagte Blanca mit angestrengtem Stirnrunzeln.

Miss Scope, die weiter oben am Hang saß, unterbrach diese Mutmaßungen mit einem Seufzer: »Kinder, aber Kinder! Man könnte meinen, ich hätte euch erzogen wie die Heiden. Adam war...«

»Ach, Scopy meint den Adam in der Bibel. Aber die Eltern von Mr. Dobree hätten ihn doch nicht nach jemand so Uraltem getauft«, meinte Blanca achselzuckend, und Zinnie warf ein: »Und der war schon tot und konnte ihm keinen hübschen Becher mehr zur Taufe schenken.« Beechy, deren Gesicht sich bei solcher Benachteiligung mitleidig verzog, jammerte: »Ach, armer kleiner Mr. Dobree!« Boyne fuhr fort: »Dann eben Aeneas, aber der ist fast ebenso ›uralt‹, fürchte ich.«

Das trug ihm eine Diskussion mit Terry über das relative Alter von biblischen und klassischen Helden ein, in deren Pausen Miss Scope immer wieder verzweifelt fragte: »Worüber in aller Welt streitet ihr euch eigentlich, wo wir doch wissen, daß Adam der erste Mensch war.«

Judith hob wieder den Kopf von ihrem Graskissen. Mit halbgeschlossenen Augen murmelte sie gen Himmel: »Ich glaube, es wäre Mr. Dobree ganz egal, ob Adam sein Taufpate war oder nicht. Der könnte sich jeden Taufbecher, der ihm gefiele, selber kaufen. Ich denke mir, daß er sehr reich ist.«

»Meinst du, daß er uns allen was Hübsches schenkt, wenn er wieder abreist?« schaltete Zinnie sich prompt ein.

»Wie kommst du darauf, daß er je wieder abreist«, gab Judith zurück und schloß die Augen.

»Annibal – Annibal. Annibal fängt mit einem A an. Ich weiß es, weil er ein Prinz war und mein Urahn«, rief Bun und stürzte sich wieder ins Spiel.

Mrs. Sellars' gesellschaftliche Schulung war zu perfekt, als daß sie, selbst in Notfällen, die eine Pflicht um einer anderen willen vernachlässigt hätte. Als Mr. Dobree eine Woche in Cortina war, sagte sie eines Tages zu Boyne: »Wir haben in letzter Zeit so wenig von den kleinen Wheaters gesehen. Wie geht es ihnen denn?«

Er versicherte ihr, sie seien wohlauf, aber vermutlich zu schüchtern, um sich nach Mr. Dobrees Ankunft im Chalet sehen zu lassen. Woraufhin Mrs. Sellars mit einem Hauch von Schärfe entgegnete, sie habe nie Grund zu der Annahme gehabt, die kleinen Wheaters seien schüchtern. Außerdem wohne ja Mr. Dobree gar nicht im Chalet.

Boyne lächelte. »Das nicht, aber sie wissen, daß ihr viel zusammen seid, und er ist eine eindrucksvollere Persönlichkeit, als sie es gewöhnt sind.«

Er merkte sofort, daß sie hierin Ironie witterte und daß ihr das nicht ganz zusagte. »Ich weiß nicht, was du mit ›eindrucksvoll‹ meinst. Ich glaube nicht, daß es auf der Welt etwas gibt, was solchen modernen Hotelkindern noch Eindruck macht. Doch die armen Kleinen tun Mr. Dobree sehr leid, und es interessiert ihn sicher, sie kennenzulernen. Warum gehen wir nicht morgen mit ihnen allen picknicken? Ich weiß, Mr. Dobree würde sie gern einladen.«

Boyne hielt eine derartige Unternehmung für alle Beteiligten für recht problematisch und wies darauf hin, wenn Zinnie und die beiden Buondelmonte-Kinder auf einen Tagesausflug mitkämen, würde die Anwesenheit von Miss Scope nötig, da andernfalls Judith ihre ganze Energie darauf verwenden müsse, die Herde in Ordnung zu halten. Dem pflichtete Mrs. Sellars bei: »Ja, die armen kleinen Wesen sind maßlos verzogen.«

Insgeheim war Boyne neuerdings der gleichen Meinung, doch Mrs. Sellars konnte seine jungen Freunde nicht mehr kritisieren, ohne seinen instinktiven Widerspruch herauszufordern. »Sie hatten wenig Gelegenheit, kleine Lord Fauntleroys zu werden, wenn du das meinst«, sagte er gereizt, und seine Verlobte erwiderte: »Ich meine, daß sie Mr. Dobree leid tun eben wegen der Art Gelegenheiten, die sie hatten. Verstehst du, er war einer der Anwälte bei der Scheidung Westway.«

Boyne warf ihr einen raschen Blick zu, in dem es, wie er wußte, ärgerlich funkelte. »Ich sehe nicht ein, wie zum Kuckuck Mr. Dobree die Scheidung Westway mit den Wheater-Kindern in Verbindung bringen kann.«

»Nun, einfach durch seine Kenntnis von Judiths intimer Freundschaft mit der unseligen, mit Drogen vollgepumpten Doll Westway und durch seine Vertrautheit mit den fürchterlichen Einzelheiten, die zum Selbstmord des Mädchens führten. Sie und Judith waren in genau dem Sommer zusammen in Deauville, in dem sie sich umbrachte. Die beiden Mütter waren weiß Gott wo. Judith verkündet es ja jedem, wie du weißt.«

Boyne hatte den Blick von Mrs. Sellars Gesicht abgewandt und betrachtete die vertraute Silhouette der purpurnen riesigen Berge vor dem Balkon. Ein Satz von Stevenson über die »liebliche abscheuliche Szenerie« (er stammte wohl aus der ›Ebbe‹) ging ihm flüchtig durch den Sinn. Es war hassenswert zu denken, daß er künftig diese göttlichen Gipfel mit Mrs. Lullmers glattem, empfindungslosem Gesicht und Mr. Dobrees Kenntnis vertraulicher Details der Westwayschen Scheidung assoziieren mußte.

Er wandte sich wieder zu Mrs. Sellars. »Hast du den Ort hier nicht allmählich satt?« fragte er abrupt.

Sie erwiderte seinen gereizten Blick ehrlich überrascht.

»Satt? Meinst du Cortina?«

»Die ganze Geschichte.« Seine weit ausgreifende Geste umfaßte das weite Panorama von Berg, Tal und Wald. »Ich habe immer das Gefühl, wenn sich die Landschaft mit unseren privaten Mißhelligkeiten mischt, verliert sie all ihre

Vorzüge. Als hätten die Heuschrecken unserer Sorgen sie kahl gefressen.«

Mrs. Sellars schwieg kurz, dann legte sich ihre Hand auf die seine. »Ich habe es immer gefürchtet, mein Lieber, daß die kuriosen Verpflichtungen, die du dir da aufgeladen hast, dir schließlich auf die Nerven gehen würden –«

Boyne sprang auf und wich abrupt vor ihr zurück. »Verpflichtungen? Was für Verpflichtungen?« Er ging durch das Zimmer, kehrte um und legte in einer ungeschickten Liebkosung eine Hand auf ihr Haar. »Unsinn. Es ist Mr. Dobree, der mir auf die Nerven geht – wenigstens ein bißchen. (Heuchler! schalt er sich insgeheim.) Ehrlich gesagt hat mir Cortina verflixt viel besser gefallen, als du und ich und die Kinder es noch ganz für uns hatten.« Er erkannte den Ausdruck von Erleichterung auf ihrer abgewandten Wange. »Ich weiß, es ist nur mein schrecklicher Egoismus, dir brauche ich ja nicht zu sagen, daß Männer schreckliche Egoisten sind, oder?« Er lachte und fand ein leises Echo bei ihr.

»Mr. Dobree wird bald wieder abreisen, glaube ich«, sagte sie unaufgefordert.

Boyne riß sich zusammen. »Nun, das macht es wesentlich leichter, uneigennützig zu sein, solange er noch da ist. Ich erkläre mich bereit, sein für morgen geplantes Picknick zu akzeptieren. Ich schaue schnell unten bei den Kindern vorbei und sage ihnen Bescheid.« Er gratulierte sich dazu, daß seine vorgetäuschte Munterkeit die erwünschte Wirkung hatte und sein Abschied von Mrs. Sellars ungetrübt war. Doch er blieb auf halbem Wege ins Tal plötzlich stehen und rief laut: »Und wenn er weg ist – was dann?«

Das Picknick war glänzend gelungen, war einer jener glatten, gleichsam geölten Erfolge, bei denen man glaubt, er könne jeden Augenblick entgleiten und sich als Fehlschlag entpuppen. Ein richtiges doppelgesichtiges Januspicknick, dachte Boyne…

Für die Hauptbeteiligten jedoch hatte es keine solche

Dualität, war vielmehr das Idealbild dessen, was man sich unter einem Amüsement für die Jugend vorstellt, wenn Takt und Geld sich aufs Glücklichste vereinen. Für Mr. Dobree einmal ganz gewiß, er meinte mit Recht, wenn man die zwei geräumigsten Ballonreifenautos mietet, die zu haben sind, genügend Picknickkörbe mit saftigen Lekkerbissen aus dem Restaurant des Palace füllt und durchweg von dem Wunsch beseelt ist, Freude zu bereiten, folgt automatische Zufriedenheit.

Die jüngeren Mitglieder der Partie waren zweifellos zufrieden. Terry fühlte sich kräftig genug, um den langen Tag in größerer Höhe ohne Angst vor Miss Scopes Fieberthermometer zu genießen; Blanca war beeindruckt von der üppigen Verköstigung, die das gewohnte Brot durch Schokolade ersetzte, und die Kleineren genossen in vollen Zügen die Freiheit vom Unterricht und das Bewußtsein, die Hauptpersonen des Tages zu sein.

Und Judith?

Nach dem Lunch gingen die jüngeren Mitglieder der Gruppe mit Miss Scope Walderdbeeren suchen, während die anderen auf Moospolstern an einem silbernen Wasserfall saßen. Boyne, gegen einen Felsbrocken gelehnt, beobachtete die Szene und meditierte hinter einem Schleier aus Pfeifenrauch. Judith, in einiger Entfernung, lag genüßlich auf ihrem Mooskissen, hatte den Hut beiseitegeworfen und den Kopf in die Biegung des kindlichen Armes geschmiegt. Ihr Profil hob sich klein und deutlich vom rötlichen, im Schauer der stürzenden Wasser eingerollten Farn ab. Ihre Wangen waren von lebhaftem Rosa, ihre Brauen und Wimpern wirkten dadurch dunkler. Samtige Schatten lagen unter ihren geschlossenen Lidern. Sie war eingeschlafen, und der Schlaf gab sie ungeschützt Beobachtern preis.

Sie sieht fast erwachsen aus – und zum Küssen. Wieso mit einemmal? fragte sich Boyne, plötzlich beunruhigt, nicht so sehr durch die gesteigerte Hübschheit (deren Maß veränderte sich von einer Stunde auf die andere), sondern durch die eine neue Eigenart darin. Er wandte den Blick ab. Der fiel auf Mr. Dobree, der ihm mit der künstlichen Ungezwungenheit des an Picknicks nicht gewöhnten Picknickers gegenübersaß. Mr. Dobree hatte sich aus seiner unerschöpflichen Garderobe mit dem genau zur Gelegenheit passsenden, etwas abgetragenen Homespun-Anzug und einem leicht verblichenen Hut ausgestattet, und Boyne überlegte, ob es dieser Kleiderwechsel sei, der auch ihn selbst veränderte. Doch nein: der Unterschied lag tiefer. Trotz seiner ländlichen Kostümierung sah Dobree nicht unbefangener oder weniger großstädtisch aus, wirkte nur erregter und weniger auf der Hut. Sein sonst klarer, distanzierter Blick wirkte verschleiert und verstohlen, man sah förmlich die zarte Linie, die sich von ihm zu der liegenden Judith zog. Und diese Linie entlang galoppierten sichtlich Mr. Dobrees Gedanken, und Boyne erkannte, daß es die gleichen waren wie seine eigenen. Diese Entdeckung schockierte ihn unbeschreiblich. Doch dann überlegte er sich, daß die nivellierenden Tendenzen des modernen Lebens auch die Altersunterschiede nivellierten, und daß Mr. Dobree in jeder Hinsicht kaum älter war als er. Außerdem war er noch frisch und munter und sein Blick gewöhnlich lebhaft. Trotz seines Silberhaars bestand kein Grund, warum er sich nicht mit Boyne in den Anblick von Judiths schutzloser Schönheit teilen sollte.

Wenn dies auch Boynes Schlußfolgerung war, so doch offenbar nicht diejenige von Mr. Dobree. Während Boyne ihn beobachtete, vertiefte sich das gewohnte Rosa zu einem Rot, das Schläfen und Lider überflutete, so daß sein sorgsam gebürstetes weißes Haar wie eine sonnenbeleuchtete Wolke an einem zornigen Himmel wirkte. Doch auf wen war Mr. Dobree zornig? Offenbar doch auf sich selbst. Seine Augen ruhten noch immer auf der träumenden Judith, doch sein übriges Gesicht sah aus, als müsse er alle Muskeln anspannen, um den Blick loszureißen. Er hat Angst, hat Angst vor sich selber, dachte Boyne und erinnerte sich, wenn auch recht ungern, daran, daß auch er ein-, zweimal eine unbestimmte Furcht vor sich empfunden hatte, wenn er Judith zu lange betrachtete. Hatten dann seine Augen auch so ausgesehen? fragte er sich. Und hatte auch er alle Gesichtsmuskeln angespannt, um den Blick abzuwenden? Es war keine angenehme Vorstellung, und er mochte Dobree, der ihm als Spiegel diente, noch weniger leiden...

Plötzlich jedoch war Mr. Dobree auf den Beinen und wandte seine ganze Aufmerksamkeit Mrs. Sellars zu. Wieder folgte Boyne erschrocken diesem Richtungswechsel. Mrs. Sellars war ja die ganze Zeit dabei gewesen! Beschattet von ihrem breitkrempigen Hut, den zarten Körper ins Gras gebettet, sah sie fast so jung und grazil aus wie Judith. Aber sie war irgendwie mit der Landschaft verschmolzen, aufgelöst in lauter Sonnen- und Schattenpünktchen, in Seufzen und Rauschen. Ihre Art, sich den Dingen anzupassen, führte manchmal dazu, daß sie selbst ausgelöscht wurde. Sie hob den Kopf, und im Schatten der Hutkrempe entdeckte Boyne an Brauen und Wimpern eine zarte Wachsamkeit, die winzigen Lebewesen unter einem schützenden Blatt glich.

Mr. Dobree rief scherzhaft herausfordernd: »Warum sollen diese jungen Kannibalen eigentlich alle Walderdbeeren allein bekommen? Wie wäre es, wir ließen Mr. Boyne als Wächter beim schlafenden Dornröschen und versuchten, uns unseren Anteil zu sichern, ehe es zu spät ist?«

Die Worte sagten deutlich genug: »Führen Sie mich hier weg, es ist hohe Zeit«, und Mrs. Sellars' fröhlich-leichte Antwort: »Kommen Sie, ich zeige Ihnen eine Stelle, die Sie allein nie finden«, schien ebenso deutlich zu verkünden: »Ich weiß, aber ich werde dafür sorgen, daß Sie nicht Schaden nehmen.«

Sie hatte sich erhoben, ehe er ihr aufhelfen konnte, etwas Leichtes, Sprunghaftes in ihr schien bei seinem Zuruf zu reagieren. »Hier herüber!« rief sie und kletterte vor ihm her über den steinigen Weg. Boyne hörte ihre Stimmen entlang des Flusses höhersteigen, sich mit dem Rauschen des

Wassers mischen, verwehen und wieder auftauchen, wie das kurze Sichtbarwerden ihres Kleides durch das Buchenlaub. Er lag, ohne sich zu rühren, beobachtete, wie der Rauch seiner Pfeife in zitternden Spiralen aufstieg und von Windstößen vom Wasserfall her auseinandergezerrt wurde. Mit Mr. Dobrees Rückzug waren auch alle von seiner Anwesenheit ausgelösten Vorstellungen vorüber. Judith Wheater war wieder ein kleines Mädchen. Obwohl noch immer Verworrenheit und Unsicherheit auf der Schwelle von Boynes Bewußtsein nachklangen, war doch die Mitte seines Wesens in einem starken Kreis des Friedens verankert. Jeder Nerv nahm den köstlichen Augenblick wahr, doch brauchte er nicht mehr vor ihm zu fliehen oder zu fürchten, daß er ihn floh. Judiths Schlaf war ein stiller Teich, an dem er ruhte.

Er glaubte, er mußte sie schon lange so bewacht, mit seinen Gedanken wie einer Art von stillem, brüderlichem Schutz umgeben haben, als sie die Augen aufschlug und sie noch verhangen vom Schlaf auf ihn richtete.

»Martin«, rief sie träge, wachte dann ganz auf, setzte sich auf und rief: »Darling, wann wirst du heiraten? Ich muß es unbedingt sofort wissen.«

Immer wieder hatte sie Boyne verblüfft, aber vielleicht noch nie so sehr wie mit dieser Frage, denn noch während sie sprach, hatte er sich unbewußt das gleiche gefragt. Er erinnerte sich, wie an etwas weit Entferntes, Malerisches und Unwirkliches, wie an eine Jugendtorheit, daran, daß er Mrs. Sellars' Hinausschieben des Hochzeitsdatums übelgenommen hatte. War es erst zwei, drei Wochen her, daß er ihr mit einem Korb in luftiger Höhe gepflückter Enziane ein Zitat aus Marvells ›Spröde Geliebte‹ zugeschickt hatte? Das alles kam ihm jetzt vor wie studentische Ungeduld. Sie hatte ihn gelehrt, daß es ihnen gut ging, so wie sie waren, und wenn er sich noch fragte, wann sie heiraten würden, hatte die Frage unmerklich eine andere Form angenommen. »Was um Gottes willen soll aus den Kindern werden, wenn wir erst verheiratet sind?« formulierte er sie jetzt unwillkürlich.

Auch er setzte sich auf und blickte in Judiths verschlafene Augen. Dabei merkte er, daß ihm eine verlegene Röte (die, wie er hoffte, nicht der von Mr. Dobree glich) in die Schläfen stieg.

»Wann ich heiraten werde? Warum? Was spielt es schon für eine Rolle? Wen geht es überhaupt was an?« brummte er mit unsicherer Stimme.

Diese Abfuhr wischte Judith mit einer Handbewegung beiseite. »Oh, mich schon, mich geht es etwas an. Aus ganz besonderem Grund«, fuhr sie fort, als wolle sie seine Reserviertheit durch Herzlichkeit überwinden.

»Aus welchem Grunde? Unsinn! Was hat ein junges Ding wie du schon für Gründe?«

»Du meinst, ich bin unvernünftig?« Ein Schatten zog rasch über ihr Gesicht. »Das hast du nicht ernst gemeint, oder?«

»Ich habe gar nichts gemeint, und du ebensowenig. Ich habe nur gemeint: wieso kann nicht ebenso gut alles bleiben, wie es ist?«

Das ließ sie die Augen weit aufreißen, und sie betrachtete ihn weiter mit halb spöttischem Ernst, während sich ihre Lippen zu einem Lächeln verzogen. »Aber lieber Martin – es wäre doch wohl an Mrs. Sellars, so etwas zu sagen, und nicht an dir.«

Boyne lachte laut heraus. Wie konnte man auch nur zwei Minuten ernst bleiben mit einem dieser absurden Kinder? Und wieder einmal sagte er sich, daß Judith ebenso absurd und ebenso kindisch war wie das Jüngste von ihnen.

»Weißt du, Darling, du solltest *empressé* sein, ungeduldig, leidenschaftlich«, mahnte sie ihn, als hinge sein Leben davon ab, daß er ihren Rat befolgte.

Er stützte sich auf den Ellbogen und musterte sie prüfend. »Du bist wirklich recht unverfroren –«

Noch immer lächelnd schüttelte sie den Kopf. »Ich bin

nicht frech, wirklich nicht, Martin. Aber manchmal kommst du mir vor, als hättest du so wenig Erfahrung –«

»Vielen Dank«, warf Boyne ein.

»Ach, ich meine ja nur, bei diesen Dingen. Als hättest du dein Leben lang ganz weit weg von der Welt gelebt.«

»Von deiner Welt? Ja, Gott sei Dank.« Einen Augenblick später ergänzte er streng: »Genau wie Mrs. Sellars – ebenfalls, Gott sei Dank!«

Das Mädchen stand auf, schritt über den moosigen Grasfleck zwischen ihnen, ließ sich neben ihm fallen und legte ihm die Hand auf den Arm. »Jetzt hab ich dich beleidigt. Doll Westway hat immer gesagt, ich hätte keinen Takt. Und dabei wollte ich doch nur erklären, warum ich so bald wie möglich wissen muß, wann du heiratest.«

»Na, erklärt hast du das aber bestimmt nicht«, antwortete Boyne und wandte sich ab, um seine Pfeife wieder anzuzünden.

»Nein, aber das will ich jetzt. Und es wird dir gefallen. Es ist, weil wir uns alle zusammengetan haben – sogar die Stiefs und Scopy –, um dir ein wirklich fabelhaftes Hochzeitsgeschenk zu machen, und ich glaube, was wir gefunden haben, wird dich freuen. Wir haben es neulich in Toblach bei einem Antiquar aufgetrieben. Und wir wollen den richtigen Moment wissen, um es dir zu geben. Du liebst doch Geschenke, nicht wahr, Martin?« drängte sie, wie in äußerstem Bemühen, eine menschliche Seite in ihm zum Klingen zu bringen. Auch über diese Frage mußte er lachen.

»Geschenke? Aber gewiß liebe ich Geschenke! Fast so sehr wie du.« Sie errötete leicht bei dieser Anspielung, und als er das bemerkte, fuhr er hastig fort: »Es ist furchtbar lieb von euch allen, und ich bin riesig dankbar. Aber so verdammt eilig war es nun auch wieder nicht.«

Ihre Miene wurde mitfühlend, und sie fragte: »Oh, Martin, du willst doch nicht sagen – ich meine, es ist doch nichts verkehrt gelaufen, oder?« Ihr Blick und ihr Ton zeigten, daß sie ehrlich bekümmert wäre, wenn das so wäre. Ein Reißen wie eine Neuralgie durchfuhr Boyne, und doch war dieses Reißen nicht ganz und gar quälend. Er nahm ihre Hand und drückte einen Kuß darauf, den sie früher einmal als »erwachsenen Kuß« bezeichnet hatte. »Natürlich nicht, Liebes. Und danke, danke für alles. Was immer ihr euch für mich ausgedacht habt, ich werde begeistert sein... Nur daß es wirklich keine Eile hat.«

Sie nahm dies als etwas offenbar Endgültiges schweigend entgegen, kreuzte die Arme hinter ihrem Kopf, ließ ihn darauf zurücksinken und ihren Blick durch die schwankenden Zweige träge nach oben wandern.

Boyne hatte seine Pfeife wieder in Gang gebracht. Allmählich legte sich der Tumult in seinem Inneren. Er ließ sich faul neben ihr zurücksinken, zog den Hut in die Stirn und sagte sich: Warum in aller Welt überhaupt jetzt schon vorausplanen?

Unmittelbar in Richtung seines Blickes lagen Judiths sandalenbekleidete Füße, in einem Polster Heidekraut, gekreuzt wie bei einem ruhenden Merkur. Fast sah er Flügelchen an ihren Fersen. Einen Augenblick lang war seine Phantasie im engen Kreis um sie her gefangen.

21

Das erste, was ihm an diesem Abend auffiel, als die Kinder müde, aber noch immer jubelnd in der Pension Rosenglüh abgesetzt waren und Boyne zu einem späten Abendessen im Chalet bei Mrs. Sellars erschien, war der Saphir an ihrer Hand.

Später fragte er sich, wieso gerade er, der sonst hinsichtlich Details sehr unaufmerksam war, sofort feststellte, daß sie den bescheidenen Stein wieder trug, und hielt es für die Folge von Judiths albernem Kreuzverhör über sein Heiratsdatum. Er argwöhnte beinahe, daß das hartnäckige Kind sich, von seinen ausweichenden Antworten unbefriedigt, schließlich an Mrs. Sellars gewandt und diese dadurch herausgefordert hatte, den Ring wieder anzustekken. Doch nein – es fehlte Judith zwar manchmal an Takt (wie sie selbst zugab), aber diese Indiskretion konnte man ihr nicht anlasten, weil nämlich Mrs. Sellars – jetzt fiel es Boyne ein – erst wieder auf der Bildfläche erschienen war, als es Zeit wurde, die müden Picknicker in die Autos zu verfrachten. Sie und Mr. Dobree waren lange verschwunden gewesen. Anscheinend hatten sie ihren Spaziergang länger ausgedehnt, übrigens die verheißenen Walderdbeeren nicht gefunden oder aber an Ort und Stelle verzehrt. Auf der Heimfahrt hatten Judith und Mrs. Sellars nicht im gleichen Wagen gesessen. Warum also hatte Mrs. Sellars plötzlich den Ring wieder angesteckt? Boyne konnte nur vermuten, daß sie aus unerfindlichen Gründen beschlossen hatte, gerade an diesem Abend Mr. Dobree, der sicherlich zum Abendessen kommen würde, ihre Verlobung mitzuteilen.

Diese Vorstellung erregte in Boyne ein unbestimmtes Unbehagen. Er war im voraus gelangweilt von all den gepflegten Platitüden, die Mr. Dobree für angebracht halten würde. Boynes ganze Meinung über Mrs. Sellars' Freund hatte sich geändert durch den flüchtigen Eindruck von dem Mann, der Judith aus Mr. Dobrees Augen angesehen hatte. Bisher hatte Boyne ihn als den erfolgreichen Anwalt eingeordnet: tüchtig in seinem Beruf, drittklassig auf anderen Gebieten, mit einer methodisch eingeteilten Existenz, deren größerer Teil von beruflichen Angelegenheiten ausgefüllt war, deren Rest aber wie eine sorgsam ausgewogene vitaminreiche Diät (Mr. Dobree war sehr für Vitamine!) aufgeteilt war zwischen körperlicher Ertüchtigung, gesellschaftlichem Verkehr, Philantropie und Reisen. Und nun lungerte und lauerte, weit entfernt von dieser vertrauenerweckenden Vorstellung, ein kleiner, fast unsichtbarer Dobree und starrte, wie er auf Judith gestarrt hatte. Boyne wurde plötzlich wütend beim Gedanken an das, was ohne Wissen von Mrs. Sellars hinter ihrem juristischen Berater grimassenschneidend hervorlugte. Es war, als habe Mr. Dobree unbewußt eine tragische Allegorie auf Judiths Zukunft für ihn heraufbeschworen...

»Wo ist denn dein Freund? Wollen wir auf ihn warten?« Boynes Frage klang selbst für die eigenen Ohren zu abrupt, wurde aber von Mrs. Sellars mit gewohntem Gleichmut entgegengenommen.

»Mr. Dobree? Nein, wir warten nicht auf ihn. Er kommt nicht.«

Boyne war erleichtert und doch beunruhigt. Wenn Mr. Dobree nicht kam (dies war sein erster Gedanke), warum dann nicht? Und was zum Teufel hatte er statt dessen vor?

»Hat er dich für eine Party im ›Palace‹ versetzt? Ich bin froh, daß er dich nicht mit dorthin geschleift hat.«

»Nein, ich glaube nicht, daß er eine Party gibt oder auf eine geht. Er hatte Briefe zu schreiben und sagte, er sei müde.«

Damit schien die Sache abgetan, und Boyne folgte, noch immer leicht nervös, seiner Braut an den Eßtisch, an dem er in letzter Zeit so selten allein mit ihr gesessen hatte.

»Gefällt es dir so nicht besser?« fragte sie und lächelte

ihm über die Schale mit Rosen zu, die zwischen ihnen stand.

Es war in der Tat äußerst wohltuend, wieder mit ihr allein zu sein. Schon gleich zu Anfang machte sie ihm die Freude, das Benehmen der Kinder beim Picknick zu loben. Während sie sich unterhielten, kam ihm allmählich der Gedanke, daß seine zunehmende Reizbarkeit und die sonderbare Abneigung, sich ihre gemeinsame Zukunft vorzustellen, die Folge von Störungen durch irrelevante Probleme und Personen war. Wenn wir allein sind, ist immer alles in Ordnung, dachte er beruhigt.

Nach dem Essen gingen sie wie früher hinaus auf den Balkon, er zündete seine Zigarre an und überließ sich ganz dem Wohlsein des Augenblicks. Er sah, daß Rose Sellars wußte, wie gern er mit ihr allein war, und daß dieses Wissen sie freute und sie wünschen ließ, alles zu tun und zu sagen, um diese Stimmung bei ihm aufrechtzuerhalten. Es lag etwas Ergreifendes in der Beflissenheit dieses stolzen Geschöpfs, genau das zu tun, was er sich wünschte.

»Judith sah heute besonders hübsch aus, nicht wahr? Mr. Dobree war ganz hingerissen von ihr«, sagte sie sanft nach einem Schweigen.

Es war, als habe sie einen Stein mitten in ein Gartenbeet geschleudert, mit dem sie sich solche Mühe gegeben hatte. Boyne reagierte auf die Bemerkung mit aufgebrachtem Lachen.

»Das kann man wohl sagen. Es war deutlich zu sehen.«

»Nun, sie ist ja auch hinreißend – manchmal«, räumte Mrs. Sellars noch sanfter ein.

»Wie jedes schöne Kind. Das ist sie: ein schönes Kind. Dobree schaut sie an wie ein Hund, der sich beim Anblick eines Knochens ums Maul leckt.«

»Martin!«

»Pardon! Ich habe ältere Herren, die kleine Mädchen anschauen, nie leiden können. Wenn dein Freund so verrückt nach Judith ist, soll er sie bitten, ihn zu heiraten. Er ist doch reich, oder? Sein Geld könnte möglicherweise ein Pluspunkt sein – wer weiß?«

»Heiraten? Judith heiraten? Mr. Dobree?« Mrs. Sellars überließ sich sanfter Heiterheit. Seine Worte klangen, von ihr wiederholt, tatsächlich absurd, doch Boyne nahm im Moment nichts anderes wahr als den Aufruhr in seinem Inneren.

»Warum denn nicht?« fuhr er fort. »Bei der Lage, in der das arme Kind sich befindet, spielt Geld eine große Rolle. Was für einen Sinn hat es, scheinheilig zu tun? Wenn sie sich gegen ihre Eltern auflehnen und die Kinder zusammenhalten will, wird sie Geld brauchen und zwar einen ganzen Haufen und außerdem einen guten Anwalt, der geschickt für sie verhandelt. Ich würde sagen, es wäre eine ideale Kombination.«

Mrs. Sellars ließ sich Zeit mit der Antwort und sagte dann: »Ich kann mir nicht vorstellen, daß das größte Vermögen und der gerissenste Anwalt der Welt die Wheaters daran hindern könnte, die Kinder nach Hause zu beordern, wann immer sie wollen. Aber ich bin überzeugt, wenn Judith Hilfe und Rat braucht, wäre niemand lieber bereit, ihr dies zu geben, als Mr. Dobree.«

»Darin hast du sicherlich recht«, meinte Boyne mit einem ironischen Achselzucken.

»Meinst du nicht, es wäre gut, wenn sie ihn konsultierte? Oder wenn wenigstens du es für sie tätest?«

»Wenn ich zwischen Dobree und Judith auch nur im geringsten vermittele, würde er dir aber nicht danken, daß du das eingefädelt hast.«

»Wieso? Wie meinst du das?«

»Wenn du nicht weißt, was ich meine, kann ich nur annehmen, daß du nicht bemerkt hast, wie er das Kind heute nachmittag angestarrt hat, ehe du ihn auf einen Spaziergang entführtest.«

Wieder schwieg Mrs. Sellars. Er sah, wie Verlegenheit ein feines Netzwerk von Falten über ihr Gesicht zog und dachte, daß eine nicht mehr junge Frau ihr frisches Aussehen eigentlich nur in den Intervallen aufrechterhalten kann, in denen sie gerade nichts empfindet. Zu dumm, dachte er und war böse auf sich, das zarte Gleichgewicht ihrer Gemütsruhe aus dem Lot gebracht zu haben. Doch nun lächelte sie wieder, wenn auch etwas wehmütig.

»Sie angeschaut? Wie angeschaut?«

»So wie ich dir gesagt habe.«

Das Lächeln blieb unverändert. »So etwas habe ich wirklich nicht beobachtet. Und nicht ich habe ihn zu dem Spaziergang entführt – es war zufällig umgekehrt –«

»Nun denn, von mir aus«, murmelte Boyne bei dieser schwachen Anwandlung von weiblicher Eitelkeit.

Mrs. Sellars fuhr fort: »Ich glaube auch nicht, daß er in der Weise an Judith denkt, wie du meinst, oder sie so angeschaut hat. Ich hoffe es wenigstens, weil er auf diesem Gang nämlich *mich* gebeten hat, ihn zu heiraten.«

Die Worte kamen mit heiterem Gleichmut. Es war, als würde ihr strahlendes kleines Lächeln hörbar. »Ich weiß nicht, ob es gerade sehr fair von mir ist, es dir zu erzählen«, ergänzte sie mit einer Regung ihrer altmodischen Reserviertheit.

Diesmal war es Boyne, der keine Antwort fand. Er schaute eine Weile wortlos hinaus in die sommerliche Dunkelheit. »Ihn zu heiraten? Du?«

»Wie du siehst, hattest du recht: heiraten will er tatsächlich«, scherzte sie leise. »Deswegen nämlich ist er hergekommen, um mich um meine Hand zu bitten. Ich hatte keine Ahnung... Und jetzt reist er ab – er fährt morgen«, sagte sie mit einem leisen Seufzer, in dem sich Mißbilligung und Zufriedenheit deutlich mischten. Wenn es ein kleiner Triumph für sie war, so nahm sie ihn demütig, ja großmütig hin und doch – das sah er – in vollem Bewußtsein seiner Bedeutung.

Wieder lachte Boyne, diesmal über sich.

»Ich verstehe nicht, was du daran so absurd findest«, murmelte Mrs. Sellars, leichte Verärgerung in der Stimme. Wieder fand er keine Antwort, und sie fuhr fort mit jener

Distanziertheit, mit der sie die in ihrer Jugend gültigen Grundwahrheiten nachbetete: »Schließlich ist es die höchste Ehre, die ein Mann –«

»Gewiß«, pflichtete Boyne gutmütig bei. Er rieb sich die Stirn, wie um eine innere Verwirrung wegzuwischen. Doch es war zwecklos, er konnte seine Gedanken nicht ordnen, nicht darüber hinwegkommen, daß Spott und Verwunderung Rose Sellars überhaupt nicht berührt hatten, daß sein Lachen nur die Macht seiner Selbsttäuschung verspottet und seine Erleichterung ausgedrückt hatte, sich geirrt zu haben. »Also *das* war es!« Die Worte entfuhren ihm unwillkürlich. Trotz der tiefen Dämmerung fühlte er die schattenhafte Gestalt neben sich erstarren und zurückweichen.

»Wir wollen hineingehen, es wird kühl«, sagte Mrs. Sellars und wandte sich dem Lampenlicht zu.

Boyne folgte ihr, noch immer innerlich aufgewühlt, ins Zimmer. Er bemerkte, daß sie ungewöhnlich blaß geworden war. Sie setzte sich an den Tisch und begann die Briefe und Zeitungen durchzublättern, die mit der Abendpost gekommen waren. Boyne stellte sich vor den Kamin, die Hände in den Taschen, beobachtete, wie ein Brief nach dem anderen durch ihre Finger wanderte, und sah doch nur eines: den Ring mit dem Saphir, aufs neue etabliert, aufs neue inthronisiert, der sein, Boynes, Schicksal allen Beteiligten und Unbeteiligten verkündete.

»Und da hast du ihm gesagt, daß wir bereits verlobt sind?«

Sie blickte zu ihm auf. »Das war doch nur fair, oder?«

»Gewiß. Das heißt, wenn unsere Verlobung der einzige Hinderungsgrund war.«

»Der einzige Hinderungsgrund?«

»Wenn du bereit wärst, Dobree zu heiraten, immer angenommen, du wärst frei gewesen.«

Sie überlegte, lachte dann ein wenig, aber ohne viel Fröhlichkeit. »Woher weißt du, was ich getan hätte, wenn ich frei gewesen wäre?«

Er wandte den Blick nicht von ihr. »Möchtest du es ausprobieren?«

Das Blut stieg ihr in die Stirn. Sie ließ die Briefe sinken und legte beide Hände darauf, wie in dem Bemühen, eine heimliche Erregung zu kontrollieren. »Willst du mir damit sagen, es verdrießt dich, daß ich unsere Verlobung Mr. Dobree mitgeteilt habe?«

Er zögerte in dem Gefühl (für das er sich haßte), daß dies der Augenblick war, behutsam vorzugehen. »›Verdrießt‹ ist nicht das richtige Wort. Aber ich bin deiner Meinung, daß es, solange unsere Zukunft nicht endgültig festgelegt ist, sehr viel angenehmer ist, unsere Privatangelegenheiten für uns zu behalten. Es war *deine* Idee, weißt du, *du* hattest es vorgeschlagen«, erinnerte er sie, als sie stumm blieb.

»Ja, es war meine Idee.« Sie überlegte. »Aber du brauchst nicht zu fürchten, daß uns Mr. Dobree verrät.«

»Es geht nicht ums Verraten. Es ist nur das Gefühl –«

»Das Gefühl, daß noch jemand anderes unser Geheimnis kennt? Aber die Wheater-Kinder wissen es – und das seit langem.« Sie sprach die Worte ganz leichthin, wie man kaum leserlich mit Bleistift auf glattes Papier skizziert.

Boyne war bestürzt. Er sah darin keine Analogie, wußte aber nicht, wie er erklären sollte, es gäbe keine. »Oh, die Kinder. Die Kinder zählen doch nicht. Außerdem war ich daran nicht schuld. Judith hat es erraten.« Er lächelte ein wenig bei der Erinnerung. »Aber vielleicht hat auch Mr. Dobree es erraten«, ergänzte er, nun wieder unbefangener. Schließlich, dachte er, machte er seine Sache gut, obwohl er in Bedrängnis geraten wäre, hätte er erklären müssen, was hier »die Sache« war.

Wieder lachte Mrs. Sellars ein bißchen. »Oh nein, Mr. Dobree hat es nicht erraten. Ich mußte ihm alles aufs Genaueste erklären. Tatsache ist –«, sie hielt sekundenlang inne, »daß er überzeugt war, du seist in Judith Wheater verliebt.«

Sofort stürmten Groll und Verdächtigungen, die Boyne schon abgetan hatte, wieder auf ihn ein. Er hatte also recht gehabt, er hatte die An- und Vorzeichen richtig gedeutet. Als wären sie zu mißdeuten gewesen! »Eine Gemeinheit!« sagte er leise.

Mrs. Sellars ließ einen der Briefe fallen, den sie zerstreut zur Hand genommen hatte.

»Martin –!«

»Eine Gemeinheit! So etwas zu denken – und es auch noch vor jemand anders auszusprechen. Aber da sieht man eben –« Er brach ab und begann in einer zweiten Entrüstungswelle aufs neue, »– sieht man eben, wie es in seinem Inneren aussieht! So über ein Kind zu denken, ein bloßes Kind – und über einen Mann, einen *anständigen* Menschen! Es für möglich, womöglich für natürlich zu halten. Und was das Schlimmste ist, es jemand in meiner Position diesen Kindern gegenüber zu unterstellen! Als könnte ich Vorteile aus der Gelegenheit ziehen und mich – und mich in ein Schulkind verlieben.«

Boyne klangen die eigenen Worte in den Ohren, als kämen sie durch ein Megaphon vom anderen Ende des Zimmers. Er ließ sich in den nächsten Stuhl fallen, erhitzt, wütend, beschämt, mit einer so trockenen Kehle, als habe er an einem staubigen Tag unter freiem Himmel Reden gehalten.

Mrs. Sellars, ihm gegenüber, erstarrte, die Hände über den Briefschaften halb erhoben. Der Saphir funkelte ihn über den Raum zwischen ihnen an. »Aber Martin! Du bist ja tatsächlich in sie verliebt!« rief sie aus. Nach einem kurzen Schweigen fuhr sie ruhiger fort: »Ich glaube, ich habe es immer gewußt.« Sie sahen sich wortlos an.

Endlich erhob sich Boyne und begann um den Tisch zu wandern, an dem sie saß.

»Das ist lächerlich –«, begann er.

Sie hob die Hand, und die Geste, sichtlich nur dazu bestimmt, ihm Schweigen zu gebieten, bewirkte auch, daß er nicht näherkam. Er fühlte sich befangen und ungeschickt und machte sie vage dafür verantwortlich. Er war überzeugt, sie und nicht er sei lächerlich gewesen, aber diese Überzeugung brachte ihm sonderbarerweise keine Erleichterung. Sie sahen sich an, sichernd, bedenklich, als sei etwas Zerbrechliches und Kostbares, das sie gemeinsam getragen hatten, ihnen entglitten und zerbrochen. Er meinte, wenn er auf den Boden sah, dort die Scherben glitzern zu sehen.

Mrs. Sellars fand ihre Sicherheit als erste wieder. Sie stand ebenfalls auf, ging auf Boyne zu und legte ihm die Hand auf den Arm.

»Warum versuchen wir eigentlich, uns zu verletzen?« Sie sah ihn durch feuchte Wimpern an, und er fand sich roh, daß er sie nicht sofort in die Arme nahm und die Diskussion durch einen Kuß aus der Welt schaffte. Doch da lagen die glitzernden Scherben, und über sie hinweg schien er sie nicht erreichen zu können.

Jetzt weiß ich doch, was sie von Judith hält, dachte er erbittert.

»Alles ist meine Schuld, Martin, ich weiß, ich bin nervös und töricht.« Sie umklammerte seinen Arm und hob Augen und Lippen bittend zu ihm auf. Ihre Selbsterniedrigung beschämte ihn. Wenn sie wirklich meint, was sie sagt, wieso wirft sie mich dann nicht hinaus? dachte er.

»Ich glaube, ich bin heute auf meinen langen Gängen zu müde geworden, und was Mr. Dobree sagte, hat mich erschreckt und verwirrt...«

Er lächelte. »Daß er dich um deine Hand gebeten hat?«

Sie erwiderte das Lächeln etwas gequält. »Nein. Aber was er über – über dein Interesse an Judith gesagt hat. Du mußt verstehen, Liebster, daß dein Verhalten gegenüber diesen Kindern für Menschen, die nicht alle äußeren Umstände kennen, etwas verwunderlich ist.«

Boyne spürte, daß er sich innerlich wieder verhärtete. »Was geht es Menschen, die nicht alle äußeren Umstände kennen, überhaupt an? *Du* kennst sie, das genügt.«

Bedrückend demütig ging sie darauf ein. »Natürlich

kenne ich sie, Liebster, natürlich. Bitte versuch doch meine dumme Nervosität zu vergessen, ja? Versuch an mich zu denken, als wären du und ich die einzigen Menschen auf der Welt.« Ihre Arme hoben sich zu seinen Schultern, ihre Hände legten sich um seinen Nacken, und sie zog sanft seinen Kopf zu sich herunter. »Wenn es doch immer so sein könnte.«

Als sich ihre Lippen berührten, schloß er die Augen und versuchte sich mit gewaltiger Willensanstrengung vorzustellen, was ihr Kuß ihm bedeutet hätte an jenem fernen Tag, als die Nachricht von Sellars' Tod ihn irgendwo in der nubischen Wüste erreichte, als er mitten in der Nacht wachgeworden war, den Brief immer noch umklammernd, und ausgerufen hatte: »Endlich!«

Als Boyne am nächsten Tag die Szene des gestrigen Abends überdachte, fand er dafür all die Entschuldigungen, die einem sensiblen Mann beim Genuß des morgendlichen Bades einfallen.

Alles war das Resultat des Müßiggangs, des Mangels an harter Arbeit. Wenn ein tätiger Mensch zu lange Urlaub macht und das Ausruhen zum Trödeln geworden ist, mischt sich, wie im Sprichwort, der Teufel ein. Doch obwohl Boyne anfangs alle Schuld auf sich nahm, begann er doch schon beim Rasieren einen Teil davon auf Mrs. Sellars abzuwälzen. Schließlich waren ihre altmodischen Skrupel, ihre Abneigung, ihn sofort zu heiraten und wieder Arbeit suchen zu lassen, der Grund, warum sie beide immer noch in den Dolomiten herumsaßen. Vermutlich war es für Leute mittleren Alters riskant, zu viel Freizeit zu haben, in der man sich gegenseitig Fehler und Verdienste vorrechnete.

Doch dann dachte er mit einemmal: Wären wir verheiratet gewesen und abgereist, als ich es wollte, was wäre aus den Kindern geworden? Weil Mrs. Sellars ihre Verlobungszeit unbedingt hatte ausdehnen wollen, war Boyne so tief ins Wheatersche Problem verwickelt worden. Doch an diesem Punkt der Rückschau konnte er mit einemmal nicht mehr unparteiisch bleiben. Der Gedanke, was den kleinen Wheaters alles hätte zustoßen können, wenn sie nicht zufällig ihm begegnet wären, war unerträglich.

Somit stand eigentlich alles zum Besten. Er brauchte nur Mrs. Sellars davon zu überzeugen (was nicht schwer fallen dürfte, da dieses »Beste« von ihr ausgedacht war) und sich die beunruhigende Erscheinung Mr. Dobrees aus dem Kopf zu schlagen. Wenn man es sich recht überlegte, war vielleicht seine gestrige Gereiztheit zum Teil aus dem Verdacht entstanden, Mrs. Sellars könne sich trotz der angeblichen Gleichgültigkeit von Mr. Dobrees Antrag geschmeichelt gefühlt haben. Man weiß nie –, schloß Boyne und tat auch diese Möglichkeit achselzuckend ab. Der Gedanke, daß er seine jungen Freunde in der Stunde der Not hätte verlassen müssen, nun aber hatte bleiben und ihnen helfen können, machte alle anderen Überlegungen unwichtig. Er überzeugte sich selbst so erfolgreich davon, daß nur noch eine Wolke an seinem Horizont blieb. Mrs. Sellars hatte gesagt: »Ich sehe nicht ein, wie das größte Vermögen und die schlauesten Anwälte der Welt verhindern könnten, daß die Wheaters ihre Kinder jederzeit nach Hause beordern«, und hatte mit diesem Satz den Finger auf Boynes geheimste Befürchtungen gelegt. Das Gleiche hatte er sich hundertmal gesagt, es aber von jemand anders zu hören, ließ die Gefahr akuter erscheinen. Es mahnte ihn daran, daß die Macht der kleinen Wheaters über ihn nicht halb so zerbrechlich war wie die seine über sie und daß es sehr töricht war, sich der Illusion hinzugeben, er könne ernsthaft ihre Geschicke lenken oder kontrollieren.

Und einstweilen?

Einstweilen konnte er nur abwarten, und dazu war er Gott sei Dank noch in der Lage. Die Lido-Saison hatte noch nicht ihren Höhepunkt erreicht, und ehe sie nicht zur Neige ging und endete, durfte er getrost annehmen, daß ihre begeisterten Mitspieler dort bleiben würden. Vor die Wahl gestellt, zwischen sofortiger Scheidung und Plänen für die tägliche Amüsierrunde zu entscheiden, würde keiner der Betroffenen zögern, davon war Boyne überzeugt. Geschäftliche Fragen ließen sich später klären, und eine Sache wie die Höhe der Alimente, stets der Hauptstreitpunkt, konnte für sie nichts anderes als eine geschäftliche Frage sein. Und was konnte einen Longhi-Ball im Fenice ersetzen, oder die Vermählung des Dogen mit der Adria in nachgebautem Bucentaur und in Anwesenheit der oberen Zehntausend von ganz Europa? Kein Mensch würde Venedig jetzt verlassen.

Und doch – die Tage verflogen. Die zunehmende Zahl

der in Cortina Eintreffenden, der dichter werdende Autoverkehr auf sämtlichen Bergstraßen zeigte, daß sich binnen kurzem die modische Welt allmählich vom Meer in die Berge begab, und wenn der Lido sich auflöste, was konnte nicht sonst noch alles sich auflösen? Boyne fand, dieser Frage müsse man jetzt ins Auge sehen, und wollte noch heute mit Judith darüber sprechen.

Es war schon mehr als einen Monat her, seit Judith und ihre kleine Schar in Cortina aufgetaucht waren, und die diversen betroffenen Eltern hatten Boyne versprochen, daß sie die Kinder in den Dolomiten belassen würden, bis der Sommer vorüber war. Doch wieviel war ein solches Versprechen wert, und was bedeutete ein solcher Satz bei Menschen, die die Jahreszeiten nicht wahrnehmen? Nichts, soviel wußte Boyne. Jetzt wurde ihm bewußt, daß er in den letzten vier Wochen nie zur Pension Rosenglüh hinuntergegangen war, ohne damit zu rechnen, daß man ihm mitteilte, vom Lido sei ein Befehl eingetroffen. Bis jetzt war keiner gekommen. Die Kinder waren dadurch in Sicherheit, daß es in der Pension kein Telefon gab und daß keiner der Eltern fähig war – außer unter extremem Druck –, einen Brief zu schreiben.

Wenn telefonieren unmöglich war, konnten sie telegrafieren, doch selbst das Aufgeben eines Telegramms verlangte eine geistige Konzentration, die wie Boyne wußte zunehmend schwieriger wurde, je mehr die Saison am Lido dem Höhepunkt zustrebte. Natürlich kamen auch Telegramme, besonders in den ersten Tagen, sowohl an Boyne wie an Judith: lange Anweisungen von Joyce hinsichtlich Garderobe und Ernährung, zusammenhanglose Ergüsse von Lady Wrench, die ihre Ansprüche und Beschwerden so formulierte, daß sie nach zweimaligem Durchlaufen italienischer Telegrafenbüros ebenso wirr waren wie ihre Gedanken. Schließlich auch noch ein kurzes Kabel von Cliffe Wheater an Boyne: »Wünsche entschieden klargestellt keiner Rechte aufgebe wie geht es Chipstone Rückantwort bezahlt.«

Auf all diese Botschaften erwiderte Boyne ein allgemein gehaltenes »Alles in Ordnung«, und Judith tat auf seinen Rat das gleiche und fügte nur Details über Gesundheitszustand und Zufriedenheit der Kinder hinzu. »Im großen und ganzen«, erklärte sie Boyne, »ist es für sie alle eine Erleichterung, daß jetzt alles besprochen ist, ich hab es vorausgesehen.« Sie und Terry hegten noch immer die Hoffnung, daß sie im Herbst die Erlaubnis bekäme, die Kinder zur Großmama Mervin nach Amerika zu schaffen, und daß Boyne sie – wenn die Erlaubnis ausblieb – ermutigen würde, die Kinder heimlich wegzubringen. Zu diesem Zweck sparten sie und Miss Scope jeden entbehrlichen Pfennig vom Taschengeld, das Cliffe Wheater ihnen ausgesetzt hatte und das Boyne einmal wöchentlich zuteilte. Doch all diese Regelungen waren so fragwürdig, so abhängig von den Vernunftanfällen unvernünftiger, unzuverlässiger Menschen, daß es einem Wunder glich, daß die kleine Schar in der Pension Rosenglüh noch beieinander war. Hätte man sie telefonisch erreichen können, wären sie sicher längst in alle Windrichtungen zerstreut gewesen. »Wenn am Lido nichts mehr los ist, kommen sie euch holen«, hatte Boyne Judith gleich zu Anfang gewarnt, doch sie hatte immer hoffnungsvoll erwidert: »O nein, erst kommt noch Cowes, falls sie dort noch hinfahren, und wenn nicht, kommt nach Venedig immer Biarritz. Du wirst es sehen. Und vor Biarritz noch vierzehn Tage Paris wegen der Herbstgarderobe.«

Cowes war zu gegebener Zeit aufgegeben worden, weil der Lido die stärkere Anziehungskraft hatte, doch nach ein paar weiteren Wochen würde auch dieser Zirkus weggepackt werden – in die Rumpelkammer vergangener Narreteien.

Weil ihm all diese Fragen ständig gegenwärtig waren, beunruhigte Boyne die Diskussion mit Mrs. Sellars am Vortage nicht übermäßig. Im gesunden Licht des Morgens schien ihm ein Gefühlsausbruch zwischen zwei empfindsamen Menschen, die einander tief innerlich verbunden waren, rein gar nichts im Vergleich zur häßlichen Realität, die die kleinen Wheaters ständig bedrohte. Er war überzeugt, daß Mrs. Sellars der gleichen Ansicht sein würde.

Darin enttäuschte sie ihn nicht. Als er sich um die Mittagszeit einfand, atmete selbst die Luft des kleinen Wohnzimmers eine neue Fröhlichkeit. Es war, als sei sie sehr früh unterwegs gewesen, um es mit Blumen zu füllen. Ein zartes Zurechtrücken seiner gefühlsmäßigen Bindungen war Boyne nicht gewohnt. Er hatte nun schon so viele Jahre seine Neigung zu Rose Sellars als etwas Besonderes angesehen, als ein schönes Bild an der Wand eines stillen Zimmers, und seine übrigen Liebesaffären waren zu kurz, zu primitiv gewesen für größere Schwankungen. Ihre Fröhlichkeit und die Schlichtheit, mit der sie ihn empfing, beruhigten ihn daher vollkommen, und er dachte wieder einmal, daß langjährige gesellschaftliche Anpassung doch ihre guten Seiten hatte. »Eine dumme Frau würde darauf bestehen, die ganze Geschichte noch einmal aufzurollen – wie eine Schmeißfliege immer noch im Zimmer herumbrummt, nachdem man überzeugt war, sie aus dem Fenster gejagt zu haben.«

Mrs. Sellars hatte nichts von einer Schmeißfliege. Sie war ängstlich darauf bedacht, daß Boyne dies auch merkte. Doch ihre Zaghaftigkeit hatte nichts Gedrücktes, sie unterwarf sich voll Stolz. Das einzige Anzeichen einer gewissen latenten Verlegenheit lag in ihrer übertriebenen Ungezwungenheit, ihrer munteren Entschlossenheit, sie zu verleugnen. Doch selbst das wurde in den Hintergrund gedrängt durch eine frohe Nachricht, die sie für ihn bereit hielt.

Erst nach beendeter Mahlzeit sagte sie ihm, was es war, erst als sie den Kaffee im Wohnzimmer tranken. Ihr war klar, wie wichtig es ist, den Gedankengang eines Mannes nicht zu unterbrechen, auch nicht mit etwas Angenehmem, wenn er gerade mit Genuß ißt. Boyne hatte sich seine Zigarre angezündet und meditierte über die gleichbleibende, exzellente Qualität des Kaffees, den sie ihm servierte, als sie mit einem kleinen Lachen sagte: »Stell dir vor: Tante Julia schwimmt auf dem Atlantik. Ich habe heute morgen ein Funktelegramm bekommen. Sie schreibt, sie kommt nach Paris, um dich kennenzulernen.«

Boyne hatte sich – wenn er sich Zeit für solche Phantasien nahm – Tante Julia als etwas Solides, Schwerfälliges, Unbewegliches vorgestellt. Für ihn verkörperte sie die eigensinnige Stabilität des alten New York im Strom moderner Experimente. Es war, als würde die etwa gleich alte Trinity Church von Engeln wie durch ein Wunder übers Meer zu ihm getragen.

Mrs. Sellars lachte über sein ungläubiges Gesicht. »Bist du überrascht? Ich nicht. Verstehst du, Tante Julia war immer die zarte kleine Schwester, die Pflege brauchte. Tante Gertrude, die starke Schwester, pflegte sie. Vorigen Winter ist sie gestorben, und seitdem geht es Tante Julia ausgezeichnet.«

Sie waren sich einig, daß solche Auferstehungen nichts Außergewöhnliches seien, und Mrs. Sellars ging sogar so weit, zu verkünden, wenn sie nicht rechtzeitig in Paris wäre, um Tante Julia zu treffen, würde letztere wohl ein Flugzeug chartern und in Cortina landen. »In Wirklichkeit schützt uns nur die Tatsache, daß es meines Wissens keinen Flugplatz in den Dolomiten gibt.«

Dann sagte sie noch, daß sie in ein, zwei Tagen abreisen müsse. Tante Julia, die gewöhnt war, daß man ihr die Wege ebnete, hatte verlangt, daß bei ihrer Ankunft Hotelzimmer bereit standen, die ihren einigermaßen komplizierten Anforderungen entsprachen, daß ein sechszylindriger Wagen mit Ballonreifen und einem tadellosen Chauffeur gemietet wurde, um sie am Bahnhof abzuholen, und ein Arzt und eine Masseuse angeworben, die sie erwarteten, wenn sie eintraf – nach welchen Vorkehrungen sie, nach einer kurzen Ruhepause, hoffe, sich wohl genug zu fühlen, um sich mit den Plänen ihrer Nichte zu beschäftigen.

Boyne rang nach Luft. »Großer Gott – was muß das Telegramm gekostet haben!«

»Oh, um Kosten kümmert sich Tante Julia nie«, sagte Tante Julias Nichte mit einem gewissen Respekt.

Boyne lachte und war ebenfalls der Meinung, daß Mrs. Sellars diesem Ruf klugerweise folgen müsse. Irgendwie kränkte es ihn nicht mehr, daß sie aus so sichtlich materiellen Gründen gehorchte. Er hätte nicht sagen können warum, doch es schien ihm jetzt ganz natürlich, daß sie sich einer reichen alten Tante zur Verfügung stellte. Weil ihre Abreise eine vorübergehende Spannung lösen würde? Das aber tat er als müßige Gedankenspielerei ab. »Entscheidend ist, daß sie abreist und daß sie und ich bei ihrer Rückkehr vermutlich furchtbar froh sein werden, einander wiederzusehen.«

Mrs. Sellars sah sich nachdenklich um. Nach einer Pause sagte sie: »Du weißt gar nicht, wie schrecklich es mir ist, daß unsere schönen Abende in diesem lieben Zimmerchen schon fast vorüber sind«, in einem Ton, als habe sie eigentlich erwartet, Boyne werde das an ihrer statt sagen und habe irgendwie sein Stichwort versäumt.

»Wieso vorüber? Doch nicht länger als eine Woche, hoffe ich. Du wirst dich doch nicht für dauernd von Tante Julia annektieren lassen?«

Sie lächelte etwas verlegen. Offenbar hatte sie andere Pläne und hatte angenommen, er habe diese instinktiv erraten. »Nicht für dauernd, aber ich weiß nicht recht, wann ich sie werde verlassen können...«

»Aber hör mal, Liebes...«

Die Verlegenheit wich aus ihrem Lächeln, es bekam etwas Verheißungsvolles. »Ich erwarte doch, daß du ganz bald nachkommst. Sobald Tante Julias Blutdruck gemessen ist und der Doktor, die Masseuse und der Chauffeur ausprobiert und genehmigt sind.«

Boyne hörte es mit Erstaunen. Er hatte nie ernsthaft angenommen, er könnte in die Zeremonie, Tante Julia auf europäischem Boden heimisch zu machen, einbezogen werden. »Was in aller Welt könnte ich denn beitragen? Warum soll ich für Tante Julias Urlaub geopfert werden?«

»Du wirst es nicht. Es wird eher umgekehrt kommen. Ich will für Tante Julia tun, was nur möglich ist, um ihr den Europaaufenthalt angenehm zu gestalten. Aber dann werde ich die Rechnung präsentieren.«

»Die Rechnung?«

Sie nickte vergnügt. »Diese Rechnung bist du. Ich werde dich präsentieren und sagen: ›Nun, nachdem du ihn gesehen hast, wundert es dich sicher nicht, daß ich ihn sofort heiraten möchte, ob es dir nun paßt oder nicht.‹«

Die Worte begegneten einem Schweigen, das Boyne im Augenblick nicht durchbrechen konnte. Mrs. Sellars stand an ihrem Schreibtisch, den schlanken Körper ihm zugekehrt, und ihr Gesicht leuchtete im Glanz verlorener Jugend, den er einst so köstlich, so ergreifend gefunden hatte. Auch jetzt fand er diesen Glanz ergreifend, aber auf eine andere, schmerzlichere Art.

»Du meinst – du meinst – du hast deine Meinung geändert über das Datum?« Er brach ab, das Wort Hochzeitstag brachte er nicht über die Lippen. Durch einen Nebel von Bestürzung sah er ihr zärtlich-spöttisches Lächeln und wußte, wieviel Mut sich dahinter verbarg. (»Und ich stehe da wie ein Klotz – sie muß mich ja für einen Rohling halten!«)

»Glaubtest du, ich sei eine von den schrecklichen Frauen, die nie ihre Meinung ändern?« Sie trat näher, umfaßte seinen Arm und hob das zarte Gesicht, das noch immer erwartungsvoll strahlte. Dieses Gesicht sagte: »Hier bin ich: liebe mich oder zerstöre mich.« Und wieder fielen ihm die glitzernden Scherben ein, die er gestern abend zu seinen Füßen hatte liegen sehen. Er löste ihre Hände und zog sie eine nach der anderen an die Lippen. Wenn ihm doch nur ein Wort – das richtige Wort – einfiele!

»Martin, willst du denn nicht, daß ich es mir anders überlege?« drängte sie plötzlich. Er drückte ihre beiden Hände an die Brust und liebkoste sie.

»Liebes, ich will vor allem eines nicht: der Anlaß sein, daß du etwas tust, was deine Tante kränken könnte... was in irgendeiner Weise stört... was ihren Ansichten zuwider läuft...« Nein, er konnte nicht weitersprechen, die Worte würgten ihn. Bestimmt hatte sie gemerkt, daß sie nicht ausdrückten, was er dachte, und nur gesprochen wurden, um Zeit zu gewinnen.

Doch sie fuhr mit sanfter Beharrlichkeit fort: »Es ist riesig großmütig von dir, das zu bedenken. Aber du glaubst ja nicht, wie unglücklich es mich gemacht hat, dich zu bitten, hierzubleiben, wo ich doch die ganze Zeit wußte, daß du sofort heiraten und wieder an die Arbeit wolltest? Ich war wie gefangen in meiner Vergangenheit – ich sehe es jetzt ein. Ich war die Sklavin all der Jahre des Konformismus, den du mir immer vorgeworfen hast. Lange konnte ich nicht aus diesem Schatten treten. Aber du hast mir die Augen geöffnet, du hast mich frei gemacht. Es ist doch ungeheuerlich, so lange auf das Glück zu warten und es nicht zu ergreifen, wenn es da ist.« Sie streckte die Arme aus und zog ihn an sich. »Jetzt habe ich keine Angst mehr, Martin. Du hast mich gelehrt, keine mehr zu haben. Von jetzt an denke ich zuerst an dich und nicht an Tante Julia. Ich will dich so bald wie möglich heiraten. Ich nehme an, daß die Formalitäten in Paris nicht allzu lange dauern werden, oder? Und sobald wir verheiratet sind, nehmen wir ein Schiff nach Hause.«

Er lauschte in einer Art Betäubung und sagte sich innerlich: »Ich liebe sie doch nicht weniger, es kann doch nicht sein, daß ich sie weniger liebe. Nur daß alles, was zwischen uns geschieht, anscheinend immer zur falschen Zeit geschieht.«

Das Schweigen hielt an. Auf ihrer Seite war es lastend und gespannt, vor ihm erhob es sich wie eine Wand, undurchsichtig, undurchdringlich. Von jenseits dieser Wand drang ihr fernes kleines Lachen. »Du siehst, Liebster, ich gebe mich dir ganz und gar in die Hand.«

Das verlangte unbedingt eine Antwort. »Rose –«, begann er. So hübsch der Name war, er nannte sie fast nie so, hatte sie immer als zu nahestehend empfunden, um überhaupt eines Namens zu bedürfen. Sie sah erstaunt auf.

Er machte einen neuen Versuch. »Aber du siehst doch, Liebling, wie die Sache steht.«

Ein leises Zucken lief über ihr Gesicht. »Welche Sache?«

»Du weißt doch, nachdem du abgelehnt hattest, die Möglichkeit unserer sofortigen Heirat zu erwägen, habe ich mich verpflichtet –«

Das Zucken hörte auf, ihr Gesicht wurde wieder glatt und undurchdringlich. Er wiederholte mechanisch: »Habe ich mich verpflichtet...«

Sie löste sich ruhig von ihm und setzte sich in einiger Entfernung. »Du sprichst von deinem sonderbaren Experiment mit den Wheater-Kindern.«

»Es ist mehr als ein Experiment. Du weißt, als ich die Eltern aufsuchte, sagte ich ihnen, daß ich verantwortlich sei für das Wohl der Kinder, solange man sie mir überläßt.«

»So lange man sie dir überläßt? Also vielleicht auf Lebenszeit?« Sie beugte sich vor, ihr Gesicht verzog sich in dem tapferen Versuch zu lächeln. »Martin! Ist das alles dein Ernst? Das kann nicht sein. Du erwartest doch nicht von mir, daß ich all unsere Pläne, unsere ganze Zukunft, deine und meine, auf unbestimmte Zeit von der Laune einiger deiner Zufallsbekanntschaften abhängig mache, die zu herzlos und zu sehr mit sich selbst beschäftigt sind, sich um die eigenen Kinder zu kümmern?«

Boyne zögerte kurz, dann sagte er: »Wir hatten keine Pläne, ich meine, keine unmittelbaren Pläne, als ich diese Regelung traf. Es war deine Entscheidung, daß wir –«

»Meine Entscheidung! Nun denn, meine jetzige Entscheidung ist, daß wir sofort Pläne machen.« Sie erhob sich, leicht bebend, war sehr blaß, und ihre schmalen Brauen zeichneten einen geraden schwarzen Balken über ihre Stirn. »Martin, ich bitte dich, sofort mit mir nach Paris zu fahren.«

»Sofort? Aber eben jetzt hast du gesagt, in ein, zwei Wochen –«

»Und jetzt sage ich: Sofort. Morgen.«

Er stand an den Kamin gelehnt, so weit von ihr entfernt, wie der kleine Raum es zuließ. Eine Welle von Widerstreben stieg in ihm auf. »Morgen kann ich nicht mitkommen.«

Er merkte, daß sie sich gewaltig anstrengte, um ihre zitternden Nerven zu beruhigen. »Martin, ich will gewiß nicht unvernünftig sein...«

»Du bist nie unvernünftig«, sagte er geduldig.

»Du meinst, es wäre besser gewesen, wenn ich es wäre?« gab sie prompt zurück und wurde purpurrot.

»Sei es auch jetzt nicht«, bat er.

»Nein.« Sie hielt inne. »Also gut: Komm in ein paar Tagen nach Paris nach.«

»Hör zu, Liebes – all das hat keinen Sinn. Nicht den geringsten Sinn. Ich kann in ein paar Tagen so wenig kommen, wie ich morgen kommen kann. Ich kann die Kinder nicht im Stich lassen, ehe nicht ihre Zukunft so oder so geordnet ist. Ich habe gesagt, ich bleibe bei ihnen, und das ist mir ernst. Wenn ich ihnen jetzt den Rücken kehre, verlieren sie ihre letzte Chance, zusammenbleiben zu dürfen.«

Sie nahm es mit geneigtem Kopf und steif über dem Knie gekreuzten Händen entgegen, doch plötzlich verließ sie die Selbstbeherrschung. »Aber Martin, bist du von Sinnen? Was geht es dich überhaupt an, was aus diesen Kindern wird.«

»Ich weiß es nicht«, sagte er schlicht.

»Du weißt es nicht? Du weißt es nicht?«

»Nein. Ich weiß nur, daß es sein muß. Ich habe es versprochen und kann nicht zurück.«

»Du kannst nicht zurück, weil du es nicht willst. Du mußt dein Versprechen halten, weil du es halten willst. Und du willst es, weil Mr. Dobree recht hatte, weil...«

»Rose, gib acht«, unterbrach er sehr leise.

»Achtgeben? In diesem Moment? Auf wen? Ich will doch nur die Wahrheit.«

»Ich sage dir die Wahrheit.«

»Das glaubst du vielleicht. Aber die Wahrheit ist etwas

ganz anderes, etwas, das dir selbst möglicherweise noch gar nicht bewußt ist... nicht deutlich jedenfalls...«

»Ich glaube, ich habe dir die ganze Wahrheit gesagt.«

»Daß du, wenn ich dich bäte, zwischen mir und den Wheater-Kindern zu wählen, die Wheater-Kinder wählen würdest – aus purer Menschenliebe?«

»Ich habe nicht gesagt, aus Menschenliebe. Ich habe gesagt, ich weiß es nicht...«

»Wenn du es nicht weißt, ich weiß es. Du bist verliebt in Judith Wheater und versuchst dir einzureden, daß du noch immer in *mich* verliebt bist.«

Er bedeckte die Augen mit den Händen, wie um sich gegen eine unerträgliche, von ihr heraufbeschworene Vision zu schützen. »Bitte nicht, Rose, um Himmels willen... wir wollen doch keine Dummheiten reden.«

»Aber Liebster, ich muß.« Sie stand auf und trat näher, er spürte ihre Hände auf seinem Arm. »Hör zu, Martin. Ich liebe dich zu sehr, um dir nicht helfen zu wollen. Versuch doch, mir das nachzufühlen. Dann wird alles so viel leichter.«

»Ja.«

»Versuch *deine* Gefühle zu begreifen, das ist die beste Art, die meinen zu schonen. Ich will nur die Wahrheit, das ist alles. Versuche diese Wahrheit zu erkennen und stelle dich ihr – mit mir. Mehr will ich nicht.«

Er ließ die Hände sinken und sah sie entmutigt an. Sie und er schienen weiter von einander entfernt als vorher. Alles übrige war wirr und unklar.

»Ich schwöre dir, ich weiß nicht, was die Wahrheit, wie du es nennst, ist, aber ich weiß, daß es nicht so ist, wie du denkst. Judith ist für mich genauso ein Kind wie die anderen, ich schwöre es.«

»Ja, aber Liebster, dann –«

»Aber ich muß trotzdem zu ihnen halten«, wiederholte er eigensinnig.

Eine Weile standen sie schweigend nebeneinander, die Augen von einander abgewandt, wie Menschen, die angestrengt auf ein weit entferntes Signal horchen, das ihnen Befreiung aus drohender Gefahr verheißt. Dann wandte sich Boyne langsam zu Mrs. Sellars um. Seine Augen ruhten auf ihrem Profil, das so mager, so abgespannt, so blutlos war, daß es ihn wie ein akuter Schmerz durchfuhr. Er hatte sich selbst oft als einen Mann verspottet, der bei all seinen Reisen nie ein echtes Abenteuer erlebt habe. Jetzt sah er, daß er selbst eines gewesen war, das große Abenteuer für Rose Sellars, das Risiko, der Zauber ihres Lebens. Während sie in den öden Jahren ihrer Ehe weiter exemplarisch geduldig und heldenhaft heiter geblieben war, war der Gedanke an Boyne für sie wie ein Schatz gewesen, den sie anhäufte, nach dem sie eines Tages die Hand ausstrekken würde – ganz gleich, wie lange sie möglicherweise darauf warten mußte. Ihre Geduld, das wußte Boyne, war grenzenlos. Sie hatte sich dazu erzogen, weiter auf das Glück zu warten, Tag für Tag, Monat für Monat, Jahr für Jahr, mit der gelassenen unerschütterlichen Aufmerksamkeit des Tieres, das auf Beute wartet. Eines Tages würde diese Beute, ihr Glück, auftauchen, sie würde es fassen, und an diesem Tag gab es vor ihr kein Entrinnen.

Es war schrecklich, es war abstoßend, sich ihr schmerzliches Warten als etwas Zupackendes, Raubtierhaftes vorzustellen. Es war noch schmerzlicher, so kritisch in ihre Gefühle einzudringen, während eine allgemeine Taubheit die seinen lähmte. Rings um diese Taubheit war ein breiter Saum aus Mitleid und Verständnis, doch er wußte, dies war nicht der Bereich, durch den er bis zu ihr vordringen konnte. Sie hatte zwar immer ein vernunftbetontes Leben geführt, doch würde sie ihm nie verzeihen, wenn er jetzt an ihre Vernunft appellierte...

»Rose –«, bat er.

Sie drehte sich um, und er sah ihr Gesicht: Gefaßt, neu geordnet, wie überglänzt von winterlichem Sternenlicht. Ihre Lippen formten ein lächelndes: »Ja, Liebster?«

»Rose –«

Sie griff nach seiner Hand und drückte sie ganz leicht.

»Liebster, wir reden beide großen Unsinn. Selbstverständlich meine ich nicht, daß du um meinetwillen die Wheater-Kinder verlassen sollst, selbstverständlich meinst du nicht, daß du mich um ihretwillen verlassen willst, nicht wahr? Ich glaube, ich verstehe nur zu gut deine Zuneigung zu den armen Kerlchen, es wäre mir sogar arg, wenn du sie nicht lieben gelernt hättest. Aber du und ich, wir haben uns irgendwie nervös machen lassen, ich weiß nicht wie. Siehst du nicht, was für ein Fehler es wäre, wenn wir diese Frage noch weiter erörterten? Ich bin überzeugt, ich fände fast sofort eine Lösung, wenn ich nicht so krampfhaft danach suchte. Und du sicherlich auch.« Sie hielt inne, ein wenig atemlos, und nahm dann eifrig ihren Monolog wieder auf. »Wollen wir uns nicht bis morgen Adieu sagen? Und uns dann unsere Pläne mitteilen? Und vergiß nicht, vielleicht löst sich das Problem ohne unser Zutun ganz plötzlich von selbst.«

Sie hatte sich an das letzte Stück des Vernunftfelsens geklammert, das über den Wassern noch sichtbar war. Nun hielt sie sich daran fest, unerschrocken, unbesiegt, und äußerte das Richtige, das Neutrale, obwohl sie sich nach seinem Kuß sehnte, nach ihm schmachtete.

»Ach, Liebste«, murmelte er.

»Morgen also?«

»Ja, morgen.«

Ehe er sie in die Arme nehmen konnte, war sie außer Reichweite geglitten und schloß rasch und leise die Tür vor ihm. Er blieb allein auf dem Treppenabsatz zurück mit dem Gefühl, diese energische Geste habe ihn endgültig von ihr getrennt.

23

Es zeigte sich immer deutlicher, daß Boyne sein einstiges Bild von Mrs. Sellars nur dann wiederfand, wenn sie nicht zusammen waren. Er begann zu glauben, es rühre daher, daß er sie so lange aus der Entfernung geliebt und infolge der Trennung eine Art idealer Beziehung zu ihr entwickelt hatte, für die jetzt das kleinste Mißverständnis, die kleinste unerwartete Äußerung eine Bedrohung darstellte.

Zu Anfang hatte die Überraschung, sie nach langer Abwesenheit so viel jünger und lebhafter vorzufinden, als er sie in Erinnerung hatte, die Glut lang erträumter Zärtlichkeiten, die ganze bezaubernde Harmonie ihrer Gegenwart diesen inneren Mißklang übertönt. Doch obwohl sie ihm teurer war als je, schien jede ungezwungene Unterhaltung zwischen ihnen unmöglich geworden, er fand sie nur in Phantasiegesprächen wieder, bei denen er selbst Rede und Gegenrede übernahm.

Das geschah auch, als er sich den Schmerz und die Bestürzung über ihr letztes Gespräch von der Seele wanderte. Zwei Stunden lang trabte er über die Berge, unglücklich, verstört, hin- und hergerissen zwischen dem, was er an ihr unvernünftig fand, und seiner eigenen Zwangslage. Doch dann überkam ihn wieder die Klarheit, die stets zum schweigenden Gedankenaustausch mit ihr gehört hatte. Wann hatte sie ihn je in solchen wortlosen Gesprächen im Stich gelassen, wenn es um für ihn Grundsätzliches ging: um Gerechtigkeit, Freundlichkeit, Menschenliebe im weitesten Sinne? Wie er zu den Wheater-Kindern stand (hatte er es ihr gegenüber nicht offen zugegeben?), war unvernünftig, unhaltbar, oder wie sonst man es nennen wollte, ja, aber auch menschlich. Und das würde sie schließlich rühren. Er zweifelte nicht daran, daß sie beim Wiedersehen am nächsten Tag ihre »kleine Lösung« bereit haben und die unnötige Aufregung mit ihm belächeln würde.

Nur der Gedanke an ihre tiefe, unterwürfige Leidenschaft, die so sehr von seinem beklommenen Selbstbewußtsein abstach, machte ihm noch Sorge. Er wußte jetzt, wie sehr sie ihn liebte, aber wußte er auch, wie sehr er *sie* liebte? Wie zum Beispiel, wenn er heute abend bei der Rückkehr ins Hotel ein paar Zeilen vorfand, sie habe sich um ihrer beider willen entschlossen, die Verlobung zu lösen: Konnte er dann ehrlich behaupten, daß die Welt für ihn unterging? Gekränkt, verletzt, ratlos, das alles würde er sein, schon jetzt schreckte seine empfindliche Eitelkeit davor zurück. Doch das war auch alles – und im Vergleich – wie wenig!

Er kam spät ins Hotel und ging ohne Aufenthalt am Postfach vorbei, in das man um diese Tageszeit üblicherweise wegen der Abendpost schaute. Der Portier rief ihm nach und schwenkte einen Brief. Der Umschlag trug den Poststempel New Yorks, und in der oberen Ecke erkannte Boyne den Namen der großen Hochbaufirma, der er einige seiner wichtigsten Aufträge verdankte. Man bat ihn noch hin und wieder um seinen Rat. Der Brief, von seiner Londoner Bank nachgeschickt, enthielt zweifellos etwas Derartiges. Er schob ihn in die Tasche und gedachte ihn erst nach Tisch zu lesen. Dann ging er essen, allein in einer Ecke des altmodischen Speisesaals, dessen Tische mit dem groben Geschirr und den plumpen Wasserkaraffen wie die öden Überbleibsel einer eben erst aufgehobenen *table d'hôte* wirkten, der längst aus der Mode gekommenen Hoteltafel, an der zur Zeit seiner Eltern die Reisenden saßen. Ein hartes Brötchen lag neben seinem Teller, auf dem Tisch stand ein Strauß halbverwelkter rosa Nelken in undurchsichtiger blauer Vase. Alles um ihn her war häßlich und unpersönlich, und doch gratulierte er sich dazu, jetzt nicht im erlesenen, rustikalen Chalet am Tisch zu sitzen, eine Schale mit raffiniert gesteckten Feldblumen, abgeschirmte Kerzen und ausgefallene Gerichte vor sich. Ja, und außerdem war er noch froh, nicht in der Pension Rosenglüh den Nachtisch der kleinen Wheaters zu teilen.

Ihm wurde plötzlich klar, wie genußvoll es war, ausnahmsweise einmal allein und sein eigener Herr zu sein, sich vor niemand zusammennehmen oder von der besten Seite zeigen zu müssen, in Gesellschaft von Menschen zu sein, die ihn quälten oder entzückten, denen er zuhören und antworten mußte. Ich bin ganz entschieden ein Wilder, dachte er und leerte den Teller fader Suppe mit einem Appetit, dessen er sich beinahe schämte. Daraus ließ sich offenbar schließen, daß er schon zu lange müßig war, um sich im Moment nicht so sehr nach Ruhe als vielmehr nach Tätigkeit zu sehnen, und daß die Vorstellung, die schwere körperliche Anstrengung eines Arbeitstages in der Fremde mit der Sicherheit eines New Yorker Büros zu vertauschen – wie er es noch vor wenigen kurzen Monaten angestrebt hatte –, ihm jetzt unerträglich vorkam. War er zu alt für die Härten und Strapazen des Ingenieurberufs? Aber gerade die Härten und Strapazen waren es gewesen, die der Arbeit die Würze, und die schwierigen mathematischen Aufgaben, die dem Geist den nötigen Auftrieb gegeben hatten! Die Verbindung dieser zwei Quellen des Interesses, in anderen Berufen selten, brauchte er offenbar, um dem Leben gewachsen zu sein, seine blühende Phantasie im Zaum zu halten, seine Nerven zu zügeln und jeden Morgen beim Aufwachen dem neuen Tag ausgeglichen entgegenblicken zu können!

Als er sich nach dem Essen in der trübseligen kleinen Hotelhalle die Pfeife anzündete und den Brief aus der Tasche zog, dachte er: Ich wollte bei Gott, es wäre der Befehl, sofort nach Tierra del Fuego aufzubrechen.

Natürlich war es nichts dergleichen, nur eine Anfrage nach der Adresse eines jungen Ingenieurs, der vor ein paar Jahren Boynes Mitarbeiter gewesen war und den die betreffende Firma aus den Augen verloren hatte. Boynes günstige Beurteilung der Fähigkeiten des jungen Mannes war aufgefallen, und man glaubte eine interessante Arbeit für ihn zu haben, wenn er zufällig frei wäre und keine Angst vor Strapazen und Verantwortung hätte. Boyne steckte den Brief ein, lehnte sich in seinem Stuhl zurück und dachte: Mein Gott, ich wollte, ich wäre in seinem Alter und könnte auf und davon – wohin auch immer.

Den Rest des Abends drehte und wendete er diesen Gedanken. Ob er Mrs. Sellars wohl verständlich machen konnte, daß er sich geirrt hatte, als er annahm, er sei schon im richtigen Alter für Schreibtischarbeit? Wenn sie erst verheiratet waren, würde sie bestimmt verstehen, daß sie ihn um seines Seelenfriedens willen und, bis die Reste seiner Jugend aufgebraucht waren, zu aufregenden Expeditionen ziehen lassen mußte, der einzigen Medizin gegen – ja, wogegen? Nun, gegen das herankriechende graue Alter doch sicherlich. Gewiß war es die Angst davor, woran er krankte. Jedenfalls mußte er fort. Er mußte. Sobald das Schicksal der kleinen Wheaters entschieden war, sobald er und Rose verheiratet waren und er sie in New York etabliert hatte, mußte er zurück in die glorreiche, befreiende Welt der Stützpfeiler, Belastbarkeiten, Krümmungen und Steigungswinkel.

Hatte sie nicht davon gesprochen, am nächsten Tag ihren kleinen Plan für ihn bereit zu haben? Nun denn, auch er würde für sie einen Plan haben, zumindest diesen generellen, umfassenden. Erst einmal die Wheatersche Sippe ins sichere Asyl unter Großmama Mervins Fittiche (wie, wußte er nicht), dann die Heirat und dann – die Flucht! Er steigerte sich wie immer bei diesen einseitigen Gesprächen in glühende Beredsamkeit, die nie verfehlte, Mrs. Sellars schließlich zu überzeugen, weil er unbewußt alle Einwände eliminierte, die sie möglicherweise hätte erheben können. Er ging ins Bett, die Seele wie durchströmt von frischer Luft, als habe die bloße Vorstellung eines Entrinnens ihn befreit…

Mrs. Sellars hatte nicht gesagt, um wieviel Uhr sie ihn am folgenden Tag erwartete, daher beschloß er, bis zum Mittagessen zu warten und dann kurz bei ihr hereinzuschauen, wie es seine Gewohnheit war, wenn sie keinen besonderen Ausflug vorhatten. Morgens schlenderte er meist hinunter und sah nach, wie die Flüchtlinge in der Pension Rosenglüh zurechtkamen, aber diesmal überließ er sie sich selbst und ging erst aus dem Haus, als er zum Chalet aufbrach. Beim Näherkommen erschreckte ihn das sonderbare Gefühl einer Bedrohung. Oh, keine weitere Szene, dazu war Rose viel zu intelligent. Was er fühlte, war eher eine Art Unbehagen, als würde die frische Luft aus seinen Seelenlungen allmählich wieder abgesaugt. Er warf einen Blick zum Balkon hinauf und hob die Hand, um ihr zuzuwinken, aber sie war nicht dort. Er stieß die Dielentür auf und lief die kurze Treppe hinauf. Das kleine Wohnzimmer war leer: es sah so makellos ordentlich aus wie eine Gruft. Ihm fiel sofort auf, daß der sonst vollgekramte Schreibtisch leer und aufgeräumt war und ihm keinerlei Essensgeruch durch die Speisezimmertür entgegenkam.

Sie war fort. Mit einemmal war er sicher, daß sie fort war, aber warum? Und wann? Vor allem warum? Ohne ein Wort? Etwas so Plötzliches und Unerklärliches zu tun, sah ihr so gar nicht ähnlich.

Er setzte sich in den Sessel, den er immer einnahm, als könnte das gewohnte Tun sie herbeizaubern, sie zurückrufen auf den Platz ihm gegenüber, im Geist, wenn schon nicht in Person. Doch das Zimmer blieb beunruhigenderweise auch geistig leer. Er hatte den Eindruck, sie sei ganz und gar fort und habe ihre Seele mitgenommen, und diese Entdeckung schuf unerwartet ein seltsames Vakuum in ihm. »Aber das ist doch absurd!« hörte er sich laut sagen. »Rose!« rief er. Es kam keine Antwort. Er stand auf, und sein Auge schweifte vom Tisch zum Kaminsims. Dort erblickte er einen an ihn adressierten Brief. Er ergriff ihn und riß ihn auf, und wie mit einem Schlag füllte sich die disharmonische Atmosphäre des kleinen Raumes mit der vernünftigen Sprache derjenigen, die da geschrieben hatte.

»Liebster! Als du gestern fort warst, kam ein Telegramm von Tante Julia mit der Bitte, so bald als möglich nach Paris zu kommen. Ich beschloß daher, heute früh mit dem

Auto nach Padua zu fahren und dort den Orientexpreß zu nehmen. Und ich will mich so davonmachen, ohne dich zu sehen, ohne dich wissen zu lassen, daß ich abreise, weil ich mir nach reiflicher Überlegung klar geworden bin, daß mein kleiner Plan – du weißt doch, ich hatte dir einen versprochen – gut noch ein paar Tage länger in Ruhe überlegt sein will. Ich schreibe ihn dir einfach aus Paris, statt heute morgen noch in aller Eile mit dir zu sprechen.

Außerdem (ich gestehe es) möchte ich das Bild unseres hiesigen Glücks unangetastet lassen, nicht durchgescheuert und abgewetzt durch weitere Erörterungen mit mir nehmen, und seien sie noch so freundschaftlich. Ich weiß, du wirst mich verstehen. Dieses Zusammensein war etwas so Vollkommenes, etwas so Köstliches, daß ich es in seiner Perfektion behalten möchte. Ich schreibe dir in wenigen Tagen. Bis dahin denke an mich, wenn du kannst, wie ich an dich denke. Kein Herz kann von einem anderen mehr verlangen.

Rose«

Er setzte sich wieder und las den Brief noch zwei-, dreimal. Er war liebevoll und vernünftig – aber er war auch verzweifelt traurig. Ja, sie hatte begriffen, daß Trennung für eine Weile das Beste für sie beide war. Und dies war ihre Art, es ihm mitzuteilen. Seine Augen wurden naß, und er fragte sich, wie er gestern abend denken konnte, es wäre eine Erleichterung, plötzlich zu hören, sie sei abgereist.

Doch sogleich begann er sich vorzustellen, wie es gewesen wäre, wenn er sie angetroffen hätte und sie jetzt am Eßtisch säßen und ihr Glück »durchscheuerten und abwetzten«, wie sie es ausgedrückt hatte, durch nutzlose weitere Erörterungen. Wie klug von ihr, abzureisen, wie gnädig! Ja, er würde so an sie denken, wie sie an ihn dachte. Das konnte er jetzt, ohne einen Schatten von Reserve. Er würde sie – in aller Aufrichtigkeit – für diesen Aufschub segnen…

Er nahm eine verwelkende Federnelke aus einer der Vasen auf dem Kaminsims, steckte sie mitsamt dem Brief in die Brieftasche und machte sich auf den Weg hinunter ins Dorf, um ein Telegramm an sie aufzugeben. Im Gehen entwarf er es – liebevoll, sehnsüchtig. Er ging rasch durch die frische Luft, und als er im Tal angekommen war, erinnerte ihn ein gesunder Hunger daran, daß er nicht zu Mittag gegessen hatte. Direkt vor ihm lag die Pension Rosenglüh, und er wußte, daß Miss Scope, selbst wenn die kleinen Wheaters schon fertig gegessen hatten, die Köchin überreden würde, ihm ein Omelett zu zaubern...

Sofort empfand er knabenhafte Vorfreude bei dem Gedanken, die kleine Gesellschaft zu überraschen, und da er die Haustür unverschlossen fand, ging er durch die Diele und trat in das private Eßzimmer, das man ihnen zugewiesen hatte. Inzwischen waren erwachsene Gäste eingetroffen, deren Vorliebe für das, was Judith als das »Essensgebrüll der Kinder« bezeichnete, nicht so groß war wie die seinige.

Sein Erscheinen wurde mit einem Stimmaufwand begrüßt, der das Geschirr noch im Speiseraum der Erwachsenen auf der anderen Seite der Diele ins Klirren brachte. »Haben die wilden Raubtiere mir ein Bröckchen übriggelassen?« fragte er und schob seinen Stuhl vergnügt zwischen Judith und Blanca.

24

Ein ungestörtes Zusammensein mit den kleinen Wheaters versetzte Boyne immer in gelöste Stimmung. So als fände man aus verkrampfter Körperhaltung zurück zu einer natürlichen. Dieses Gefühl, ganz man selbst zu sein, einfach, völlig ungezwungen, das die Gesellschaft der Kinder ihm während der Mittelmeerreise vermittelt hatte und das er seit ihrer Ankunft in Cortina, aber nur kurz und in gewissen Abständen, genossen hatte, kam wieder über ihn, als er seinen Stuhl am Eßtisch zwischen Judiths und Blancas gerückt hatte. Er wollte es nicht darauf schieben, daß Mrs. Sellars abgereist war, sondern lieber denken, daß ihre Abreise ihm ermöglichte, über sich zu verfügen, wie es ihm paßte. Und was ihm paßte, war, sofort seine halb-väterliche Stellung der Gruppe gegenüber wieder aufzunehmen und ihr jeden freien Augenblick zu widmen.

Wieder bei den Kindern zu sein war wie eine Heimkehr nach langer, gefahrvoller Reise ohne Nachricht von den geliebten Menschen. In der Zwischenzeit mußte eine Menge geschehen sein, und er durfte keinen Moment zögern, die Fäden wieder aufzunehmen. In der Tat waren es eine Menge Fäden. Noch am gleichen Abend bekam er durch Miss Scope einen allgemeinen Überblick über die Lage, erfuhr, daß Terrys Gesundheitszustand sich ständig besserte, daß der junge Schweizer Hauslehrer, den Boyne in Bozen aufgetrieben hatte, gewissenhaft und freundlich war und gut mit Terry auskam, Bun aber hoffnungslos unlenkbar fand (»– und daran ist nichts neu«, bemerkte Miss Scope), daß die drei Mädchen Blanca, Zinnie und Beechy zwar manchmal Nerven kosteten, sich aber im großen und ganzen besser aufführten, als man hatte hoffen dürfen, wenn man die ungewöhnliche Länge der Ferien bedachte, und schließlich, daß Chipstone selbst während des Durchbrechens eines neuen Zahns seine rosige Heiterkeit behalten und ein Pfund oder noch mehr zugenommen hatte.

Das alles war für Boyne so fesselnd, als sei jeder der Beteiligten von höchster Bedeutung. Er hatte ein langes Gespräch mit dem Hauslehrer, ging sorgsam mit ihm Terrys Lehrplan durch, schlug ein paar Änderungen vor und ermutigte und beriet den jungen Mann. Bun auf den steilen Pfad der Gelehrsamkeit zu zwingen oder zu locken, hätte einer stärkeren Hand bedurft. Bun galt als unbelehrbar, doch auch bei den kleinen Mädchen war nicht viel auszurichten. Selbst Blanca, die sich hinsichtlich Alter und Kultiviertheit so überlegen vorkam, fand die Gesellschaft der jüngeren Geschwister durchaus annehmbar und deren schlechtes Beispiel, wenn gerade nichts Interessanteres vorging, unwiderstehlich. Diesen Nachteilen stand die erfreuliche Tatsache gegenüber, daß die Höhenluft, die allen Kindern gut getan hatte, Terry aus einem Teilinvaliden in einen fröhlichen, lebhaften Jungen verwandelt hatte, der über seine Temperatur lachte und sich beim Essen ein zweitesmal bediente. Bis dato hatte sich vom Lido her niemand eingemischt. Insgesamt hatte Boyne daher im Verlauf der Wochen zunehmend Grund, mit seiner Leistung zufrieden zu sein. Den Kindern ein paar Monate Geborgenheit zu verschaffen in der wachsenden Hoffnung, sie alle gemeinsam unter dem Dach der alten Mrs. Mervin unterzubringen, war gewiß einen Versuch wert gewesen. Noch am Abend nach Mrs. Sellars Abreise schrieb er Großmama Mervin einen langen Brief.

Wieder allein mit den Kindern, stellte Boyne fest, daß seine verworrenen Gefühle gegenüber Judith sich erneut zu der offenen, brüderlichen Zuneigung gewandelt hatten, die er seinerzeit auf dem Schiff empfunden hatte. Vielleicht weil auch sie natürlich und ungezwungen geworden war, da keine älteren Leute sie in die Verteidigung drängten. Sie war wieder das übermütige Kind, das ihn anfangs bezaubert hatte. Vielleicht dachte er auch deshalb so, weil er zufrieden war, wieder bei seiner Herde zu sein, unbeobachtet, nicht kritisiert durch Erwachsene. Er und die Kinder verstanden sich; er vermutete, daß seine Unrast und Spontaneität sich auch dann mit der ihren verschwistert hätte, wenn durch ihre Notlage nicht an sein Mitgefühl appelliert worden wäre. Es ist eben keiner von uns erwachsen, dachte er und beglückwünschte sich dazu, bei dem immerwährenden Konflikt auf seiten der Kinder zu stehen.

Seine Gespräche mit Judith drehten sich üblicherweise um deren Zukunft. Manchmal versuchte er ihr zu entlokken, was sie selber gern täte, doch sie schien für sich selbst nichts zu wollen, konnte sich nicht einmal in Gedanken von den anderen lösen. Für die hatte sie märchenhafte Träume und Ambitionen. Wenn man sie nur zusammen ließe, bis sie erwachsen waren, dann schwebte ihr ein Idyll vor, bei dem sie alle im gleichen Haus irgendwo auf dem Land wohnten (ihr Vater würde ihr vielleicht, sobald sie mündig war, eines kaufen), einem Haus, in dem es immer Tiere und Vögel gab, und darin ein Leben führen, bei dem sich die kindlichen Vergnügungen wundervoll mit Erwachsenenbeschäftigungen kombinieren ließen. Und sie hatte sich für jedes Kind eine klar umrissene Berufskarriere zurechtgelegt. Blanca würde natürlich eine Schönheit werden, und für Judith war Schönheit Beruf genug. Terry würde ein großer Gelehrter, ein Ratgeber und Führer für die anderen, sie empfand grenzenlosen Respekt vor der Weisheit und Autorität, die einer sich durch Bücher aneignete. Bun war ersichtlich dazu bestimmt, Rennwagen zu fahren und bei Wettkämpfen und Sportveranstaltungen Preise zu gewinnen. Beechy würde heiraten und eine Unmenge Kinder bekommen, dabei aber immer noch irgendwie auf Bun aufpassen, und Zinnie – nun ja, Zinnie war zweifellos prädestiniert, »schlau« zu sein, ein Schicksal von zweifelhafter Tragweite. Judith hoffte jedoch, es würde nicht die pfiffige Schläue der kleinen Pixie Lullmer sein, die so kindlich und schlicht wirkte und in Wahrheit ein Abgrund altkluger Erfahrungen war, in alle Geheimnisse des Hotellebens eingeweiht, eine richtige Kröte, wie Judith es zusammenfaßte, während doch für ihre arme Halbschwester Doll Westway alles *so* fürchterlich gewesen war, daß sie den kürzesten Ausweg gewählt und sich erschossen hatte.

Oh, und Chipstone! Nun, mit Chipstone hatte es keine Eile, nicht wahr? Er war so groß und ruhig und so überzeugt, zu bekommen was er wollte, daß Judith meinte, vielleicht würde er Bankier und Besitzer einer großen Jacht und sie alle zu wundervollen Kreuzfahrten einladen. Und Nanny und Susan würden natürlich für immer bei ihnen bleiben und auf Beechys Kinder aufpassen...

Boyne hatte beschlossen, Judith gegenüber nicht zu erwähnen, daß er der alten Mrs. Mervin geschrieben hatte. An dem Tage, an dem Mrs. Sellars' überstürzte Abreise vorübergend seine Pläne umgestoßen hatte, war es seine Absicht gewesen, sie zu Rate zu ziehen und sich mit ihr zu besprechen, doch als er sich daran erinnerte, war Judith für ihn schon wieder zum unbeschwerten Geschöpf ihrer ersten Begegnung geworden, und er empfand abergläubische Furcht davor, etwas zu tun, was die Harmonie ihrer Beziehung stören könnte. Schließlich konnte er sich bei der Großmutter ebenso gut für die Kinder einsetzen wie Judith, und wenn sein Appell zum Scheitern verurteilt war, brauchte sie nie etwas davon zu erfahren. Er stellte fest, daß er in Gedanken recht betont auf jener Kindlichkeit bestand, die er ihr beim Gespräch mit anderen so gern zuschrieb, und fürchtete jetzt, etwas könnte diese ihm so notwendige Illusion zerstören. In seinem Brief an Mrs. Mervin versuchte er ein Maximum an Prägnanz mit großer Beredsamkeit zu verbinden und schloß mit dem Hinweis, die verschiedenen Elternteile könnten jeden Augenblick eingreifen und der dringenden Bitte, sofort zu telegrafieren, wenn sie, wie er ernsthaft hoffe, dem Plan zustimmte. Das Aufgeben dieses Briefes war wie das Abgeben eines Schulaufsatzes, und mit seiner Abfassung schien er samt den Kindern neue Ferien zu beginnen. Eine Galgenfrist von zwei, drei Wochen jedenfalls – und dann ..., dachte er, wer weiß. Womöglich kann ich sie dann alle nach New York bringen. So unwahrscheinlich es schien, er klammerte sich an diese Hoffnung mit ebenso kindlichem Glauben wie Judith.

Mrs. Sellars hatte gesagt, sie würde in wenigen Tagen schreiben. Statt dessen aber telegrafierte sie, um ihre Ankunft in Paris zu melden, und dann nochmals, etwas später, um Boyne das Eintreffen von Tante Julia anzuzeigen. Jede dieser Botschaften schloß mit ein paar liebevollen Worten, doch es vergingen zehn Tage, ehe den Telegrammen ein Brief folgte.

Boyne fand ihn eines Abends bei seiner Rückkehr von einem langen Ausflug mit den Kindern. Nach ein paar Tagen hatte er es aufgegeben, sich über Mrs. Sellars' Schweigen den Kopf zu zerbrechen, hatte, als die Tage vergingen, ihr Verfliegen nicht mehr wahrgenommen und war, als er ihre Handschrift erkannte, beinahe überrascht, daß ein Brief aus Paris so schnell Cortina hatte erreichen können. Er wartete bis nach dem Essen, ehe er ihn las, insgeheim wünschend, das Aroma der Gegenwart auf den Lippen zu behalten. Als er es nicht länger aufschieben konnte, zog er sich in die melancholische Halle zurück und ließ sich im gleichen abschüssigen Sessel nieder, in dem er den Brief der Hochbaufirma gelesen hatte, die ihn bat, ihnen für einen Job den Aufenthalt des jungen Mannes zu nennen. »Jetzt schreibt sie, daß sie zurückkommt«, murmelte er und erbrach das Siegel. Davon jedoch sagte Mrs. Sellars nichts.

Der Brief war einer ihrer besten: zärtlich, munter und amüsant. Die Schilderung von Tante Julias Ankunft war ein kleines Meisterwerk. Die Schreiberin berichtete auch ausführlich, welche Künste sie aufgewendet habe und noch aufwende, um die Familientyrannin davon zu überzeugen, daß Boyne ganz zu Recht eine sofortige Heirat wünschte, und vermerkte im Ton bescheidenen Triumphs, es zeichne sich bereits ein Erfolg ab. »Doch selbst wenn das nicht so wäre, Liebster«, ging der Brief weiter, »würde ich nicht zulassen, daß sich an meinen – an unseren – Plänen etwas ändert, und bin bereit, mich unmittelbar vor Tante Julias Nase (so ehrfurchtgebietend diese auch sein mag) entführen zu lassen, wenn sie ihre Einwilligung versagen sollte. Doch das wird sie nicht tun, und die wichtigste Frage ist jetzt, was *wir* beabsichtigen, und nicht, was sie eventuell davon hält.«

An diesem Punkt angelangt, legte Boyne den Brief beiseite, holte eine Zigarre heraus, schnitt sie ab, legte sie wieder hin, ohne daran zu denken, sie anzuzünden. Dann nahm er den Brief wieder auf...

»Am allerwichtigsten ist doch, daß wir bezüglich unserer Zukunft zu einer Einigung kommen, nicht wahr, Liebster? Ich habe das Gefühl, daß ich neulich eine solche Einigung unmöglich gemacht habe: durch meine Unvernunft, meine Ungeduld, meine scheinbare Unfähigkeit, deinen Standpunkt zu begreifen. Aber ich habe ihn schon damals begriffen, und jetzt ist er mir noch deutlicher geworden, weil ich die ganze Frage aus genügender Entfernung geprüft habe, um sie klar und deutlich zu erkennen. Wir wissen selbstverständlich beide, daß – ganz gleich, was wir beschließen – einige der zahlreichen Papas und Mamas deiner kleinen Freunde diesen Beschluß jederzeit umstoßen können, doch bis dahin habe ich etwas vorzuschlagen: Du möchtest doch, daß die armen Kinder so lange wie möglich dem verwirrenden und demoralisierenden Einfluß eines ständigen Wechsels entzogen bleiben? Darin bin ich ganz deiner Ansicht und meine, daß wir gerade denjenigen zu helfen versuchen sollten, die solchen Risiken am stärksten ausgesetzt sind. Nach deiner Darstellung wird Mr. Wheater Chipstone niemals für länger von sich lassen. Zinnie und das ulkige Pärchen des Prinzen Buondelmonte werden sicherlich von ihren jeweiligen Eltern angefordert werden, nun sich diese in Reichtum und Häuslichkeit niedergelassen haben. Was die bezaubernde Judith betrifft, so wird sie, auch wenn du es nicht einsehen willst, in ein, zwei Jahren erwachsen und verheiratet sein, und bis dahin wird sie, sollten sich die Wheaters tatsächlich scheiden lassen, vermutlich wie früher bei ihrer Mutter bleiben. Eigentlich scheinen mir die Zwillinge die Hauptleidtragenden. Sie sind alt genug, um zu verstehen, was sich abspielt, und noch nicht alt genug, um sich schon ein eigenes Leben zu gestalten. Vor allem sind sie in einem Alter, in dem zerstörerische Einflüsse vermutlich am meisten schaden. Du hast mir oft erzählt, daß die Kränklichkeit des armen Terry immer ein Problem zwischen ihm und seinem Vater war (so entsetzlich eine solche Vorstellung auch ist) und daß der stramme Chip ihn verdrängt hat. Gerade Terry braucht Pflege und Mitgefühl nötiger als alle anderen, und du bist sicher meiner Meinung, daß es undenkbar wäre, die kleine Blanca von ihrem angebeteten Bruder zu trennen. Ich schlage daher vor, daß du Mr. und Mrs. Wheater ersuchst, die Zwillinge aufzugeben und uns als deren Freunde, als ihren gesetzlichen Vormund, wenn das besser ist, oder was du sonst für richtig hältst, anzusehen, bis sie mündig sind. Ich will gerne meinen Teil zu ihrer Betreuung beitragen und glaube, daß wir sie gemeinsam zu glücklichen, nützlichen Mitgliedern der Gesellschaft erziehen können. Wenn du zustimmst, bin ich bereit –«

Boyne las nicht weiter, faltete den Brief zusammen und steckte ihn in die Tasche. Eine Welle der Enttäuschung und des Widerwillens überschwemmte ihn. »Liebe kleine Blanca, also wirklich!« knurrte er wütend. »Nützliche Mitglieder der Gesellschaft!« Daß Mrs. Sellars so gelassen vorschlagen konnte, die Kinder zu trennen, war schlimm genug, aber daß sie ihm aus der ganzen Schar das einzige Kind aufhalsen wollte, für das er keine Zuneigung und kaum Interesse empfand, daß die Frau, die er zu heiraten gedachte, von den ihm auf Gedeih und Verderb ausgelieferten kleinen Mädchen ausgerechnet Blanca seines Mitgefühls für wert hielt, empfand Boyne als sehr bezeichnend für jene Seite in Mrs. Sellars' Charakter, vor dem er seit dem Augenblick des Wiedersehens versucht hatte, die Augen zu verschließen. Sie hat sie gewählt, weil sie weiß, daß sie auf sie nie eifersüchtig zu sein braucht, dachte er insgeheim.

Angenommen, es war so – wie weiblich, wie menschlich im Grunde! Da sie Boyne so sehr liebte, war es da nicht natürlich, daß sie lieber zwei Kinder unter ihrem Dach haben wollte, die am wenigsten fähig waren, zwischen ihn und sie zu treten und ihr Glück auf irgendeine Weise zu stören? Ja – aber war das denn überhaupt Liebe? Wenn sie ihn wirklich liebte, hätte sie dann nicht seine Gefühle gegenüber der kleinen Herde geteilt, hätte erkannt, wie grausam eine Trennung für sie wäre? Darüber hielt er einen Augenblick inne und versuchte sich gewissenhaft vorzustellen, was er in ähnlichem Fall aus Liebe zu ihr getan hätte. Würde er beispielsweise dafür als abhängiger Schwiegerneffe bei Tante Julia leben wollen? Tausendmal nein! Aber warum solche sinnlosen Rätselfragen stellen? Kein Mensch konnte behaupten, die beiden Fälle seien vergleichbar. Rose Sellars würde ihn schließlich nur bitten, eine Laune zu befriedigen. Was er aber von ihr forderte, war lebenswichtig und unausweichlich. Sie wußte, es oblag ihm, diese Kinder zu retten, sie wußte, daß diese Aufgabe ihm allmählich ans Herz gewachsen war. Und doch hatte sie – kühl und entschlossen, in dieser teuflischen Manier wegzudenken, was zuzugeben unbequem war – so getan, als sympathisiere sie mit seinem Vorhaben und es in Wahrheit ignoriert, wie ihr Vorschlag zeigte. Die jüngeren Kinder wieder zu ihren Eltern zu schicken – zu Eltern wie Zinnia Lacrosse und Buondelmonte! Judith ihrer Mutter zurückzugeben, einer Mutter, die im Begriff stand, Gerald Ormerod zu heiraten, der nach Judiths Aussage sie selber vorgezogen hätte? Boyne schreckte vor diesem Gedanken zurück, wie vor körperlichen Grausamkeiten, die er nicht verhindern konnte. Er stand auf, warf seine Zigarre weg und ging, empört und ohne Hut, hinaus in die Nacht.

Die Luft war warm, der Himmel voller Wolken, die von

wechselnden Ausblicken auf fernes, sterngesprenkeltes Blau durchbrochen waren. Boyne tastete sich auf dem dunklen Waldweg von seinem Hotel hinunter, ging über die Felder zu den Hängen, die Judith und er am Tag seiner Rückkehr vom Lido erklettert hatten. Von dem Tag an, er erinnerte sich jetzt, datierte Rose Sellars' Eifersucht auf Judith. Er hatte sie über ihr aufmerksames Gesicht flackern sehen, als Judith am nächsten Morgen mit der Erwähnung ihres Streifzugs herausgeplatzt war. Boyne hatte – auch daran erinnerte er sich –, Mrs. Sellars zu verstehen gegeben, daß er bei dieser Gelegenheit allein gehen wolle, »um sich den Lido aus den Lungen zu blasen«. Höchstwahrscheinlich hatte diese Ausflucht ihren Verdacht erregt. Denn warum sollte er verhehlen, daß er mit Judith spazieren gegangen war, wenn Judith für ihn wirklich nur ein Kind war, wie er behauptete? Ja, warum eigentlich? Es schien, als sei er mit dem Leugnen einer solchen Tatsache unbewußt auf der Hut gewesen vor dieser lang vermuteten Eifersucht, als habe er schon immer erraten, daß unter Mrs. Sellars' ruhigem vernünftigem Wesen diese leidenschaftliche und irrationale Regung lauerte. Wenn das stimmte, machte es sie gewiß interessanter, aber auch weniger leicht zu behandeln. Denn Eifersucht muß, wenn sie Mitgefühl erregen soll, von jemand empfunden werden, der sie auch hervorruft. Geteilte Eifersucht gehört zur Liebe. Nichtgeteilte macht die Liebe unmöglich. Und Boyne in seiner törichten Sicherheit konnte sich nicht vorstellen, auf Mrs. Sellars eifersüchtig zu sein. »Wenn, fände ich es wahrscheinlich fürchterlich...« Doch das Problem war nur intellektuell zu erfassen.

Er schlenderte durch die Sommernacht, den Kopf voller quälender Gedanken, und als er sich zwischen den Tannen bergauf tastete, dachte er an jene andere Nacht vor wenigen Wochen, in der er den gleichen Steig hinaufgeklettert war, die Füße wie beflügelt, die Luft ein Zaubertrank, weil eine Mädchenschulter ihn streifte und er einem spontanen Lachen lauschte.

Er kam so spät zurück ins Hotel, daß er den Portier wekken mußte und dieser ihn mit mürrischem Erstaunen musterte.

»Es war eine Dame da. Sie hat Ihnen ein Paket gebracht.«

»Eine Dame? Und wo ist das Paket?«

»Oben auf Ihrem Zimmer. Ich mußte ihr beim Hinauftragen helfen. Es war schwer um die Treppenbiegung zu kriegen. Einen Brief hat sie auch hinterlassen.«

Schwer um die Treppenbiegung? Was in aller Welt konnte das sein, und wer war die Dame? Boyne eilte ohne weitere Fragen hinauf in sein Zimmer. Kein Zweifel, Rose war zurückgekehrt. Sie hatte – recht geschickt – beschlossen, ihrem Brief ihre überzeugende Gegenwart folgen zu lassen. Bei diesem Gedanken wurde er unruhig und unsicher, als sei sie zu früh gekommen, ehe er sich darauf eingestellt hatte, sie zu empfangen.

Und was konnte sie ihm mitgebracht haben, das man die Treppe hinaufschleppen mußte? Was es auch war, er konnte sich nicht vorstellen, wie sie es nach oben schleppte, auch nicht mit Hilfe des Portiers. Sie war noch nie auch nur in seinem Zimmer gewesen, dem Zimmer mit dessen Tisch und Stühlen die Wheater-Kinder so zwanglos vertraut waren. Es sah Rose gar nicht ähnlich, und doch mußte es Rose sein…

Er riß die Tür auf und sah einen großen verhüllten Gegenstand mitten im Zimmer stehen, einen nachlässig in zerfetztes Zeitungspapier versteckten und verschnürten Gegenstand. Die Verpackung ließ sich abreißen, und seinem starren Blick bot sich eine antike Wiege aus Walnußholz mit primitiven Schnitzornamenten. Eine Wiege! Er ließ sich in einen Sessel fallen und blickte ungläubig darauf wie auf eine Halluzination. Endlich fiel ihm ein, daß der Portier einen Brief erwähnt hatte, und sein Blick wanderte zur Kommode. Dort stak auf einem Nadelkissen ein Umschlag, adressiert in einer vertrauten, präzisen Handschrift, der Handschrift Terry Wheaters, der immer für die anderen Kinder schreiben mußte, wenn ein Brief der Erwachsenenkritik ausgesetzt war, und er las:

Lieber Martin,
wir schicken dir diese hübsche Wiege als Hochzeitsgeschenk, wir alle glauben nämlich, daß du sehr bald heiraten wirst, weil Mrs. Sellars nach Paris gefahren ist, um ihre Aussteuer zu bestellen. Und weil du wie ein Vater zu uns warst, hoffen und beten wir, daß du bald ein echter Vater von einer Menge süßer kleiner Kinder sein wirst und daß sie alle in dieser Wiege schlafen werden und daß du dann denkst an
deine dich liebenden Judith, Terry, Blanca

Unter die letzte der rudimentären Unterschriften hatte Chipstone sein Zeichen gekritzelt, und dann kam noch ein verschmiertes Postskriptum von Judith: »Darling, ich hab es noch mal aufgemacht, als Terry nicht hinschaute, er sagt nämlich, daß wir die Wiege nicht hübsch nennen dürfen, aber sie ist doch hübsch, und wir wollten daß du das weißt. Judith.«

In der mitternächtlichen Stille saß Boyne da und lachte und lachte, bis eine nervöse alte Jungfer im Nachbarzimmer an die Wand klopfte und giftig rief: »Ich höre jedes Wort, das Sie beide sagen!«

Viertes Buch

25

Boyne hatte zu Unrecht angenommen, Mrs. Sellars könne unangemeldet zurückkehren, um sich von der Wirkung ihres Briefes zu überzeugen. Sie tat es nicht. Und nach zwei weiteren Tagen kam er zu dem Schluß, irgendeine Antwort lasse sich nicht länger aufschieben.

Nur: was konnte er sagen?

Das tägliche Zusammensein mit den Kindern bei den Mahlzeiten, bei ihren Spielen und Klettereien hatte seine Gedanken von Mrs. Sellars abgelenkt, hatte sie wieder in den lieblichen Schatten zurückverwandelt, der sie so lange gewesen war, nur mit dem Unterschied, daß sie diesmal unabänderlich zum Schatten geworden war, während er früher immer geglaubt hatte, sie könne Wirklichkeit werden. Schließlich machte er sich ans Schreiben, und wieder schien seine Gereiztheit, seine Ungeduld sie körperlich zu materialisieren, als sei ihr vom Schicksal bestimmt, nur dann Realität zu werden, wenn sie ihm widersprach oder ihm einen Strich durch die Rechnung machte. Er sann darüber nach, ob auch das eine Besonderheit des Verliebtseins sei. Die Menschen rücken sich zu nah – sie können sich vermutlich vor lauter Nähe nicht mehr sehen, überlegte er, nicht ganz zufrieden mit seiner Deutung. Er schrieb: »Hinsichtlich deines Vorschlages für die Kinder verstehe bitte, daß ich nicht unvernünftig reagieren möchte, aber wenn ich nicht verrückt bin, läuft deine Anregung auf Folgendes hinaus: Ich soll sie geradewegs in die Hölle zurückschicken, aus der ich sie vorübergehend befreit habe. Für sie ist diese Hölle – oder das Schlimmste daran von einander getrennt zu werden, und du verlangst von mir, sie zu trennen, nachdem ich einzig und allein darum gekämpft habe, sie zusammen zu lassen. Ich enthalte mich jeden Kommentars bezüglich deines Vorschlages, die Kleineren Lady Wrench und Buondelmonte zu überlassen. Frauen wie du können sich leider solche Menschen gar nicht vorstellen. Ich aber kenne die beiden und werde mich, solange ich es verhindern kann, nie dazu hergeben, die mir anvertrauten Kinder solchen Händen wieder auszuliefern. Und wenn du sagst, daß Judith – dank der die Kleineren eine gewisse Solidarität und Zusammengehörigkeit aufgebaut haben, in einer Welt, die eben diese Gefühle negiert –, daß Judith mitansehen soll, wie ihre Arbeit vorsätzlich zerstört wird und die Gefühle, die sie in den anderen geweckt hat, mit Füßen getreten werden –« Er brach ab, warf die Feder hin und starrte entmutigt auf das Geschriebene. »Hol's der Teufel, es hat doch keinen Sinn«, stöhnte er.

Die Wahrheit war die: selbst in den aufsässigsten Augenblicken vermochte er sich nicht einzureden, er grolle Mrs. Sellars. In Wahrheit war es gerade andersherum. Als er nach Venedig gereist war, um mit den Wheaters über die Zukunft ihrer rebellischen Familie zu verhandeln, hatte er das als verlobter Mann getan. Als er sich zu seinem seltsamen Wächteramt verpflichtete, hatte er praktisch auch Mrs. Sellars mitverpflichtet und seine Zusage nicht einmal von ihrer Einwilligung abhängig gemacht. Er hatte schlicht vorausgesetzt, wenn sie ihn liebte, würde sie mit allem einverstanden sein, was er tat, und jegliche Situationen akzeptieren, in die es ihm einfiel, sie zu bringen. Kurzum, er hatte sich wie ein romantischer Jüngling betragen, der mit einem verträumten jungen Mädchen seines Alters verlobt ist. Das war alles wahr, und es war auch wahr, daß ihm Mrs. Sellars deswegen nie Vorwürfe gemacht hatte. Daß sie so großmütig gewesen war, nahm seinen Argumenten alle Kraft und lähmte ihm die Feder. Er schob den Brief weg, zog einen neuen Bogen heraus und kritzelte darauf: »Bedaure unendlich kann das Getane nicht ungeschehen machen versuch mich zu verstehen Liebste.«

Ja, ein Telegramm war besser, jedenfalls schneller geschrieben. Er zerriß den Brief, setzte den Hut auf und brachte sein Telegramm zur Post hinunter.

Auf die Antwort brauchte er nur vierundzwanzig Stunden zu warten. Als Mrs. Sellars' Telegramm kam, stand darin nur: »Verstehe dich Brief folgt...« Das war an sich nicht unbefriedigend, aber nach zwei weiteren Tagen händigte ihm der Briefträger keinen Brief, sondern ein eingeschriebenes Päckchen aus. Beim ersten Blick darauf, noch während er den Empfang quittierte, hatte er erraten, was es enthielt. Er ging hinauf in sein Zimmer, leicht benommen von der Plötzlichkeit des Ereignisses, riß ärgerlich Siegel und Schnur ab und packte das lederne Kästchen aus, das zu finden er erwartet hatte. Ein, zwei Minuten lang saß er da, schaute es an und empfand beinahe so wenig wie jemand, der soeben angeschossen oder von einem Dolchstich getroffen worden ist.

»Also das war es dann wohl«, sagte er laut. Aber welches »das« es werden würde, ahnte er noch nicht. Es war eine Wunde, gewiß, aber war sie tödlich? Er wußte es nicht. Mit einem gemurmelten Fluch über den eigenen Zustand ließ er das Kästchen aufspringen und sah einen schmalen Papierstreifen um den Saphirring gewickelt, auf dem stand: »Ich werde immer daran denken. Ich werde nie grollen. Deswegen möchte ich, daß du diesen Ring einer Frau gibst, die dich so glücklich machen kann, wie du mich glücklich gemacht hast.« Er stieß Kästchen und Papier beiseite und verbarg das Gesicht in den Händen. Er mußte sie wohl doch geliebt haben – oder wenigstens ihr Bild, das die lange Trennung geschaffen hatte...

Er wurde aufgeschreckt durch ein Klopfen, und als er verwirrt aufsah, erblickte er Judith Wheater, die unschlüssig auf der Schwelle stand.

»Oh, lieber Martin – hast du geschlafen, oder hast du mal wieder gräßliches Kopfweh?« Sie kam herein und schloß die Tür ohne eine Antwort abzuwarten. »Hab ich dich schrecklich gestört?« fragte sie und strich ihm mit kühler Hand über das Haar.

»Ja – nein.« Er fragte sich, ob ihre scharfen Augen bereits das geöffnete Ringkästchen und das mit Roses Namen unterschriebene Papier gesehen hatten. Doch es jetzt verstecken zu wollen, würde nur ihre Aufmerksamkeit darauf lenken. Er griff nach ihrer Hand und drückte sie. »Ja, ich habe tatsächlich gräßliches Kopfweh«, sagte er.

»Dann geh ich vielleicht lieber«, unterbrach sie ihn zweifelnd. Sie beugte sich über ihn mit dem Gesicht, das sie annahm, wenn eines der Kinder hingefallen war und sich das Knie aufgeschlagen hatte, und Boyne lächelte unwillkürlich über ihre Ängstlichkeit. »Es kommt darauf an, wozu du gekommen bist. Was gibt es denn? Ist in der Rosenglüh etwas nicht in Ordnung?«

»Nichts spezielles. Aber weißt du, daß wir dich zwei volle Tage lang nicht gesehen haben...«

»Tatsächlich?« Über seinem Zwiespalt seit Eintreffen von Mrs. Sellars' Brief war ihm das Zeitgefühl abhanden gekommen. »Das kann stimmen«, rief er aus. »Ich habe gar nicht bemerkt, daß ich euch so schamlos vernachlässigt habe. Ich hatte eine langweilige Arbeit, die mußte ich hinter mich bringen. Setz dich und rauch eine Zigarette.« Er tastete nach der Schachtel und schob sie Judith über den Tisch, die es sich in seinem einzigen Armsessel bequem gemacht hatte. »Ach, Martin, wie wundervoll, hier mit dir allein zu sein!«

»So wundervoll ist es gar nicht«, entgegnete er, weil ihm die Ohren der säuerlichen alten Jungfer im Nebenzimmer einfielen. Er überlegte, ob er Judith nicht vorschlagen sollte, ihren Besuch lieber in den Garten zu verlegen.

»O doch, wenn du mich mit dir reden läßt«, erklärte sie mit ihrer köstlichen Aufrichtigkeit, und Boyne mußte wider Willen lachen.

»Ich habe dich noch nie am Reden hindern können, wenn du es wolltest«, bemerkte er und zündete sich eine Zigarette an. Judith bohrte ihre mageren Schulterblätter in die Sessellehne, schlug die Beine übereinander und seufzte wohlig. »Das können nur wenige.«

»Also – was hast du für Neuigkeiten?«

»Heute früh kam ein Brief von Mutter.«

Das Lachen erstarb Boyne auf den Lippen. Die lang erwartete Bedrohung – das war sie! Er wußte, Joyce schrieb nur, wenn sie etwas überwältigend Wichtiges – und dann gewöhnlich etwas Unangenehmes – mitzuteilen hatte. »Und was schreibt sie?« fragte er beklommen.

»Nicht viel, ich habe es nicht ganz begriffen. Sie berichtet nur, daß sie Gerald aufgegeben und zum erstenmal gemerkt hat, daß sie ein total verpfuschtes Leben führt, und daß sie möchte, wir sollen ihr verzeihen.«

»Tatsächlich? Aber dann ——«

Judith tat seine Hoffnungen achselzuckend und mit blassem Lächeln ab. »Ach, das ist nicht so besonders neu. Mutter merkt immer, wie total verpfuscht ihr Leben ist, wenn sie sich zu verändern gedenkt.«

»Verändern? Wie – verändern?«

»Gewöhnlich sich mit jemand neuem verloben.«

»Aber nicht doch, Liebes. Warum sollte es diesmal nicht bedeuten, worauf ich immer gehofft habe: daß deine Eltern einsehen, sie können ohne euch – euch alle – nicht leben, und daß sie ihre Ehe endgültig kitten wollen.«

Judith musterte ihn fast amüsiert durch den Rauchschleier ihrer Zigarette. »Wie in den besseren Filmen, was?«

»Du kleine Skeptikerin. Warum denn nicht? Deine Mutter ist zu intelligent, um nicht eines Tages den ganzen Blödsinn satt zu haben.«

»Ja, das schreibt sie. Sie schreibt, sie hat jemand kennengelernt, der ihr die Augen dafür geöffnet hat, wie verkehrt alles ist – und das bedeutet immer, daß sie sich bald wieder verloben wird.« Boyne schwieg und Judith fügte hinzu: »Jedenfalls fährt sie sofort nach Paris, um die Scheidung einzureichen, weil sie sagt, es ist nicht anständig, länger mit einem Menschen wie Vater zu leben.«

Boyne fiel ein Stein vom Herzen. Wenn Mrs. Wheater nach Paris reiste, ohne den Vorschlag zu machen, die Kinder sollten mitkommen, war das mindestens ein Aufschub – ein wie langer, konnte er nicht ahnen, doch jedenfalls genug als Entschuldigung, nichts zu unternehmen. Weiter wagte er nicht zu hoffen. Doch er begegnete Judiths Blick, und dessen unbeschwerte Heiterkeit überraschte ihn. »Hast du keine Angst, daß –«, begann er, und sie erwiderte, ohne zu zögern: »Solange du hier bist? Warum sollten wir Angst haben?«

Sofort senkte sich die Last seiner Verantwortung doppelt schwer auf ihn. Das Risiko für diese Kinder übernommen zu haben, war verrückt genug, aber festzustellen, daß sein Tun ihn in ihrer Phantasie zur Gottheit gemacht hatte, daß er für sie eine Art personifizierter Zufluchtsstätte geworden war, steigerte seine Sorge zur Bestürzung.

»Nun hör mal zu, Kind, wir haben bisher tolles Glück gehabt, dürfen aber trotzdem nicht vergessen, daß unsere Vereinbarung eines schönen Tages in die Brüche gehen kann. Wie soll ich das verhindern?«

Mit strahlendem Blick drückte sie ihm ihr ganzes Vertrauen aus. »Aber du hast es doch bis jetzt getan? Und können wir nicht, wenn es wieder zum Krach kommt, still und heimlich mit dir nach Amerika hinüberflitzen?« Sie brach ab und begann dann wieder mit einem Hauch von Unschlüssigkeit, die bei ihr neu war: »Ich nehme an, du wirst dich ganz bald verheiraten, nicht wahr, Martin? Als heute morgen Mutters Brief kam, haben wir überlegt – Terry und ich –, wenn Großmama Mervin Angst hat, uns aufzunehmen, ob wir nicht alle mit dir in New York leben könnten, wenn wir Kinder einen Teil der Miete zahlen? Verstehst du, dagegen können die Eltern unmöglich etwas haben und ich weiß, daß du und Mrs. Sellars Chip und die Stiefs gern haben, und wir Großen würden ja keine Mühe machen. Scopy und ich haben von Vaters Taschengeld so viel gespart, daß ich glaube, du könntest dir dann ein ziemlich großes Haus leisten, und morgens würden wir alle furchtbar brav sein und das Bad nicht länger besetzt halten, als uns zusteht.«

Die Abruptheit, mit der Judiths bitterer Scharfsinn in die schlichte Naivität der Kinderstube umschlug, war verblüffend. Wenn es um Mittel und Wege ging, verwandelte sich die illusionslose junge Dame, für die das Leben keine Überraschungen mehr hatte, wieder in das hilflose kleine Mädchen in der Obhut von Kinderfrauen und Gouvernanten. In solchen Augenblicken, dachte Boyne, glich sie einer jungen Daphne, schon halb in die Realität hinaustretend, halb noch im Blätterwerk des Märchenlandes gefangen.

»Mein gutes Kind –«

Auf jeden veränderten Tonfall reagierte sie sofort, und während er noch sprach, sah er den Schatten in ihren Augen, noch ehe er ihre Lippen erreichte. Sie versuchte das Lächeln festzuhalten und fiel ihm ins Wort: »Ich habe wohl wieder etwas Dummes gesagt?«

»Nein, nur etwas Unerwartetes, das ist alles. Laß mir ein bißchen Zeit –«

Sie sprang auf und stürzte mit einem ihrer impulsiven Sprünge auf ihn zu. »Martin! Wenn die Leute bitten, ihnen Zeit zu lassen, brauchen sie die Zeit immer nur, um Nein zu sagen. Und jetzt wirst du böse sein, weil ich dich etwas gefragt habe, für das du Zeit zum Antworten brauchst!«

»Keine Spur. Ich brauche Zeit, weil es mehrere Antworten gibt. Die erste ist: Woher weißt du, daß deine Großmama Mervin euch *nicht* alle aufnehmen wird?«

Sie schüttelte den Kopf. »Weil ich ihr schon vor einem Monat geschrieben habe und sie sich Zeit läßt mit der Antwort. Und außerdem – echt wahr – hab ich immer gewußt, daß Großmama Mervin uns, auch wenn sie uns aufnimmt – sofort wieder aufgibt, wenn Vater laut genug brüllt, verstehst du.« Damit kehrte Judith sprunghaft zu ihrer nachdenklichen Frühreife zurück. »Großmama bekommt ein großes Taschengeld von Vater.«

»Schön, das bringt mich auf meine zweite Lösung. Woher weißt du, daß dein Vater euch nicht sofort an den Lido zurückbeordert – oder wo er sonst ist –, wenn deine Mutter fest entschlossen ist, ihn zu verlassen?«

»Weil Vater mit der Jacht nach Konstantinopel unterwegs ist – mit Syb, ich meine mit Mrs. Lullmer – und noch einer Menge Leute.«

Unwillkürlich atmete Boyne wieder erleichtert auf. Wenn Wheater mit einer Horde Kumpane auf der »Fancy Girl« unterwegs war und seine Frau nach Paris stürzte, um die Scheidung einzureichen, war eine unmittelbare Entscheidung vielleicht wirklich nicht notwendig. Nie war ihm ein Aufschub willkommener gewesen.

»Mein liebes Kind, in diesem Fall sieht es doch so aus, als ob beide euch in Ruhe ließen. Für eine Weile wenigstens. Warum also unnütz die Pferde scheu machen?«

Judith reagierte mit einem fröhlichen Lachen. »Wer möchte das schon, mein Lieber? Ich nicht. Solange du bei uns bist, fühle ich mich immer sicher.« Wieder überlief Boyne ein kleiner Schauer der Besorgnis, den er überspielte, indem er in ihr Lachen einstimmte. Je fragwürdiger das Band zwischen ihm und den kleinen Wheaters war, desto kostbarer erschienen ihm die Tage, die er hoffentlich noch mit ihnen verbringen konnte, und er wollte keinen mehr mit unnützen Befürchtungen verdüstern. »Du hast ganz recht. Wie wär's, wir täten etwas Tolles zur Feier des Tages? Was hältst du von einem weiten Spaziergang für dich und mich und danach Abendessen mit den kleinen Wheaters?«

Sie sah ihn mit ihrem strahlendsten Blick an. »Hurra, Martin! So lustig habe ich dich seit Tagen nicht gesehen. Terry hatte schon Angst, daß du Trübsal bläst, weil Mrs. Sellars abgereist ist. Er dachte, deswegen hätten wir dich nicht gesehen, und dann haben wir beschlossen, ich geh herauf und kriege es heraus.«

»Darauf, daß du etwas herausbekommst, kann man sich verlassen«, grinste er und ergänzte dann ironisch: »Wie du siehst, halte ich mich noch aufrecht. Aber komm jetzt. Wir wollen nicht noch mehr Sonnenschein verpassen.«

Sie ging gehorsam zur Tür, blieb aber auf halbem Weg mit einem erstaunten Ausruf stehen. Boyne, der gerade in einer Ecke nach seinem Spazierstock kramte, drehte sich um und sah sie vor der antiken Wiege stehen.

»Aber Martin, du – du hebst deine Stiefel drin auf?« Ein vorwurfsvolles Rot stieg in ihr Gesicht, und auch er errötete sofort. Zum Kuckuck, warum war er auch immer so unordentlich? Und warum war eine Wiege so außergewöhnlich praktisch, um Stiefel hineinzutun? »Donnerwetter, das muß das dämliche Zimmermädchen gewesen sein –« Doch er brach verwirrt ab unter Judiths ungläubigem Blick. »Na ja, weißt du, im Moment habe ich eben noch nichts anderes hineinzutun«, rief er trotzig.

Ihre Miene wurde sanft, und sie nahm seinen Scherz mit der zaghaften Wehmut im Blick entgegen, die er ihren Monreale-Ausdruck nannte. »Aber ganz bald wirst du es haben, nicht? Ein eigenes Baby, meine ich«, erläuterte sie. »Ich denke mir, du und Mrs. Sellars werden sofort heiraten, wenn sie mit ihrer Aussteuer wieder da ist, nicht wahr? Blanca und ich haben schon überlegt, ob sie uns nicht vielleicht als Brautjungfern nimmt...«

Ärgerlich warf Boyne die Stiefel aus der Wiege und antwortete nicht auf diesen Wink. Judith beobachtete ihn kurz, dann trat sie zu ihm und schob ihren Arm durch den seinen. »Ach, Martin, ich glaube, du bist sehr unglücklich«, rief sie aus.

»Unglücklich! Unglücklich!« Er fuhr aufgebracht herum. »Also schön, angenommen, ich bin unglücklich. Das ist man eben manchmal, verstehst du. Aber kannst du zum Teufel etwas nie sein lassen, wie es ist? Mußt du einem immer auf die Zehen treten? Ich – ach verdammt noch mal, Judy, nun wein doch um Gottes willen nicht, ich hab dich nicht kränken wollen. Ehrenwort, hab ich nicht! Nur daß eben manchmal...«

»Ach, ich weiß, ich weiß doch, du meinst, ich habe keinen Takt!« jammerte sie.

»Zum Teufel mit dem Takt. Ich bin froh, daß du keinen hast. Nichts hasse ich so wie Takt. Aber nun schau nicht so entsetzt, Kind. Es ist ja nichts passiert – nur versuch nicht, dich in Erwachsenenangelegenheiten einzumischen. Das macht alles kaputt...«

»Aber wie soll ich mich *nicht* einmischen, wo ich dich so lieb habe und sehe, daß nicht alles läuft, wie du möchtest, Martin?« sprudelte sie atemlos hervor. »Du willst doch nicht sagen, daß du am Ende doch nicht heiratest?«

Plötzlich durchzuckte ihn die Versuchung. Es war, als könnte ein »Ja« auf ihre Frage die Zauberformel für seine Freiheit sein. Schließlich lag doch dort der Ring, technisch war er also frei – er brauchte die Worte nur auszusprechen, und sie wurden wahr. Doch er steckte die Hände in die Taschen und postierte sich an die Ecke des Tisches, auf den er das leere Schmuckkästchen geworfen hatte. So nicht, dachte er. Laut sagte er: »Ich will nur sagen, ich weiß noch nicht, wann ich heiraten werde. Das ist alles.«

»Wirklich alles?« Er nickte.

»Ah«, seufzte sie erleichtert. Es war deutlich, daß sie sich rückhaltlos mit seinen Gefühlsproblemen identifizierte, ganz gleich, welcher Art und von wem sie ausgelöst waren.

Noch immer blickte sie reuig und bestürzt zu ihm auf, und mit einemmal legte er den Arm um sie und beugte sich herab zu ihren Lippen. Sie sahen voll und blühend aus und zogen die seinen unwiderstehlich an. Doch er wandte den Kopf ab, und sein Kuß traf harmlos ihre Wange, nahe den tränennassen Wimpern. »So, jetzt bist du wieder meine gute, brave Judith. Komm, sei vergnügt. Setz den Hut auf, wir steigen auf den Berg.« Er sah, daß sie noch immer zitterte, nahm sie in gewohnter brüderlicher Weise beim Arm. »Komm«, wiederholte er, »wir gehen aus.«

In der Tür blieb sie stehen und warf einen letzten traurigen Blick auf die Wiege. »Armer Martin, ich glaube, du hast deine Stiefel nur reingestellt, weil du so unglücklich bist«, seufzte sie.

26

Für Boyne brachte die Ruhe des folgenden Tages keine Beruhigung. Zuviele Ungewissenheiten umgaben ihn. Nach einer durchgrübelten Nacht hatte er Mrs. Sellars den Ring wieder zugeschickt, mit ein paar Zeilen, sie sei selbstverständlich frei, wenn sie wolle, er aber könne sich erst dann so sehen, wenn sie sich ausgesprochen hätten und sie ihn hätte überzeugen können, daß sie im Fall einer Lösung der Verlobung glücklicher sei.

Er wußte, daß er eine alte, in solchen Fällen übliche Phrase benutzte, und ihn verlangte danach, loszukommen, ungezwungen zu sein, ehrlich, ganz er selbst. Doch noch während er schrieb, wurde ihm klar, daß es ihm schrecklich leid tat um Rose Sellars, schrecklich leid auch, sie enttäuscht zu haben, und daß die ihm anerzogenen Phrasen von ehrbaren Leuten erfunden waren, die höchst ungern jemanden verletzten, die sogar zur Selbstaufopferung fähig waren, um dies zu vermeiden. Eigentlich waren sie viel besser als wir, dachte er, und der Gedanke stimmte ihn bei Beendigung des Briefes so milde, daß er hinzufügte: »Hab Geduld mit mir, Liebste. Sowie ich hier weg kann, komme ich.«

Damit verschwand das ganze Problem im Hintergrund seines Bewußtseins. Er merkte kaum, daß er gar nicht mehr daran dachte. Sein Leben voll praktischer Arbeit und rascher Entscheidungen hatte ihn daran gewöhnt, etwas Erledigtes mühelos abzutun. Er schmeichelte sich, mit Gefühlsproblemen ebenso leicht fertig zu werden wie mit beruflichen, und bis zu einem gewissen Grade stimmte das sogar. Hinter dem festgefügten Alltagsleben hatte jahrelang die Vision Rose Sellars gestanden, doch nun war diese Vision nur mehr das Phantom eines Phantoms, und er wandte die Augen ab, um nicht feststellen zu müssen, daß es sich in nichts aufgelöst hatte.

Nach Mrs. Wheaters Brief an Judith gelangten keine weiteren alarmierenden Nachrichten in die Pension Rosenglüh. Die Tage glitten in einer Sorglosigkeit vorüber, die Judith, ja selbst Miss Scope befriedigend fanden. Doch in den hochgelegenen Dolomitentälern ging der Sommer zu Ende, die Touristen verliefen sich, die großen Hotels bereiteten die Schließung vor. Nach und nach mischte sich ein kaltes Gefunkel in die Morgenluft, und nachts sanken die Temperaturen unter den Gefrierpunkt. Auf den tiefergelegenen Matten verwandelten sich die Lärchen in blasses Gold, und die kahlen Felsen brannten feuriger vor einem metallharten Himmel. Gerade der Zauber der enteilenden Tage erinnerte Boyne warnend daran, daß sie nicht dauern konnten und daß der Wandel der Landschaft einen anderen Wandel symbolisierte, das Schicksal, das seiner Schar unmittelbar bevorstand.

Mrs. Sellars hatte wieder geschrieben, lieb und vernünftig. Sie plane, einstweilen bei Tante Julia zu bleiben, die sich für zwei, drei Monate in Paris niedergelassen hatte. Wenn Boyne wirklich ein weiteres Gespräch wünsche, schrieb sie noch, hoffe sie, er könne in Bälde kommen, er könne jedoch in jedem Fall mit ihrem liebevollen Verständnis rechnen. Sie schloß ihren Brief mit freundlichen Grüßen an die Kinder.

Boyne hatte gefürchtet, daß Judith wieder auf den Anlaß seiner privaten Sorgen zurückkommen würde. Aber es gelang ihr, mit sichtlicher Anstrengung, die ihm zum erstenmal den Eindruck vermittelte, sie werde nun erwachsen, das verbotene Thema zu umgehen. Seine Rückkehr zu ausgeglichenerer Stimmung war ihr dabei zweifellos eine Hilfe, ebenso die Anwesenheit der kleineren Kinder und deren Erzieher. Halb bewußt vermied Boyne ein Alleinsein mit Judith; und die kürzer werdenden Tage und frischeren Temperaturen kürzten ihre Ausflüge und ließen mehr Zeit für Spiele und Tobereien um den gemütlichen Kachelofen im Eßzimmer der Kinder.

Dort auch saß er an einem verregneten Nachmittag mit

den Kleineren. Judith war mit Miss Scope und der Nanny nach Toblach gefahren, um der Familie warme Unterwäsche für den Herbst zu besorgen. Terry war im oberen Stock und arbeitete mit seinem Lehrer, Chip schlief unter Aufsicht von Susan, und Blanca hockte ganz nah beim Ofen über einer zerfledderten Nummer des ›Tatler‹ mit der zornig gerunzelten Stirn, mit der sie Modebilder stets studierte. »Die Röcke werden tatsächlich weiter. Sag ich doch Judith seit einem Monat...«

Zinnie hob den Kopf. Sie hatte begeistert zugesehen, wie Bun unter Boynes Anleitung eine elektrische Lokomotive zusammenbastelte. »Die Dame, die heute hier war, hatte aber den Rock länger, viel länger als Judy«, bemerkte sie.

Beechy, deren Aufmerksamkeit sich ebenfalls auf die Bewegungen von Buns geschickten Fingern richtete, warf entrüstet ein: »Aber so hübsch wie unsere Judy war sie nicht...«

»Dame? Was für eine Dame?« mischte Boyne sich ein, vage beunruhigt, »habt ihr hier einen neuen Gast?«

Blanca meinte naserümpfend: »Wenn man sie so sah, war es kaum zu glauben. Keine von der Rosenglüh-Sorte. Die wäre bestimmt im Palace, wenn das nicht geschlossen wäre. Nicht direkt schick, schick ist manchmal so übertrieben, nicht? Sie war – wie war doch noch der ulkige altmodische Ausdruck, den Scopy so liebt? Distingiert war sie. Jedenfalls glaube ich, so wie die Dame aussah, das bedeutet ›distingiert‹. Die Kleider furchtbar einfach, aber gar nicht sportlich, eigentlich mehr gouvernantig, wirklich... wie Scopy in jung, wenn Chanel sie hätte anziehen dürfen...« Blanca brach den Versuch, die passenden Worte für das zu finden, was sie meinte, als hoffnungslos ab.

Boyne sah von der Lokomotive auf. »Wenn du mit ihren Kleidern fertig bist, erzähl mal bitte, warum sie gekommen ist...«

»Um dich zu besuchen, dich, dich!« schrie Zinnie und

machte dabei einen Handstand mit Überschlag, wie sie ihn kürzlich von Bun gelernt hatte, zur Verzweiflung von Beechy, die so dick war, daß sie beim gleichen Versuch unweigerlich umfiel. »Hätte ich dir sagen können«, bemerkte Zinnie, »ich hab nämlich mit ihr gesprochen.«

»Im Ernst? So eine Unverschämtheit!« rief Blanca aufspringend. Bun, flach auf dem Bauch, die Beine in der Luft, die Locken in seine Lokomotive hängend, sang über die Schulter: »Mädchen müssen immer mitmischen, mitmischen...«

»Mädchen sind Widerlinge«, pflichtete Beechy bei, immer auf seiten des Bruders und noch nicht recht im klaren über das eigene Geschlecht.

Zinnies Vergeltung wurde durch die Entdeckung gebremst, daß das Goldfischglas der Vermieterin, das gewöhnlich im größeren und kühleren allgemeinen Speisezimmer stand, hereingebracht und auf einem Gestell vor dem Fenster postiert worden war. Sie näherte sich auf Zehenspitzen, um dieses verbotene Paradies in Augenschein zu nehmen, während Boyne aufstand und nach dem elektrischen Draht griff. »Wo ist denn die Batterie? Sind deine Gleise auch gerade? Also jetzt... Bist du so weit, Bun?« Er wandte sich an Zinnie. »Mich wollte sie besuchen, sagst du? Wozu um alles in der Welt? Hat sie dir das gesagt?«

»Der Zinnie was sagen, wer das glaubt!« sprudelte Blanca achselzuckend hervor. Sie wandte sich zu Boyne und lächelte mit halb zugekniffenen Augen ihr hübsches Katzenlächeln. »*Félicitations, cher ami. Elle était plutôt bien, la dame, vous savez!*«

»Angeberin – als ob wir nicht alle französisch könnten«, kommentierte Zinnie, die noch immer aufmerksam das Aquarium umkreiste.

Die Tür öffnete sich, und ein Dienstmädchen kam herein mit einer Visitenkarte, die sie Boyne zögernd reichte. Der Name lautete *Prinzessin Buondelmonte*, und darunter standen die Worte: »... bittet Mr. Boyne in einer wichtigen Angelegenheit um eine Unterredung.«

Boyne steckte die Karte wortlos in die Tasche, weil die Augen sämtlicher Kinder auf ihn gerichtet waren.

»Das ist die Dame, das ist die Dame, ich weiß es«, piepste Zinnie. »Ich hab sie sagen hören, sie kommt Martin besuchen. Sie ist bis von Rom hergereist, um ihn zu sprechen.«

Blanca, die neben ihm stand, hatte eine schmeichelnde Hand in die seine geschoben. »Aus Rom? Ach, Martin, wer ist es? Darf ich nicht mitkommen, wenigstens bis zur Tür? Ich möchte so gern sehen, ob ihr Kleid aus Kaschmir oder aus Krepp ist... nur damit ich es Judy sagen kann.«

Boyne hielt sie energisch zurück. »Du wirst hierbleiben und dich um die Kleinen kümmern. Es ist nichts Wichtiges, ich bin in ein paar Minuten zurück.« Er dankte seinem Schicksal, daß die Dame ihre Karte hereingeschickt hatte, statt dem Dienstmädchen ihren Namen anzuvertrauen. Er konnte sich nicht vorstellen, was diese hochnoble Besucherin von ihm wollte, aber der bloße Anblick ihres Namens hatte all seine Ängste ausgelöst. Beim Hinausgehen drehte er sich um und warf noch einen Blick auf die Gruppe um die Lokomotive, die schließlich doch nicht starten wollte: gelbrote Locken, gemischt mit braunen und blonden, sonnenverbrannte Beine, die in der Luft strampelten, Stimmen, die in atemloser Debatte durcheinanderklangen. Wie gesund und munter sie alle aussahen! Und wie gut sie rochen, nach einer Mischung aus Wolle, Seife und dem fruchtigen Duft durcheinanderpurzelnder kleiner Körper. Wie ulkig und lieb sie doch waren, und wie anders die Welt hätte sein können, wenn Rose Sellars sich freigemacht hätte, so lange er und sie noch jung waren...

Im Wohnzimmer stand eine Dame mit schlankem, geradem Rücken und betrachtete aufmerksam den ausgestopften Adler über dem Ofen. Bei Boynes Eintritt wandte sie sich um und zeigte ihm ein kleines, ovales Gesicht, ziemlich blaß, mit überaus ernsten, grauen Augen, schöngeformter Nase und Stirn. Boyne fand es sonderbar, daß eine solche Ansammlung angenehmer Züge nicht den Gesamteindruck von Schönheit hervorrief, doch ein zweiter Blick belehrte ihn, daß wahrscheinlich die Inhaberin nie hatte schön sein wollen, daß bedeutendere Dinge sie beschäftigten. Es wurde sofort klar, als sie langsam und deutlich zu sprechen anfing. »Mr. Boyne?« fragte sie, als fürchtete sie, er könne seine Identität verleugnen, und wollte sein Leugnen dann sofort widerlegen. Als er bejahte, fuhr sie mit einem Anflug von Nervosität fort: »Ich bin von Rom hergekommen, um meine Kinder zu sehen.«

»Ihre Kinder...«, wiederholte Boyne verblüfft, und sie verbesserte leicht errötend: »Die Kinder des Prinzen, hätte ich sagen sollen, oder: Meine Stiefkinder. Aber ich kann dieses Wort nicht leiden, weil ich sie bereits als die meinen empfinde.«

Boyne schob ihr einen Sessel hin, und sie nahm Platz, kreuzte graziös die Füße und vergewisserte sich, daß der Rock, den Zinnie so lang fand, oberhalb der Knöchel nicht zu viel von ihren hübschen Beinen zeigte. »Sie *sind* doch hier – Astorre und Beatrice?«

Boyne hörte es mit Bestürzung, blieb aber äußerlich gelassen. »Hier? O ja, gewiß doch, Mr. und Mrs. Wheater haben alle Kinder vor ein paar Wochen hierhergeschickt – des Klimas wegen.«

Die Prinzessin Buondelmonte hörte sich das mit leicht ungläubigem Lächeln an. »In Ihrer Obhut, wie ich höre. Aha. Aber Sie wissen sicherlich, daß Mr. und Mrs. Wheater in Wahrheit keinerlei Recht haben, meines Mannes Kinder hierhin oder sonstwohin zu schicken.« Sie hielt kurz inne und fuhr fort: »Ich bin gekommen, sie mit heimzunehmen.«

»Aber Prinzessin –«, rief Boyne.

Sie hob die schönen Augenbrauen leicht an und sagte: »Das scheint Sie zu überraschen?«

»Äh – ja. Jedenfalls tut es mir schrecklich leid.«

»Leid? Finden Sie nicht, daß Kinder nach Hause gehören, zu ihren Eltern?«

»Nun, das kommt ganz darauf an...«

»Auf was? Wie kann es denn –«, sie wurde plötzlich purpurrot und dann blasser als vorher. »Ich hoffe, daß Sie damit nicht unterstellen wollen –« sie brach ab, und er sah, daß ihre Augen voller Tränen waren. »Denn das werde ich natürlich keinen Moment lang dulden«, sagte sie dann etwas atemlos, als appelliere sie an seine Gnade in einem Zweikampf, bei dem sie die Unterlegene war, falls wieder von Prinz Buondelmontes Verdiensten als Vater die Rede sein sollte.

Sie tat Boyne so leid, daß er antwortete: »Ich habe gar nichts unterstellen wollen, nur sagen, daß diese kleine Kindergruppe immer zusammen war und daß sie einander liebgewonnen haben und sich als eine einzige Familie ansehen. Da scheint es schade, ja sogar grausam...«

»Grausam?« unterbrach sie ihn. »Die wahre Grausamkeit war, die armen Kleinen so lange dem Einfluß ihres Vaters, des Prinzen Buondelmonte zu entziehen, sein unverdientes Mißgeschick auszunützen, um seine Kinder ohne ein Heim, ohne Familienanschluß zu lassen, ohne... ohne Prinzipien...« Sie beugte sich vor, ihre ernsten, beinahe entsetzten Augen auf Boyne gerichtet. »Was für einen Unterricht haben sie bekommen? Welche sittliche Bildung genossen? Welche religiöse Erziehung? Haben Sie oder Ihre Freunde je daran gedacht? Sie haben da eine große Verantwortung übernommen. Haben Sie je daran gedacht, es könne Sie jemand eines Tages zur Rechenschaft ziehen, wie Sie sie genutzt haben?«

Boyne hörte mit wachsendem Erstaunen zu. Sie sprach langsam, aber fließend, nicht, als ob sie eine mechanisch eingelernte Lektion abspulte, sondern als erhärtete sie eine These mit der Leichtigkeit des geübten Redners. Es lag etwas Didaktisches – vielleicht eher Forensisches – in der Art, wie sie ihr Thema beherrschte. Er sah, daß sie dabei vor Nervosität zitterte, daß sie sich aber von ihren Nerven nie würde beherrschen lassen, und sein Mut sank.

»Ich kann leider nicht all Ihre Fragen beantworten«, sagte er. »Ich bin erst wenige Wochen mit den Kindern zusammen. Mr. und Mrs. Wheater haben mich gebeten, ein Auge auf sie zu haben bis... bis gewisse Familienangelegenheiten geregelt sind, aber ich kann Ihnen versichern, daß sie, seit ich sie kenne, stets von größter Freundlichkeit und Liebe umgeben waren, und bin der Ansicht, daß dies am allerwichtigsten ist.«

Die Prinzessin Buondelmonte hörte ihm aufmerksam, mit mißtrauisch gerunzelter Stirn zu. »Selbstverständlich bin ich nicht bereit, das uneingeschränkt zu akzeptieren. Ich meine, die Freundlichkeit bezahlter Hilfskräfte oder... unerfahrener Personen schadet vielleicht ebensosehr, wie sie nützt. Für jemand, der sich intensiver in das schwierige und fesselnde Thema der Kinderpsychologie vertieft hat –«, sie hielt inne und fuhr mit bescheidener Würde fort: »Ich sollte Ihnen wohl erklären, daß ich *cum laude* in Eugenik und Kinderpsychologie am Lohengrin College in Texas abgeschlossen habe. Sie haben vielleicht gehört, daß mein Großvater, Dr. Judson Tring, dieses College gegründet hat und sein erster Rektor war.« Wieder verstummte sie und sah Boyne halb stolz, halb schüchtern an, wie um zu kontrollieren, wie stark dieser Einblick in ihren Stammbaum ihn beeindruckte, und fuhr dann fort: »Können Sie mir beispielsweise irgendeine Garantie dafür geben, daß Astorre und Beatrice je richtig psychoanalysiert worden sind und daß ihr Unterricht und ihre Spiele mit Rücksicht auf ihre besondere moralische, ernährungstechnische, zahnmedizinische und drüsenbedingte Erbmasse ausgesucht wurden? Gerade Spiele sollten genauso sorgfältig überwacht werden wie Hausaufgaben, doch ich weiß, wie wenig Gewicht man in Europa auf solche höchst vitalen Fragen legt...«

Boyne fiel keine passende Antwort ein, und sie erhob sich mit einer ungeduldigen Bewegung aus dem Sessel. »Ich glaube, es hat wenig Zweck, eine Unterhaltung fortzusetzen, die ohnehin weder meine noch Prinz Buondelmontes endgültige Entscheidung beeinflussen wird...«

»Ach, sagen Sie das nicht!« rief Boyne.

»Wie bitte?«

»Nicht, wenn es bedeutet, daß Sie sich allen Bitten verschließen, daß Sie nicht erst überlegen, was es für diese Kinder bedeuten würde, plötzlich entwurzelt zu werden.«

Sie fiel ihm ins Wort. »Es war nicht der Prinz Buondelmonte, der sie gleich zu Anfang entwurzelt hat. Es waren die Umstände, deren Opfer – ich darf wohl sagen, Mr. Boyne, deren *ritterliches* Opfer er war, die ihn zwangen, ihn *angeblich* zwangen, Astorre und Beatrice für eine Weile Mrs. Wheater zu überlassen. Er tat es nur, damit kein Hauch von übler Nachrede sie streifen konnte.« Die Prinzessin verstummte und fuhr mit bebender Stimme fort: »Obwohl Mrs. Wheater nicht die Mutter seiner Kinder war, vergißt mein Mann nie, daß sie eine Zeit lang seinen Namen getragen hat.«

Wenn es das Ziel der Prinzessin gewesen war, ihren Gesprächspartner zum Schweigen zu bringen, so war ihr das endlich gelungen. Boyne saß sprachlos da und überlegte, wieviel die Enkelin des Dr. Judson Tring von dem, was sie sagte, selber glaubte und in welchem Ausmaß ihre verblüffende Version des Falles das Ergebnis geduldiger Schulung durch ihren Mann war. Er kam zu dem Schluß, daß sie absichtlicher Täuschung unfähig war und ganz und gar an die Wahrheit ihrer Behauptungen glaubte. Das machte es um so schwerer, vernünftig mit ihr zu reden. Einige Sekunden lang saßen sie einander schweigend gegenüber, dann sagte Boyne: »Man muß Folgendes bedenken: Wenn Prinz Buondelmonte seine Kinder Mrs. Wheater überlassen hat, damit sie sie aufzieht, muß er doch der Meinung gewesen sein, sie wüßte, wie man sie betreut.«

Wieder unterbrach ihn die Prinzessin: »Mein Mann hat Mrs. Wheater seine Kinder überlassen aus den Gründen, die ich Ihnen mitgeteilt habe, aber auch, weil er infolge mißlicher Umstände ihnen damals kein Heim bieten konnte und sie keine Mutter hatten, die sie betreut hätte. Jetzt ist das alles anders. Seit unserer Heirat waren wir glücklicherweise in der Lage, den Palazzo Buondelmonte in Rom zurückzukaufen, und mir liegt ebensoviel daran wie ihm, daß seine Kinder jetzt bei uns leben.«

Boyne erhob sich ungeduldig. Das Gespräch nahm immer mehr den Charakter einer juristischen Debatte an, und bei dieser Taktik bestand die Möglichkeit, daß es überhaupt nicht mehr endete. Wenn man die Prämissen der Prinzessin akzeptierte – und Boyne hatte keine Möglichkeit, sie zu widerlegen –, war es schwierig, ihre daraus gezogenen Schlüsse in Frage zu stellen. Er konnte nur anführen, daß er keinerlei Befugnisse habe. Er erinnerte seine Besucherin daran, daß Mrs. Wheater, der Buns und Beechys Vater – aus welchem Grund auch immer – sie anvertraut hatte, sie wiederum ihren derzeitigen Behütern anvertraut hätte, diese somit ihr und nur ihr gegenüber verantwortlich seien. Die Prinzessin öffnete nervös die Lippen zur ersten Silbe eines neuen Protestes, doch Boyne unterbrach sie: »Prinzessin, es ist doch ganz einfach, ich meine, der juristische Teil. Wenn Ihr Mann ein Recht auf die Kinder hat, wird niemand verhindern können, daß er sie bekommt. Das wahre Problem liegt ganz anders, es betrifft allein die Kinder selbst. Sie sind so verzweifelt entschlossen, sich nicht trennen zu lassen, sie sind so glücklich miteinander. Natürlich habe ich nichts dazu beigetragen. Es ist ihre älteste Stiefschwester, oder wie Sie sie nennen wollen, die älteste Tochter von Mrs. Wheater, Judith, welche die sechs durch alle Höhen und Tiefen der elterlichen Eheprobleme zusammengehalten hat. Ehe Sie sich daher entscheiden –«

Die Prinzessin hob gebieterisch die Hand. »Mr. Boyne, es tut mir leid. Ich sehe, Sie mögen die Kinder sehr gern. Aber Mögen ist nicht alles. Es kann sogar eine Quelle sittlicher Gefahr werden. Ich fürchte, wir sind hinsichtlich der Personen, die Mrs. Wheater zu Ihrer Obhut bestimmt hat, nicht ganz einer Meinung, nicht einmal, was ihre eigene Tochter angeht. Die Seele eines Kindes –«

»Ja«, räumte Boyne ein, »für eben diese Seele plädiere ich. Wenn Sie sie zusammen sehen könnten...«

»Eben das habe ich vor«, entgegnete sie lebhaft.

Ihre Bereitwilligkeit verblüffte ihn. »Sie meinen, jetzt gleich?«

Sie nickte lächelnd. »Gewiß. Sie werden doch nicht glauben, daß ich aus einem anderen Grund aus Rom hergereist bin? Aber Sie brauchen nicht zu befürchten, daß ich sie entführe.« Ihre Augen wurden wieder streng. »Dazu wird es hoffentlich nicht kommen, aber natürlich habe ich vor, die Kinder meines Mannes zu sehen.«

»Also gut«, willigte Boyne ein. Er begann zu wittern, daß da unter ihrem harten, eingelernten Betragen etwas Junges, Unerprobtes lag, das man möglicherweise doch noch erreichen und anrufen konnte und überlegte, daß vielleicht der Anblick der Kinder der einfachste Weg sei, daran zu appellieren. »Sie spielen im Nebenzimmer«, sagte er. »Soll ich Bun und Beechy herausrufen, oder möchten Sie sie erst einmal mit den anderen sehen?«

Die Prinzessin sagte, sie wollte sie gern alle zusammen beim Spielen sehen. »Spiele haben eine so tiefe psychologische Bedeutung«, erklärte sie lächelnd.

»Es freut mich, daß Sie sie überraschen wollen. Das ist bei Kindern immer das Beste. Sie werden sehen, was für vergnügte Frechdachse es sind, wie gut sie sich vertragen, wie gut sie sich verstehen. Ich rechne damit, daß ihr Anblick *für* unser Anliegen spricht.«

Er führte sie durch den Korridor und stieß die Tür zum Eßzimmer der Kinder auf.

Auf der Schwelle wurden sie von durcheinander schreienden zornigen Stimmen empfangen. Im Zimmer war Lärm und Wirrwarr, und die sich öffnende Tür blieb unbemerkt. In seiner ganzen Zeit mit den kleinen Wheaters hatte Boyne sie noch nie in einem so wütenden Streit gesehen. Es schien fast unglaublich, daß nur vier daran beteiligt waren. Einige kreischten, einige zeterten, einige taten beides und versetzten sich außerdem mit gesenkten Köpfen Rammstöße. Der ganze Boden war bedeckt mit Trümmern des Kampfes, doch die erregten Bewegungen der

Kombattanten machten es schwer, den Grund des Disputs zu entdecken. »Mein Gott«, stieß Boyne hervor und trat einen Schritt zurück.

Zinnies wütendes Organ übertönte alle anderen. »Ich hab das 'Quarium nicht umgeschmissen, ich schwöre, ich war's nicht, Blanca und die beiden Spaghettifresser wissen so gut wie ich...«

Bun protestierte kreischend. »Klar warst du's, weil du Chips Karnickel baden wolltest, du dreckige, verlogene Schleicherin du.«

»Wollt' ich nicht, wollt' ich überhaupt gar nicht, aber die Nanny gibt ihm nie genug zu trinken, und da bin ich rauf und hab's runtergeholt, solang Chip schläft, und wenn die blöde Beechy nicht gekommen wäre...«

»Du verdammtes Lügenmaul, du weißt genau, daß du rauskriegen wolltest, ob Karnickel schwimmen können.«

»Wollt' ich überhaupt nicht. Beechy hat mich gegen das 'Quarium geschubst, das weißt du genau...«

»Weil das Karnickel am Ersaufen war und Judy dich umgebracht hätte, wenn du's hättest ersaufen lassen«, jammerte Beechy.

»Die bringt dich sowieso um, wenn du uns noch mal Spaghettifresser nennst«, brüllte Bun.

Blanca hatte sich widerstrebend von der Lektüre des ›Tatler‹ losgerissen, war aus der Ofenecke hervorgekommen und verteilte mit geübter Hand Püffe und Klapse. Als sie sich zur Tür wandte, sah sie Boyne und die Besucherin auf der Schwelle stehen und schob die kreischenden Kinder hinter sich in eine Ecke.

»Oh, Martin, entschuldige! Hast du je eine solche Horde Wilde gesehen? Erst haben sie ein albernes Spiel gespielt, und da hab ich gar nicht gemerkt...« Sie sprach zu Boyne, doch wie üblich fesselte die Neuangekommene ihre Aufmerksamkeit. »Was wird deine Bekannte von uns denken«, murmelte sie mit einem mißbilligenden Blick.

Die Prinzessin Buondelmonte, blaß und aufrecht, stand

in der Tür und gab ihr den Blick zurück. »Ich werde genau das denken, was ich erwartet habe«, sagte sie kalt. Zu Boyne gewandt, fuhr sie mit zitternder Stimme fort: »Wie ich bereits sagte: nichts bei der Kindererziehung darf dem Zufall überlassen bleiben. Spiele müssen noch sorgfältiger überwacht werden als Lernprogramme. Und einem Kind zu sagen, daß jemand Älteres es umbringen wird, finde ich indiskutabel! Den kriegerischen Instinkt derart zu untermauern! ›Umbringen‹ ist eines der Wörter, die wir am Lohengrin College ganz und gar ausgeschaltet haben.« Noch immer erregt wandte sie sich an Blanca: »Ich hoffe aufrichtig«, sagte sie, »daß dieser kleine Wilde, der die Drohung äußerte, nicht gerade meiner ist – ich meine, der von Prinz Buondelmonte?«

Blanca starrte sie hingerissen an. »Wollen Sie sagen, daß Sie seine neue Frau sind? Sind Sie wirklich die Prinzessin Buondelmonte?«

»Ja, ich bin die Prinzessin Buondelmonte«, bestätigte die Besucherin mit einem Lächeln kleinmädchenhafter Befriedigung, das sie fast ebenso jung erscheinen ließ wie Blanca. Es war deutlich zu sehen, daß sie trotz der auf ihr lastenden höheren Verantwortung den Klang ihres neuen Titels noch immer genoß.

Bun jedoch hatte die kleinen Mädchen beiseite gestoßen und war auf sie zugestürzt. »Bist du wirklich und wahrhaftig die neue Frau von meinem Vater? Dann mußt du ihm sagen, daß er mir sofort einen Revolver schicken soll, damit ich jeden erschießen kann, der mich und Beechy Spaghettifresser nennt.«

Die Besucherin beugte sich herab und legte eine scheue, wenn auch entschlossene Hand auf seinen dunklen Kopf. »Nein, ich werde dich und die kleine Beatrice sofort zu euch nach Hause bringen – zu eurem lieben Vater, der Sehnsucht nach euch hat, an einen Ort, wo nie jemand von Erschießen und Umbringen spricht.«

Buns Gesicht wurde merklich länger. »Du glaubst, mein Vater wird mir keinen Revolver schenken? Dann glaub ich aber nicht, daß Beechy und ich so scharf drauf sind, mitzukommen.«

Die Lippen der Prinzessin wurden schmal und so entschlossen, wie ihre Hand es gewesen war. »Oh, ich fürchte, das wirst du müssen, Astorre. Hier ist nicht dein wirkliches Zuhause, weißt du. Ich nehme euch beide mit in ein wunderschönes Haus, und dein Vater wird dir eine Menge anderer Dinge schenken, die dir noch besser gefallen werden…«

»Aber nicht besser als ein Revolver, bestimmt nicht«, sagte Bun unerschütterlich.

27

»Was? Meine Kinder mitnehmen? Von mir wegnehmen?« Judith Wheater hatte die Tür aufgestoßen und stand da, klein und blaß, in triefendnassem Gummimantel und durchweichtem Hut. Sie lachte kurz auf, und ihre grauen Augen musterten die Fremde eisig und abschätzig. »Ich habe zwar nicht die leiseste Ahnung, wer Sie sind«, sagte sie, »aber das eine weiß ich: Sie wissen nicht, wovon Sie reden...«

Sie warf einen kurzen Blick auf den Schauplatz der Verwüstung und in die angstvoll erregten Gesichter der Kinder. »Du liebe Zeit, was für ein furchtbares Durcheinander. Was ist denn nur passiert? Oh, das arme Kaninchen ist klatschnaß. Da, nimm meinen Schal und wickle es ein. Nanny, führen Sie die Kinder nach oben und schicken Sie sofort Susan, damit sie hier aufräumt. Ja, Blanca, du mußt auch mit, wenn du unter den Kleinen nicht Ordnung halten kannst, wirst du behandelt wie sie.« Sie wandte sich an die verblüffte Besucherin. »Ich bin Miss Wheater. Wenn Sie mich sprechen wollen, kommen Sie bitte mit ins Wohnzimmer.« Ihr Blick fiel auf Boyne, der sich in den halbdunklen Korridor zurückgezogen hatte, wie um in dem bevorstehenden Drama keine Rolle übernehmen zu müssen. »Martin«, verlangte sie zu wissen, »hast du die Dame hergebracht?«

»Das ist die Prinzessin Buondelmonte, Judith.«

Judith musterte sie nochmals mit unerbittlichem Blick. »Ich fürchte, das ändert nichts«, sagte sie. Die Prinzessin schien ein wenig in sich zusammenzusinken, als sei sie es nicht gewohnt, von jemand so viel kleinerem und jüngerem Instruktionen entgegenzunehmen. Boyne erinnerte sich daran, wie Judith bei der ersten Begegnung mit Mrs. Sellars diese verblüfft und eingeschüchtert hatte, und sein Herz wollte fast bersten vor unvernünftigen Hoffnungen. »Judith«, sagte er leise.

»Hier entlang. Und du kommst bitte mit, Martin.« Sie ging voraus, den Korridor hinunter ins Wohnzimmer. Als sie die Tür geschlossen hatte, schob sie der Prinzessin Buondelmonte einen Stuhl hin und sagte nachdrücklich: »Vielleicht wissen Sie nicht, daß Mr. Boyne zum Beschützer der Kinder bestellt worden ist.«

Die Prinzessin setzte sich nicht. Sie stützte sich auf die Lehne des Stuhls und lächelte auf die tapfere Fürsprecherin der kleinen Wheaters herab. »Sie scheinen eine Menge Beschützer zu haben. Wie ich höre, sind auch Sie einer davon.«

»Ich?« Judith riß erstaunt die Augen auf. »Ich bin bloß ihre älteste Schwester. Ich bemühe mich nur, auf sie aufzupassen.«

Etwas an ihren Worten schien die Prinzessin zu rühren, die nun auf dem Stuhl Platz nahm, auf den sie sich gelehnt hatte. Sie vergewisserte sich, daß ihre Röcke nicht mehr als ein dezentes Maß an Knöchel enthüllten und begann in freundlichem Ton zu sprechen. »Ich bin überzeugt, daß Sie sie von ganzem Herzen lieben und nur das Beste für sie wollen.«

Judith überlegte einen Augenblick. »Es kommt darauf an, was Sie für das Beste halten. Ich möchte nur, daß wir alle zusammenbleiben.«

Die Prinzessin nickte verständnisvoll. »Ja, aber angenommen, es ist nicht das Beste für die Kinder?«

»O doch, das ist es«, sagte Judith entschieden. Da die Dame zögerte, fuhr sie fort: »Weil nämlich unmöglich jemand sie mehr lieben kann als Martin und Miss Scope und ich.«

»Ich verstehe. Aber Sie scheinen zu vergessen, daß sie ja außerdem Eltern haben...«

»Nein. Es sind die Eltern, die vergessen haben«, gab Judith blitzschnell zurück.

»Nicht alle. Da ich hier bin«, lächelte die Prinzessin.

»Was? Weil Sie eben gerade den Prinzen Buondelmonte geheiratet haben und vermutlich finden, er hätte daran denken sollen, sich um Bun und Beechy zu kümmern? Nun, das finde ich auch. Nur hat er es nicht getan, als sie ganz klein waren, verstehen Sie, und man sie abwischen und trockenlegen und füttern mußte und mit ihnen dauernd herumwandern, wenn sie Zähne kriegten. Und jetzt, wo sie groß genug sind, sich selber das Essen zu zerschneiden und es nett mit ihnen ist, denken Sie und er wohl, es wäre lustig, zu kommen und sie mitzunehmen, wie man sich ein Paar Pekinesen auf der Hundeschau aussucht... Sie vergessen nur, daß sie *uns* inzwischen lieben gelernt haben und nicht Sie, und daß sie zärtlich an all den anderen Kindern hängen und daß es sie fast umbrächte, von einander getrennt zu werden...«

»Ach wirklich, zärtlich hängen?« protestierte die Prinzessin mit dünnem Lächeln.

»O doch, das tun sie. Warum zweifeln Sie daran? Weil sie sich gerade geprügelt haben, als Sie kamen? Hat die Rauferei wegen eines Goldfischs Sie erschreckt? Haben Sie noch nie gesehen, daß Kinder beißen und kratzen?« Judith zuckte verächtlich die Achseln. »Dann tun Sie mir aber leid«, sagte sie, »wenn Sie zum erstenmal versuchen, Bun Rizinus einzuflößen...«

War es nun ein Sieg oder eine Niederlage? Nachdem die Prinzessin Buondelmonte fort war, saßen Boyne und Judith noch lange im kleinen Wohnzimmer und stellten sich diese Frage. Es war Boynes Idee gewesen – und fast sein einziger Beitrag zu dem hitzigen Dialog der beiden, daß die Prinzessin eingeladen wurde, abends wiederzukommen und mit den Kindern zu essen. Der Vorschlag, nach einem raschen Blick auf Boyne von Judith unterstützt, schien die Besucherin zu überraschen und ihre wachsende Feindseligkeit zu mildern. Das Zusammentreffen mit Judith hatte nicht dazu beigetragen, ihre Gefühle zu besänftigen, und einen Augenblick lang sah es aus, als nähme die

Sache eine kritische Wendung, doch dann schlug Boyne vor, die Prinzessin solle, nachdem sie die Kinder von ihrer schlimmsten Seite gesehen hatte, Gelegenheit bekommen, unter erfreulicheren Umständen mit ihnen zusammenzusein. Er fügte hinzu, daß er gerne nochmals mit ihr reden würde, und da sie erst am folgenden Tag abreiste und in einem Hotel unweit des seinen wohnte, fragte er, ob er sie heimbegleiten und nachher zum Abendessen wieder abholen dürfe. Mit beidem war sie einverstanden, verabschiedete sich besänftigt von Judith und stieg mit Boyne bergan. Er sah, daß sie noch immer heftig erregt war und sich krampfhaft an die Reste ihres Entschlusses klammerte, daher fand er beschwichtigende Worte, um Judiths Reizbarkeit zu entschuldigen, und versicherte ihr, die Wheaters würden den Rechtsanspruch des Prinzen auf seine Kinder gewiß anerkennen. Das wahre Problem, fuhr er fort, sei ein ganz anderes, dabei gehe es um Zartgefühl, um guten Geschmack, wenn man so wollte. Mrs. Wheater habe Bun und Beechy zu sich genommen, als deren Vater es nicht konnte, habe ihnen die gleichen Chancen zukommen lassen wie ihren eigenen Kindern (hier hörte man ein ironisches Murmeln von der Prinzessin) und ihnen die gleiche Zuneigung bezeugt, obschon, beeilte Boyne sich zu ergänzen, das alles rein gar nichts sei, verglichen mit der geduldigen, unerschütterlichen Liebe ihrer Stiefschwester, die formal juristisch nicht einmal ihre Stiefschwester war. Bei diesem Thema brauchte Boyne nicht nach Worten zu suchen. Sie strömten mit einer Vehemenz hervor, die ihn selber überraschte. Wie auch immer die Erziehungstheorien der Prinzessin lauteten, meinte er, sie müsse doch einräumen, daß kleine Kinder nichts nötiger hätten als genügend Liebe, insbesondere Kinder, die der Wheaterschen Welt preisgegeben waren, wo jede neue Scheidung und Wiederverheiratung sie in eine ungewohnte Umgebung versetzte. Während all dieser Veränderungen, betonte Boyne, habe Judith ihre kleine Schar nicht verlassen, sie geliebt, sie gelehrt, einander zu lieben, habe mit ihrer begeisterten Treue auch Gouvernanten und Kinderschwestern angesteckt, so daß die Gruppe in all dem Tumult ständigen Wandels zusammengeblieben sei, behütet und glücklich. Wenn man sie – plädierte Boyne – doch nur noch ein paar Jahre länger in Ruhe ließ, würde man vielleicht, wenn man sie schließlich in ihre jeweiligen Familien entließe, feststellen, daß sie unter Judiths Pflege besser auf das Leben vorbereitet worden seien, als wenn ihre Eltern darauf bestanden hätten, sie zu trennen.

Die Prinzessin hörte sich seine Argumente aufmerksam an, äußerte sich aber kaum. Boyne argwöhnte, man habe ihr eingeschärft, sich nicht festzulegen, solange sie nicht auf vertrautem Gebiet war, und sie war sichtlich nicht vertraut mit einer Bitte, wie er sie aussprach. Die Gefühle, an die er appellierte, schienen für sie eine Art romantischen Reiz zu haben, etwa wie Ritterburgen für den intelligenten Reisenden, doch er merkte, daß es in ihrem Wortschatz dafür keine Ausdrücke gab.

Als sie zum Abendessen in die Pension Rosenglüh zurückkehrten, boten die Kinder, allen voran Blanca und Terry, ein Bild solch rosiger Harmonie, daß die Prinzessin sichtlich beeindruckt war. Um den Eindruck abzurunden, kam auch Chip, der um diese Stunde immer zum Gutenachtsagen heruntergebracht wurde, geführt von der Nanny herein, legte vertrauensvoll seine Hand in die der fremden Dame, sagte: »Guun-tach!« und wickelte ihr Haar um seine Finger, das er als »wie Udys« bezeichnete, denn Chip begann zu verallgemeinern und die Dinge einander zuzuordnen, obwohl seine Erzieher für diesen Vorgang so wenig eine Bezeichnung gefunden hätten wie die Prinzessin für die instinktiven Regungen ihres Herzens.

Im großen und ganzen war das Abendessen ein Erfolg. Die Kinder benahmen sich ungewöhnlich gut, selbst Zinnie unterwarf sich dem herrschenden Ton. Bun und Beechy saßen zu beiden Seiten ihrer neuen Stiefmutter, sichtlich eingeschüchtert von ihrer Nähe, und verhielten sich zurückhaltend, was die Prinzessin mehrmals behutsam aufzulockern versuchte. Offenbar nagte das von ihr geäußerte Verbot der Feuerwaffen noch immer an Bun, und beide Kinder waren ungewohnt steif und unverbindlich, wie immer, wenn ihr Mißtrauen geweckt war. Die Prinzessin plauderte, um ihre Verlegenheit zu überspielen, gewandt über geschichtlich Interessantes am Ahnenpalast, den ihr Mann hatte zurückkaufen können, und versprach Bun, in einem der riesigen Räume ein modernes Spielzimmer einzurichten, darin könne er seine harmlosen Spielchen allmählich durch die neuesten, wissenschaftlich fundierten Gymnastikübungen ersetzen lernen. Buns Augen funkelten, doch nach einer Gedankenpause schüttelte er den Kopf. »Könn' wir nicht«, sagte er, »auch wenn wir furchtbar gern möchteten, weil wir auf Scopys Buch ein' Eid geschworen haben, daß wir das nicht tun.«

Diese feierliche Mahnung an sich selbst bewirkte, daß Beechys Augen sich mit Wasser füllten und Zinnie ausrief: »Wir wären ganz verdammte Schurken, wenn wir das tun würden.«

Die Prinzessin sah besorgt aus. »Was meinst du mit ›einen Eid geschworen‹, Astorre?« fragte sie und sprach die Wörter aus, als seien sie brisant und müßten behutsam behandelt werden.

»Ich meine einen ganz füüüchterlichen Schwur«, erklärte Bun, um größere Genauigkeit bemüht.

»Ich finde es unerhört, wenn Kinder von Schwüren sprechen oder von Schurken«, wandte sich seine Stiefmutter mit vorwurfsvollem Lächeln an Zinnie, die prompt erwiderte: »Dann kriegen Sie besser nie selber welche«, was die Prinzessin veranlaßte, zu erröten und ihre ernsten Augen niederzuschlagen.

Um ihre Befangenheit zu verbergen, wandte sie sich mit einer Frage an die ganze Gesellschaft. »Was ist denn das für ein Buch, von dem ihr Kinder als ›Miss Scopes‹ sprecht? Die Wahl von Büchern ist immer sehr wich–«

Keines der kleineren Kinder konnte den Titel des Buches aussprechen, daher bewahrten sie respektvolles

Schweigen. Terry aber mischte sich lachend ein: »Ach, das ist das Buch, nach dem Scopy uns alle kuriert, es heißt: ›Enzyklopädie der Heilmittel in der Kinderstube‹.«

Die Prinzessin nahm dies mit zweifelndem Stirnrunzeln entgegen. »Ich kann mich nicht erinnern, bei unseren Kursen am Lohengrin College ein Buch dieses Namens benutzt zu haben. Ist es erst kürzlich erschienen?«

Miss Scope saß steif und majestätisch am anderen Ende des Tisches. Direkt angesprochen, erwiderte sie beschwichtigend: »Du liebe Zeit, nein, es ist gründlich erprobt. Meine Mutter und all meine Tanten haben es in ihren Familien benutzt. Ich glaube sogar, daß schon meine Großmutter –«

»Schon Ihre Großmutter? Dann muß das Buch ja total veraltet sein – und vermutlich sehr gefährlich!«

Miss Scope lächelte unerschrocken. »Ach, das glaube ich nicht. Meine Mutter hat es immer vollkommen zuverlässig gefunden. Wir waren vierzehn Geschwister und fünfzehn Kilometer entfernt von der Eisenbahn in Lancashire, und sie hat uns bei all unseren Krankheiten damit durchgebracht. In einer so großen Familie kann man nicht immer nach dem Arzt schicken...«

Das gab der Bestürzung ihrer Gesprächspartnerin neue Nahrung. »Sie waren vierzehn? Wollen Sie damit sagen, daß Ihre Mutter vierzehn Kinder hatte?«

Mit unverhohlenem Stolz erwiderte Miss Scope, genau das habe sie damit sagen wollen. Die Prinzessin legte die Gabel hin, als wolle sie gleich aufspringen und gegen einen solchen beklagenswerten Mißstand ankämpfen. »Es ist unglaublich...«, begann sie, brach dann ab und sagte leiser: »Ich nehme jedoch an, daß man damals –« ihr Blick auf Miss Scopes graues Haupt sollte wohl ausdrücken, daß diese unselige Geschichte etwas lange Zurückliegendes sei, und fuhr optimistischer fort: »In den Vereinigten Staaten wird so etwas bald gesetzlich geregelt werden...«

Sie begegnete Miss Scopes entsetztem Blick und sah sich beunruhigt am Tisch um, als merke sie erst jetzt, daß sich das Thema sogar im Lohengrin College kaum für jugendliche Ohren geeignet hätte. Um ihre Verlegenheit zu überwinden, wandte sie sich über Bun hinweg noch einmal an Zinnie.

»Du bist gewiß die Kleine von Lady Wrench, nicht wahr, Liebes? Denk dir, ich habe deine Mutter neulich in Venedig gesehen«, sagte sie leutselig, um das Thema zu wechseln.

Zinnies Augen funkelten neugierig. »Ah, haben Sie sie wirklich gesehen? Was hatte sie an, wissen Sie es noch?«

»Was sie anhatte?« Die Prinzessin stockte verwirrt, und Judith vermittelte: »Zinnie ist ganz versessen auf hübsche Kleider.«

»Ich finde Ihres wahnsinnig schön«, warf Zinnie listig dazwischen und fuhr dann fort: »Hat meine Mutter Ihnen auch bestimmt keine Geschenke für uns mitgegeben?«

»Zinnie!« kam es vorwurfsvoll von Miss Scope.

Die Prinzessin schüttelte den Kopf. »Nein, Geschenke hat sie mir nicht mitgegeben. Vielleicht dachte sie, du solltest kommen und sie dir holen. Aber sie hat mir etwas aufgetragen, als sie hörte, daß ich hierherfahre – ich soll dir ausrichten, daß sie ihr kleines Mädchen schrecklich gern wiedersehen möchte.«

Zinnie wurde puterrot vor freudiger Aufregung. Eine solche Beachtung ihrer Person hob sie augenblicklich aus der Schar der anderen Kinder heraus. Doch ein Hintergedanke dämpfte gleich ihren Stolz. »Wenn sie das wirklich meint, hätte sie mir aber ein Geschenk schicken können«, wandte sie zweifelnd ein.

»Geschenke sind nicht alles. Und es ist nicht sehr nett, bei Menschen, die man liebhat, immer gleich daran zu denken, was sie einem vielleicht schenken. Außerdem«, fuhr die Prinzessin wenig logisch fort, »wenn deine Mutter so freigebig ist, überleg mal, was du alles geschenkt bekommen würdest, wenn du *immer* bei ihr wärst.«

Dies schien Zinnie erneut in Verwirrung zu stürzen.

»Immer bei ihr? Wie denn? Sie will uns doch nicht alle 'doptieren, oder? Weil wir nämlich geschwört haben –«

»Das sagt man nicht«, mahnte die Prinzessin.

»Wir geschwürt haben«, verbesserte sich Zinnie.

»Ich meine, solche Ausdrücke gebraucht man nicht«, erläuterte die Prinzessin.

»Haben wir aber«, sagte Zinnie, »auf Scopys Buch, also müßte sie uns alle 'doptieren, alle, Judy auch. Meinen Sie, daß sie das täte?«

»Das weiß ich nicht, vielleicht wäre das ein bißchen schwierig. Aber warum soll sie nicht ihre kleine Tochter bei sich haben wollen?« Wieder beugte die Prinzessin sich zu Zinnie und legte überredend die Hand auf die ihre. »Möchtest du nicht, daß ich dich wieder nach Venedig zu deiner wirklichen Mutter bringe, wenn ich morgen wegfahre?«

Es entstand eine Spannungspause. Boyne machte Judith ein Zeichen zu schweigen, und die Kinder blieben wie auf ein Stichwort mit großen Augen sitzen, die Löffel in halber Höhe über ihrem Pudding, als dieser perfide Vorschlag unterbreitet wurde. Zinnie war nicht mehr puterrot, sondern beinahe blaß, und die rotblonden Locken auf ihrem Kopf schienen so schlapp herunterzuhängen wie ihre Lippen. Ihr Kopf sank auf die Brust, und in der entstehenden Speckfalte zog sie die Kette, ein Geschenk ihrer Mutter, hin und her. »Was meinst du, würden es für Geschenke sein?« lautete die vorsichtige Rückfrage.

»Ach, das weiß ich nicht, Liebes. Daran solltest du auch gar nicht denken. Du solltest nur an deine Mutter denken, und wie sehr gern sie dich bei sich hätte. Du mußt mir auch eine Antwort an sie mitgeben. Soll ich ihr sagen, daß du gern kämst, Zinnie?«

Zinnie senkte den Kopf noch tiefer. Wäre es einem Wheater-Kind möglich gewesen, schüchtern zu sein, hätte sie jetzt fast so gewirkt, doch in Wahrheit kämpfte sie nur mit einem Problem, das ihre Kräfte überstieg. Endlich hob sie den Kopf und sah die Prinzessin fest an.

»Ich würde gern erst meinen Anwalt konsultieren«, sagte sie.

Boyne lachte laut heraus, und die Prinzessin stimmte etwas gezwungen mit ein, vielleicht um den Eindruck der Niederlage zu verwischen.

Da es ihr unverkennbar mißlungen war, das Vertrauen der Kinder zu gewinnen, wandte sie sich wieder an Miss Scope. »Es würde mich sehr interessieren, mit Ihnen über Ihre Erziehungsmethode zu sprechen. Ich nehme an, Sie haben den erzwungenen Gehorsam ganz eliminiert, wie wir im Lohengrin College?«

»Erzwungenen –« Miss Scope holte ungläubig Luft, und ihre Pflegebefohlenen, sichtlich beeindruckt von dieser Frage, ließen wieder die Löffel in der Schwebe und blickten starr auf die Prinzessin. Miss Scope lachte kurz auf. »Ich habe noch nie Kinder gesehen, die gehorchen, ohne daß man sie dazu zwingt. Wenn Sie eine andere Möglichkeit kennen, sie dazu zu bringen, würde ich mich freuen, sie zu hören«, sagte sie trocken.

Das schien die Prinzessin eher zu enttäuschen als zu überraschen. »Aber genau das wollen wir nicht: sie dazu bringen. Wir lassen sie ganz frei und ungehindert und legen ihnen nur nahe, zu kooperieren. Im Lohengrin hat die Kooperation jede andere Methode verdrängt. Wir lehren sogar schon unsere Zweijährigen die freiwillige Kooperation. Wir finden die Vorstellung des Gehorsams entwürdigend.« Mit einem Lächeln wandte sie sich an ihren Stiefsohn. »Wenn Astorre und Beatrice erst bei uns sind, werde ich sie als erstes beide kooperieren lassen.«

Bun nahm das gefaßt entgegen, Beechy aber brach in leidenschaftliches Schluchzen aus und warf eifersüchtig die Arme um ihren Bruder. »Nein, nein, das darfst du nicht, du böse, du ganz schlimme Frau. Du sollst nicht an Bun operieren, nur an mir, wenn es schon sein muß«, schloß sie wehklagend, und ihre verzweifelten Blicke richteten sich flehend auf die Stiefmutter.

»Aber ich begreife gar nicht, Liebes …«, murmelte die

Prinzessin. Judith erklärte hastig, daß Blanca voriges Jahr am Blinddarm operiert worden sei und das Wort im Zusammenhang mit der Krankheit einen furchterregenden Eindruck auf die Kleineren, insbesondere auf Beechy gemacht habe.

»Aber das ist doch alles falsch, schrecklich falsch...«, seufzte die Prinzessin verwirrt. Niemand fand eine Entgegnung, und da das Abendessen beendet war, schlug Judith vor, zurück ins Wohnzimmer zu gehen. Die Kinder, angeführt von Miss Scope, folgten. Wieder versuchte die Prinzessin sie ins Gespräch zu ziehen, konnte aber die entstandene Mauer des Mißtrauens nicht einreißen. Endlich schlug sie vor, man solle doch gemeinsam Spiele spielen, zum Beispiel ein ruhiges Schreibspiel, das sie für interessant hielt. Ein Tisch wurde abgeräumt, mit einiger Mühe Papier und Bleistifte herbeigeschafft und unter die Kinder verteilt, die Jüngsten auf die Sofakissen gehoben, um für die Mitarbeit hoch genug zu sitzen. Die Prinzessin erklärte, das Spiel hieße »Ambition« und sei von der Berufsberatung der jugendpsychologischen Abteilung im Lohengrin eingeführt worden, um die Kinder geistig so früh wie möglich auf die Berufswahl hinzulenken. Als erstes, fuhr sie fort, solle jeder hinschreiben, was er am liebsten sein oder tun würde, dann sollten sie die Papiere zusammenfalten und Mr. Boyne würde sie im Hut sammeln und nacheinander laut vorlesen, und dann sollten die Kinder raten, wer was gewählt hatte.

Das Spiel wurde nicht mit dem Elan begonnen, den sich die Veranstalterin möglicherweise erhofft hatte. Die Kinder waren noch immer bedrückt durch ihre Anwesenheit, mit Ausnahme von Terry haßten sie das Schreiben und waren abstrakte Spekulationen über die Zukunft nicht gewöhnt. Außerdem hatten sie höchstwahrscheinlich das Gefühl, daß sie, wenn sie ihre Wünsche und Ambitionen ehrlich niederschrieben, den freundlichen Spott ernten würden, mit dem Erwachsene die natürlichen Ansichten von Kindern entgegennahmen.

Alles das sorgte für Verzögerungen und Unschlüssigkeit, und nur Terrys Zureden und die Angst, der großen, gebieterischen Dame, die da plötzlich in ihr Leben getreten war, ungehorsam zu sein, setzte schließlich die Bleistifte in Bewegung. Boyne nahm die Zettel entgegen, mischte sie gewissenhaft und begann laut vorzulesen:

»Ein Liefboi – aha, ein Liftboy, jawohl«, Zinnies brennendes Erröten enthüllte sie als Autorin dieser Ambition, und Boyne las weiter: »Eine Boot-Schafterin«, das war natürlich Blanca, und in ihrer Orthographie bekam das Wort eine zusätzliche Würde. »Ein großer Dichter oder der beste Schriftsteller für Detektivgeschichten« in Terrys präziser Handschrift zeigte ihn noch im Zwiespalt zwischen erster Bekanntschaft mit Conan Doyle und dem begeisterten Gebrauch des ›Oxford Book of English Verse‹.

Boyne las weiter vor: »Nie mehr Zeeneputzen«. Das hatte Beechy in Druckbuchstaben gekrakelt. »Akk-robat«. Das war wohl Buns Ehrgeiz. »Ein edler Mensch«, die gute Scopy, (als ob sie das nicht schon wäre), und als letztes in Judiths fahriger Handschrift: »Foschungsreisende«. Beim Verlesen dieses Wortes erhob sich in Boyne etwas wie ein flüchtiges Flügelschwirren.

Die Urheber der zum Ausdruck gebrachten Ambitionen blieben nicht lange im Verborgenen. Noch während Boyne die Zettel nacheinander vorlas, erscholl ein Chor von Zuordnungen. Offenbar hatte die Prinzessin gehofft, es käme Bemerkenswertes heraus. Sie sagte, üblicherweise führe dieses Spiel zu Diskussionen, und sie hoffte, das nächste Stadium brächte vielleicht eine freiere Selbstdarstellung. Die Kinder, erklärte sie, sollten nun nacheinander sagen warum, das heißt aus welchen Beweggründen, sie dies oder jenes sein wollten. Doch ihre Aufforderung zur Debatte stieß auf beklommenes Schweigen, und bei Beechy zeigten sich wieder erste Anzeichen eines Gefühlsausbruchs. Darüber war die Prinzessin etwas betroffen, doch Miss Scope versicherte ihr, dieser Verstoß gegen die guten Manieren komme nur von der Übererregtheit und dem Streß des längeren Aufbleibens. Sie hoffe, die Prinzessin werde sie entschuldigen, aber die Kinder gehörten wirklich ins Bett. Bei diesem Wink erhellten sich alle Mienen rings um den Tisch bis auf Zinnies, die einen Flunsch zog. Sie rutschte von ihrem Kissenhügel wie die anderen, und als sie an der Reihe war, der Prinzessin Gute Nacht zu wünschen, hielt sie das Defilee mit der Frage auf: »Gibt's 'n bei diesem Spiel gar keine Preise?«

Scopys Zugriff entfernte sie. Nach einem zaghaften Versuch zur Zärtlichkeit gegenüber Bun und Beechy, der aber ungenügend erwidert wurde, setzte die Prinzessin sich noch einmal mit Boyne und Judith zu einem Gespräch zusammen. Obwohl sie mancherlei Tadelnswertes an der Erziehung der kleinen Wheaters beobachtet hatte, war sie jetzt weniger aggressiv gestimmt als am Nachmittag. Etwas an der Beziehung der Kinder zu einander und zu den Erwachsenen, auf das sie nicht gefaßt gewesen war und das sie nur halb begriffen hatte, schien ihre Überzeugungen unmerklich erschüttert zu haben. Obwohl sie weiterhin die gleichen Phrasen von sich gab, tat sie es mit weniger Nachdruck, und sie hörte sich Boynes Argumente und Judiths inständige Bitten geduldiger an.

Bald darauf wurde Judith weggerufen, um den Kindern Gute Nacht zu sagen, und sobald die Prinzessin mit Boyne allein war, begann sie unvermittelt: »Aber Sie *müssen* auf mich hören, Mr. Boyne, und mich verstehen. Nicht nur, daß ich nicht einverstanden bin mit der Art, wie Beatrice und Astorre erzogen werden, ich selbst brauche sie, für mich, für meinen Mann.« Sie errötete bei diesem Geständnis und fuhr hastig fort: »Wenn er ein neues Leben anfangen soll – und er hat es bereits angefangen –, sollte es sein erster Schritt sein, seine Kinder wieder zu sich zu nehmen. Begreifen Sie doch. Begreifen Sie das doch ... Begreifen Sie meine Lage ...« Ihre Stimme brach, und Boyne empfand plötzlich das gleiche Mitleid mit ihr wie vorhin, als sie Angst vor einer angedeuteten Kritik an Prinz Buondelmontes Vergangenheit gezeigt hatte.

»Ich werde tun, was ich kann, haben Sie doch Vertrauen zu mir«, stotterte er.

Judith kam zurück, und die Prinzessin, noch immer etwas gehemmt durch das Bemühen, die Beherrschung wiederzuerlangen, begann ihr sofort zu danken für all ihre Freundlichkeit, und sagte, es werde wohl Zeit zu gehen. Sie werde dem Prinzen Buondelmonte erzählen, sagte sie, um Herzlichkeit bemüht, daß die Kinder wohlauf seien (»körperlich wohlauf«, erklärte sie) und sie werde ihm zusichern – das dürfe sie doch hoffentlich? –, daß man sich bald über deren Zukunft verständigen werde.

Sieg oder Niederlage? Judith und Boyne, die noch lange aufblieben, fragten sich das, fanden aber keine Antwort.

28

Der Regen hielt den ganzen nächsten Tag an. Es war einer jener steten, methodischen Regen, die in Gebirgsorten weniger wie eine Wetterlaune wirken als vielmehr wie ein Vorhang, den die Natur zwischen zwei Jahreszeiten herabsinken läßt. Hinter dem dichtgewebten Schleier meinte man gewaltige, jahreszeitliche Bühnenumbauten wahrzunehmen, die Umwälzung, die Umkehrung aller sichtbaren Dinge, von den in Schnee übergehenden Wolken auf den Felsengipfeln bis zu den Matratzen und Decken, die in Hotelfenstern geklopft und gelüftet wurden.

Doch solche Vorstellungen entstanden zweifellos aus Boynes eigener Stimmung. Wenn er nach dem Auftritt der Prinzessin morgens die Läden öffnete, war ihm, als habe *sie* den kalten, grauen Nebel vor die Fenster gehängt. Jetzt hatte er vor allem Angst: davor, was die Post bringen, was ihm sein eigener gesunder Menschenverstand diktieren würde, und vor allem davor, Judith zu begegnen und seine Besorgnisse durch die ihren verdoppelt zu sehen.

Das Schlimmste war dies: Selbst wenn all ihre Quälgeister übereinkamen, sie in Frieden zu lassen, konnte man, besonders wegen Terry, nicht weiterhin Sturm und Regen in diesen Höhen aushalten. Überdies schlossen jetzt alle Hotels und Pensionen für das jährliche Großreinemachen und Renovieren und würden erst zu Beginn der Wintersportsaison wieder öffnen. Von Mitte Oktober ab würde bis zum Eintreffen der weihnachtlichen Rodler und Skifahrer niemand mehr Quartier brauchen. Wenn es tatsächlich möglich wäre, die kleinen Wheaters zusammen zu lassen, brachte man sie wohl besser nach Riva oder Meran, bis im Gebirge der Winter und stabileres Wetter herrschten.

All das überlegte Boyne mit der gereizten Präzision, mit der man Pläne schmiedet für jemanden, der im Sterben liegt und deren Ausführung bestimmt nicht mehr erlebt.

Es schien ihm den Glauben an eine Zukunft zu vermitteln, das Gefühl einer künstlichen Sicherheit, so wie es manchmal an einem Sterbebett gut ist zu denken: »Morgen wollen wir hören, was der Doktor von einem wärmeren Klima hält.«

Judith und Miss Scope teilten seine Idee von Meran oder Riva, und eine Zeitlang war auch vage davon die Rede, hinunterzufahren und Zimmer zu suchen. Aber die immer neue Schwierigkeit, ein Fremdenheim zu finden, das bereit war, sieben Kinder aufzunehmen, führte zu dem Entschluß, eine nicht zu teure Villa zu mieten. Die Episode mit dem Goldfisch und dem Karnickel hatte sie bei ihrer derzeitigen Wirtin nicht beliebter gemacht, und sie hielten es für hoffnungslos, sich bei einer anderen einzuschmeicheln an einem Ort, wo man sie nicht kannte und wo die Herbstsaison auf dem Höhepunkt war. Daher war beschlossen worden, daß Judith, Miss Scope und Boyne noch diese Woche mit dem Auto nach Meran fahren und sich gründlich umsehen wollten. Nach einigem Nachdenken aber zögerte Boyne doch, die Kinder mit den Kinderfrauen allein zu lassen, wenn auch nur für eine so kurze Abwesenheit. Joyce war in Paris und organisierte einmal wieder ihr Leben, die Prinzessin Buondelmonte kehrte unverrichteter Dinge nach Rom zurück – da drohte von allen Seiten Gefahr.

Jeder dieser Kugelblitze konnte herabfahren und das schwache Nest zu Boden reißen, das den Sommerwinden getrotzt hatte. Schweren Herzens berief Boyne noch einmal eine Ratsversammlung in der Pension Rosenglüh ein.

Beim Verlassen seines Hotels wurde ihm ein Telegramm ausgehändigt. Als erstes sah er nach der Unterschrift – Sarah Mervin – und las dann: »Aufnehme gern meine lieben Enkelkinder abwarte endgültige Regelungen der Eltern, kann leider Verantwortung für Stiefkinder nicht übernehmen, Brief folgt...« »Ein richtiges Anwaltstelegramm«, knurrte Boyne, während er es in die Tasche steckte. »Darum hat es auch so lange gebraucht.«

Bitterkeit erfüllte ihn, weil wieder eine der Stützen unter dem schwankenden Gebäude seiner Hoffnung umgerissen worden war. Solche Menschen, grübelte er, handeln impulsiv, solange es um die eigenen Bedürfnisse geht, aber rufen einen Anwalt, sobald es sich um diejenigen anderer handelt. Im tiefsten Inneren war er nicht besonders überrascht. Mrs. Mervin war nicht mehr jung, und für alternde Menschen ist es nur natürlich, vor Verantwortung zurückzuscheuen. Außerdem konnte sie geltend machen, es sei nicht ihre Sache, Kinder aufzunehmen, die sie nie gesehen hatte und deren Eltern nur zu bereit und finanziell in der Lage waren, für sie zu sorgen. Wenn man es sich recht überlegte, wäre Judiths unverblümter Hinweis auf den Zuschuß, den ihre Großmutter von Cliffe Wheater bekam, unnötig gewesen, um sich die Reaktion der bedauernswerten Dame zu erklären. »Ich sehe nicht recht, was sie sonst hätte tun sollen«, mußte der unparteiische Boyne bei seinem endlosen Streitgespräch mit der anderen Partei, der leidenschaftlichen und unvernünftigen, zugeben.

Was hatten er und Judith sich für eine Utopie zusammengeträumt? Er fragte sich, wie er sich zu soviel Torheit hatte verführen lassen... Nun denn, der Traum war aus, und er hatte die schlimme Aufgabe, sie zur Einsicht zu bringen. Bedrückt ging er durch den Regen bergab.

In der Pension hielt Judith am Fenster Ausschau nach ihm. Sie öffnete die Tür und führte ihn ins Wohnzimmer, wo ein mürrisches Feuer schwelte und beißende Rauchwölkchen ausstieß. Die Pensionswirtin sagte, so sei es immer: am ersten Tag des Herbstregens rauche der Ofen, außer es gehe ein leichter Wind und sorge für Zugluft. Heute regte sich kein Blatt, und man konnte nur eines tun, das Fenster offen lassen, erklärte Judith Boyne. Ihr Gesicht war blaß und angstvoll, er sah deutlich, daß sie die gleichen Probleme gewälzt hatte wie er. Der Anblick brachte ihn dazu, die eigenen Befürchtungen noch für eine Weile vor ihr zu verheimlichen.

»Na, meine gute Judy, das hätten wir geschafft, und immerhin stehen die Wände noch.«

»Du meinst – weil die Prinzessin weg ist?«

Er nickte. »Ich habe sie vor einer Stunde an den Zug nach Rom gebracht.«

Ihre Augen leuchteten auf, wie immer, wenn er sie neckte, aber diese Munterkeit schwand schnell. »Und du hast auch kein Telegramm bekommen?« fragte sie.

Das traf ihn unvorbereitet. »Ich – eh – hast du eines bekommen?«

»Ja, von Mutter. Da.« Aufgeregt schob sie ihm ein Stück Papier hin. Boynes Verdruß wuchs: offenbar hatte Mrs. Mervin erst einmal ihre Tochter kontaktiert, ehe sie ihm antwortete. So eine Feigheit! So eine Hinterlist! Er malte sich aus, wie alle Macht, alle Prinzipien der Erwachsenen sich gegen die Handvoll kleiner Menschlein unter seinem Schutz verbündeten, und ihn überfiel die Bitterkeit der Niederlage. Es war ja nicht so, daß eines dieser Elternpaare die eigenen Kinder wirklich *wollte*. Wenn ja, wäre das Zerbrechen von Judiths Wunschtraum zwar tragisch, aber doch zu natürlich gewesen, um sich dagegen aufzulehnen. Doch die armen Kerlchen waren zum Zankapfel geworden, sie zu behalten, eine Frage von Prestige und Eigennutz, wie der Sieg in einem aufregenden Spiel oder das Festhalten an sämtlichen Punkten eines erbittert geführten Rechtsstreits. Boyne entfaltete Mrs. Wheaters Telegramm und las: »Du mußt sofort nach Paris kommen stop bring Chip mit stop muß dich sofort sprechen stop Keine Widerrede stop telegrafiere Hotel Nouveau Luxe Mutter.«

Die unbestimmte Formulierung ließ nicht erraten, ob die Botschaft das Resultat eines Telegramms von Mrs. Mervin war oder nur eine neue Laune von Joyce. Boyne neigte im Grunde zu letzterer Auffassung und war fast bereit, Mrs. Mervin freizusprechen. Am Ende hatte sie sein Vertrauen vielleicht doch nicht mißbraucht, und ihre Nachricht war nur das Ergebnis ihrer eigenen Skrupel.

Er warf das Telegramm achselzuckend auf den Tisch. »Ist das alles? Hast du sonst nichts gehört?«

Doch, das hatte sie anscheinend. Nanny hatte am Tag zuvor einen Brief von Mrs. Wheaters Mädchen Marguerite bekommen, einer erfahrenen Person, die einen flüssigen, wenn auch weitschweifigen Stil schrieb. Diesen Brief hatte Judith ohne Wissen von Scopy der Nanny abgeschmeichelt, denn Miss Scope erlaubte selbst in extremen Situationen nicht, daß ihre Schutzbefohlenen sich Informationen von Leuten verschafften, welche die Prinzessin »bezahlte Hilfskräfte« genannt hätte.

Marguerite hatte viele, wenn auch vage Neuigkeiten zu berichten. Offenbar hatte Mrs. Wheater in Venedig einen Herrn kennengelernt, sehr viel älter als sie, dessen Namen das Mädchen nicht entfernt wiedergeben konnte, der jedoch »ganz anders« war als die Herren aus Mrs. Wheaters Gesellschaftskreisen.

»Ganz anders? Wie – ganz anders?«

»Sie schreibt, er hat aus Mutter eine andere Frau gemacht«, erläuterte Judith. »Als erstes hat er dafür gesorgt, daß sie Gerald den Laufpaß gibt.«

»Warum denn um Gottes willen? Ich dachte, sie gäbe wegen Gerald deinem Vater den Laufpaß?«

Judith beurteilte wie immer die elterlichen Schwächen mit strahlender Unvoreingenommenheit. Sie erinnerte Boyne daran, daß Joyce nie lange bei ein und derselben Sache blieb, und daß sie hauptsächlich deswegen vorgehabt hatte, Gerald zu heiraten, um ihren Ehemann damit zu ärgern und eine Entschuldigung zu haben, den jungen Lehrer am Lido festzuhalten, wenn die Kinder fort waren. »Gerald ist im Grunde ein Mensch für den Lido«, erklärte Judith, »und außerdem hat es alle anderen Frauen so wütend gemacht. So etwas ist immer lustig, weißt du.«

Schließlich und endlich, folgerte sie weiter, war ihre Mutter soviel gescheiter als ihr armer Vater, der immer Frauen wie Zinnia Lacrosse oder Sybil Lullmer zum Opfer fiel. »Manchmal reißt sie sich zusammen, besonders seit der schrecklichen Zeit mit Buondelmonte. Und wo sie nun diesen anderen Herrn kennengelernt hat, der so viel älter und sehr fromm und enorm reich ist und der sie nur zum Guten beeinflußt, empfindet sie – schreibt Marguerite –, wie schrecklich sie ihr Leben vergeudet hat und wie ganz anders sie gewesen wäre, wenn sie ihn schon vor Jahren kennengelernt hätte. Verstehst du, er will sie nicht heiraten, sondern nur ihr Freund und Berater sein. Er findet, sie sei oft genug verheiratet gewesen. Deswegen, ich meine, um Gerald nicht brotlos zu machen, hat sie ihn als Sekretär behalten, bis er einen neuen Job findet, und sie und Gerald und der andere Herr sind zusammen nach Paris gefahren, um herauszufinden, was man am besten machen soll. Und der Herr sagt, sie sollte uns alle bei sich haben, und er hat uns schon jetzt furchtbar lieb und weiß, daß Mutter sehr viel glücklicher sein wird, wenn wir bei ihr sind…«

»O Gott – nun ist es mit uns aus und vorbei«, stöhnte Boyne.

Judith gab keine Antwort, und er fuhr fort: »Jetzt fehlen nur noch Nachrichten von Lady Wrench und der Prinzessin.«

»Oder von Großmama Mervin – sie ist immer noch unsere Großmutter«, entgegnete Judith nicht ohne Hoffnung.

Boyne zögerte einen Augenblick und sagte sich dann selbst, daß weiterer Aufschub keinen Sinn mehr hatte. »Nein«, sagte er, »ich habe Nachricht von ihr.«

Judiths Augen leuchteten auf. »Oh, Martin, wirklich? Wenn sie uns alle aufnimmt, wären vielleicht Mutter und der neue Herr zufrieden. O Martin, sie hat doch nicht etwa nein gesagt?«

Schweigend, weil er die rechten Worte nicht fand, reichte er ihr das Telegramm und trat ans Fenster, um sie nicht ansehen zu müssen. Eine ganze Weile sah er vor seinem inneren Auge nur den grauen Vorhang des Fehlschlags, der zwischen ihm und den vergangenen goldenen

Wochen niedergegangen war. Dann straffte er sich und wandte sich um.

»Judy –«

Sie reichte ihm das Telegramm.

»Das hattest du doch erwartet, oder?« fragte er.

Sie nickte. »Eigentlich ändert das nichts«, fuhr er fort, ohne Überzeugung. »Wenn Bun und Beechy doch fort müssen...«

Sie überlegte kurz, ohne zu antworten. Dann brach sie plötzlich in ganz verändertem Ton ungestüm aus: »Martin, glaubst du wirklich, daß sie doch recht gehabt hat – die Prinzessin, meine ich – und daß wir schrecklich rückständig sind? Glaubst du, wenn wir all das täten, was sie vorgeschlagen hat, und neue Lehrer und neue Bücher und jemand für Buns Gymnastik nähmen, daß dann alles anders wäre? Glaubst du das?« Jede Linie ihres Gesichts – von den hochgezogenen Brauen bis zu den geöffneten Lippen drückte aus, wie leidenschaftlich sie seine Zustimmung ersehnte.

»Mit einigem hatte sie vielleicht doch recht, weißt du, zum Beispiel mit dem dummen Buch von Scopy. Natürlich wissen wir alle, daß die arme liebe Scopy furchtbar altmodisch ist. Und auch bei Buns Gymnastik hatte sie recht. Glaubst du, wenn wir uns in Meran eine Villa mieten, daß wir uns leisten könnten, ein Zimmer so einzurichten, wie sie es beschrieben hat, und einen Gymnasten einstellen – sie hat doch Gymnast gesagt, oder? – Ich glaube, auch damit hatte sie recht. Aber schließlich –«, sie stockte und ihre Augen sahen aus, als wolle Sonne durch Regen dringen. »Schließlich, Martin, ist doch das Wichtigste, daß die Kinder alle gesund und munter sind, nicht wahr? Sieh dir nur unsere Aufzeichnungen an, sieh dir nur an, was dieser Sommer gebracht hat! Verglichen mit unserer ersten Begegnung auf dem Schiff in Algier würde man Terry doch jetzt nicht wiedererkennen, nicht wahr? Und Chip. Ist Chip nicht ein wahres Wunder? Alle Leute halten Nanny auf der Straße an und bewundern ihn und denken immer, er ist schon drei. Als wir herkamen, fing er gerade erst an zu laufen, und jetzt rennt er wie ein Hase. Nanny ist ganz erledigt, wenn sie hinter ihm herjagen muß. Und was er für Tricks gelernt hat! Er kann alle Leute nachmachen. Ich glaube, er wird mal Filmstar! Hast du gesehen, wie er den Löwen macht, mit Bun als Löwenbändiger? Oder den alten Mann auf dem Markt, der krumm vor Ischias ist, der sich auf einen Stock stützt und die eine Hand auf den Rükken drückt? Einfach wundervoll! O Martin, warte, ich hol ihn herunter, damit er dir den alten Mann vormacht – soll ich?«

Wieder einmal waren all ihre Erwachsenensorgen untergegangen in dem kindlichen Stolz, Chips Leistungen aufzuzählen. Ob es wohl immer so bleiben würde, fragte sich Boyne, oder ob das Leben allmählich die Tore vor dem Kinderparadies schloß, das ihr noch so nahe war? Er hätte den Großteil seiner eigenen Glücksaussichten hergegeben, wenn es ihr geholfen hätte, diese Verbindung zu ihrer Kindheit aufrechtzuhalten. Aber wie, wenn er der einzige war, der das konnte? Die Frage schlängelte sich durch seine Gedanken wie eine schmeichelnde Hand, die sich in die seine schmiegte. Die herzzerreißende Trennung, die ihr bevorstand – wie, wenn er der einzige war, der sie ihr erleichtern konnte? Verwirrt blickte er auf sie nieder.

»Judy, Chip ist großartig, und ich würde sehr gern sehen, wie er den alten Mann mit dem Ischias nachmacht. Aber erst einmal...«

»Ja? Erst einmal?« fragte sie voller Vorfreude. Doch unter seinem Blick verblaßte ihr Strahlen allmählich, und ihre Lippen begannen zu zittern. »Oh, du glaubst also nicht... daß es für uns noch eine Hoffnung gibt?«

»Ich glaube, daß du nach Paris zu deiner Mutter fahren mußt.«

»Und Chip mitnehmen? Nie! Das tu ich nicht!«

»Aber hör mal, Liebes –« Er setzte sich, zog sie neben sich aufs Sofa und sprach zu ihr wie zu einem Kind, das nach den Ferien nicht in die Schule zurück will.

»Hör zu, Judy, wir haben unser Bestes getan, wir alle. Aber die Kinder sind weder deine noch meine. Sie gehören schließlich ihren Eltern.« Wie trocken und dürr diese Phrasen klangen, verglichen mit den Worten, die er ihr gern gesagt hätte!

Sie zog sich in eine Sofaecke zurück. »Diese Frau, diese Buondelmonte hat dir zugesetzt, hat dich überredet! Ich hab's gewußt, daß es so kommt!« Jetzt war sie wieder eine Erwachsene, musterte ihn mit bösem, mißtrauischem Blick und schleuderte ihm mit der schrillen Stimme ihrer Mutter ihre Anklagen entgegen.

»Aber Kind, was für ein Unsinn! Du hast doch eben selber gesagt, daß die Prinzessin möglicherweise recht hatte.«

»Das hab ich nicht! Ich habe gesagt, wir sollten vielleicht für Scopy eine modernere Zyklopehdie kaufen und Bun wissenschaftliche Gymnastik beibringen lassen, und jetzt sagst du...«

»Ich sage nur, daß das Schicksal eben stärker ist als wir. Und um das zu wissen, brauchte ich keine Prinzessin Buondelmonte.«

Sie antwortete nicht. Sie saßen schweigend in den entgegengesetzten Ecken des Sofas und blickten in eine finstere Zukunft, von der sich nichts anderes erraten ließ außer, daß sie das Ende ihrer Hoffnungen bedeutete. Plötzlich warf Judith sich vornüber in die klumpigen Sofakissen und brach in Tränen aus. Ein paar Minuten lang blieb Boyne starr und hilflos sitzen, dann rückte er näher, beugte sich über sie und nahm sie in die Arme. Sie schien seine Nähe kaum wahrzunehmen, weinte einfach weiter, in heftigen, unregelmäßigen Schluchzern und preßte dabei ihr Gesicht an seine Schulter, als sei auch er ein Sofakissen. Er hielt sie schweigend umfaßt, wagte nicht zu sprechen, wagte nicht einmal, ihr das wirre Haar zurückzustreichen, während er sich mit der Scharfsicht seines älteren, unausgesprochenen Kummers vorstellte, wie es ihr ums Herz sein mußte. Es ist grausam, es ist abscheulich grausam, dachte er beim Gedanken an all die häßlichen Details, die sich wohl jetzt in ihre Zukunftsvorstellungen drängten, Details, die er nur ahnte, sie aber aus Erfahrung präzise vor sich sah. Ja, es war grausam, doch was konnten er oder sie tun? Er hielt sie weiter schweigend umfaßt, hörte den Regen an das halb geöffnete Fenster trommeln und roch den kalten Kirchhofsgeruch des Herbstlaubs, während jeder ihrer Schluchzer ihm schmerzhaft durch das Gemüt fuhr.

Endlich verebbte ihr Schluchzen, und Boyne fand den Mut, die Hand zu heben und ihr ein-, zweimal über das Haar zu streichen. Sie lag so still an ihn gedrückt wie ein erschreckter Vogel, und schließlich neigte er den Kopf und flüsterte: »Judy –« Warum nicht, dachte er, und sein Herz tat ungestüme Sprünge. Schließlich war er, wenn man es recht bedachte, ein freier Mann, frei, sein Leben an eine Verrücktheit wegzuwerfen und dies war eine Verrücktheit, das wußte er. Nun, er hatte für sein ganzes Leben genug Vernunft walten lassen, und ein Mann war nur so alt, wie er sich fühlte... Er neigte sich so nah herab, daß seine Lippen ihr Ohr streiften. »Judy, Liebling, hör zu... Vielleicht gibt es doch noch eine Möglichkeit...«

Blitzschnell war sie aus seinen Armen und stand entzückt vor ihm. »Eine Möglichkeit? Eine Möglichkeit, uns alle zusammenzuhalten?« Wie schwer waren ihre Fragen zu beantworten!

Boyne zog sie zurück neben sich auf das Sofa. Für sie war Weinen etwas Quälendes, Verunstaltendes, ihr Gesicht war so verzerrt, so tränenfleckig, daß sie beinahe alt aussah, doch jetzt war ihr Jammer durchsetzt mit Hoffnungen. Hätte er sie weiter so halten dürfen, ohne zu sprechen, ihr nur mit Koseworten antworten, wie leicht, wie köstlich wäre es gewesen! Doch ihr Gesicht war gespannt und erwartungsvoll, und er mußte Worte finden – er wußte, sein Schweigen hätte für sie keine Bedeutung gehabt.

»Judith...«, begann er, doch sie fiel ihm ins Wort. »Nenn mich Judy, sonst denke ich, es kommen noch mehr schlechte Nachrichten.« Er antwortete nicht. Da warf sie sich mit einem Schreckensschrei gegen ihn. »Martin! Martin! Du wirst uns doch nicht auch verlassen?«

Er ergriff ihre Hände, doch seine eigenen begannen zu zittern.

»Liebling, ich werde dich nie verlassen, ich bleibe für immer bei dir, wenn du mich läßt, ich werde da sein, wenn etwas schiefläuft, ich werde dich umhegen und dich verteidigen, ganz gleich was geschieht, wir werden uns nie mehr trennen...« Er brach ab, denn seine Stimme versagte vor dem plötzlichen Aufleuchten ihrer Augen.

»O Martin –«, sie hob seine Hände eine nach der anderen an ihre nassen Wangen und hielt sie dort in schweigendem Entzücken fest. »Du gehörst also nicht mehr Mrs. Sellars?«

»Ich gehöre niemandem, nur noch dir, solange du mich willst...«

Ihre Augen umfingen ihn noch immer mit ihrem Strahlen. »Liebster, Liebster...« Dabei lehnte sie sich eng an ihn, und er wagte nicht, sich zu rühren in seiner neuen Scheu vor ihrer Nähe – auf so unmerkliche Weise hatte sie sich aus dem liebevoll-vertrauten Kind in die Frau verwandelt, die er leidenschaftlich begehrte.

»Liebster«, sagte sie dann noch einmal, und mit einem Gesicht, in dem bereits ein bräutliches Licht zu leuchten schien: »Martin, hast du wirklich vor, uns alle zu adoptieren, und wir bleiben alle für immer bei dir?«

29

Boyne kam sich vor wie jemand, der im Dunklen versehentlich an den Rand eines Abgrunds geraten ist. Der Schock, in seine alte Welt zurückgeworfen zu sein, ließ ihn innerlich zittern vor Anstrengung, sich wieder zu fassen. Judith hatte ihm in stürmischer Dankbarkeit die Arme um den Hals geworfen, und er schrak vor ihrer Berührung zurück, vor dem warmen Duft ihres Haares, vor allem an ihr, was er sich wieder in Begriffen kindlicher Kameradschaft denken mußte, während jeder Nerv seines Körpers nach ihr verlangte. Nichts hätte er mehr gefürchtet, als daß sie auch nur einen Hauch von dem erriet, was er empfand. Seine dringendste Sorge mußte jetzt sein, den Bruch in ihrer idealen Beziehung zu verbergen, die Tatsache, daß sie einen Augenblick lang für ihn die Frau gewesen war, die sie eines Tages für einen anderen sein würde, in einer Zukunft, die er nicht würde teilen können. Er löste ihre Hände von seinem Hals und trat von ihr fort ans Fenster.

Als er sich wieder zu ihr umdrehte, hatte er eine gewisse Ruhe erkämpft. »Judy, Kind, ich wünschte, du würdest nicht immer gleich Pläne fürs ganze Leben machen.« Dabei bemühte er sich um ein Lächeln. »Ich habe immer Angst, das könnte uns Pech bringen. Es wäre besser, wir lebten sozusagen von einem Augenblick zum anderen. Ich will dir gern alles versprechen, was ein vernünftiger Mensch versprechen kann: daß ich den Kampf für euch weiterführen werde und trotz allem hoffe, ihn zu gewinnen. Jedenfalls werde ich da sein, euch beistehen, euch nicht verlassen...« Er brach ab, weil er in ihrem ungläubigen Blick las, wie hoffnungslos es war, vage Beteuerungen aneinander zu reihen.

»Ja«, sagte sie mit einer Stimme, die so klein und farblos geworden war wie ihr Gesicht.

Er stand bedrückt vor ihr. »Das verstehst du doch, Liebes, nicht wahr?«

»Ich weiß nicht...« Sie zögerte. »Vor kurzem dachte ich es noch.«

Seine Nerven begannen erneut zu zucken. Würde er ertragen, die ganze Frage noch einmal mit ihr durchzugehen? Welchen Zweck würde das haben? Die unmittelbare Zukunft mußte ja irgendwie geplant werden, aber die letzten Minuten hatten ihm allen Willen, alle Energie genommen. Er hatte das trostlose Gefühl, sie wisse, daß er sie enttäuscht hatte, könne aber nicht erraten warum.

»Ich tue natürlich, was ich kann«, wiederholte er.

Sie schwieg, befangen gemacht durch seine Befangenheit, und er sah die Enttäuschung in ihren Augen.

»Du glaubst mir nicht?«

Noch immer schien sie verwirrt. »Aber du hast doch gesagt... Ich dachte, du hättest eben gesagt, daß du einen Weg gefunden hast, wie man uns alle beisammen lassen kann. Ganz gleich, was geschieht. Du hast gesagt, du hättest einen Plan.«

Seine grundlose Gereiztheit wuchs. Konnte soviel Naivität echt sein? Konnte Judith eine solche Macht haben, Leidenschaften zu wecken ohne eine Ahnung von deren Bedeutung? Er haßte sich für seine Zweifel. Bald – schon sehr bald vielleicht – würde ihr vielschichtiges Wesen herangereift sein, bisher waren dessen einzige voll ausgewachsene Fähigkeiten die Liebe zu den Geschwistern und ihr Glaube an die wenigen Menschen, die ihr in einer unfreundlichen Welt Freundlichkeit erwiesen hatten.

»Entschuldige«, fuhr sie fort – nach einer Pause für eine Entgegnung, die jedoch nicht kam –, »ich glaube, ich habe dich mißverstanden.«

Boyne lachte nervös auf. »Ja, das hast du gründlich.«

»Und – du willst mir nicht sagen, was du wirklich gemeint hast?«

Er stand regungslos, die Hände in den Taschen und starrte auf die Maserung der Holzdielen – wie damals, als sie ihm gestanden hatte, ihres Vaters Geld genommen zu haben, diesmal in noch tieferer Bestürzung. Vor wenigen Minuten noch war es ihm wie eine Profanation vorgekommen, sie mit Liebesgedanken auch nur zu streifen, und jetzt angesichts ihrer Verzweiflung, ihres Gefühls, ihre Kämpfe allein austragen zu müssen, fragte er sich, ob es nicht fairer, ja sogar freundlicher sei, zu sprechen. Bei dieser Vorstellung begann sein Herz aufgeregt zu klopfen. Vielleicht war er zu ungestüm gewesen, zu unbestimmt. Konnte am Ende nicht ein Wort von ihm Klänge erwecken, die noch schliefen?

Es war schwierig, den rechten Anfang zu finden. Was so einfach gewesen wäre, wenn es durch Küsse hätte ausgedrückt werden können, schien umständlich, ja brutal, wenn man es in Worte faßte. Er schreckte weniger vor der Möglichkeit zurück, sie zu verletzen, als vor der plötzlichen Angst, sie könne *ihn* unerträglich verletzen.

»Judith«, begann er, »wie alt bist du?«

»In drei Monaten werde ich sechzehn – nein, in fünf Monaten erst«, sagte sie in dem offenkundigen Bemühen, ehrlich zu sein.

»Was, schon so bald? Sechzehn ist ein schönes Alter«, lachte er.

Sie hielt noch immer verwundert den Blick auf ihn gerichtet, als suche sie nach einer Erklärung. »Aber ich sehe viel älter aus, nicht?« ergänzte sie hoffnungsvoll.

»Älter? Manchmal siehst du so alt aus, daß ich vor dir erschrecke.« Ihm fiel in diesem Moment ein, daß sie ihm mit völliger Unbefangenheit erzählt hatte, Gerald Ormerod wolle sie heiraten, als sei es das Natürlichste der Welt, und seine eigenen Skrupel kamen ihm allmählich absurd vor. Immer vergesse ich, wie liberal sie erzogen ist, dachte er mit einem Anflug von Selbstironie. Er räusperte sich und fuhr fort: »So erwachsen, daß du vermutlich bald ans Heiraten denken wirst.«

Nun war das Wort heraus und widerhallte immer weiter in seinem Kopf, während er auf ihre Antwort wartete.

Als sie sprach, tat sie es mit gleichgültiger, enttäuschter Miene.

»Wie kannst du so etwas sagen? Wie soll ich jemals heiraten, wenn ich mich um all die Kinder kümmern muß?« Es war klar, daß sie das Thema für irrelevant hielt, ihr Ton schien ihn daran zu mahnen, daß er und sie das längst besprochen und abgetan hatten. »Ebensogut könntest du sagen, daß ich mich bilden soll«, murrte sie.

Er drängte weiter: »Aber es könnte doch... ich meine, du findest vielleicht...« Er mußte innehalten, um seine Stimme zu festigen. »Wenn wir nicht verhindern können, daß man dir die Kinder wegnimmt, wirst du doch schrecklich einsam sein...«

»Wegnimmt?« Bei diesem Wort schwand ihre Teilnahmslosigkeit. »Glaubst du denn, daß ich das zulasse? Ohne bis zur letzten Minute zu kämpfen? Chip dieser Syb Lullmer überlassen? Und Bun und Beechy diesem Buondelmonte?«

»Ich weiß, es ist abscheulich. Aber angenommen, es kommt zum Schlimmsten – solltest du dem nicht schon jetzt ins Auge sehen?« Wieder räusperte er sich. »Wenn es schiefgeht, und du sehr allein wärst und jemand dich bäte, ihn zu heiraten –«

»Wer tut das schon?«

Wieder lachte er. »Ich zum Beispiel.«

Sekundenlang schaute sie verdutzt, dann leuchteten ihre Augen auf, und sie lachte zum erstenmal mit. Ihr Lachen schien frisch und ungehemmt aus den tiefsten Tiefen ihres Kleinmädchengemüts emporzuquellen. »Na, das wäre vielleicht ein Spaß!« sagte sie.

Es entstand eine abgrundtiefe Stille.

»Ja, nicht wahr?« Er grinste, sah sie wortlos an und nahm dann tastend wie ein Blinder Hut und Regenmantel auf, fragte: »Wo ist mein Schirm? Ach so, draußen«, und ging steif auf den Korridor hinaus. Auf der Schwelle, noch immer im Bewußtsein ihrer Nähe, ergänzte er ein wenig matt: »Nein, bitte, ich möchte erst einmal allein einen langen Spaziergang machen. Ich komme nachmittags wieder, dann besprechen wir, was wir am besten wegen Paris tun...«

Er spürte, wie die kleine Jammergestalt hinter ihm allein im Regen stand, und eilte davon, wie um ihr für immer zu entfliehen.

30

Es regnete noch, als die Wheatersche Gruppe Cortina verließ. Es regnete, als der Zug, in dem Boyne und Judith reisten, in Paris eintraf. In den Tagen zwischen dem Erhalt von Mrs. Wheaters Telegramm und der ratternden Einfahrt des Expreßzuges in die Gare de Lyon hatte der Regen, soweit Boyne sich erinnerte, keinen Moment aufgehört.

Doch viel Zeit zum Erinnern war ihm nicht geblieben, nicht einmal an den Aufruhr in seinem Inneren. Nach dem unumgänglichen Kampf, Judith zu überzeugen, daß sie nach Paris reisen und Chip mitnehmen müsse, da Ungehorsam gegen die Aufforderung ihrer Mutter sie unweigerlich ins Unrecht gesetzt hätte, hatte er ihr zunächst geholfen zu entscheiden, was mit den anderen Kindern geschehen sollte. Einmal zu seiner Ansicht bekehrt, hatte sie sich der Lage sofort gewachsen gezeigt, wie immer, wenn es um praktische Dinge ging. Sie und Boyne waren sich einig, daß es unvorsichtig sei, die Kinder in Cortina zu lassen. Dort konnten die Prinzessin oder sogar Lady Wrench ihre Abwesenheit zu einem Überfall auf die Pension nützen. Drei Tage lang suchten sie, bis sie in einem entlegenen Vorort von Riva eine Villa entdeckt hatten, in der sie für eine Weile unterkommen konnten, ohne von einem der empörten Elternteile aufgestöbert zu werden. Boyne setzte die Inhaberin der Pension Rosenglüh auf die falsche Fährte, indem er ihr die Adresse von Mrs. Wheaters Bankier gab und durchblicken ließ, Judith führe nach Paris, um die Ankunft der Kinder dort vorzubereiten. Blanca und Terry, noch immer ganz erfüllt von Conan Doyle, steuerten mit Begeisterung irreführende Details bei.

Die Aufregung der Abreise und das Etablieren der kleinen Wheaters in ihrem neuen Quartier ließ Boyne und Judith keine Zeit, weniger dringende Fragen zu erörtern. Judith amüsierte sich, wie Boyne feststellte, als der Plan erst einmal feststand, fast ebenso wie die Zwillinge über dessen geheime und abenteuerliche Seite. »Um die Kinder aufzuspüren, muß man wirklich Sherlock Holmes sein, nicht?« kicherte sie, als sie und Boyne mit Chip und Susan in Verona den Paris-Expreß bestiegen. Erst im Zug sah Boyne eine Wolke der Besorgnis auf sie herabsinken. Doch dann überwältigte sie die Müdigkeit, und sie schlief ebenso friedlich an seiner Schulter wie Chip, der sich ihr gegenüber zusammengerollt hatte, den Kopf auf Susans Schoß. Als sie so saßen, fiel Boyne ein, wie er sie am Tag von Mr. Dobrees Picknick am Wasserfall hatte schlafen sehen, mit roten Wangen, samtige Schatten unter den Wimpern. Jetzt war ihr Gesicht blaß und verhärmt, ihre Lider waren geschwollen von Abschiedstränen, sie schien ihm ferner als je und doch seiner bedürftiger, und diese Vorstellung durchdrang ihn wie etwas Neues, Beruhigendes. Er hatte einen kurzen Blick auf ein Glück geworfen, das er niemals besitzen würde und wußte, seine Augen würden davon für immer geblendet bleiben. Doch die Verpflichtung, Judith die notwendige Hilfe zu sein, begrub seinen Kummer in jenen Tiefen der Seele, in denen großer Verzicht begraben liegt.

In Paris verließ er seine Reisegenossen im Eingang des Hotels Nouveau Luxe, in dem Mrs. Wheater abgestiegen war, und fuhr zu seinem bescheideneren Hotel auf dem linken Ufer. Dort angekommen, begann er ein hartes Ringen mit seinen Gedanken. Er konnte es nicht länger aufschieben, sich um seine eigenen Pläne zu kümmern, denn noch war Mrs. Sellars in Paris. Er hatte vorgehabt, ihr erst am folgenden Tag seine Ankunft zu melden, er brauchte Abstand, um Erschöpfung und Verwirrung aus dem Kopf zu vertreiben. Doch bis dahin mußte er eine Art Strategie erarbeiten, mußte sich selbst alles klar machen, um es ihr klar machen zu können. Nach einem fruchtlosen Versuch, sich auszuruhen und zu schlafen und einem müden Bummel im Regen durch die dämmerigen, glitzernden Straßen, beschloß er plötzlich, sofort zu handeln, und betrat eine Telefonzelle, um Mrs. Sellars anzurufen. Sie war zu Hause und kam sofort an den Apparat. Tante Julia ruhe, sagte sie, wenn er gleich käme, könnten sie sich aussprechen, ohne eine Störung befürchten zu müssen.

Er bemerkte zitternde Freude in ihrer Stimme, als er ihren Namen nannte – aber wie bezeichnend war das wieder, wie fabelhaft von ihr, keine Fragen zu stellen, keine Zeit mit Ausrufen zu verschwenden, nur ruhig und einfach zu sagen: »Komm her!« Wieder einmal kam ihre heilsame Vernunft ihm zu Hilfe.

Er hätte sie gern sofort ganz nahe bei sich gehabt, schon auf der Schwelle der Telefonzelle. Bei der Schnelligkeit, mit der seine Gedanken wirbelten, wußte er, er würde auf dem Weg in ihr Hotel die ganze Geschichte nochmals durchgehen müssen. Doch dagegen war kein Kraut gewachsen, er konnte nur auf ihre Klarsichtigkeit vertrauen, die ihm einen Ausweg zeigen würde.

Tante Julias Appartement befand sich in einem Hotel der Rue de Rivoli, ihre Fensterreihe ging auf die silbrigen Flächen der Tuileriengärten hinaus und auf die dahinterliegenden Kuppeln und Türme. Der Raum war groß, luftig, voller Blumen. Im Kamin brannte ein Feuer. In allem war Roses Wirken spürbar. Einen Augenblick später stand sie selbst vor ihm, unglaublich schlank und jung wirkend in ihrem dunklen Kleid und knappem Hütchen, vielleicht ein wenig blasser und magerer, doch als sie mit ihrem leichten Schritt auf ihn zutrat, schwand dieser Eindruck. Er spürte nur, wie sehr sie ihr Leben und sich selbst beherrschte, und dachte, wie viel weniger sie ihn brauchte, als das verwirrte Kind, das er eben verlassen hatte. Dieser Gedanke vergrößerte die Distanz zwischen ihnen und brachte Judith plötzlich näher.

»Hier bin ich«, sagte er. »Und ich habe es nicht geschafft.«

Er hatte sich ein Dutzend einleitender Sätze zurechtgelegt, doch Judiths Gesicht, das sich plötzlich dazwischendrängte, riß sie ihm vom Munde. Er war zurückgekommen, um die Verzeihung der Frau zu erbitten, für deren Bräutigam er sich noch immer hielt, und mit seinem ersten Wort, nach einer langen und unerklärten Abwesenheit – erinnerte er sie an die Ursache ihres Zwists. Er sah, wie ihre Lippen schmal wurden und dann siegesbewußt lächelten.

»Liebster, erzähl mir alles ganz genau, ich will alles hören«, sagte sie und streckte ihm die Hand entgegen.

Doch er kämpfte noch immer mit der Verlegenheit über den begangenen Schnitzer. »Ach, laß nur, eigentlich hat das alles gar nichts zu sagen«, stotterte er.

Sie befreite ihre Hand und knipste den Schalter der Lampe neben sich an. Als sie sich vorbeugte, sah er, daß die an beiden Schläfen unter dem Hut hervorkommenden Locken graumeliert waren. Der Anblick schien aus den Tagen ihrer Trennung Monate und Jahre zu machen. Er fühlte sich wie ein Fremder, der zu ihr zurückkehrte. »Hast du mir verziehen?« begann er.

Sie sah ihn ernst an. »Was habe ich denn zu verzeihen?«

»Vieles – wie du sicher meinst«, sagte er verwirrt.

Sie schüttelte den Kopf. »Du bist frei, wie du weißt. Wir sind nur zwei alte Freunde, die miteinander reden. Setz dich dort drüben hin – so.« Sie zeigte auf einen Sessel, setzte sich und nahm den Hut ab. Im Lampenlicht sah ihr Gesicht unter den ergrauten Schläfen so verändert und gealtert aus wie ihr Haar. Doch ihr unerschrockenes Lächeln verschönte alles.

»Noch einmal zurück zum Anfang: ich möchte alles über die Kinder hören.« Sie stützte nachdenklich den Kopf auf die Hand in der Haltung, die er im kleinen Wohnzimmer in Cortina so geliebt hatte.

»Ich komme mir vor wie ein Gespenst –«, sagte er.

»Nicht doch, dann hätte ich ja ein bißchen Angst vor dir, jetzt aber –«

»Ja, jetzt...« Er sah sich in dem freundlichen, von Kaminfeuer beleuchteten Raum um, sah ihren Handarbeitskorb am gewohnten Platz beim Kamin, ihre Bücher auf einem Tisch gestapelt und das vertraute Durcheinander von Papieren auf einem Schreibtisch am Fenster. »Ein Gespenst«, wiederholte er.

Sie wartete einen Augenblick, dann sagte sie: »Ich wollte, du erzähltest mir genau, was passiert ist.«

»Ach, es ist alles auseinandergebrochen. Es konnte ja nicht anders kommen. Und jetzt will ich –«

Er stand auf, ging durchs Zimmer, warf einen mäßig neugierigen Blick auf die Titel einiger Bücher, kam zurück und lehnte sich an die Kaminfassung. Sie sah zu ihm auf. »Ja?«

»Nein. Ich kann nicht.«

»Was kannst du nicht?«

»Alles begründen. Alles erklären.« Er ließ sich in den Sessel fallen, warf den Kopf zurück und blickte zur Decke. »Ich bin ein Narr gewesen. Und ich bin müde, sehr müde.«

»Dann lassen wir die Erklärungen. Erzähl mir nur, was du erzählen willst«, sagte sie.

Im Grunde wollte er ihr überhaupt nichts erzählen, wollte aufstehen, sein wortloses Herumwandern im Zimmer wieder aufnehmen. Mit großer Willensanstrengung blieb er sitzen und wandte sich ihr zu. »Du warst großartig... ich möchte dir sagen... möchte dir gern begreiflich machen...« Doch nein, das war alles sinnlos. Er tat wohl besser, worum sie bat. »Also die Kinder: es war unvermeidlich, daß sie auseinandergerissen werden. Darin hattest du selbstverständlich recht. Aber die armen Kerle taten mir so leid, daß ich – daß ich versucht habe, davor die Augen zu verschließen.«

Nun war ihm die Zunge gelöst, er fand es leichter, weiterzureden. Mrs. Sellars hatte schließlich recht, er mußte erst einmal die Geschichte der Kinder loswerden. Danach sah er vielleicht in seinem und ihrem Fall klarer. Er fuhr stockend in seinem Bericht fort, und sie hörte zu – mit jenem feinen Schweigen, das bei ihr ganz wach und mitfühlend war. Sie lächelte ein wenig über das Eindringen der Prinzessin Buondelmonte, seufzte und runzelte die Stirn, als er erwähnte, daß ihnen auch noch Lady Wrench bevorstand. Als er zu Mrs. Wheaters Aufforderung kam, und wie er darauf bestanden habe, daß Judith und Chip sofort zu gehorchen hätten, hob sie die Augen und sagte beifällig: »Darin hast du natürlich völlig recht.«

»Ach ja? Ich weiß nicht. Als ich sie jetzt eben am Eingang dieses Molochs von Hotel verließ –«

Sie schenkte ihm ein kleines beruhigendes Lächeln. »Nein, ich glaube, selbst das Nouveau Luxe brauchst du nicht zu fürchten. Ich kann dir nachfühlen, was du empfindest, aber ich kann dich auch ermutigen.«

»Ermutigen?«

»Wegen der Zukunft, meine ich. Vielleicht sind die Nachrichten über Mrs. Wheater nicht so irreführend. Jedenfalls weiß ich, daß sie sich juristisch hat beraten lassen, und wie ich höre, kann sie möglicherweise alle Kinder behalten – das heißt – ihre. Die armen kleinen Stiefs sind natürlich –«

Boyne horchte plötzlich auf. Er fühlte sich wie aus einer Lethargie aufgerüttelt. »Hast du sie denn gesehen? Ich wußte gar nicht, daß du sie kennst.«

»Nein, ich habe sie nicht gesehen, und ich kenne sie nicht. Aber ein Freund von mir kennt sie. Tatsache ist, daß sie zufällig Mr. Dobree begegnet ist, am Lido, nachdem er Cortina verlassen hatte.«

»Dobree?« Er starrte sie ungläubig an, glaubte den falschen Namen gehört zu haben.

»Ja. Hat sie es vor den Kindern nicht erwähnt? Ach so, ja, ich erinnere mich, sie schreibt ja keine Briefe. Nun, sie war gescheit genug, ihn zu bitten, er möge ihre Interessen vertreten, und obwohl er jetzt nur noch selten neue Fälle annimmt, taten ihm doch die Kinder so leid, und sie auch, sagt er, daß er einwilligte. Und er hat mir gesagt, wenn sie seinen Rat befolgt und keine neuen Liebschaften anfängt, glaubt er eine Scheidung zu *ihren* Bedingungen zu erreichen, und in diesem Fall wird ihr das Gericht natürlich alle Kinder zusprechen. Ist das nicht die beste Nachricht, die ich dir geben kann?«

Er versuchte zu antworten, war aber wie gelähmt. Ihr Blick blieb herausfordernd auf ihn gerichtet. »Es ist mehr, als du erhofft hattest, nicht wahr?« lächelte sie.

»Damit habe ich nicht entfernt gerechnet.«

Sie wartete, daß er fortfuhr, aber er verstummte wieder, und plötzlich fragte sie: »Und womit hast du gerechnet?«

Er sah sie verstört an, als sei ihr Gesicht das einer Fremden geworden, wie es vertraute Gesichter manchmal im Traum werden. »Dobree«, sagte er, »dieser Dobree...«

Sie fuhr auf. »Du bist sehr ungerecht gegen Mr. Dobree, Martin, das warst du schon immer. Er ist nicht nur ein großartiger Anwalt, von dem beraten zu werden Mrs. Wheater froh sein darf, sondern auch ein hilfreicher und gescheiter Freund... und ein guter Mensch«, vollendete sie.

»Ja«, sagte er. Er hatte sie kaum gehört. Die ganze Qual jener Stunde des Wahnsinns wegen Mr. Dobree überfiel ihn aufs neue. Er wäre gern sofort aufgesprungen, hätte ihn gesucht und es mit den Fäusten ausgetragen.

»Ich verstehe dich nicht«, fuhr sie beunruhigt fort, »was konntest du denn mehr erhoffen...«

Er winkte müde ab. »Weiß der Himmel. Was macht es schon aus?«

»Genügt es dir denn nicht, daß die Kinder in Sicherheit und versorgt sind? Daß sie nach diesem neuen Auseinandergehen bei der Mutter bleiben können und nicht wieder von Pontius zu Pilatus gejagt werden? Wenn du das nicht gewollt hast, was hast du denn gewollt?«

»Ich wollte – sie irgendwie alle aus dieser Hölle herausholen.«

»Jetzt übertreibst du aber. Es wird keine Hölle, wenn ihre Mutter sie behalten kann, wie Mr. Dobree für sie durchzusetzen hofft. Du sagst selbst, daß sie sie gern hat.«

»Ja, zeitweilig.«

»Und schließlich ist es nur natürlich, daß die Stiefkinder zu ihren jeweiligen Eltern zurückkehren. Du hast gesagt, die neue Prinzessin Buondelmonte scheint wohlmeinend und in ihrer Art liebenswürdig zu sein. Und Zinnie – ich glaube, Zinnie ist die einzige der Gruppe, die am besten auf sich selber aufpassen kann.«

»Wahrscheinlich«, pflichtete er bei.

»Ja, dann –«, sie hielt inne und wiederholte in schärferem Ton, »– dann weiß ich nicht, was du willst.«

Er sah sich mit dem gleichen befremdeten Blick um, mit dem er ihr Gesicht betrachtet hatte. Etwas so Durchsichtiges und Undurchdringliches wie eine Glasscheibe schien ihn von ihr und allem, was sie umgab, zu trennen. Er war in einem Lande gewesen, aus dem die Reisenden mit verwandelter Seele zurückkehren.

»Was ich will?« Ach, er wußte es nur zu gut. Was er im Augenblick wollte, war nur ein Opiat, um den hartnäckigen Schmerz in Leib und Seele zu betäuben – seine Ohren gegen Judiths Lachen zu verschließen und all seine Sinne gegen ihre Nähe. Er war gefangen an Leib und Seele, das war es, und die wirkliche Liebe war keine zarte Zerstreuung, Stoff für Träume, wie er es sich vorgestellt hatte, als er sich in Rose Sellars verliebt glaubte, sie war vielmehr diese unaufhörliche Besessenheit, diese zwanghafte Nähe, dieses Zerbrechen aller Knochen auf der Folterbank, das Zerreißen jedes Nervs. Und seine Lehrzeit fing erst an...

Nun denn, eines war gewiß, er mußte fort, sobald er konnte, fort aus dem freundlichen Raum und Roses verzeihender Gegenwart. Er versuchte blindlings irgendeine Erklärung. »Ich habe wohl hier nichts verloren«, begann er abrupt.

Mrs. Sellars schwieg, aber es war nicht eines ihrer beredten Schweigen. Es war wie eine große Leere, die sich langsam zwischen ihnen vertiefte. Sekundenlang dachte er, sie wollte ihn zwingen, sie zu überbrücken, dann sah er, daß sie mit einem ebenso betäubenden Schmerz kämpfte wie er selbst. Ihr fiel so wenig zu sagen ein wie ihm, und ihre

Hilflosigkeit rührte ihn und brachte sie ihm näher. Sie will die Sache mit Anstand beenden, wie ich, dachte er, doch sein Mitleid half ihm nicht, das rechte Wort zu finden.

Endlich stand er auf und streckte ihr die Hand hin. »Du bist die beste Freundin, die ich je hatte – und die liebste. Aber ich fahre fort, irgendwohin, zu irgendeiner großen Aufgabe. Ich muß es. Ans andere Ende der Welt. Für eine Weile –«

»Ja«, bestätigte sie sehr leise. Sie nahm die Hand nicht, die er hinhielt – vielleicht sah sie sie nicht einmal. Wenn sich zwei Menschen trennen, die sich geliebt haben, geschieht alles zwischen ihnen im luftleeren Raum, als ob sich das physische Auseinanderreißen schließlich in körperlosen Schmerz verwandeln muß.

»Du hast deinen Schirm vergessen«, sagte sie, als er an der Tür war. Er lachte kurz, kehrte um und nahm ihn mit.

31

Am folgenden Tag aß Boyne allein mit Mrs. Wheater und Judith im Nouveau Luxe zu Mittag. Er hatte überlegt, ob Joyce es wohl vorziehen würde, auf ihren Zimmern zu lunchen, doch das wollte sie nicht, und er war innerlich zu betäubt von Schmerz, um seiner Umgebung große Aufmerksamkeit zu schenken. Keine Menschenmenge konnte ihm Judith weiter entrücken als der leere Ausdruck in ihren Augen.

Mrs. Wheater trug sich quäkerhaft streng, was sie jünger und schöner machte als die kecken modischen Gewänder bei ihrer letzten Zusammenkunft am Lido. Sie hatte sich auch wieder einmal eine neue Stimme zugelegt, wie bei jeder neuen Phase. Diesmal war es ein gedämpfter, leicht melancholischer Ton, aber weniger affektiert als die Flötentöne in Venedig. Insgesamt mußte Boyne zugeben, daß sie sich gebessert hatte, daß Mr. Dobrees Einfluß etwas bei ihr erreicht hatte, was anderen nicht gelungen war. Nach dem Lunch gingen sie miteinander nach oben, und Joyce riet Judith, mit Chipstone und Susan in den Bois de Boulogne zu gehen, da der Regen aufgehört hatte. Sie selbst wünsche ein gemütliches Gespräch mit dem lieben Martin, Judith könne den Wagen zurückschicken, um sie um vier, nein, um halb drei abzuholen. Sie habe versprochen, mit Mr. Dobree eine wundervolle Leihgaben-Ausstellung von Inkunabeln zu besuchen. Judith nickte und verschwand mit einem schwachen Lächeln zu Boyne.

Mr. Dobree habe ihr für so vielerlei Wunder die Augen geöffnet, ergänzte Joyce, als sie allein waren. Inkunabeln zum Beispiel, ob Boyne ihr wohl glaubte, daß sie noch nie von deren Existenz gehört hatte? Mr. Dobree habe gemeint, sie mache Witze, als sie fragte, was denn das sei. Doch Martin wisse ja, wie wenig Gelegenheit sie gehabt habe, sich in Cliffes Gesellschaft zu bilden. Ja, und jetzt fange sie an, Bücher zu sammeln, Erstausgaben, und eine richtige Bibliothek aufzubauen. Ob er nicht auch meine, das sei wundervoll für die Kinder, insbesondere für Terry? Sie erröte bei dem Gedanken, daß die Familie in Motorjachten und Blauen Zügen und Rolls-Royces in ganz Europa herumgondelte und der arme Terry sich währenddessen mit dem Schund begnügen mußte, den Scopy ihm aus den Hotelbüchereien aussuchte, oder den *cabinets de lecture* in muffigen Badeorten. Mr. Dobree sei entsetzt gewesen, als er feststellte, daß Cliffe bei all seinen Millionen nie eine Bibliothek gehabt habe. Aber er kenne eben Cliffe nicht.

Dann entfaltete Joyce ihre Zukunftspläne. Sie sprach wie üblich, als seien sie festgelegt und in jeder Einzelheit unabänderlich. Sie hatte beschlossen, einen Besitz auf dem Lande zu kaufen, entweder bei Paris oder bei Dinard, darüber war sie sich noch unklar. Vermutlich Dinard wegen Terrys Gesundheit. Das dortige Klima war mild, es hieß, es gäbe auch schulische Möglichkeiten. Wenn die Seeluft für ihn zu anstrengend sei, werde sie ein Haus weiter im Landesinneren nehmen. Aber es müßte in der Nähe eine Stadt sein, wegen der Erziehung der Kinder, aber nicht mittendrin, wegen der demoralisierenden Einflüsse und zu wenig Frischluft. In ein paar Tagen würde sie nach Dinard hinunterfahren und sich einmal umsehen...

Boyne wisse vermutlich, daß sie die Scheidung eingereicht habe? Natürlich hätte sie das schon vor langer Zeit tun sollen, aber in diesem Milieu stumpfe man moralisch so sehr ab. Scheidungsgründe? Die habe sie weiß der Himmel mehr als genug, um ihre Bedingungen stellen zu können. Einer schlimmer als der andere! Mr. Dobree meine, es bestünde kein Zweifel, daß ihr die Kinder zugesprochen würden. Und von jetzt an würden sie in ihrem Leben die Hauptrolle spielen. Ob Boyne nicht auch der Meinung sei, daß es in ihrem Alter keinen pefekteren Abschluß gäbe? Ja, ja, sie sehe jünger aus, als sie in Wirklichkeit sei, aber sie habe doch schon graue Strähnen im Haar, ob er das nicht bemerkt habe? Sie würde sie niemals färben lassen, sie nicht! Sie würde sich ganz offen und ehrlich in eine alte Frau verwandeln. Diese Vorstellung störe sie überhaupt nicht. Das mittlere Alter habe seine ganz eigenen Pflichten und Interessen. Sie habe einen wahren Horror vor Frauen, die sich ewig färbten und Mittelchen nähmen in dem hoffnungslosen Versuch, jung zu bleiben, wie beispielsweise die bedauernswerte Syb Lullmer. Sie habe Gott sei Dank gelernt, daß es im Leben noch andere Dinge gäbe. Und ihr allerwichtigstes Anliegen sei natürlich, die Kinder von Hotels und Hotelbekanntschaften wegzubringen, von all diesen Nouveau Luxes und Palaces. Sie zähle die Minuten, bis sie ihnen ein wirkliches Heim schaffen und sie so glücklich machen könne, daß sie es nie wieder verlassen wollten... Sie wisse, Boyne werde das gutheißen...

Der Monolog endete damit, daß sie ihm für alles dankte, was er für die Kinder getan hatte, und ihre Freude ausdrückte, wieder mit Judith und Chip zusammenzusein – also Chip, der sei ja ein wahres Wunder – so pausbäckig und so groß und lief und redete schon wie ein Vierjähriger. Und Judith habe ihr gesagt, das sei alles Boynes Verdienst.

Der Gedanke, daß Bun und Beechy vermutlich zu ihrem Vater zurückkehren würden, tat Mrs. Wheater aufrichtig leid. Aber vielleicht, meinte sie, wenn die neue Prinzessin Buondelmonte so voll guter Absichten sei und so entschlossen, sich durchzusetzen, würden die beiden Kinder doch einigermaßen anständig erzogen. Buondelmonte sei auch nicht mehr der Jüngste und vielleicht froh, einen Hausstand zu gründen, wenn seine Frau es verstand, es ihm behaglich zu machen und ihm genügend Geld für das Glücksspiel im Club ließ. Und was Zinnie betraf – Joyce zuckte die Achseln und bezweifelte, daß ihre Mutter oder aber Cliffe sie tatsächlich zu sich nehmen würden, wenn es so weit war. Sie war eine ziemliche Nervensäge, diese Zinnie, keiner außer Judy wurde mit ihr fertig. Und doch – so traurig Joyce auch war, die »Stiefs«, die armen kleinen Kerlchen, von sich zu lassen, hatte sie doch zu viel menschliche Undankbarkeit erlebt, um nicht vorauszusehen, daß sie ihr jeden Augenblick weggenommen werden konnten. Aber die eigenen Kinder – nein! Nie wieder! Davon dürfe Boyne überzeugt sein. Sie habe ihre Lektion gelernt, die Augen seien ihr geöffnet worden für die eigene Torheit und Unvernunft, und Mr. Dobree habe ihr fest versprochen – ach, übrigens, ob denn Martin nicht bleiben und Mr. Dobree sprechen wolle, er könne jeden Moment eintreffen, um sie in die Inkunabeln-Ausstellung zu fahren? Sie hätten einander doch schon in Cortina kennengelernt, oder? Ja, sie erinnere sich, daß Dobree so tief beeindruckt gewesen war von Martins Aufopferung für die Kinder. Sie hoffe sehr, daß sie einander wiederbegegnen und Freunde werden würden... Boyne dankte ihr und meinte, vielleicht ein andermal, er verlasse wahrscheinlich Paris – er könne daher nicht warten... Unter wirren Entschuldigungen ging er aus dem Zimmer.

Den ganzen Tag wanderte er durch die Straßen, zutiefst niedergeschlagen. Seine Energie schien gelähmt. Er war entschlossen, Paris sofort zu verlassen, nach New York zu fahren, sich einen Job zu suchen und dann an dasjenige Ende der Welt zu reisen, an das dieser Job ihn rief. Es hatte keinerlei Sinn, auch nur eine Stunde länger hier zu vertrödeln. Er und Rose Sellars hatten einander das letzte Wort gesagt – und was hatte er Judith noch zu sagen? Und doch konnte er sich nicht mit dem Gedanken abfinden, daß das glückliche, unwirkliche Leben der letzten Wochen vorüber war, daß er nie wieder die Pension in Cortina betreten und von den kleinen Wheaters in einem wahren Willkommenstumult umdrängt werden würde, die um eine Balgerei bettelten, um ein Spiel, um eine Geschichte, die lärmend verlangten, daß er ihre Streitigkeiten schlichtete, die mit ihm picknicken wollten – und Judith entweder heiter erhaben über das Getöse oder aber mit den übrigen lachend und zwitschernd...

Als er zu müde wurde, um weiterzugehen, trat er in ein Postamt und verfaßte ein Telegramm an die New Yorker

Baufirma, die bei ihm nach seinem ehemaligen Mitarbeiter, dem jungen Ingenieur, geforscht hatte. Zum Glück hatte er ihn nicht aufgefunden, daher telegrafierte er: »Würde geschilderten Job gern selbst annehmen. Könnte sofort anfangen. Drahtet an Bankhaus.«

Als der Text aufgegeben war, trat er in eine Telefonzelle, rief das Nouveau Luxe an und verlangte Miss Wheater. Endlose Minuten vergingen, man holte zunächst Mrs. Wheaters Mädchen, das nicht wußte, wo Judith sich aufhielt, oder wo man sie finden könnte, dann Susan. Sie sagte, Judith sei heimgekommen, aber dann wieder fortgegangen, sie wisse nur, daß die Damen heute abend mit Mr. Dobree äßen und dann ins Theater gingen. Und dann, gerade als sich Boyne enttäuscht abwandte, kam Judiths Stimme: »Hallo, Martin? Wo bist du denn? Wann kann ich dich sehen?«

»Jetzt, wenn du gleich kommen kannst. Ich fahre heute abend weg. Nach London.« Plötzlich merkte er, daß er, ohne es zu wissen, einen Entschluß gefaßt hatte.

Sie tat einen erstaunten Ausruf und fragte, wo sie ihn treffen könne, und er stimmte ihrem Vorschlag zu: in einem Teesalon in der Nähe ihres Hotels, da es schon so spät war, daß sie anschließend sofort zum Dinner zurückmüsse. Er sprang in ein Taxi, sicherte sich einen Tisch in einer entlegenen Ecke des Teesalons und begrüßte sie einen Augenblick später auf der Eingangsschwelle. Es war schon lange nach sechs, und die Räume leerten sich. In einigen Minuten würden sie das Lokal für sich haben.

Judith, leicht erhitzt durch die Hast ihres Kommens, sah reizvoll erwachsen aus in ihrem pelzgesäumten dunklen Mantel, eine hübsche Tasche aus Antilopenleder in der behandschuhten Hand. Das barhäuptige Mädchen aus den Dolomiten in Sportkleid und derben Schuhen war eine sittsame junge Frau geworden, fast eine Fremde für Boyne.

»Martin! Du wirst doch nicht wirklich heute abend abreisen?« begann sie sofort und überging seine Frage, ob sie lieber Teekuchen oder Eclairs wolle.

»Doch, doch«, sagte er, »zumindestens für ein paar Tage.« Der bloße Klang ihrer Stimme, ihr Blick hatten seine Pläne fast wieder umgestoßen, und es kam unsicher heraus.

Daß es nur für ein paar Tage sein sollte, schien Judith zu beruhigen. Er würde doch hoffentlich Ende der Woche wieder da sein? »Ja – o ja«, sagte er, »sehr wahrscheinlich.«

»Weil nämlich bis dahin die Kinder hier sein werden«, verkündete sie und wandte sich dem Desserttablett zu: »Ach, beides, ich glaube, ja, ich nehme beides.«

»Die Kinder?«

»Ja, Mutter hat das eben arrangiert. Mr. Dobree hat das Telegramm für sie aufgesetzt. Wenn Nanny es rechtzeitig kriegt, sollen sie morgen abreisen. Mr. Dobree meint, wir könnten vielleicht auch die Stiefs behalten – er will selbst an Buondelmonte schreiben. Und er glaubt nicht, daß die Wrenches uns je wegen Zinnie lästig fallen... wenigstens nicht im Moment. Er hat allerlei herausgekriegt über Lord Wrench und glaubt, Zinnia hat mit ihm genügend am Hals, ohne auch noch Zinnie zu übernehmen.«

Sie sprach gleichmütig, fast leichthin, als seien all ihre Ängste zerstreut. Konnte es sein, daß ein bloßer Schauplatzwechsel, ein paar mit der Mutter verbrachte Stunden sie so vollständig beruhigt hatten? Sie, die Joyce stets mit solch frühreifem Scharfblick beurteilt hatte? War es möglich, daß sie sich jetzt etwas vormachen ließ? Oder war auch sie Mr. Dobrees geheimnisvollem Einfluß erlegen? Boyne blickte ihr verwundert ins sorglose Gesicht.

»Aber dieser Dobree – der gefiel dir doch in Cortina nicht besonders? Wieso hast du jetzt so großes Vertrauen zu ihm?«

Sie schien leicht verwirrt und runzelte die Stirn in dem Bemühen, den Grund herauszufinden. »Ich weiß auch nicht. Er sieht natürlich komisch aus und ist ein ziemlicher Wichtigtuer. Und dich hab ich überhaupt viel, viel lieber, Martin. Aber er war wahnsinnig lieb mit den Kindern, und er bringt Mutter dazu, alles zu tun, was er ihr sagt. Und sie sagt, er ist ein fabelhafter Anwalt, und seine Klienten gewinnen ihre Prozesse fast immer. Ach, Martin, wäre es nicht himmlisch, wenn er uns zusammenlassen könnte, mitsamt den Stiefs und überhaupt? Er hat es mir geschworen.« Sie wandte Boyne einen strahlenden Blick zu. »Jedenfalls werden die Kinder übermorgen hier sein, und das wird herrlich, nicht? Du mußt so bald wie möglich von London zurückkommen und mit uns allen einen Ausflug machen, als ob wir noch in Cortina wären.«

Natürlich, das würde er, sagte Boyne: Auf Scopys Buch! Ihre Augen leuchteten, und sie fragte sofort, wohin sie denn am besten führen, und beschloß dann, im Fall der Regen aufhörte, sei wohl ein Tag in Versailles am allerschönsten. Aber es mußte bald sein, ermahnte sie ihn, denn in ein paar Tagen würde Mrs. Wheater sie alle nach Dinard expedieren.

Ja, fuhr sie fort, sie habe wirklich den Eindruck, daß Mr. Dobree in nur wenigen Wochen mehr Einfluß auf ihre Mutter gewonnen habe als jeder andere. Judith habe sich heute morgen lange mit ihm unterhalten, und er habe ihr gesagt, er tue das alles aus Interesse für die Kinder und weil er ihr helfen wolle – das sei doch nett von ihm? Jedenfalls wollten sie alle, Erwachsene und Kinder, zusammenstehen zum letzten großen Kampf. (»Auf Scopys Buch«, warf Boyne gezwungen lächelnd ein.) Und sie würden ein großes Haus auf dem Land bewohnen, mit vielen Hunden und Pferden, fuhr sie fort. Und die Kinder sollten nie mehr in Hotels wohnen. Und Terry solle einen richtig erstklassigen Hauslehrer bekommen, und sobald er kräftig genug war – vielleicht in einem Jahr – in ein Internat in der Schweiz gehen.

Boyne betrachtete sie, ohne den Blick zu wenden, unersättlich. Sie wirkte so tüchtig, so erfahren – und doch, was konnte ein sichererer Beweis für ihre Kindlichkeit sein als die plötzlich wieder erwachte Hoffnung auf die Zukunft? Er sah, daß jeder, der ihr versprach, die Kinder zusammenzulassen, vorübergehend Macht über sie gewinnen würde – wie auch er einmal. Leider! Und er sah auch, daß der bloße Szenenwechsel, die aufregende Flucht aus Cortina, die Ermutigung durch das neue Verhalten der Mutter Luftballons glichen, die sie in den blauen Himmel emporhoben... »Meinst du nicht, – es wird wohl Versailles werden...«, fing sie von neuem an. »Oder wenn es schüttet, wie wär's dann mit dem Zirkus und hinterher einen fabelhaften Tee irgendwo, wo Nanny und Chip auch hinkommen können?« Sie wandte ihm ihr zögerndes Lächeln zu. »Und ich dachte, vielleicht, wenn es dir nichts ausmacht – aber nein, Darling«, brach sie entschlossen ab, »Mr. Dobree laden wir nicht dazu ein.«

»Mein Gott, hoffentlich nicht. Nicht, wenn ich die Party gebe!« Er fand die Stimme und das Lachen wieder, auf die sie gewartet hatte, und erwiderte ihre Scherze, diskutierte und besprach mit ihr Tag und Stunde der Party. Und die ganze Zeit klangen in seinen Ohren, beharrlicher als alles, was sie sagte, ein, zwei Zeilen des Chors der Lemuren aus dem ›Faust‹, die ihm Rose eines Abends in Cortina vorgelesen hatte:

Wer hat den Saal so schlecht versorgt?
Wo blieben Tisch und Stühle?
Es war auf kurze Zeit geborgt...

Auf kurze Zeit: kein schlechter Titel für die Geschichte seiner letzten paar Monate! Auf kurze Zeit, und er hatte es immer gewußt. Eine Episode, dachte er. Es war nur eine Episode. Wie eines jener Wesen, die in Vollmondnächten aus dem Meer auftauchen und Harfe spielen... Ja, aber manchmal überdauern Episoden, und die Dinge, die man für ewig gehalten hat, welken dahin wie das Gras – und nur die Götter wissen, welches von beiden... wenn *die* es wissen...

»L'addition, Mademoiselle! Großer Gott, Kind, vier Eclairs! Und das vor einem Dinner mit Dobree! O dreimal

glückliche Kindheit, wie der Dichter sich ausdrückt... Ja, hier ist dein Schirm. Nimm meinen Arm und wir sausen schnell zu Fuß zum Hintereingang vom Luxe. Du hast soviel gegessen, daß mir nicht genügend Geld für ein Taxi bleibt.«

Von der Schwelle des Hotels aus rief sie, rosig unter ihrem glänzenden Schirm: »Also dann Donnerstag vormittag. Da holst du uns alle! Um zehn?« Und er rief zurück: »Auf Scopys Buch, mach ich«, ehe der Regen ihn verschlang.

An dem für das Picknick mit den Kindern festgesetzten Tag lag Boyne im Halbschlaf an Deck eines Südamerikadampfers. Es war besser so – viel besser. An dem folgenden Morgen, nachdem er sich in der Tür des Nouveau Luxe von Judith getrennt hatte, war die Aufforderung gekommen: »Job gehört Ihnen stop Bitte sofort nach Rio abreisen stop Einzelheiten bei Ankunft«, und er hatte nur eben noch Zeit gehabt, seine Sachen in den Handkoffer zu werfen, den ersten Zug nach London zu nehmen und in Liverpool eilig an Bord seines Schiffes zu gehen.

Viel besser so... Die Art eines Vielbeschäftigten, hoffnungslose Situationen zu liquidieren. Es erinnerte ihn an die alten Zeiten, in denen bei Erhalt eines derartigen Rufs Sorgen und Komplikationen von ihm abgefallen waren wie Staub von einem ausgeschüttelten Kleidungsstück. So würde es diesmal nicht sein, seine Spannkraft hatte ihn verlassen. Und doch begann er bereits nach vier Tagen auf See in der leeren Gegenwart und einer mit Pflichten vollgepackten Zukunft einen schwachen Trost zu finden. Es gab kein Zögern, kein Spekulieren, kein Schwanken mehr: sobald er landete, würde er gefangen und in den starren Trott seiner Arbeit eingespannt sein. Und inzwischen schoben sich immer mehr Meilen Ozean zwischen ihn und die letzten Monate und ließen sie bereits fern und nebelhaft erscheinen, verglichen mit dem festen Umriß der Zukunft.

Der Tag war warm mit einem letzten Hauch des Sommers auf den trägen Wellen, über die sie glitten... Er schloß die Augen und schlief ein.

Auch in Versailles war das Wetter milde, an den Buchen entlang der ausgedehnten Spazierwege hingen noch gelbe Blätter und bildeten goldene Tunnels mit dunstig-bläulichen Durchblicken dort, wo der Park in nebelhafte Wälder überging. Doch die Gärten waren schon beinahe menschenleer, es war zu spät im Jahr, als daß noch Kinder ihre Reifen und Bälle die Alleen hinunterrollten, zu spät für die Grüppchen strickender, schwatzender Kinderfrauen auf Holzstühlen unter den großen Dianas und Apollos.

Sonderbar – er und die kleinen Wheaters schienen den fürstlichen Spielplatz ganz für sich zu haben. Die gestutzten Mauern aus Rot- und Hainbuchen warfen das Echo ihrer Rufe, ihres Lachens zurück. Die kleinen Wheaters machten einem allmählich ganz schön zu schaffen! Terry konnte jetzt mit allen anderen laufen und springen, und Chip war runder denn je mit seinem weißen Pelzmäntelchen und der Troddelmütze, sein Watschelgang war zum Hüpfen geworden...

In der Sonne saßen unter einer hohen, schützenden Hecke Miss Scope und Nanny und überblickten stolz ihre Kinder, und Susan rannte auf den Alleen hinter Chip her.

Boyne und Judith waren allein. Sie waren in eines der Bosquets gegangen, die selbst im Sommer verlassen waren, mit ihren Gottheiten, die mit leeren Gesichtern in grünen Nischen standen, mit den geborstenen Säulengängen: Spielzeugtempel, die von ihren Göttern verlassen waren. An diesem Novembertag war alles voller Nebel, er zog durch die halb entlaubten Bäume, legte einen schwachen Schimmer auf die bemoosten Statuen, stieg aus dem Blätterteppich am Boden auf. Der ganze Ort schien ein gespenstischer Rahmen für abgelebte Tage. Boyne sah auf Judith herab – selbst ihr Gesicht war geisterhaft... »Komm«, sagte er zusammenschauernd, »wir wollen wieder in die Sonne gehen.« Außerhalb der Bosquets, vom Ende der Allee kamen die Kinder auf sie losgestürmt, schreiend, lachend, streitend. Auch Boyne lachte, packte das Pelzknäuel Chip und schwang ihn hoch in die Luft. Bun schlug, um seine Aufmerksamkeit zu erregen, zu seinen Füßen einen neuartigen Purzelbaum, und Zinnie und Beechy quietschten: »Martin, wo bleiben die Geschenke?« Denn seit die Prinzessin Buondelmonte über ihre Habgier so entsetzt gewesen war, hatten es sich die Kinder zum Spaß angewöhnt, immer um Geschenke zu betteln.

Die kleinen Satansbraten – als ob ich sie je verlassen könnte, dachte Boyne…

»Tee, Sir?« fragte der Steward. »Schinkensandwichs?«

32

Boyne kehrte aus Brasilien zurück.

Sein Schiff näherte sich Bordeaux, schob sich durch die Mündung der Gironde unter einem so freundlichen Himmel wie dem, der sich vor drei Jahren über seinem Schlaf gewölbt hatte, als er träumte, mit den kleinen Wheaters in Versailles zu sein.

Drei Jahre erfolgreicher Arbeit lagen hinter ihm. Und der Job war noch nicht vorbei, das war das Beste daran. Ein Fieberanfall hatte ihn arbeitsunfähig gemacht, er sollte ein paar Wochen Urlaub in Europa machen und dann zu seinen Aufgaben zurückkehren. Sein erster Gedanke war gewesen, diese Genesungszeit nach Amerika zu verlegen, die Gelegenheit zu ergreifen, seine Verwandten zu besuchen und in New York ein paar alte Bekannte zu treffen. Doch er war überzeugt, daß sich Rose Sellars in New York oder ganz in der Nähe befand, und er wäre dann wohl verpflichtet gewesen, sie aufzusuchen. Und dafür war die Zeit noch nicht gekommen – wenn sie jemals kam. Er betrachtete seinen ergrauten Kopf, seine fahlen Züge mit den braunen Fieberflecken unter der Haut und tat den Gedanken mit einer Grimasse ab. Die Tropen schienen ihn ziemlich ausgebrannt zu haben...

Rose Sellars war so freundlich gewesen, so untadelig, wie er vorausgesehen hatte. Er wußte, daß sie nach einem Winter am Nil mit Tante Julia in ihr Haus in New York zurückgekehrt war, sie hatte ihm geschrieben, als sie sich dort wieder eingerichtet hatte. Ihren Briefen, die frei von jedem Vorwurf waren und sich alle mit der Vergangenheit beschäftigten, entnahm er, daß sie ihr altes Leben wieder aufgenommen hatte: das Lesen, die Geselligkeit, die kleinen Zerstreuungen. Doch er sah vor sich, daß sie die früheren Gewohnheiten mit durchsichtigen Händen und leerem Blick wieder aufgenommen hatte, wie er sich die Geister ehrbarer Frauen in der Schattenwelt vorstellte.

Sein Fall lag glücklicher. Seine Augen waren erfüllt von Bildern künftiger Arbeit, seine Hände gekräftigt durch bewältigte Arbeit. Und doch fühlte er sich gelegentlich durchsichtig und geisterhaft. Besonders seit dem Fieberanfall – es wirkte immer verheerend auf ihn, wenn er seine Arbeit unterbrechen mußte. Und diese flache, sanfte Küste, die ihn da begrüßte – so sicher, so vertraut –, was jagte sie ihm für eine Angst ein! Er wollte mit dem Leben nicht wieder in Berührung kommen, und doch umwarb ihn das Leben stets, wenn er nicht bei seiner Arbeit war.

Seltsam, wie wenig er in letzter Zeit an die Wheaters gedacht hatte. Anfangs war die Erinnerung an sie eine Marter gewesen, eine Besessenheit. Aber glücklicherweise hatte er Judith seine Adresse nicht gegeben, daher hatte sie ihm nicht schreiben können, und Mrs. Sellars hatte kein einziges Mal auf die Kinder angespielt. Sein Arbeitsplatz in Brasilien lag im Landesinneren, weit ab von Städten und Postämtern, doch in unregelmäßigen Abständen verirrten sich gebündelte amerikanische Zeitungen bis zu ihm. Aus einer von ihnen erfuhr er, daß die Wheatersche Scheidung zugunsten von Mrs. Wheater ausgesprochen worden war und aus einer anderen, etwa ein Jahr später, daß Cliffe Mrs. Lullmer geheiratet hatte. Die Geschichte hatte also ihr Ende gefunden, und Boyne hatte lange genug gelebt, um zu wissen, daß ein abruptes Ende immer das beste war.

Während das Schiff sich in die Flußmündung hineinschob, fragte er sich, wie er diesen Urlaub nutzen sollte. Sein ganzes Denken war bei seiner unterbrochenen Arbeit, bei dem Mann, der ihn vorübergehend zu vertreten hatte und dessen Urteil und Naturell er nicht recht traute. Er konnte sich nicht entschließen, für die kommenden Wochen Pläne zu schmieden, weil ihm bis zur Rückkehr nach Brasilien alles, was geschehen konnte, gleich uninteressant und nebensächlich vorkam.

Beim Abendessen im berühmten »Chapeau Rouge« in

Bordeaux verwandelten die frischen Trüffeln in Weißwein und dazu die Flasche Château Margaux unmerklich seine Stimmung. Er hatte vergessen, wie gut ein Essen sein konnte. Seine Ansicht über das Leben milderte sich, sogar die Gesichter der Gäste an den anderen Tischen, so durchschnittlich sie waren, begannen ihn allmählich zu interessieren. An der Schiffsanlegestelle waren die Mauern beklebt mit bombastischen Anpreisungen von Badeorten an der baskischen Küste: Cibour, Hendaye, St. Jean de Luz, Biarritz. Eine Gruppe fröhlicher Badender auf weißem Strand unter gestreiften Sonnenschirmen trug die Überschrift Hendaye, ein anderes Plakat mit schlanken Damen auf einer Terrasse vor einer kobaltblauen See, deren Partner an Tischchen Cocktails schlürften, warb für Biarritz. Die Szene erinnerte Boyne an ähnliche Szenen überall auf der Welt: Spielcasinos, Tanz, Glücksspiel, das monotone Gerassel und Gefunkel kosmopolitischer Vergnügungen. Und plötzlich wurde ihm klar, daß er gerade diese Menschenmenge brauchte – eine Menge unbedeutender Müßiggänger, von denen er keinen je würde wiedersehen wollen. Er stellte sich Musikkapellen vor, Tanzpaare, die über polierte Böden glitten, teures Essen auf blumengeschmückten Terrassen, hohe Einsätze in überfüllten, überheizten Spielsälen. Es war die Flucht des Einsamen vor sich selbst, die übliche Eingebung des Schwerarbeiters, der eben aus der Wildnis kommt. Er nahm den Zug nach Biarritz …

Dort war noch Hochsaison, aber er fand ein Zimmer in einem billigen Hotel, weit vom Meer, und begann unverzüglich, sich unter das Volk zu mischen. Anfangs trennte ihn seine tiefe innerliche Einsamkeit von allem. Daß Menschen ein solches Leben führen konnten, schien ihm zu absurd und inkonsequent. Aber allmählich nahm ihn der Glanz gefangen, wie schon früher oft nach einer langen Zeitspanne harter Arbeit und Isolierung. Er genoß das Gefühl, in der Menge zu treiben, allein, unbemerkt, ohne die Wahrscheinlichkeit, wie Onkel Edward für ein angenehmes Abenteuer ausersehen zu sein.

Abenteuer! Schon das Wort hatte er hassen gelernt. Die einmalige Kostprobe war zu bitter gewesen. Jetzt wollte er nur unterhalten werden und beglückwünschte sich zu seiner Anonymität. Drei Tage lang bummelte er herum, in Terrassencafés über dem Meer, in den Spielsalons. Er machte sogar einen Ausflug über die spanische Grenze, kam aber müde und niedergeschlagen zurück. Einsame Landschaften waren nicht, was er brauchte, und er tauchte wieder in der »gemischten Gesellschaft« unter.

Am vierten Tag sah er eine Ankündigung: »Gala Dinner und Tanz heute abend im Mirasol.« Das Mirasol war das neueste und eleganteste Hotel in Biarritz, das derzeitige Palace. Der Gedanke, an einem Gala-Dinner teilzunehmen, sagte Boyne zu, und nachmittags schlenderte er zum Hotel hinüber, um sich einen Tisch reservieren zu lassen. Doch sie waren bereits alle vergeben, und er setzte sich in die Halle und blätterte in ein paar Illustrierten. Um diese Zeit war die Halle fast leer, aber dann hörte er ein schrilles Kinderlachen aus der Ecke beim Aufzugkäfig. Mehrere livrierte Liftboys lungerten dort herum, und dazwischen ein kleines Mädchen mit langen Beinen, unglaublich kurzem Rock und feuerrotem Schopf. Boyne legte die Zeitschrift weg und sah hinüber, doch sie wandte ihm den Rücken zu. Sie balgte sich mit dem kleinsten der Liftboys, die anderen sahen grinsend zu. Bald darauf entstieg eine korpulente Dame einem prachtvollen Wagen und ging durch die Halle zum Lift. Die Jungen machten sofort Front, und das rothaarige Kind schlüpfte mäuschenstill hinter der korpulenten Dame in den Aufzug und war nicht mehr zu sehen. Als der Lift wieder herunterkam, sprang sie heraus und nahm sofort ihr Gerangel mit den Jungen wieder auf. Diesmal wandte sie Boyne ihr Gesicht zu, und er sah, daß es Zinnie Wheater war. Er erhob sich aus seinem Sessel, um auf sie zuzugehen, doch ein anderer Fahrgast betrat den Lift, Zinnie folgte ihm und entschwand erneut. Als der Lift das nächste Mal herunterkam, warteten zwei, drei Leute darauf, Zinnie schlüpfte zwischen sie und drückte sich in eine Ecke. Fast eine Stunde lang sah er sie so auftauchen und wieder verschwinden – offensichtlich war das ihre Art, den Nachmittag zu verbringen. Und wahrscheinlich nicht zum erstenmal, denn mehrere Fahrgäste erkannten sie wieder und grüßten sie mit einem Nicken oder einem Scherz. Ein fetter alter Herr mit Gamaschen zückte eine Bonbontüte und kniff sie in den nackten Arm, als er sie ihr übergab, und eine Dame in Schwarz zog das kleine Mädchen, das sie bei sich hatte, fester an sich und sah über Zinnie hinweg, als sei sie nicht vorhanden.

Endlich wurde es stiller, die Angestellten verfielen wieder in Müßiggang, und Zinnie, die erst ziellos die Runde durch die Halle gemacht hatte, schlüpfte hinter das Empfangspult, inspizierte die Briefe in den Mahagonifächern an der Wand und begann in den Papieren auf dem Pult zu blättern. Dann sah sie von weitem den Portier näherkommen, glitt hinter dem Pult hervor, tänzelte durch die ganze Breite der Halle und wieder zurück und blieb gähnend direkt vor Boyne stehen. Sekundenlang schien sie ihn nicht zu bemerken, doch dann schlängelte sie sich heran, beugte sich über seine Schulter und sagte schmeichelnd: »Kann ich bitte die Bilder mit Ihnen anschauen?«

Er legte die Zeitschrift beiseite und sah zu ihr auf. Sekundenlang starrte sie ihn verblüfft an, dann errötete sie bis unter die Haarwurzeln. »Martin! Ich glaub, es ist der gute alte Martin!«

»Ja, es ist der gute alte Martin, aber du bist eine neue Zinnie, stimmt's?« gab er zurück.

Ihre Augen waren fest auf ihn gerichtet, er merkte, daß sie schüchtern war, aber dringend mit ihm reden wollte. Sie ließ sich auf der Seitenlehne seines Sessels nieder und legte ihm den Arm um den Hals, wie Judith es früher getan hatte.

»Das ist aber lange her, daß ich dich gesehen habe. Ich bin jetzt viel älter – und du auch«, ergänzte sie nachdenklich. »Ich glaube, du hättest mich nicht erkannt, wenn ich dich nicht angesprochen hätte.«

»Wenn du nicht den brennenden Dornbusch auf dem Kopf hättest«, sagte er und fuhr ihr übers Haar. Seine Stimme zitterte, er sah sie kaum, weil seine Augen sich verschleiert hatten. Wenn er die Lider schloß, hätte er sich fast vorstellen können, der magere Arm um seinen Hals gehöre Judith...

»Na, und wie geht es allen?« fragte er ein wenig heiser.

»Ach, ganz prima«, sagte Zinnie. »Aber du siehst nicht sehr gut aus«, meinte sie und sah ihn von der Seite an.

»Mach dir keine Sorgen um mich. Seid ihr alle hier, oder sind die anderen noch in Dinard?«

»Dinard?« Seine Frage schien sie zu verblüffen.

»Wollte deine Mutter nicht in der Gegend von Dinard ein Haus auf dem Land kaufen?«

»Ach ja? Weiß nicht. Wir haben nie ein eigenes Haus gehabt!« sagte Zinnie.

»Nie? Nirgends?«

»Nein. Ich glaube, ein Haus wäre Mutter nur lästig. Sie ist viel lieber in Hotels. Sie hat wieder geheiratet, weißt du, und sie wird fett.«

»Geheiratet?«

»Ach, das weißt du auch nicht? Wie ulkig. Sie hat Mr. Dobree geheiratet«, sagte Zinnie und ließ die Beine gegen Boynes Stuhl baumeln.

Boyne schwieg und sie fuhr fort, ihn kritisch musternd: »Du hast wohl das Fieber gehabt, was? Oder hast du was an der Leber?«

»Nichts dergleichen. Mir ist es nie besser gegangen. Dann seid ihr also alle hier, nehme ich an.« Sein Herz setzte aus, als er diese Frage hervorstieß.

»Ja, wir sind alle hier«, sagte Zinnie gleichgültig. »Das heißt, Terry ist in der Schweiz im Internat, weißt du, und Blanca ist in einer Klosterschule in Paris, weil sie sich wieder mit einem Liftboy verlobt hatte, der noch ein größeres Ekel war als die vorigen. Und Bun und Beechy sind in

Rom, im Palast ihres Vaters. Sie schreiben nicht gern, deswegen wissen wir eigentlich nicht, wie es ihnen geht.«

»Aha«, äußerte Boyne. Er wandte den Blick ab und starrte durch die menschenleere Halle. »Aber Chip ist doch hier?« fragte er.

Zinnie schüttelte ernsthaft die roten Locken. »Nein, der ist auch nicht da.« Sie zögerte einen Moment und baumelte mit den Beinen. »Der ist begraben«, sagte sie.

»Wie, begraben?«

»Weißt du das auch nicht? Aber du warst furchtbar weit weg, was? Chip hat Meni – Meningitis gekriegt, so heißt es doch, nicht? Wir waren in Chamonix wegen Terry. Die Doktoren haben nichts machen können. Das war vorigen Winter, nein, den Winter davor. Wir haben alle schrecklich geweint, und wir haben drei Monate lang Schwarz getragen. Und dann hat Mutter beschlossen, daß sie lieber Mr. Dobree heiratet, weil sie so einsam ist, hat sie gesagt.«

»Einsam, aha –«

»Ja. Und deswegen sind wir nach einer Weile nach Paris gekommen, und sie hat geheiratet. Das muß zwei Jahre her sein, weil nämlich damals die Stiefs noch bei uns waren, und Beechy und ich haben bei der Hochzeit rosa Kleider angehabt und Bun war Page. Komisch, daß du unsere Photos nicht im ›Herald‹ gesehen hast. Liest du denn den ›Herald‹ nicht?«

»Nicht oft«, mußte Boyne zugeben.

Zinnie ließ weiter ihre Beine gegen die Seitenlehne des Sessels trommeln. »Und damals haben wir rausgekriegt, wie Mr. Dobree mit Vornamen heißt«, schwatzte sie weiter. »Hat viel Arbeit gemacht, aber Terry hat es geschafft, die Papiere zu sehen, die er am Hochzeitstag unterschreiben mußte, und da haben wir es rausgekriegt. Er heißt Azariah. Darauf wären wir nie gekommen, was? So heißt nämlich jemand, der was prophezeit hat, und wahrscheinlich hat er dann sein ganzes Geld Mr. Dobree vermacht.«

»Prophezeit?«

»Na ja, das hat Scopy gesagt. Sie hat gesagt: Was, das

wißt ihr nicht, ihr kleinen Heiden! Natürlich, Azariah ist einer der kleinen Propheten.«

»Ach so, natürlich«, murmelte Boyne, wie durch Zauberei zurückversetzt in die verwunschene Welt fröhlicher Ungereimtheiten, in der er mit den kleinen Wheaters gelebt hatte.

»Und deshalb ist er so reich, glauben wir, und deshalb hat Mutter ihn geheiratet«, schloß Zinnie mit einem abschließenden Tritt gegen die Sessellehne, dann rutschte sie herunter, stemmte die Hände in die Hüften, pirouettierte vor Boyne und bot ihm die Tüte aus rosa Glanzpapier, die der alte Herr mit den Gamaschen ihr geschenkt hatte. »Willst du ein Praliné? In denen im Goldpapier ist Likör.« Boyne schüttelte den Kopf, und sie musterte ihn weiter aufmerksam. Dann kam plötzlich: »Martin, Darling, das sind doch *Abdullahs*, die du da rauchst. Gibst du mir eine?« schmeichelte sie.

»Dir eine geben? Willst du damit sagen, daß du rauchst?«

»Ich nicht, aber ein Freund von mir.« Achselzuckend hielt Boyne ihr sein Etui hin, und sie entnahm ihm eine kleine Handvoll und flitzte damit zum Lift. Als sie zurückkam, strahlte sie. »Das war ganz süß von dir«, sagte sie. »Du warst immer schon so lieb. Willst du nicht mit hinaufkommen zu Mutter? Sie war nach dem Lunch ein bißchen müde, darum ist sie noch nicht wieder weggegangen, glaube ich.«

Boyne hatte sich mit einer ablehnenden Handbewegung erhoben. »Tut mir leid, Liebes, leider kann ich nicht. Ich – ich bin nur für ein paar Stunden hier – und muß bald zum Zug zurück nach Bordeaux«, stotterte er.

»Ah ja? Wie schade. Es wird Mutter furchtbar leid tun. Und Judy auch.«

Boyne räusperte sich und sagte dann schroff: »Aha, Judy ist also auch hier?«

Zinnie hörte die Frage mit Verwunderung. »Na klar. Bloß heute ist sie auf einem Ausflug mit irgendwelchen Peruanern. Sie haben so einen gräßlich langen Namen, ich kann ihn mir nicht merken. Sie haben zwei Rolls-Royces. Sie kommt erst kurz vor dem Dinner heim. Dann muß sie wieder da sein, sie hat nämlich ein neues Kleid für den Ball heute abend. Zu schade, daß du nicht wiederkommen kannst und sie darin siehst.«

»Ja, das ist schade. Aber ich kann nicht.« Er streckte ihr die Hand hin, und sie legte ihre kleine magere Pfote hinein. »Lebwohl, Kind«, sagte er und beugte sich plötzlich zu ihr herab. »Gib mir einen Kuß, Zinnie.« Sie bot ihm ihr vergnügtes Gesicht, und er küßte sie auf die Wange. »Lebwohl«, wiederholte er.

Während er mit ihr sprach, hatte er wirklich vorgehabt, in sein Hotel zurückzukehren, zu packen und den nächsten Zug irgendwohin zu nehmen. Der Ort schien ihm jetzt ein Grab, unter all dem Lärm und Glanz lag seine Vergangenheit begraben. Hastig entfernte er sich vom Mirasol, doch als er wieder in seinem eigenen Hotel angekommen war, setzte er sich und starrte vor sich hin, ohne sich um das Packen zu kümmern. So saß er lange, den ganzen restlichen Nachmittag, ohne sich zu rühren. Einmal ertappte er sich dabei, daß er laut sagte: »Sie hat ein neues Kleid für den Ball.« Bei diesem Gedanken lachte er ein wenig und versank in Erinnerungen ...

Boyne dinierte in einem Restaurant – er wußte später nicht mehr, welchem –, setzte sich eine Stunde lang in ein Kino, zog dann Abendkleidung an und wanderte durch die dunkle, warme Nacht zum Mirasol. Das große, strahlend erleuchtete Gebäude erhob sich über einem ruhigen Meer, Musik drang bis zu ihm, und auf der dem Meer zugewandten Seite der breiten Terrasse drängten sich Damen in bunten Kleidern mit ihren Partnern. Boyne ging auf sie zu, doch als er die Terrasse erreichte, setzte Nieselregen ein, und unter Lachen und Rufen hasteten die Tänzer ins Hotel zurück. Er blieb allein auf den feuchten Steinplatten und wanderte vor den unverhängten Fenstern langsam auf und ab. Das Dinner war vorüber, das Restaurant leer, und durch die Fenster sah er die Kellner die Tische für die nächste Mahlzeit decken. Weiter hinten kam er an den Fenstern eines Salons voller Polstermöbel vorüber, in dem ältere Herrschaften an Tischen mit abgeschirmten Lampen Bridge und Poker spielten. Unter ihnen fiel ihm eine korpulente Dame in tief ausgeschnittenem schwarzem Kleid auf. Sie wandte ihm den stark decolletierten Rücken zu, und er erkannte sie an ihrer Kopfform, dem Wust von onduliertem Haar, das jetzt silberweiß war (sie war ihrem Entschluß treu geblieben, es nicht zu färben), und an der Bewegung ihrer weißen Arme beim Abwerfen der Karten. Ihr gegenüber saß ihr ebenfalls weißhaariger Partner in perfekt geschnittenem Dinnerjackett, das Lampenlicht schien anerkennend auf seinen funkelnden Frack- und Manschettenknöpfen zu verweilen. Es war Mr. Dobree, ebenfalls stärker geworden und mit einer rosigen Speckfalte über dem makellosen Kragen. Das Paar wirkte gelassen, wohlgenährt und miteinander und dem Leben vollkommen zufrieden.

Boyne setzte seinen Rundgang fort, bog um eine Ecke des Gebäudes und sah sich den Fenstern des Ballsaals gegenüber. Auf dieser, dem Meer abgewandten Seite war die Terrasse nur schwach erhellt, dadurch wirkte das Schauspiel im Inneren strahlend beleuchtet.

Anfangs sah er nur verwischte Lichter und Farben, Paare, die sich langsam unter ausladenden Kronleuchtern drehten, andere, die durch Türen herein- und hinausströmten oder in bunten Flecken im Raum verteilt waren. Die Musik stieg und fiel in pochenden Rhythmen, machte kurze Pausen und setzte, schepperndem Applaus gehorchend, wieder ein. Die Tanzfläche war bereits gedrängt voll, doch Boynes Augen wanderten vergeblich von einer der schlanken, bloßarmigen Gestalten zur anderen. Dann sagte er sich: »Aber es ist ja fast drei Jahre her, daß ich sie gesehen habe. Jetzt ist sie erwachsen – ich sehe sie vielleicht, ohne sie zu erkennen...«

Die Vorstellung, daß eine dieser sich wiegenden Gestalten Judith sein könnte, daß sie vielleicht gerade in diesem Augenblick mit ahnungslosen Augen zu ihm hinausschaute, durchfuhr ihn so schmerzhaft, daß er wieder in die Dunkelheit hinaustrat. Der Regen hatte fast aufgehört, doch ein schwacher Wind vom Meer trieb ihm feuchte Luft ins Gesicht, fast hätte er glauben können, daß er weinte. Der Schmerz, sie nicht zu sehen, war beinahe unerträglich. Er schien seine Welt zu entvölkern...

Hinter sich auf der Terrasse hörte er Stimmen und Schritte näherkommen, und um nicht prüfend gemustert zu werden, drängte er sich instinktiv mehr ans Fenster. Und dort war sie, ganz nah auf der anderen Seite der Scheibe, und bewegte sich über die langen, spiegelnden Parkettstreifen. Und er hatte geglaubt, er würde sie nicht erkennen!

Sie hatte eben aufgehört zu tanzen, der Arm eines sehr großen jungen Mannes, dessen Frisur ebenso glänzte wie seine Hemdbrust, löste sich von ihrer Taille. Jetzt wandte sie Boyne das Gesicht zu, trat zu einer Gruppe nah bei seinem Fenster, und zwei, drei junge Mädchen begrüßten sie fröhlich, als sie an ihnen vorüberkam. Die Saalmitte wurde geräumt für ein Berufstanzpaar, und Judith wies ein ihr angebotenes, goldenes Ballsaalstühlchen zurück und blieb stehen. Andere schlanke, lackierte Jünglinge umringten sie. Boyne beobachtete sie weiter von draußen.

Er hatte sich nicht einmal gefragt, ob sie sich verändert habe, ob sie erwachsen geworden sei. Seine Angst, sie eventuell nicht wiederzuerkennen, war völlig vergessen. Jetzt wußte er es, er hätte sie erkannt, auch wenn sie ihm als krummes altes Mütterchen entgegengetreten wäre... Er betrachtete sie mit leidenschaftlicher Aufmerksamkeit. Ihr seidenes Kleid war von jenem besonderen Nelkenrosa, das einen silbrigen Glanz annehmen kann wie die Blüte einer Nektarine. Der üppige Stoff umgab sie in einer Doppelreihe Volants, auf denen, als sie nun regungslos dastand, ihre Hände ruhten wie Wasservögel, die auf sonnenfunkelnden kleinen Wellen schwimmen. Ihr braunes Haar umgab ihren Kopf in weichen Bögen. Statt es im Nacken kurz schneiden zu lassen, trug sie es lang. Es war zu einem Knoten in der Form einer Acht gewunden, in dem ein altmodischer Diamantpfeil steckte. Ihr Hals war ohne Schmuck, auch die mageren Arme, nur um eines der Handgelenke trug sie ein schwarzes Samtband, und es belebte das zarte Gelbrosa ihres Kleides und ihres Teints. Es kam Boyne so vor, als seien ihre Augen größer und unnahbarer geworden, aber ihr Mund war üppig und rot, wie er es immer gewesen war, wenn sie glücklich war oder sich amüsierte. Während er sie beobachtete, beugte sich einer der jungen Männer zu ihr, um ihr etwas zu sagen. Beim Zuhören hob sie einen großen, schwarzen Fächer an die Lippen, und ihre Lider senkten sich sekundenlang, wie früher, wenn sie einen lieblichen Eindruck zu bewahren wünschte. Doch als sie den Fächer wieder zusammenklappte, wechselte ihr Gesichtsausdruck, sie schien mit einemmal so traurig, wie herbstliches Zwielicht.

Judith! dachte Boyne, als sei es unmöglich zu glauben, daß dies Judith war, und doch zu süß, als daß irgend etwas anderes auf der Welt daneben bestehen konnte. Es war einer ihrer Augenblicke der Schönheit, jener sprunghaft auftretenden Schönheit, die so viel bezaubernder und gefährlicher ist als die Art Schönheit, mit der jemand tagtäglich aufsteht und sich wieder schlafen legt. Es mochte vielleicht – so sagte sich Boyne – buchstäblich der einzige Tag, die einzige Stunde sein, in welcher die sonderbar widerstreitenden Elemente, aus denen sie zusammengesetzt war, sich in himmlischer Harmonie vereinten. Es kam nicht darauf an, was dieses Wunder ausgelöst hatte. Vielleicht war sie verliebt in den jungen Mann, der sich zu ihr herabgebeugt hatte, und würde ihn heiraten. Vielleicht war sie noch ein Kind, dem sein neues Kleid gefiel und das halb stolz, halb erschrocken war über das erwachende Bewußtsein ihrer Schönheit und der Macht, die sie ausübte.

Was auch immer es war, er würde es nicht erfahren, soviel wußte Boyne. Er zog sich in einen unbeleuchteten Winkel der Terrasse zurück und saß dort lange Zeit im Dunkeln, den Kopf zurückgelehnt, die Hände dahinter verschränkt. Dann stand er auf und ging hinaus in die Nacht.

Zwei Tage später lief das Schiff, das ihn nach Europa gebracht hatte, wieder nach Brasilien aus. An Deck stand Boyne, ein einsamer Mann.

Doris Lessing im dtv

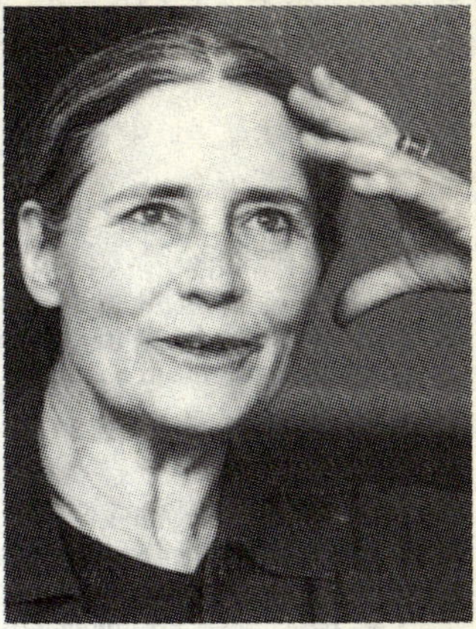

Foto: Isolde Ohlbaum

Martha Quest
Die Geschichte der Martha Quest, die vor dem engen Leben auf einer Farm in Südrhodesien in die Stadt flieht. dtv/Klett-Cotta 10446

Eine richtige Ehe
Unzufrieden mit ihrer Ehe sucht Martha nach neuen Wegen, um aus der Kolonialgesellschaft auszubrechen. dtv/Klett-Cotta 10612

Sturmzeichen
Martha Quest als Mitglied einer kommunistischen Gruppe in der rhodesischen Provinzstadt gegen Ende des Zweiten Weltkriegs. dtv/Klett-Cotta 10784

Landumschlossen
Nach dem Krieg sucht Martha in einer Welt, in der es keine Normen mehr gibt, für sich und die Gesellschaft Lösungen. dtv/Klett-Cotta 10876

Die viertorige Stadt
Martha Quest geht als Sekretärin und Geliebte eines Schriftstellers nach London und erlebt dort die politischen Wirren der fünfziger und sechziger Jahre. dtv/Klett-Cotta 11075

Kinder der Gewalt
Romanzyklus
Kassettenausgabe der fünf oben genannten Bände
dtv/Klett-Cotta 59004

Vergnügen · Erzählungen
dtv/Klett-Cotta 10327

Wie ich endlich mein Herz verlor
Erzählungen
dtv/Klett-Cotta 10504

Zwischen Männern
Erzählungen
dtv/Klett-Cotta 10649

Nebenerträge eines ehrbaren Berufes · Erzählungen
dtv/Klett-Cotta 10796

Die Höhe bekommt uns nicht
Erzählungen
dtv/Klett-Cotta 11031

Ein nicht abgeschickter Liebesbrief
Erzählungen
dtv/Klett-Cotta 25015 (großdruck)

Die andere Frau
Eine auf den ersten Blick klassische Dreiecksgeschichte, die bei Doris Lessing jedoch einen ungewöhnlichen Ausgang findet.
dtv/Klett-Cotta 25098 (großdruck)

Joyce Carol Oates im dtv

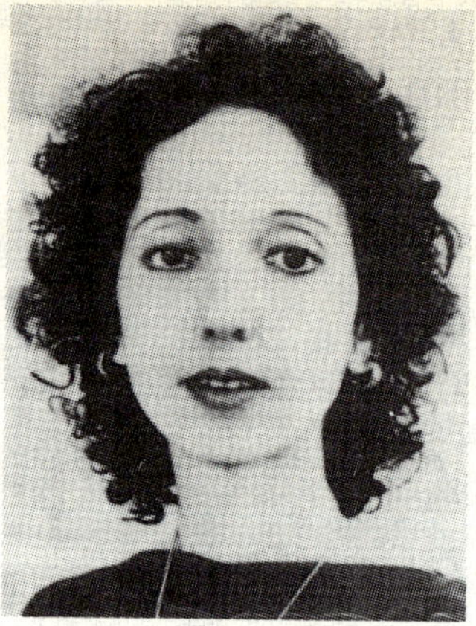

Grenzüberschreitungen

Zart und kühl, bitter und scharf analysierend, erzählt die Autorin in fünfzehn Kurzgeschichten von der alltäglichen Liebe, dem alltäglichen Haß und ihren lautlosen Katastrophen. dtv 1643

Jene

Die weißen Slumbewohner in den Armenvierteln des reichen Amerika, die sich nicht artikulieren können, sind die Helden dieses Romans. Die Geschichte einer Familie, aber auch die Geschichte Amerikas. dtv 1747

Lieben, verlieren, lieben

Von ganz »normalen« Menschen erzählt die Autorin, vor allem von Frauen, von Hausfrauen, Ehefrauen, Müttern und Geliebten. dtv 10032

Ein Garten irdischer Freuden

Ein Mädchen will ihren ärmlichen Verhältnissen entfliehen. Sie tut es – nichts anderes bleibt ihr übrig – mit Hilfe von Männern. dtv 10394

Bellefleur

Der Osten der USA ist der Schauplatz dieser phantastischen Familiensaga. Aus dem Leben der Menschen des Hauses Bellefleur wird ein amerikanischer Mythos. dtv 10473

Im Dickicht der Kindheit

In einem Provinznest lebt die starke, in ihrer Sinnlichkeit autonome Arlene mit ihrer jungen Tochter Laney, deren Schönheit und Wildheit der vierzigjährige Aussteiger Kasch verfällt. dtv 10626

Engel des Lichts

Die Geschichte einer alten Familie in Washington, die zwischen Politik und Verbrechen aufgerieben wird. dtv 10741

Unheilige Liebe

Auf dem Campus einer exklusiven Privatuniversität spielen die Mitglieder des Lehrkörpers eine »Akademische Komödie des Schreckens«. Sie lieben sich, sie hassen sich, aber keines dieser Gefühle hält vor. dtv 10840

Letzte Tage

Amerikanische Kleinstädte und europäische Metropolen sind die Schauplätze dieser sechs Erzählungen. dtv 11146

Die Schwestern von Bloodsmoor

Ein romantischer Roman, aber auch eine sarkastische Abrechnung mit den USA nicht nur des vorigen Jahrhunderts. dtv 11244

Julien Green im dtv

Foto: Isolde Ohlbaum

Junge Jahre
Autobiographie

Aufgewachsen zwischen zwei Kulturen, früh vom Tod seiner Mutter betroffen, mit siebzehn als Kriegsfreiwilliger schon an der Front, sucht ein ebenso sensibler wie arroganter junger Mann seinen Weg ... dtv 10940

Jugend
Autobiographie 1919 – 1930

In Amerika, dem Land seiner Väter, erhält der junge Julien Green den Schlüssel zu seinen geheimen Wünschen und Sehnsüchten. Doch das Bewußtwerden seiner homoerotischen Neigungen stürzt ihn in eine tiefe Krise. dtv 11068

Paris

In 19 Abschnitten streift Green durch die verschiedensten Viertel der Stadt, besucht Museen und Straßen, erlebt Jahreszeiten und Gesichter. dtv 10997

Leviathan

Als Gueret begreift, daß die »Liebe« der hübschen Angèle durchaus zu erlangen ist und daß zahlreiche Männer von dieser Möglichkeit Gebrauch machen, gerät er außer sich ... dtv 11131

Von fernen Ländern

Elisabeths Begegnung mit Jonathan, einem unberechenbaren Abenteurer und Frauenhelden, weckt unerfüllbare Wünsche in ihr. Aus dem verträumten Mädchen wird eine leidenschaftliche, zielstrebige junge Frau. dtv 11198

Meine Städte
Ein Reisetagebuch
1920 – 1984

Julien Greens Städte besitzen eine zusätzliche Dimension; die Einbildungskraft eines Dichters sorgt für Entdeckungen, die kein Reiseführer zu bieten hat.
dtv 11209

Der andere Schlaf

Die Erinnerungen eines Arztsohnes an seine Jugendtage in Paris, die verhaltene Geschichte einer ausklingenden Kindheit und einer Knabenliebe.
dtv 11217

Mont-Cinère

Ein Anwesen in der Nähe von Washington wird Gegenstand einer alles verzehrenden Leidenschaft: Der Geiz ergreift langsam von all seinen Bewohnern Besitz.
dtv 11234

John Steinbeck im dtv

Früchte des Zorns
Roman
dtv 10474

Autobus auf Seitenwegen
Roman
dtv 10475

Geld bringt Geld
Roman
dtv 10505

Die wilde Flamme
Novelle
dtv 10521

Der rote Pony
und andere Erzählungen
dtv 10613

Die Straße der Ölsardinen
Roman
dtv 10625

Das Tal des Himmels
Roman
dtv 10675

Die Perle
Roman
dtv 10690

Der Mond ging unter
Roman
dtv 10702

Tagebuch eines Romans
dtv 10717

Stürmische Ernte
Roman
dtv 10734

Tortilla Flat
Roman
dtv 10764

Wonniger Donnerstag
Roman
dtv 10776

Eine Handvoll Gold
Roman
dtv 10786

Von Mäusen und Menschen
Roman
dtv 10797

Jenseits von Eden
Roman
dtv 10810

Laßt uns König spielen
Ein fabriziertes Märchen
dtv 10845

Logbuch des Lebens
Im Golf von Kalifornien
Mit einer Vita von Ed Ricketts
dtv 10865

Meine Reise mit Charley
Auf der Suche nach Amerika
dtv 10879

Der fremde Gott
Roman
dtv 10909

Die gute alte und die
bessere neue Zeit
Erzählungen
dtv 10921